读客® 这本史书真好看文库

轻松有趣，扎实有力

唐玄宗的败笔

放大唐玄宗一生败笔，看他如何打烂一手绝世好牌

士承东林 著

江苏凤凰文艺出版社
JIANGSU PHOENIX LITERATURE AND ART PUBLISHING

图书在版编目（CIP）数据

唐玄宗的败笔 / 士承东林著. -- 南京：江苏凤凰文艺出版社, 2021.8
ISBN 978-7-5594-6093-6

Ⅰ. ①唐… Ⅱ. ①士… Ⅲ. ①长篇历史小说－中国－当代 Ⅳ. ①I247.5

中国版本图书馆CIP数据核字(2021)第123940号

唐玄宗的败笔

士承东林 著

责任编辑	丁小卉
特约编辑	王 珺　乔佳晨
封面设计	陈 晨
责任印制	刘 巍
出版发行	江苏凤凰文艺出版社
	南京市中央路165号，邮编：210009
网　址	http://www.jswenyi.com
印　刷	三河市龙大印装有限公司
开　本	710 毫米 × 1000 毫米 1/16
印　张	19
字　数	291 千字
版　次	2021 年 8 月第 1 版
印　次	2021 年 8 月第 1 次印刷
书　号	ISBN 978-7-5594-6093-6
定　价	55.00 元

目　录

第一章
危机四伏的童年

唐睿宗垂拱元年（685）秋，李隆基出生在当时世界上最繁华的城市——大唐的东都洛阳。用今天的话讲，李隆基是含着金钥匙来到这个世界的。因为他降生的家庭是当时的世界顶配，父亲李旦是当时最发达、最强大的国家大唐的天子，母亲窦氏虽然不是皇后，但贵为德妃，在后宫中地位仅次于刘皇后。而且难能可贵的是，窦氏和刘皇后的关系很好，完全不存在宫斗戏码，因此李隆基的家庭相较于其他年代的皇室要更加温馨一点。

但其实，李隆基生得很不是时候。至少，他的皇室家庭没有看上去的那样温馨幸福。

李隆基出生的前一年原本应该叫作唐中宗嗣圣元年（684），坐在正殿皇位之上的是李隆基的伯父李显，然而这皇帝宝座还没坐热就被人给赶了下来，被迫收拾好铺盖卷立马滚出长安。

这位一言不合就敢废皇帝，还能把皇帝赶出城进行软禁的，正是武则天。

作为一位重度权力爱好者，武则天并不喜欢略带叛逆性格的三儿子李显，而比较看好身为李隆基父亲的老四李旦。这是因为李旦为人谦逊，耳根子也比较软，并且有着一个非常好的爱好——搞文字训诂，相较来说更为适合充当皇位上的那个傀儡。

于是唐中宗嗣圣元年（684）就变成了唐睿宗文明元年（684，同年又改元光宅），李旦成了皇帝，但事实上是被软禁在宫中，除了上朝时被拉出来摆在皇位上，其他时间都被人监视着，活得很不自由。

而当时恰逢朝廷刚刚平定了徐敬业在扬州挑起的叛乱，为了防止有人再打着匡扶李唐皇室的旗号造反，武则天默许手下酷吏四处探察消息，同时鼓励人们互相揭发告密。整个国家为此都变得胆战心惊，生怕一不留神说错、做错了什么，就被带走回不来了。

武则天虽说对儿子不好，但对待孙子辈还是不错的。当然，这得有一个前提，那就是在手不抖的情况下。

据记载，有一回武则天抱着三岁的李隆基宝宝登楼远眺，不知怎的，老太太的手抖了一下，于是李隆基就进入了自由落体模式，直接从高楼上掉了下去。

所有人都觉得三岁的李隆基已是凶多吉少，但等到侍卫们抱着要么紧急抢救、要么收尸的心情冲上去的时候，却惊讶地发现，硬着陆的李隆基竟然什么事都没有。

坠楼事件后，李隆基活得还挺不错的，在以皇三子身份被册封为楚王后，李隆基先是出阁开府置官属，有了自己的王府班底，紧接着又凭借呵斥飞扬跋扈的金吾将军武懿宗（武则天同族侄子、掌管京城守卫），得到了奶奶武则天的点赞，已然称得上是武则天孙辈中的小红人（时年七岁）。

然而，李隆基因为老爹的牵连，只红了不到一年。

唐睿宗载初二年（690），也就是李隆基五岁的时候，他的父亲李旦迫于局势压力，上表请母后武则天称帝。武则天表示同意，就此正式登基，改国号为周，史称武周。李旦则退位被降为皇嗣，赐姓武氏，迁居东宫，从大唐天子变成了武周皇太子武旦。武则天的侄子们为了争夺武周未来皇帝的宝座，开始将李旦视作眼中钉，整日想着取而代之，再在李旦的身上踏上一万只脚让他永世不得翻身。

武氏一派的气焰很嚣张，但朝堂上也不乏心怀大唐的臣子。尚方监裴匪躬、内常侍范云仙就是其中的两位。

天授二年（691）八月的一天，这两位大臣寻到了一个机会，偷偷拜见了一下李旦。估计也就是说了些坚持就是胜利的话，但是这一幕被潜伏在李旦身边的眼线们看到了，事情很快就被捅到了武则天那里。武则天认为这是李旦不甘做武旦，想联合臣子造反，于是大怒之下派人处死了裴匪躬、范云仙，同时剥夺了李旦接见公卿大臣的权利。本来出阁读书在长知识、学本领的李隆基自然也跑不了。

于是李隆基与自己的几个兄弟，加上伯父李贤的三个儿子一道被关了禁闭，而且谁也没有想到，这次关禁闭的时限竟然会长达十多年。

把一个生性活泼喜欢四处跑的孩子圈禁在一间宫殿里，本就是一件比较残酷的事情，但对李隆基而言，一切只是刚刚开始，除了失去自由外，他还要经受更为残酷的考验。

长寿二年（693）正月初二，李隆基的母亲窦德妃随同皇嗣正妃刘氏（原来的刘皇后）前往武则天所居住的嘉德殿进行例行的朝见，然后就此音信全无。小李隆基等了整整一天，等来的只是一个噩耗：他的生母窦氏和嫡母刘氏被祖母武则天下令一并处死了！而两个人的尸体也被秘密地埋葬了起来，连父亲李旦都无法打听出具体的地方。

窦氏和刘氏之所以被女皇下令秘密处死，是因为女皇得到了一个举报。这个举报来自武则天当时非常宠信的宫女团儿，她声称窦氏和刘氏不满武则天纵容武氏家族的侄子们平日里欺负、挑衅自己的丈夫，于是同谋使用巫术诅咒武则天，希望武则天早日归天，李旦重登大宝。

要知道，被人诅咒早死和预谋恢复李唐是武则天称帝后最为忌讳的两件事，而当两件事凑在一起，其威力绝对堪比高压线，触及定然必死无疑。如果不是窦氏和刘氏真的因为愤怒而失去了理智，那显然就是有人精心策划了一个局，想借机将李旦一家子一网打尽。从事后的发展来看，后者的可能性更大一些。因为团儿得手后很快将矛头指向了李旦，想诬陷李旦图谋不轨，好在有人及时揭露了团儿的阴谋，指出团儿是此前引诱李旦被拒，怀恨在心，如今是在打击报复，而武则天也恰好醒悟了过来，立刻下旨处死了团儿，李旦、李隆基父子这才勉强逃过了一劫。

但是事实真是如此吗？女皇一时糊涂，误信谗言，被婢女利用，差点灭了儿子满门？在我看来，真相应该被掩盖了。当时谁都看得出来，女皇有心让自己武家的人继位，而李旦在新年祭祀仪式上更是连祭祀的资格也没有，女皇当红的婢女有什么理由想和无任何权势的李旦在一起呢？此外，窦氏、刘氏搞诅咒仅是团儿的一面之词，精明如武则天怎么会在没有得到更多人证、物证的前提下就突然痛下杀手，且事后不做任何深入调查呢？更重要的是，当所谓的真相大白后，武则天为什么没有为窦氏、刘氏进行平反，予以厚葬，搞得李隆基后来即位后还非得举行个招魂仪式来安慰两位母亲的在天之灵呢？

可见，团儿背后还有更多的阴谋和秘密，而那只背后的黑手与武则天野心勃勃的侄儿武承嗣等人有着莫大的干系。

李旦也是这样想的。因为在将小李隆基托付给李隆基的姨妈窦氏抚养后不久，李旦很快又得到一个消息：自己的岳父窦孝谌家出事了。

窦氏蒙冤遇害后，李隆基的姥姥庞氏非常伤心，为了给女儿祈福，庞老太太在别人的指导下开始每天晚上举行夜祷仪式。但这件事很快被窦家的一个奴仆告发，经一名叫作薛季昶的监察御史调查后，司法部门将此事定性为诅咒，给庞老太太判了个斩首。

眼看着李旦一家人再次面临灭顶危机，一位叫作徐有功的大臣站了出来，在他的拼死辩护下，李隆基的姥姥最终躲过了一刀，但仍和她的三个儿子被流放到了岭南，李隆基的姥爷窦孝谌被贬为罗州司马，坚持认为窦家无罪的徐有功也遭到了打击报复，被朝廷除名，被迫回家养老。至于李隆基，则由楚王降为临淄王，成了郡王级别。不过，级别是亲王还是郡王对于当年还是孩子的李隆基没有太多的意义，毕竟无论如何他和他的兄弟们都还得被软禁在宫里，依旧没太多自由，但对李隆基的父亲李旦而言就不同了，因为女皇的这一决定释放了一个极强的政治信号：李旦这个皇嗣我并不中意。

于是，李旦一家人很快迎来了更为凶险的时刻，因为这一次他们的对手是一个在当年比妖魔鬼怪还要令人感到恐怖万分的存在，那就是大唐头号酷吏——来俊臣。

来俊臣，雍州万年（今陕西西安市）人，市井无赖出身，凭借诬陷、告密起家。自从被武则天从牢里放出来当官后，在不到十年的职业生涯里，来俊臣办理了大小"逆案"上千起，致使近万人家破人亡，发起狠来他连自己的同行都整，老牌酷吏丘神勣（享受被女皇赐姓武氏的荣誉待遇）、酷吏大佬级人物周兴（著名成语"请君入瓮"的主人公）就是栽在了来俊臣这儿。倒在他脚下的三品以上文武官员至少有三位数，甚至连武周一朝的头号名臣，大家熟悉的狄仁杰都差一点死在他的手里。

而且来俊臣这个人六亲不认，只认女皇，他还把这一重要原则写进了自己的传世著作——《告密罗织经》，即所谓的"虽至亲亦忍绝，纵为恶亦不让"，翻译成现代汉语就是"为了皇帝，就是亲戚也敢整，为了遵旨，就是恶事也敢做"。

凭借着在坑害人方面的天赋异禀及有理论支撑的一套完整的伪告、栽赃、逼供、灭口的办案流水线，能从来俊臣手下死里逃生的人还真的不多。

据说知道女皇命令自己来审讯皇嗣李旦图谋不轨一案时，来俊臣的脸上出现了前所未见的兴奋表情。在他看来，如果能够把这个天下第一大案坐实，自己不但将成为女皇和武家人眼中的第一号功臣，还可以借此机会名留青史，威震千古。

因此一脸兴奋的来俊臣第一时间便下令将皇嗣李旦的属官、仆人打包拉到自己那里审问，然后亲自带人在这些李旦亲信身上试用了一遍自己所知道的各种刑具。一般情况下，来俊臣的大刑只要用过一种，受刑人的身心就会基本崩溃，让说啥就说啥了。这一次有相当一部分李旦亲信被上过全套刑具了，进去的人几乎都被迫认罪，准备在诬告李旦的证人证词上签字画押，只有一个人例外。他叫作安金藏，是随父亲移居大唐的西域安国的胡人，时任李旦府上的乐工。

就在众人准备认罪的关键时刻，安金藏突然对着堂上的来俊臣厉声喊道："大人既然不相信我说的话，我安金藏就在这里刨心开腹，以证明皇嗣不曾谋反！"

说时迟，那时快，只见安金藏手里突然多出了一柄佩刀，寒光一闪之下，刀身就真的没入了他的胸膛。随着寒光下移，安金藏的五脏六腑顿时流出体外，一时之间四周满地是血，他本人也很快成为一个血人。

素来习惯了淋漓鲜血的来俊臣也被眼前突发的血腥一幕吓了一跳，他倒不是怕安金藏真的会死在现场，而是担心万众瞩目的皇嗣谋反案中出了逼死证人的事情，到女皇那里不太好交代。于是来俊臣赶紧命人进行抢救，同时马上派人把这一情况上报给了女皇。

武则天并不是傻子，她很清楚一个与李旦平时关系不密切的人，肯牺牲自己的性命去证明李旦的清白，大概率是真的被人冤枉了。于是女皇当即下令把处于昏迷状态的安金藏用轿子抬入宫中，并传话给御医让他们不惜一切代价将人给救回来。

经过众专家的紧急会诊和整夜努力抢救，安金藏终于被从鬼门关前抢了回来。当他睁开眼睛重新审视四周的世界时，惊讶地发现床边等待着他醒来的，居然是女皇陛下本人。

"我对我自己的儿子不够信任，竟害你做到了这种地步，实在是不应该啊！”

此时此刻的武则天一脸歉疚，她现在并不是那个高高在上、敏感多疑的女皇帝，而是一个对眼前人无比感激、充满谢意的老母亲。

她还告诉身体不便的安金藏，自己已经命令来俊臣停办皇嗣一案，也就是说李旦等人就此逃过了一劫，只因安金藏这个来自异国的、毫不起眼的小人物的义举。

安金藏挥刀自残的那一刻，可以说成为大唐历史上非常重要的转折点。如果没有这一刀，李旦、李隆基，甚至大唐都将可能走向完全不同的结局。

对于这一点，李旦很清楚。因此李旦即位后，为了报答安金藏当初的舍身救命之恩，破格提拔安金藏为右武卫中郎将。李隆基虽然当时年龄不大，但他也深刻地认识到了安金藏义举的伟大历史价值，后来李隆基登基后，又晋升安金藏为右骁卫将军，直到把这位当年小小的乐工封到了国公级别（代国公）。

正是这个安金藏，让李隆基在潜意识里认为胡人是极其忠诚且可以信任的，这为日后他和另一位安姓胡人之间的故事埋下了伏笔。

武则天虽然叫停了皇嗣谋反案的调查工作，但是作为李隆基接触到的第一位大老级别的人物，来俊臣并没有收手，这位酷吏行业的领军人物就像是一个执着的猎手一样，一旦认定了目标，无论如何也不会在猎物咽气前停下追杀的脚步。在稍事休息过一段时间后，来俊臣再次逼近了李隆基一家。这一回，他的胃口更大，他想将朝中的武氏诸王（武则天的侄子们）和李显、李旦等李家人全部清理掉，还为此制订了一个行动方案。

来俊臣的计划简单来说就是借力打力加各个击破。在当时争夺皇位继承权的斗争中，武氏势力正占据上风，但女皇迟迟没有明确表态把武周的江山传给自己家的侄子，而是仍旧以自己的儿子李旦（那会儿叫武旦）为皇嗣，为此武家人其实是有些不满的。对于这一情况，武则天知道，来俊臣也清楚武则天知道。所以他计划的第一步也正是借助了这一点。来俊臣打算先罗织罪名给武氏诸王，宣称他们意欲谋反，与此同时，联合李旦等心怀李唐的势力消灭掉武氏一派。等到武氏一派彻底倒台，朝臣必然会主张把皇位传给李旦，届时借武则天本就怀疑李唐残余势力意图搞复辟的心理，诬陷皇嗣及庐陵王联合禁军阴谋恢复唐朝，利用女皇的猜疑再一举铲除李旦及拥唐朝臣的力量，一统江湖。

客观地讲，来俊臣的这个计划工于心计，步步为营，充分而巧妙地利用了各种势力，如果付诸实施还真有可能让他如愿以偿。但是武则天之后继位的是李旦，那也就是说来俊臣失败了。

正如大部分天衣无缝的计划不是失败于计划本身，而是黄在了计划外的事儿上一样，来俊臣也是如此。在正式执行计划前，来俊臣的想法被和他闹翻脸的朋友卫遂忠泄露给了武则天的侄子们。

据记载，听完来俊臣的计划后，武家上下无一不感到恐惧。恐惧到了极致，就是愤怒。武则天的大侄子们在怒火的帮助下做出了一个全票通过的决议：先下手为强，除掉来俊臣。

事情的发展证明了，武家大侄子们的聚合能量不容小觑，在他们的联名弹劾下，来俊臣还没来得及上书为自己辩护，就被女皇下令打入天牢，贪污腐败、滥用私刑等罪名属实，按照国家法律规定至少得判个死刑。

眼看着来俊臣就要罪有应得了，武则天却犹豫了。在她看来，来俊臣是自己用得最为顺手的工具人，在替自己诛除反对派力量上还是做出过一点贡献的，处死实在有些可惜。因此来俊臣的判决书被送入宫中整整三天，也不见女皇陛下有任何批复。

所有人都看得出来，武则天想借此机会敲打一下来俊臣，然后放出来继续重用。所有人也都知道，来俊臣是一个睚眦必报的货色，被放出来后肯定会变本加厉，想方设法坑害人来重新证明自己的能力与价值。于是出于对来俊臣的恐惧，武家人一派和李家人一派的大臣结成了暂时的统一战线，旁敲侧击地劝女皇下令处决来俊臣。

在所有人的通力协作下，武则天终于被劝动了，她在判决书上同意了对来俊臣执行死刑。

武周神功元年（697）六月三日，酷吏第一代言人来俊臣被斩首于闹市，并获得了陈尸示众的待遇。

迟来的正义终究得到了伸张，以来俊臣最擅长的告密揭发的方式。

来俊臣的死，其实应该说是各种因素综合作用的结果。比如当时老百姓更倾向的说法是，来俊臣最终是死在了他的那本著名的整人秘籍《罗织经》上。

据传说，在女皇陛下为是否处死来俊臣犹豫不决的时候，有人向她呈上了来俊臣所写的这本书。女皇认真地读了一遍，随即发出了一声长叹：此人竟有如此心机，朕未必比得上啊！于是武则天杀机遂生，来俊臣的结局也就此彻底敲定。

对于这一说法，我并不完全赞同，因为在我看来那本《罗织经》起到的最多是雪上加霜的作用，来俊臣真正致死的原因另有其他，而这个原因其实一直都被人们忽视了。来俊臣之所以迅速倒台，是因为他招惹了一个他绝不该招惹，也完全招惹不起的人。那个人叫作吉顼，他也正是直接改变了李隆基命运的人之一。

吉顼，洛州（治今河南洛阳）人，进士出身。这位仁兄一度跟来俊臣走得很近，他曾探听到洛州录事参军綦连耀暗中和箕州刺史刘思礼联手准备谋反，于是就把这消息告诉了来俊臣。没想到綦连耀、刘思礼的谋反案被破获之后，来俊臣想独享功劳，竟然向朝廷诬告吉顼也是乱党，意图杀人灭口。谁知这个吉顼也不是那么好欺负的，在得到消息后，他提前一步向女皇陛下说明了情况，结果得到了女皇的亲自召见，不但幸免于难，还被晋升为右肃政台中丞。

能在来俊臣手里死里逃生的人少之又少，吉顼之所以能成功，不单单是他的运气好，更是因为他有一个很靠得住的朋友——张易之。张易之当时的女朋友正是武则天。

就是凭借着这一过硬的关系，吉顼完成了两件大事，第一是在来俊臣入狱的时候，力劝女皇促成了斩首；第二则是通过女皇最宠爱的张易之、张昌宗两兄弟，劝动武则天派人从房州（治今湖北房县）迎回了李隆基的伯父庐陵王李显，并准备正式册立其为皇太子。

随着庐陵王李显的还朝，朝中的政治局势发生了重大的变化。

首先是武氏家族中，最有希望角逐武周第二代皇帝位置的武承嗣得到消息后，因为实在想不开，急火攻心下居然生病死了。

其次是李隆基的父亲李旦在是否愿意让位于自己的哥哥问题上主动表态，退还了皇嗣名号，做回了相王。

于是，武周圣历元年（698）九月十五日，女皇陛下正式册立四十三岁的李显（当时名李哲）为皇太子，武周一朝最为重要的政治事件“武李争嗣”就此正式落下了帷幕。

由于李旦暂时远离了政治风暴的中心地带，李隆基才终于在他十四岁那年和兄弟们一起重获自由，被获准再次出阁，随即被安排在东都洛阳的积善坊居住。出阁后的李隆基开始如饥似渴地学习，他学习的范围很广，从诸子百家经典著作、书法、骑马射箭，甚至连“音律、历象之学”这种当年的偏门学科也钻研到了精通的程度，应该可以称得上是全才型学霸了。

上天从不会辜负努力学习的人，事后的发展表明，李隆基的这些本事都没白费。但是在他的祖母武则天在位时，以李隆基当年的水平还不足以走上历史的主舞台，而且武周时代，低调是李家人的第一生存法则，对于这一点想必李隆基自己也很清楚，因此他能够做的是像以往一样继续观望学习。

按理说，李显被立为太子，李旦退居二线，武承嗣生病而死，再加上女皇亲自牵头，召集李家和武家的主要人物搞了一次相亲相爱的盟誓（史称“武李之盟”），朝中的政治斗争应该趋于平静了，但现实却并没有。

正所谓树欲静而风不止，人越想消停就越难消停，更何况是身处朝廷身不由己，因此攸关李显、李旦一家人生死存亡的斗争很快到来了。这一次，他们的对手是女皇最亲密的两个人——张易之、张昌宗兄弟。

就在三年之前，张氏兄弟和李显、李旦他们还是同一战壕里的战友，大家齐心协力一起除掉了心狠手辣的酷吏来俊臣，二张还力劝女皇，帮着李显回到了洛阳。对于张氏兄弟，李显等人一开始还是充满感激的，但随着张氏兄弟因深受宠信，越来越趾高气扬，胡作非为的事情也越来越多，李家人渐渐转变了对二张的态度，特别是一个人的离去，更加速了两大势力决裂的速度。这个离去的人，就是吉顼。

吉顼是一个在唐朝历史上完全不出名的人物，但不容否认的是，在当时他是个非常关键的人物。因为此人不仅和李旦一家走得很近，同时还是张易之、张昌宗的铁哥们儿，所以他相当于两大势力间的缓冲器加润滑油，一直发挥着协调双方利益关切的作用。然而这位仁兄却不小心犯了无视落败者的错误，在一次朝堂议事中把武则天的同族侄子河内王武懿宗骂了一个狗血淋头，而且这一全过程还被女皇目睹了。

当着我的面还敢这么欺负我武家的人，这真的是反了天了！

于是武则天出离愤怒，她认为有必要把吉顼作为典型收拾掉，以免自己百年之后，武氏家族遭到清算。女皇陛下既有此意，由头自然不难找。吉顼的弟弟冒名当官之事不久便被人揭发了出来，吉顼由此背了一个管教不严之罪，被贬为琰州尉（后改安固尉），赶出了朝廷。

值得一提的是，武则天年轻时代著名的三件东西制服狮子骢的段子，就是在女皇训斥吉顼时亲口讲述的。由此可见，武则天对于吉顼真的是恨到牙痒的程度了。

吉顼是武周久视元年（700）走人的，次年，李家人就和张氏兄弟彻底决裂了。说来可能让人有点不敢相信，两大势力决裂的起因竟然是一次吐槽。

据史料记载，参与这次吐槽的，一共是三个人，他们分别是李显的嫡长子邵王李重润、李重润的妹妹永泰郡主李仙蕙、妹夫继魏王武延基（武承嗣之子）。应该说这场吐槽大会的参与者级别是非常之高了，毕竟连帝国的第三顺位继承人也加入了。但他们吐槽的内容却没那么高雅，主要是涉及了张易之、张昌宗把持朝政，以及二张和女皇的宫闱秘事。

要知道，中国对于床第那方面的事情是比较含蓄的，即便到了今天也是如此，可李重润等人却拿女皇那方面的事情来讨论，的确有些过分了。

但是李重润他们只是私下里小范围议论罢了，本来不具备任何传播性与影响力。然而没想到隔墙有耳，三个人对张氏兄弟专权等方面的吐槽很快被传到了张易之那里，张氏兄弟极度愤怒和恐惧。

张易之和张昌宗是面首不假，可他们并非没有脑子，兄弟二人很清楚，自己的权势财富完全依托于女皇的宠爱，一旦女皇驾崩，他们已有的一切都会变成镜花水月。而现在张氏兄弟得知皇位的未来继承人对他们的怨气很大，哥俩自然吓得不行，几乎是带着哭腔去向女皇寻求保护。

当然了，在向女皇汇报时，他们将重点放在了李重润们讨论没几句的床第之欢上。

于是，武则天得到了这样的消息：自己孙子辈的几个人聚在一起，拿自己的房中私事当主题说笑。

真是岂有此理！

武则天据说当时就把看文件的小桌子给掀了，下令要严肃处理这一恶性事件。

虽然涉事的那三个人都是武则天血浓于水的亲人，其中年纪最大的李重润也不过十九岁，本来可以以童言无忌的名义轻拿轻放。可女皇陛下放了话出来：不行！说的是严肃处理，差一个人、一板子、一句供词、一个罪名，都不算严肃处理。

最终，按照女皇严肃处理的意思，司法部门给出的量刑标准，是赐死。

当年九月三日，武则天批准同意，邵王李重润、继魏王武延基以及永泰郡主同日被执行死刑。

而据《旧唐书·张行成传》的记载，事情可能还更为残酷一点，因为上面说，武则天是直接下令把李重润三人交给太子李显处置。李显迫于形势，无奈之下命人将李重润等三人一并勒死交差。

换句话说，武则天为了张氏兄弟，逼迫李显亲自下令杀死了亲生儿女。血海深仇就这样结下了。

考虑到李显的心情和受到创伤后可能产生的应激反应，九月二十一日，武则天下诏任命相王李旦为知左右羽林卫大将军事，统领禁卫军，不久之后又突然下令离开神都洛阳，前往她素来不愿意居住的长安。此后一直到武周长安三年（703）十月，武则天都驻跸在长安，连武周的首都也不回了。而西行时，女皇特别带上了李隆基，一到长安还立马就赏赐了一套新大宅，这就是后来著名的李隆基故居兴庆坊了。

也就是在这三年的时间里，李隆基开始逐步进入政坛，先出任右卫郎将，后被任命为尚辇奉御。右卫郎将是隶属于亲卫府的中高级武官，而尚辇奉御则是殿中省尚辇局的一把手，日常工作是负责掌管皇帝出行所用的舆辇、伞扇等诸器物。

从女皇给李隆基安排的这两个职位不难看出，她很明显在扶植李旦一派的力量，试图分化太子与相王的李家人阵营，以便让朝中出现张氏兄弟、太子李显、相王李旦三股政治力量鼎足而立、互相牵制的局面。

她没有想到的是，自己的这一系列安排却在一定程度上为李隆基的崛起铺好了路，十七岁的李隆基正是凭借亲卫府右卫郎将的职务在军队里培养出了自己的人际关系网，尔后又得以借尚辇奉御的身份在祖母武则天身边近距离观摩学习治国理政及高水平的政治斗争技巧。因此从某种程度上说，李隆基之所以会成长为后来那个大家都知道的唐玄宗，武则天起了至关重要的奠基作用。

对于老母亲的心思，李显、李旦两兄弟心知肚明，在他们看来，眼前最大的问题不是兄弟俩各自能分到多少遗产，而是要保障帝国这个天下最大的遗产不落入张昌宗、张易之两兄弟手里。

经过兄弟两个外加妹妹太平公主的秘密讨论，三人达成了这样的共识：打落牙齿和血吞。

李重润等三个孩子的仇是要血债血偿的，但不是现在，现在要做的是努力消弭李重润事件带来的负面影响，减轻与张氏兄弟和女皇间的隔阂，争取时间，等女皇驾崩。

于是本着这一认识，武周长安二年（702）八月二十三日，太子李显、相王李旦和太平公主联名上书，恳请女皇册封张昌宗为王。

武则天没有同意。

二十七日，三人再次联合上书请愿，强烈要求女皇加封张昌宗。

武则天想了想，部分同意了三人的要求。但她并没有封张昌宗为王，而是让他做了邺国公，分分钟将儿子女儿打出来的糖衣炮弹化解于无形之中。但武则天能够维护张氏兄弟的次数已经屈指可数了，因为一代女皇武则天即将走向自己生命的终点。

第二章
李显的逝世之谜

李隆基看得很清楚，自从回到洛阳后，祖母的身体是一天不如一天了，但是他并没有意识到，无数股汹涌的暗流已经开始骚动了。

事实确实如此，自从武周长安四年（704）六月开始，女皇的身体状况就开始断崖式恶化，被迫住进长生院静养。而在女皇静养的这几个月时间里，她不再接见宰相，朝中的大小政务全交给了张易之、张昌宗兄弟处理，而且也只有张氏兄弟陪伴在武则天左右，其他的人根本没有办法直接了解到女皇病情的实时情况。

这一状态对于太子一党无疑是异常凶险的，因为如果张氏兄弟借这个机会完全阻断女皇和外界的所有联系，一旦女皇突然驾崩，二张大可以对外假传武则天的遗诏，声称老人家临死前改了主意，决定另立别人继承皇位，然后找个武氏家族的人当皇帝，操控朝政，清洗太子一派。届时就算天下不因此大乱，李显、李旦想翻盘的难度也相当大。

不过太子一派担心的一幕并没有发生，因为到了十二月，女皇的病情出现了些许好转的迹象。趁着这一机会，太子党派出了天官侍郎崔玄暐上奏女皇，请求女皇批准同意让仁慈孝顺的皇太子或相王进入宫中伺候，全面承担起请医喂药的尽孝职责来。同时，崔侍郎还意有所指地点明宫禁之地紧要异常，还是不要让外姓之人随意出入为好。

事实证明，武则天即使是年高病重，头脑也是极度清醒的，她明白这是宝贝儿子们商量好了，想把二张调离长生院，以免矫诏废立的情况出现。但是武则天并没有采纳崔玄暐的建议，她只是平静地感谢了崔玄暐的好意，然后示意崔侍郎可以告退了。

武则天这样的回答其实也很直白了，就是老娘还在，你们别想搞事情。

不搞事情自然是不行的，宫中有二张，就如两根芒刺在背，不尽快拔下来怎么能舒坦地酣睡呢？于是太子一党开始暗地里行动起来，他们在洛阳的大街小巷把写有"张易之兄弟谋反"字样的非法印制宣传单页贴得到处都是，大有发动广大群众，营造舆论压力进行逼宫的架势。

虽然武则天对此不为所动，但是张氏兄弟却明显慌了。哪怕反应再迟钝的人到了这个关头也能感觉到李家人是要摊牌动手了。为了在女皇死后能够保住小命，张易之、张昌宗兄弟开展了一系列自救活动，四处拉帮结派拜把子，为即将到来的决战做准备。

十二月二十日，太子党先发起了攻势。一个来自许州名叫杨元嗣的热心群众，实名举报张昌宗招术士给自己看相，并准备在定州修造佛寺，从事迷信宣传，蓄意造反。

这个举报说实话水平并不怎么高，因为张昌宗到底是混核心政治圈的人，这等私密的事情，一个许州的老百姓怎么可能会知道？而且在定州建个佛寺，搞点迷信活动就能颠覆国家政权？完全是笑话嘛。女皇陛下这种见识过大风大浪的人是不会相信的。

但是，武则天信了。她不但相信确有这回事，还派凤阁侍郎韦承庆、司刑卿崔神庆、御史中丞宋璟三位朝中重臣组了个专案组，一起负责调查审理此案。

调查很快有了结果，但是主审的三位大人在怎么判决这个问题上却出现了严重的分歧。其中韦承庆和崔神庆一致认为张昌宗曾将术士的话如实向女皇做过汇报，这可视为自首，因此依法应免于处罚，至于那个术士触犯了妖言罪，杀了就行。

宋璟却不这么看，他认为张昌宗包藏祸心，必须死，而且还应该抄家。

由于分歧实在太大，双方又各不相让，这最终的判决只好上交给女皇圣裁。但是案卷交上去了，就如同石沉大海，再也没有音信了。过了很长一段时间，太子一党中终于有人反应过来，原来大家都中了女皇陛下的缓兵之计，女皇从一开始就没打算处置张昌宗，之所以把这事儿搞大，就是为了把太子党的所有火力与精力都集中到这里来，让太子党不能再找别的方法来折腾张氏兄弟和生病的自己。

张氏兄弟又一次在女皇的包庇下逃出生天了，但是，纵使精明如武则天也没能料到的是，这一次其实是计中计，她和张易之、张昌宗同样也中了计。因为张昌宗的案子只是太子党为混淆视听抛出的烟幕弹，他们的真实目的同样是把女皇的注意力吸引到案子本身上去。其实早在邵王李重润兄妹因张氏兄弟的几句话被杀的那刻起，李家人便彻底放弃了通过女皇之手除掉二张的想法，他们真正要做的是趁女皇生病，用一场速战速决的宫廷政变推翻武周，拥立太子即位，进而重建大唐，至于张氏兄弟，不过是顺手清理一下的事儿。

神龙元年（705）正月，等候已久的机会到来了。太子一党得到了一个可靠的内部消息：八十二岁的女皇再次病倒了，而且病情比以往更为严重。

这一天是正月初一，在征得了太子、相王、太平公主三兄妹的默许后，当夜政变总策划，时任秋官侍郎、同凤阁鸾台平章事的张柬之召集了宰相崔玄暐，中台右丞敬晖，司刑少卿桓彦范及相王的亲信、相琊司马袁恕已进行了最后一轮探讨，经过一番推敲与推演，五人一致认定在近期采取行动是可行且必要的。于是改变历史的决定就此付诸实行。

张柬之先去做通了右羽林卫大将军李多祚的思想工作，解决了政变的兵员问题，随即又找到了太子党安插在女皇身边的卧底上官婉儿，交代好了对女皇封锁消息的工作。等到张柬之把一切安排妥当，恰好是正月二十一日。因此行动的具体时间被定在了次日清晨。

正月二十二日，晨。在张柬之等人的率领下五百余名羽林军将士簇拥着太子李显，叫开了玄武门，随即突入宫中，以百米冲刺的势头直奔女皇所住的迎仙宫长生殿而去。

其实张柬之和女皇的年纪相差不大，发动政变时，他也是八十来岁的人了。老头儿之所以这么不要命地跑，自然是有原因的。他很清楚，现在虽然已经成功进入皇宫，但距离最终的胜利还差最为关键的一步，这一步就在于自己这伙人能不能迅速控制住女皇。如果稍晚一步，让张氏兄弟得到消息，劫持女皇逃了出去，再在外面来个挟天子以令诸侯，发动所谓的勤王平叛，那么事情就不好办了。

然而张柬之很快就打消了顾虑，因为在率兵狂奔的路上，他恰好遇上了两个熟人——张昌宗和张易之。

在长廊上慢慢走着的张氏兄弟还没搞清楚眼前的一幕是什么情况，便被张柬之大爷指挥手下士兵当场扑倒处决了，大唐三百年中最有权势的两大花美男就此同时凋零。

为李重润报仇雪恨后，张柬之迅速指挥士兵控制住了女皇所在的宫殿，并亲自入殿向女皇陛下汇报情况。

当然了，按照张柬之的说辞，是张易之、张昌宗谋反，自己这些人奉太子之命将叛乱分子诛杀，如今大兵将宫殿团团围住，是为了保护女皇的安全。

武则天当然看得出到底是怎么一回事，但是事已至此，作为一个成熟的政治家只有看破不说破，再来个顺水推舟了。

正月二十三日，女皇下诏命太子李显监国，同时大赦天下。次日，女皇正式宣布将皇位传给太子。

正月二十五日，李显在洛阳正式即位。

至此，这场惊心动魄的“神龙政变”以李氏一家的全面胜利、张家兄弟的全线失败而告终。

没有史料显示，二十岁的李隆基参与了这场李家人命运之战的谋划，但是李隆基作为整个政变的亲身见证者，他学到的东西应该不会少，因为在后来那次同样动人心弦的先天政变中，很多细节上其实都能看到神龙政变的影子。

李隆基的伯父当了皇帝后，第一时间就以加官晋爵的方式，向一直力挺他的家人们表示了感谢。

相王李旦，被加封号为安国相王，官拜太尉、同凤阁鸾台三品；李隆基则由正五品上的尚辇奉御被晋升为从四品上的卫尉少卿，成了卫尉寺的二把手。

作为掌管宫廷、祭祀、朝会之仪仗帷幕的官员，接下来的几个月里，李隆基应该都挺忙的。因为他上任后不久就赶上了二月初四，伯父李显下令恢复国号为唐，要求宗庙、社稷、陵寝、百官、旗帜、服色、文字全部恢复到唐高宗永淳年间的状态，忙活完了重置相关物料，紧接着就在十一月遇到了祖母的丧事。

武则天这位传奇女性是在神龙元年（705）十一月二十六日离开人世的，终年八十二岁。对于这个祖母，李隆基的感情非常复杂，他既能依稀回忆起小时候奶奶怀抱着自己的种种情景，又清楚地记得自己的母亲是因为什么死得不明不白，父亲大人又是怎样屡次险遭不测的。

不过李隆基最终应该还是彻底释然了，因为他得知了祖母临终时留下的那句遗言：“去帝号，称则天大圣皇后。王（王皇后）、萧（萧淑妃）二族及褚遂良、韩瑗、柳奭亲属皆赦之。”

武则天在赦免旧日政敌的同时，实现了对自我的救赎，也给了李隆基一个放下过去心结的理由。

向前看吧，过去的事就让过世的人一并带走。

然而正当李隆基摩拳擦掌准备全身心地投入到大唐的复兴工作中去的时候，他突然发现，女皇虽然不在了，但想当女皇的人还有不少，就他所能看到的，就有两个人。这两个人一个是他伯父李显的正妻，当今皇后韦氏，另一个则是他的堂妹安乐公主李裹儿。

当年李显被废掉了帝位，软禁在房州（治今湖北房县）的时候，精神压力始终非常大，每次听到朝廷有使者到来，李显的第一反应都是母亲武则天派人来赐死自己了，因而回回都有拉根绳子抢先一步自我了断的冲动。每当这个时候，都是韦氏用她那温柔的声音去劝说李显不要多想，不断地安慰他，不时地鼓励他，这才帮助李显挺过了那长达十五年的朝不保夕、担惊受怕的黑暗日子。

因此默默守候在李显身边的韦氏就此成为李显活下去的唯一动力，他把她视为自己灵魂中不可分割的一部分。后来这个女人又在李显回朝当太子期间作为参谋、智囊与战友，陪伴着李显一路披荆斩棘，历经风雨，直到李显重新坐上皇帝的宝座。

然而风雨之后，李显的妻子韦氏却没能经受住权力的考验，成了一个一心只想重走婆婆的老路，意图做第二个女皇帝的人。

有意思的是，韦皇后找到的第一个事业合伙人居然是她的女儿李裹儿。

李裹儿是李显和韦皇后最小的女儿。据说，她是在李显被流放房州的途中出生的，由于来得突然，物质条件又很差，手边连个襁褓也没有，情急之下，身为父亲的李显只好脱下自己的袍子把初生的宝贝女儿包裹起来取暖，于是就给女儿起了裹儿这个乳名。

虽说裹儿曾一度让李显夫妇手忙脚乱了好一阵，但是她的到来着实给忧愁中的夫妇俩增添了不少欢乐，因此他们一直视李裹儿为二人的心肝宝贝，受宠程度远远超过了她的所有哥哥姐姐，但凡是李裹儿提出想要的，李显夫妇全部愿意给，这其中甚至包含皇位。

韦皇后对于这个跟她拥有同一个梦想的女儿并不反感，相反，还非常支持。在韦皇后看来，这个志向远大的女儿是来帮忙的，她帮自己解决了一个连武则天都没能妥善解决的传位难题。

于是，韦皇后主动跟女儿安乐公主做出了一个约定，如果安乐公主能够帮助自己成为女皇，自己百年之后就会将皇位传给她，让安乐公主成为第三代女皇。

当然了，母女二人很清楚，自己与武则天相比差得太多了，单凭她俩的智商与能力很难完成从皇后到女皇的过渡。为此，经过了多次讨论，韦皇后想到了一个破局的办法，那就是再多找几个人做事业合伙人。

韦皇后找来的第一个合伙人叫作武三思。

武三思是武则天的侄子，武周时期被封为梁王，官至宰相，是那会儿排位仅次于武承嗣的武家二号人物。这位仁兄说起来还算幸运，在武则天去世后没有被李显当作敌对势力予以清算，虽然被免去了王位和相位，却凭着自己的儿子武崇训娶了安乐公主，仍继续留在朝中。

但武三思不单纯是运气好，这位仁兄本人也是有点东西的，借用《旧唐书》编纂委员会小组长、五代时期的历史学家刘昫的原话是，武三思“略涉文史，性倾巧便僻，善事人”，懂得文史就知道如何更好地趋利避害，能言善辩就能够更有效地拉帮结派，特别会来事儿自然就更容易博得他人的喜欢。因此韦皇后眼中的武三思是个有文化、有小弟、有手段、有意思的靠谱盟友，而武三思也借着韦皇后对自己的欣赏迅速傍上了这条新大腿，并成功和韦皇后发展成了情人。

武三思的加入让韦皇后的逐梦无论是人数上还是实力上都有了质的飞跃，但对于韦皇后来说，更重要的是，武三思给自己介绍了第二个靠谱的盟友——上官婉儿。

众所周知，上官婉儿是武则天早期政敌上官仪的孙女，在上官仪被杀后随母亲进入宫廷做奴婢，后因聪颖伶俐、又写得一手好文章被女皇重用。但上官婉儿从来没有忘记家族的血海深仇，所以当张柬之找到她想发展她做太子党的内线时，上官婉儿便欣然入伙。神龙政变期间，上官婉儿出色地完成了对女皇的消息封锁任务，掩护搞政变的同志们顺利实施了计划。

有鉴于上官婉儿在政变中的杰出贡献，并考虑到她有着较强文字能力和较高的颜值，因此，经皇帝李显特批，上官婉儿正式加入了李显的后宫嫔妃团里，成了地位仅在皇后与贵妃之下的昭容。

不过李显显然不知道，上官婉儿的心早就另有所属了，那个赢得她芳心的就是武三思。

于是一个由韦皇后负责大方向把控，安乐公主负责要官要钱，武三思负责招人渗透，上官婉儿负责情报收集的夺位小集团就此形成。

小集团一出手就不同凡响，直接把以张柬之为首的政变功臣五人组赶出了朝廷，紧接着他们步步紧逼，迫使太子李重俊发动了军事政变，并最终因政变失败而死。不过在这一过程中，夺位集团也蒙受了伤亡，武三思被杀身亡。

可也有意外的收获。在深挖李重俊叛乱一案时发现，相王李旦和太平公主两个人不但对李重俊的行动知情，而且还给予了一定的支持。然而事情也就只能达到这种捕风捉影的程度了，因为负责审案的右台大夫苏珦不知是工作时不够认真负责，还是他怕得罪了相王，竟然自作主张不再继续查下去了。韦皇后等人认为这是个机会，便把这一情况报告给了皇帝。李显得知此事果然大怒，表示一定要把李重俊的事情彻查到底，无论背后是谁，都会严惩不贷。

没想到当李显把这件事交给吏部侍郎兼御史中丞萧至忠处理时，却被萧至忠一波动情的劝谏把满腔的怒火劝了回去。

李显到底还是一个耳根子软且重情重义的忠厚汉子，所以韦皇后等人也不好再劝，只能再找机会。

但是，直到李显驾崩，韦皇后一伙也没能找到一个合适的机会，这一是因为，相王李旦等人经过了武周时期的磨炼早就能够做到把事情办得滴水不漏，韦皇后们自然无法抓到把柄；二是因为李显这个新皇帝死得太快也太突然了。

李显二度登基的第六年，也即唐中宗景龙四年（710）六月初二，他突然驾崩于神龙殿，享年五十五岁。

皇帝驾崩的消息其实一度震惊了很多人，因为就在事发的三天前（五月二十九日），李显还在宫里设宴款待过身边的近臣，兴致颇高地叫唤着接着奏乐接着舞，一点也没有身体不适的样子，怎么可能没两天就走人了呢?

正在朝野上下议论纷纷、莫衷一是的时候，一个劲爆的小道消息不知从哪里突然流传开来，说的是韦皇后和安乐公主为了做女皇帝，合谋投毒害死了皇帝!

不久又有最新的补充消息流出，进一步揭示了投毒人、投毒动机及投毒方式，按照它给出的说法，下毒的实际操作人是略微通些医术的散骑常侍马秦客。韦皇后早与马秦客勾搭成奸，而皇帝陛下对于两个人的奸情渐渐有所察觉，于是为免事情败露被皇帝下令诛杀灭族，两个人就此决定先下手为强，便在安乐公主的帮助下，诱使皇帝吃下了毒汤饼，最终成功杀掉了皇帝。

对于韦皇后的生活作风问题，坊间一直就有着各种各样的传闻，而朝中也有不少人知道马秦客确实与韦皇后等人关系密切，这下子一切都可以对得上了，韦皇后母女为了实现自己的野望，丧心病狂地谋杀了自己的丈夫（父亲）。

这是当时朝野上下的共识，也是得到了官修正史认可的传统说法，比如《旧唐书》上对唐中宗之死记作："时安乐公主志欲皇后临朝称制，而求立为皇太女，自是与后合谋进鸩。"《新唐书》的相关记载则是："六月，皇后及安乐公主、散骑常侍马秦客反。"后来司马光先生在写《资治通鉴》的时候更是旁征博引地将唐中宗遇害前，韦皇后与了解医术的散骑常侍马秦客（制药下毒的）、能掐会算的国子祭酒叶静能（计算成功率的）及懂得烹饪的光禄少卿杨均（给做汤饼的）这三位情夫的密谋描述得更为清楚。

然而细细推敲官方史书，我们可以发现其中存在一些疑点。

第一个疑点就在《旧唐书》中，具体篇目则是所谓的《韦庶人传》，也即韦皇后本人的传记里。在提到唐中宗李显暴卒的时候，史书上原文是这样的："六月，帝遇毒暴崩。时马秦客侍疾，议者归罪于秦客及安乐公主。后惧，秘不发丧，引所亲入禁中，谋自安之策。"

差不多的记录同样出现在了韦皇后在《新唐书》的传记中："帝遇弑，议者裀咎秦客及安乐公主。后大惧，引所亲议计……"

从这两段记录中，我们可以很清楚地了解到以下事实：

第一，唐中宗李显的确是因中毒不治身亡的，而且可以排除食物中毒的可能，并确定是有人蓄意投毒，成功实施了谋杀。

第二，马秦客由于当时刚好负责为唐中宗治病，遂被人怀疑，且有人借机引导舆论，把舆论的矛头指向了马秦客和安乐公主。

第三，韦皇后在事发后十分害怕，为澄清外界的怀疑，曾特地找来同党一起想办法，只为寻求自保。

本着历史学考据基本的"孤证不立"原则，我们不能轻易就相信了《韦庶人传》中的说法，而是要深度地刨根问底。那么第一个要解决的问题就是，李显在驾崩前的那段时间里身体真的出现了问题吗？

对于这个问题，我认为答案是肯定的，李显那会儿确实有病在身。他曾写信给一个名叫邢文伟的人。在这封被收录到了《全唐文》的信中，李显说自己"每欲研精政术，极意书林，但往在幼年，未闲将卫，竭诚耽诵，因即损心。比日以来，风虚更积……"所谓的"风虚"大概率指的是李家皇族的家族遗传病"风疾"。这病打李显太爷爷李渊的时候就已经在困扰李家人了，著名的明君唐太宗李世民也饱受此病困扰，而李显的父亲唐高宗李治很可能是家族中病症出现最早也是最为严重的。据载，这病在临床上的表现主要是头晕目眩、四肢抽搐且有明显麻木感，严重时还会出现突然昏厥休克的症状，李治正是因为“头重，目不能视”，连奏疏都批阅不了，上朝也不能够久坐，这才将部分权力移交给了自己的妻子武皇后，并引发了后来的许多事情的。

显然，李显也遇到了家族病发作的问题。而且李显身上的病，还不止这一种。另据《全唐书》中《请谅阁进膳表》记载，在被武则天发配房州期间，李显不幸患上了脚气病，后来因为在为母亲武则天服丧期间每天只吃点稀粥，致使“旧患更发”，身体状况变得更差了。所以李显在生前应该存在长期治疗服药的情况，在他驾崩前后，身边有马秦客这样懂得医术的侍从之臣出入后宫，在逻辑上讲并不违和。

再来看第二个关键的问题——动机。

众所周知，对于谋杀案而言，充足而合理的作案动机是定案的关键因素。就韦皇后和安乐公主来讲，她们的杀人主要动机无非是要实现做女皇帝的梦想，而从当时的情况分析看，让李显活着才是对她们最有利的选择。

因为至少从唐中宗景龙三年（709）起，李显已经出现了非常明显的重走老爹李治老路的迹象。比如这年朝廷中韦皇后的党羽公然提议要让皇后和安乐公主加入祭祀天地大典的行列，分别主持第二轮及第三轮的献祭。这很明显是违反祭祀礼仪的，但在群臣的强烈反对下，李显只是取消了安乐公主的祭祀主持资格，硬是帮助韦皇后得偿所愿。此外，在前任太子李重俊因政变失败被杀后，李显迟迟没有把剩下的唯一的儿子李重茂立为太子的意思（李重茂不是韦皇后的亲生儿子），反倒是对安乐公主多次提出立自己为皇太女的建议显露出了越来越大的兴趣。所以，应该能够排除韦皇后和安乐公主为了谋夺皇位而谋杀李显的可能。

那么会不会像路边社消息透露的那样是因为怕奸情暴露才动手的呢？我个人的看法是可能性并不大。

事实上，就在李显死的那一年，根据史料的记载，至少有两个人公开上书朝廷指称韦后图谋不轨，淫乱后宫。这两个人一个是来自定州的老百姓郎岌，另一个则是时任许州司兵参军的燕钦融。相信大家应该还依稀记得，当年那个告发张昌宗谋反的热心群众杨元嗣就是许州人，爆料的内容则是定州的事情。

皇帝陛下明显对这两个地名是有记忆的，因此这两位身份可疑的告发者都被李显亲自下令用棍棒打死了。由此可见，李显和韦皇后的感情基础十分牢固，李显非常信任和维护自己的妻子。即便是李显在死之前发现了蹊跷，韦皇后似乎也没有必要不先尝试打情感牌，忽悠一把耳根子软、心更软的李显，而选择风险最不可控的投毒杀人的方式去解决问题。特别是从“后惧，秘不发丧，引所亲入禁中，谋自安之策”这一描述中可以看得出，当时的韦皇后对于皇帝的突然暴亡显得有点不知所措，给人的感觉并不像是韦皇后早有预谋的样子，而更像是这件事发生得极其突然，完全在她的意料之外。

作案的凶手一定是受益人，谋杀掉李显对于韦皇后和安乐公主来说则是弊大于利。那么如果行凶的既不是韦皇后又不是安乐公主，还有谁可能从中受益呢?

有一个人可能性极大，那就是李显的亲妹妹——太平公主。

太平公主是唐高宗李治和女皇武则天的小女儿，自幼就很受父母及李显、李旦两个哥哥的喜爱，备受恩宠，因此早在李治在世时，就有了所谓“二十余年，天下独有太平一公主，父为帝，母为后，夫为亲王，子为郡王，贵盛无比”的说法。后来因为在武李争嗣期间一直暗中支持自己的哥哥们，等到了李显继位为帝时，为了报答长期提供情报的这个妹妹，李显特别给老妹加封号为镇国太平公主，并允许太平公主参与国家大事的决策讨论。此外，依据李显钦定的重要文件《相王太平公主不得拜诸王公主制》中的重要精神，太平公主和相王李旦一样拥有身为长辈不必向自己的侄子、侄女下拜的特权。有了这诸多加持，太平公主就成了在唐中宗李显在位期间唯一有势力且有能力与韦皇后、安乐公主搞对抗的人。

平心而论，在当时的朝廷里，太平公主的势力和韦皇后、安乐公主一系差不多平分秋色，可要是论能力，韦皇后整个集团的水平加在一起也比不上太平公主一人。

太平公主的能力究竟有多强呢？只要引用一个权威人士的评价，大家就可以有个深刻的了解了。这个权威人士，叫作武曌。

据记载，传奇女皇武则天对太平公主最常用的评语是：类我。

类我，就是像我。

武则天经常亲口说，这个女儿很像我。

要知道，武则天说这话的时候太平公主的年纪也就是二三十岁的样子。一个年纪轻轻的女子居然让武则天这样的极品老江湖都不禁时不时地感叹很像自己。

能力可以媲美武则天的太平公主对付韦皇后一伙，基本上是碾压式地完虐。而且由于李显对于自己的这个亲妹妹一直照顾有加，太平公主甚至敢在朝廷里公开跟韦皇后一派搞对抗，而且公开到了史书上都直言不讳地记录对阵结果的程度。

至于结果，当然是太平公主所向披靡，“韦后、上官昭容用事，自以谋出主下远甚，惮之”。

对于妹妹和老婆女儿的激烈斗争，李显心知肚明，他甚至曾经为此私下询问过大臣，如何才能解决宫内宫外的皇亲国戚们不太和睦的问题。大臣建议他放下眼前的亲情，为国家长远考虑，严加惩处那些搞事情的人，但是李显到底还是心肠太软，并没有付诸实施。久而久之，太平公主和韦皇后一派的矛盾就变得越来越尖锐了。

李显这个做皇帝的很无奈，也很不爽。然而他并不知道，太平公主才是那个更不爽的人。

因为太平公主很清楚，对韦皇后这种明显小学生水平的政敌，自己本来分分钟就能把对方置于死地（自以轧而可胜），但偏偏总是在关键时刻，那个当皇帝的哥哥从中作梗，出手保护韦皇后，让敌人无数次死里逃生。在太平公主看来，有李显充当裁判的比赛注定会是一场即便可以秒杀但却不得不拖到加时赛的不公正竞赛。因此太平公主明白，如果她想获胜，拉偏架的裁判必须先离场才可以。

特别是在太平公主多次尝试通过让大臣上书进谏废掉韦皇后无果的情况下，除掉李显就是唯一的选择。

除去上面提到的这些，还有一件事不能不提一句。

那就是在李显驾崩前不久，他曾下令准许像上官婉儿这种级别的宫人在宫外安家。这一举动看起来非常荒唐。对于这个举动，我们暂时先不予评论。而是要先聚焦于一个人物身上，那就是上官婉儿。因为上官婉儿不一样了。

我们前面讲到了，在当时太子李重俊发起的那次不成功的政变中，政变军成功地突入了武三思府内，杀死了武三思父子，并差一点成功要挟李显交出上官婉儿，让他们当场处决。虽说上官婉儿侥幸躲过了一劫，但情夫武三思的惨死和险些被当成弃子的遭遇让她意识到李显是不可靠的，韦皇后和安乐公主在危急关头也不会在乎自己的性命（特别是在武三思死后）。于是为求自保，上官婉儿开始主动谋求改善同太平公主的关系，并终于取得了对方的谅解与接纳。不过同时也意味着她成了韦皇后事业上的叛徒，会遭到韦皇后与安乐公主的敌视和打击。

上官婉儿的卧底身份是否暴露了，或者说何时暴露的，我们现在无法根据现有的史料做出准确的推断，只能提出两种可能性。第一种就是，韦皇后等人依旧认为上官婉儿是自己人，她们想通过高级女官可以出宫居住的政策，去充分发挥像上官婉儿这样的人才的能力，让她们能更方便地联络外廷大臣，扩充自己派系的势力，并借机探听搜集外界的各种情报；第二种可能则是借助这一政策将不属于自己心腹的高级女官打发出宫，让上官婉儿失去她封锁消息、探听情报的能力，从而避免出现第二次神龙政变。

如果说太平公主真的是毒杀李显的幕后黑手，那么执行毒杀计划的人选极有可能正是上官婉儿本人。而以当时的政治态势来看，李旦和李隆基正是太平公主那一边的人（基本诉求是保证江山属于李家人），对于太平公主谋杀皇帝的计划必然至少知情，这也许可以解释为什么上官婉儿最终还是没能逃过那一刀的结局。

李显之死的真相是什么，其实对于当时的各种政治势力而言已经不那么重要了，重要的事情只有一件，李显死了，留下来的皇帝位置谁来坐？

围绕着这一主题，一场新的大戏即将拉开序幕。而在幕后候场多时的李隆基也终于要登上历史的主舞台了。

第三章
韦后一党的覆灭

得到皇帝驾崩的消息时，李隆基并没有感到特别震惊。因为他早有预感这一年要出大事，而他将借这个机会建立不凡的功业。

那个时候李隆基还在潞州（治今山西长治市），刚刚做了不到三年的潞州别驾。他接到朝廷的消息，称皇帝陛下将要去南郊祭祀天地（就是韦皇后参与的那次），让他回长安朝见，当面汇报这些年的工作。

在即将出行回长安的时候，李隆基突然心血来潮，想见一个人。于是他当即找到了那个名叫韩礼的人。

这个韩礼是当时潞州一带颇有名气的术士，李隆基找到他的原因也很简单，就是请他为自己算上一卦，卜问个吉凶。

这当然不成问题，韩大师随手扯出一根蓍草请李隆基信手往天上一抛，表示自己会根据蓍草落地后的样子，认真地说出个一二三来。谁知，李隆基将蓍草扔出去，落到地上后，韩大师就惊了。因为那根蓍草竟然直挺挺地立在地上，而没有像平常占卜时那样倒下，韩大师干这一行干了这么多年了，还是头一次碰见这样的情况。

不过，眼前的这一幕是难不倒韩大师的。只见韩大师下一秒就做抱拳祝贺状，对李隆基笑着说道：“蓍草立在地上不倒，这是不同寻常的吉兆，妙不可言啊！”

紧接着他嘱咐李隆基回京之后要做好应对非常之变的准备，这样才可以有自我实现的可能。

实事求是地讲，韩大师说的这一套其实在我们今天并不神秘，说起来就是概率学上的可能性预测和心理学上的心理暗示的综合内容，灵不灵，主要看事后怎么解释。不过在当时，大部分人都对韩大师的话深信不疑，李隆基自然也不例外。因此李隆基回到长安汇报完工作后，便找了个借口推后了返回潞州的时间，然后把自己大部分的时间、精力都用来结交朋友了。

李隆基所交的朋友比较有针对性，基本上以武人为主，从军队的中高级军官到基层大兵，凡是有个一技之长的，都被李隆基拉进了自己的朋友圈里。当然了，李隆基是用非常低调隐蔽的方式，努力去和驻京部队、禁军上下打成一片的，至于是为了在韦皇后和武氏残余势力的威胁下确保个人人身及家族财产安全，还是另有什么特殊的想法，这事儿估计只有李隆基本人才知道了。但可以确定的是，李隆基的这番努力并没有白费，在小半年后，这些朋友大多数都派上了用场。

就在李隆基继续四处活动、招徕人才组建应变团队的时候，他等待了多时的大事变终于来了，而且是接踵而来。首先自然是唐中宗李显暴崩的噩耗，紧接着则是一份中宗的遗诏，这份遗诏宣布了三件事：第一，立温王李重茂为皇太子；第二，韦皇后暂时主持国家政务；第三，自己的父亲相王李旦成了辅政大臣。

对于这份遗诏的内容，李隆基并不以为然，因为这里面的内容大部分在他的预料之内，这种暂时搞搞平衡的安排不过是展示一下姿态，骗骗小孩子还行，对于稍微资深一点的从政者而言，几乎就是个幌子。像李隆基这种级别的一致认为真正值得关注的其实是另外的消息——关于军队的最新调动及各部队的统领人选。

果不其然，在所谓的先皇遗诏公布的第二天，韦皇后便采取了行动。她先调派了五万府兵驻守京师长安，然后就把韦氏家族中的长安令韦播、驸马都尉韦捷、韦灌等人安排在了左右屯营、羽林、飞骑、万骑等禁卫军的各个关键的领导岗位上。同时又借召朝廷重臣入宫商议要事的名义，令亲信宗楚客带头倡议，取消了相王李旦的辅政参政资格。

相关消息传来的时候，李隆基不怒反笑，因为他最为头痛的事并没有发生。那个韦皇后到底还是水平有限，她安排到各支部队的那些人无一不是纨绔子弟，没有一个人具备控制住部队的能力，因此李隆基确信他可以放心筹备接下来的事情了。

此时此刻，韦皇后对李隆基的动作依旧完全不知情，她的主要注意力都放在了平日的政敌太平公主那里，而且实事求是地讲，韦皇后也很忙。自打六月二日李显驾崩后，她就没闲下来，六月三日开会调兵；四日给李显发丧、宣布摄政改元……直到七日看着李显的小儿子李重茂顺利登基继皇帝位，自己正式成为皇太后，这才松了一口气。

殊不知，她松气的那一刻，自己的结局已然定下了。因为李隆基那边已经在开会了。

参加这次李隆基一生最重要的会议的，除本人外的主要与会者还有五个人。由于这五位都很有点来头，且在后续的行动中都起到了重要作用，因此我们有必要简单介绍一下。

第一个需要介绍的人是来自太平公主那边的人，此人名叫薛崇简，是太平公主与第一任丈夫薛绍的次子，这次他是作为母亲的代表前来参加谋划的。而且这位仁兄当时的职务是卫尉卿，武库内武器的管理是他的分内之事，因此薛崇简不仅能够第一时间将相王方面的最新意见反馈给母亲，还能为政变的士兵们提供充足且好用的武器，角色相当重要。

第二个人叫作钟绍京，这人的父母不如薛崇简的那样知名，但他有个超级知名的祖先，那就是三国时代曹魏的重要文臣、太尉钟繇。作为钟繇的十五代孙，钟绍京跟他的老祖先一样在书法领域颇有造诣，是当时著名的书法家，后世的米芾、董其昌等书法大家都对其书法推崇备至，而李隆基也是因为特别喜欢他的书法才和他慢慢成了好朋友的。不过，这次会议李隆基把钟书法家找来，绝不是想让钟绍京给他誊写声讨韦皇后的檄文对外分发的，主要还是看中了他当时的职务。

钟绍京时任苑总监，用今天的话来讲就是皇家园林的一号负责人。虽然在大部分人看来这不过是个闲差，可李隆基却不这么认为，相反，他确信政变若要保证成功，非得得到钟绍京的帮助不可。因为李隆基曾经认真分析研究过自玄武门之变以来历次政变的成败教训，经过对比，他发现只要出其不意地控制住了玄武门，政变就基本上算成功一多半了。而为了达到出其不意的效果，政变军队必须做到秘密地大量集结。由钟绍京负责的北苑，面积大，植被多，距离玄武门也不远，因此实在是个极佳的部队藏身之地。钟绍京的加盟也就显得特别重要了。

第三个人名字叫刘幽求，当时的身份是朝邑县公安局局长（朝邑尉），在与会的王子皇孙中这样的基层干部并不显眼，但他却是李隆基特地找来加入讨论的。因为此人虽然级别不高，却极有远见。早先在神龙政变结束后，他就曾力劝身为政变组织者的桓彦范和敬晖趁此良机将以武三思为代表的武家势力彻底消灭掉，以免有后患。可桓彦范等人当时不以为然，结果组织神龙政变的功臣全部被害。更重要的是，在劝说失败后，刘局长二话不说，果断跑路，连官职都不要了。因此后来桓彦范等倒台，刘幽求没有被牵连，而李隆基在得知了他的事迹后也是费了九牛二虎之力才找到他，可见这位仁兄的确很有两下子。

最后的葛福顺和李仙凫可以放到一起说，因为这二位都是李隆基平日里结交的人中的代表人物。他们虽然没有什么特别突出的能力，但是他们却是李隆基发展的靠谱眼线，这一次的会议之所以会召开，正是由于二人带来了一个十分关键的内部消息：受命统领禁军的韦播（韦皇后堂侄）和高嵩（韦皇后堂兄的外甥）为了在军中树立自己的威信，近日来经常小题大做甚至是没事找事地鞭打万骑将士，对于二人的举动，万骑兵将多是敢怒不敢言。现在大家心里都憋着一口气，恰好是发动他们来做些事的良机。

听得这个消息，李隆基等人真的有送韦播、高嵩一份重礼致谢的冲动。李隆基当即决定将发动政变的时间提前，并通过葛福顺、李仙凫充分调动起万骑的人马，加入这次行动中来。

然而一个人的突然到来却改变了李隆基的计划，促使李隆基立刻将计划付诸实施。

这个跑来给计划进程做加速的人，叫作崔日用。

崔日用，是当时的兵部二把手（兵部侍郎）。除此之外，他还有另一个广为人知的身份，那就是韦太后现任首席智囊宗楚客的现任首席智囊。但正是因为此人耳目众多且特别善于随机应变，因此当得知李隆基将发动政变的小道消息后，略微评估了一下斗争双方的阵容，就干净利落地投向了李隆基这一边。

这一次，崔日用冒着暴露自己的风险跑来，真的是迫不得已，因为他刚刚探听到另外一个重要情报：安乐公主那边正在筹划率左右屯营及羽林万骑搞武力摊牌，而且安乐公主已经在家里准备好了兵器盔甲，就等六月二十三日行动了。

鉴于这一突发情况，崔日用力劝李隆基尽早行动起来，这样才能占得先机，并以迅雷不及掩耳之势，出其不意地完全击溃对手。

李隆基对崔日用的建议表示认同，并对崔日用的情报工作给予了高度的评价，他认为必须紧抓落实政变工作，将发动反对韦氏一党的士兵们的积极性与主动性的任务早日提上日程。于是李隆基派出了刘幽求按照既定计划向万骑果毅葛福顺、陈玄礼等人宣讲了政变诛除韦氏，共享美好未来的政策。

不出所料，葛福顺、陈玄礼二人当即表示很乐意加入，并保证届时可以发动起大批战友袍泽进行所需的配合。

事到如今，部队来源、集结地点、行动时间等关键环节都不再有问题了，问题有且仅有最后的一个：以上计划的变动内容是不是应该先知会下相王，得到认可后再开始行动。

李隆基认为，大可不必。

“我们发起这次行动完全是为了国家社稷，如果事情成功了，福报理所应当属于相王；如果事情不幸没能成功，我们这些人以身殉国也就罢了，不应该连累到相王。如今，倘若先禀报相王，那么就等同于强迫相王参与我们这样危险的密谋；如果相王不同意，这难免会破坏我们的大计。”

在李隆基颇有自信和威严的清晰分析下，在场的所有人当即表明愿唯命是从。

是成是败，家国兴衰，全系吾辈肩上，毋庸赘言，出发！

唐隆元年（710）六月二十日，也即唐中宗李显去世后的第十八天，身穿便服的李隆基亲自统领刘幽求等亲信在午后的阳光下秘密潜入苑内，直奔钟绍京的衙署而去。

“可大（钟绍京的字），可大，是我们，速速开门，速速开门！”

同样的话声音由小变大被叫了数遍，敲门的声音也渐渐急切起来，然而门里的那一侧始终是一片安静。

钟绍京并不是睡过头了或被敌人暗杀了，此时此刻，他正在激烈地斗争，斗争的对手是他自己。

虽说钟绍京是钟繇的后人，但他们家家道中落已经很有些年头了。钟绍京小时候日子过得很苦，能走到如今的这一步，让钟家一门重获振兴的希望，他几乎使尽了浑身解数，而且实话实说，他和李隆基的关系并没有铁到可以豁出一切的地步。因此到了这个有可能需要赌上一切的关头，钟绍京有些想临阵脱逃，完全可以理解。

可是门外面的李隆基等人却实在是没工夫慢慢等着钟绍京把利弊权衡清楚了，毕竟那么些人鬼鬼祟祟地聚集在一处待个半天，那真是想不吸引路人目光都不成。

就在政变还没发动便可能被发现的危急关头，有一个人出手分分钟就化解了这场危机。

这个人是钟绍京的妻子。她是被急促的叫门声给惊动的，对于钟绍京他们最近在谋划的具体事情，钟夫人虽说不太清楚，但今儿个一看这情况，大致就猜到了七八分。于是她来到了还在犹豫的钟绍京面前，说道：“你舍身为国，神明自会相助。更何况你一直都在参与他们的密谋，即便你今天不加入，又岂能幸免！”

一语惊醒梦中人。钟绍京立刻意识到老婆大人说的是对的。既然已经走上了这条路，想回头就不可能了。

钟绍京当即起身，一路小跑着过去打开了那扇紧闭的门。

“让殿下久等了！快请进来！我已恭候多时！”

政变指挥中心就这样在钟绍京的衙署里秘密建立了起来。随着夜幕的降临，政变开始步入了倒计时的阶段，而葛福顺、李仙凫两位万骑部队的内线也如期到来，他们带来了所部已然集结完毕，只等行动的消息。

李隆基闻言，欣慰地点了点头：“很好，不过现在还不是行动的时候。”

李隆基之所以态度突然出现了这样的微妙转变，很重要的原因之一在于他一直倚重的亲信王毛仲始终没有出现。李隆基非常了解自己的这个属下，他知道王毛仲不现身，可能性只有一个，那就是这个聪明而心思缜密的家伙判定这次政变的成功概率极低，所以才会毫无理由地玩起了消失。

平心而论，王毛仲的缺席对李隆基的信心是一个很大的打击。李隆基产生了些许动摇，他无法确定自己是否应该再继续行动，或者是该何时开始行动。

由于李隆基迟迟没有下达行动的命令，因此众人一直原地待命，这一等就到了二鼓时分。说来十分神奇，二鼓刚到，天上便出现了流星雨，而且据说这次流星雨不是向着一个方向落在地球上，而是仿佛雪花一样向四方散落（天星散落如雪）。

突然出现这样奇异的天文现象，众人难免要猜测议论一番，这一次也不例外。就在大伙儿莫衷一是，探讨吉凶之时，在李隆基身旁沉默了许久的刘幽求站了出来，大声说道：“天象如此，是在告诉我们机不可失！现在行动定能成功！”

在刘幽求一通封建迷信宣传过后，在场众人信心倍增，李隆基感激地看了刘幽求一眼，随即发表了慷慨激昂的总动员：

“今日，我与你们一起扫除大逆，安定社稷，功成之时，当各自以富贵相见！”

“诺！”

行动就此开始了，第一拨出动的是早已整装待发的葛福顺等人，他们奉命前往羽林军营，执行斩首行动，干掉韦播等人。

一般情况下，想袭击羽林军营得手是非常困难的事情。因为羽林军营不仅时时刻刻戒备森严，而且营中士兵训练有素，有分分钟消灭入侵者的架势。然而这一次，情况变得不一样了，在葛福顺等政变士兵“只为韦播、高嵩而来”的宣传下，羽林军营中的兵将纷纷主动避让，个别对韦播、高嵩怨气极大的羽林军士兵甚至主动带路，领着葛福顺一行向韦播、高嵩的营帐奔去。

韦播、高嵩万万想不到，居然会有人公然在羽林军营追杀自己，他们既没有丝毫准备，又难以判断到底来了多少人、从哪里来，竟然在惊慌失措中束手就擒了。葛福顺和他的士兵们没有打算给这些颐指气使的领导赎罪的机会，他们乱刀齐下，很快就在当场杀掉了韦璿、韦播、高嵩这三位韦皇后安插在军中的亲信。

在取了三人的首级后，葛福顺召集了全体羽林军将士，他知道现在需要给大家一个说法，并利用这个机会把这些士兵发动起来，加入攻打玄武门的行动中去。

虽说葛福顺不善言辞，但好在他已经把应该讲的话提前准备好，还反复训练过了，于是现场的羽林军兵将都听到了葛福顺义正词严又不容反对的发言。

“韦皇后毒死了先帝，阴谋危害社稷，今晚我将率领你们一起去诛杀韦氏一族，拥立相王来安定天下！如敢有首鼠两端、协助逆党的，灭其三族！”

诸位是愿意加入呢，还是愿意加入呢？但说无妨！

葛福顺的话讲完了，士兵们都没敢随便吱声。因为大家都很清楚，搞哗变杀死虐待士兵的韦播等人相较于葛福顺的提议只能算是小事。葛福顺明摆着就是强迫大家跟他去造反，这才是绝对要掉脑袋的勾当，搞不好还会祸及三族，不是闹着玩的。但面对着杀红了眼的葛福顺及其手下，谁也不敢站出来表示反对。

于是现场的空气瞬间好像凝固了，过了许久，才有人做出了回答：

“事已至此，愿随将军诛杀奸党，保卫大唐社稷！”

是啊，就算现在把葛福顺等人拿下，绑了送去衙门，大家也不一定能够获得个将功补过的待遇，倒不如再干一把，灭掉韦氏，说不定还能有更多可能。

就这样在葛福顺的胁迫下，羽林军也加入了进来，同葛福顺的万骑部队一起与李隆基实现了会合。

在确认韦璿等三人的首级无误后，李隆基亲自率领一队人马出苑南门直趋玄武门。此时，李隆基手中的人马虽说数量不少，有大几百人，但战斗力上却水平各异。这其中最为精锐善战的，自然是李隆基的亲信部队，“勇不顾身”的麻嗣宗、“趫捷善骑射”的李守德都在其中，可问题是人数只有几十人，因此不便用于攻坚。至于人数最多的则是钟绍京带领的钟家家奴和他苑中的工匠，这部分虽有二百余人，但几乎没啥战斗力，用的武器也不过是平时干活使的斧锯什么的，所以用来壮一下声势还是可以的，别的几乎不敢指望。

思来想去，李隆基还是决定把希望寄托在左右万骑营身上。

“葛福顺！你领左万骑攻玄德门从左侧突入！李仙凫！你率右万骑攻白兽门从右侧突入！各部事成之后需在凌烟阁前会师，彼此通过大声呼喊来互通消息。一旦凌烟阁喊声大作，其余人等随我进取两仪殿！

“拨乱反正，只在今夜，望诸君勉之励之！国家必有重赏！”

李隆基的这番话讲完，大家眼中无一例外都闪出了金光。

既有无上的荣誉，又有丰厚的奖励，此时不拼更待何时！万骑将士如同疯子一般杀向了各自的进攻目标。

跑在最前面的是葛福顺，这位仁兄的确很有两下子，在他的统领下，左万骑率先找到了突破口，击溃了守门的卫队冲入皇宫。紧接着其他各部也相继取得突破，杀了进去。

先头部队很快便消失在夜色中，李隆基则带领剩下的人马加强了对玄武门的控制，同时耐心等候葛福顺部的消息。

大约等到三鼓时分，喊杀声从凌烟阁的方向传了过来，李隆基二话不说，直接统领大部队扑向了既定目标。而随着诛杀韦氏、挽救社稷的宣传口号被喊得响彻宫廷，原本守在太极殿内的禁军将士们也纷纷倒戈，披甲拔刀奔着韦皇后的寝宫而去。

实践证明，韦皇后说服唐中宗的本事是一流的，搞阴谋诡计的水平是二流的，危急应变的能力则是不入流的，她并没能充分利用自己的权威去组织抵抗，而是选择了一跑了之。也正是这个举动，决定了韦氏一党再也没有更多的戏份了。

慌张之下的韦皇后在几个亲信的护卫下一路马不停蹄地跑进了飞骑营。仅从这一点看，韦皇后还是很有点脑子的，至少知道兵荒马乱的情况下，军营里才是最安全的地方。但她忽视了非常关键的一点，那就是自己的亲信在部队里的人际关系相当差，紧急关头没有参与政变的飞骑营不会为了韦氏一党浴血奋战，而是会直接站在获胜者的一方。

于是韦皇后进到飞骑营没多久就被营内的兵将送了出来，为了保证功劳不被抢走，他们送出的仅限于韦皇后脑袋的部分。

见到了韦皇后的首级，李隆基意识到他已经胜券在握，但素来行事谨慎的他还是再三要求大家尽快将韦氏一党的其他重要人物一一拿下。

于是韦后的宝贝女儿安乐公主在逃到右延明门附近的时候被追兵赶上杀死。其他韦后一党的主要成员，如安乐公主的驸马武延秀、内将军贺娄氏等人在短短一夜之间，要么被乱兵所杀，要么就被政变部队直接捆上送到了李隆基面前等候处理。

对于扫除韦氏一党的进程，李隆基基本满意。在他看来，韦氏一党的核心成员基本上被一网打尽了，目前需要他亲手处理的只有那个人了。

上官婉儿知道李隆基发动了政变并且控制住了局势，她同样很清楚，政变部队正在四处寻找自己。但即便如此，上官婉儿依旧神态自若，当李隆基进宫时，她甚至是主动率领众宫女们手持蜡烛前去迎接。

上官婉儿之所以这么做，是因为她的手中有着一张王牌，那就是她此前亲手起草的命令相王辅政的诏书。这份诏书足以作为她投入相王与太平公主阵营的证据，印证她的卧底身份。

然而上官婉儿没有等到李隆基的亲切慰问。在看了一眼上官婉儿托刘幽求转呈的诏书后，李隆基没有说话，只是冷冷地盯着眼前的这个曾在宫中呼风唤雨多年的才女。

在众人看来，李隆基的注视意味着他认可了上官婉儿的功劳，接下来上演的将是温暖激励的戏份了。只有上官婉儿不这么看，事实证明，也只有她看清了李隆基的心思。

李隆基不想让上官婉儿继续活下去，他当然知道上官婉儿与太平公主的关系，也了解上官婉儿在这次政变中封锁外界消息的巨大功劳，但正是这两点恰恰成为李隆基决心要处死上官婉儿的理由。

这个女人实在太聪明，太有手腕，也知道了太多不该知道的消息了。

一旦韦皇后的势力被清理干净，姑姑太平公主一定会趁机扩展自己的势力，而那个姑姑本来就已经城府颇深且工于心计，倘若再有一个机灵聪颖的上官婉儿在她身边做智囊，以后的事态发展必将完全脱离自己的掌握。

更何况，李隆基知道上官婉儿与伯父李显的暴死有直接关系，他虽和伯父谈不上有特别深的感情，但毕竟是血浓于水，这个仇若不报，自己的良心也会难安的。

“先帝昭容上官婉儿秽乱宫廷，依附奸党，着斩立决！”

李隆基是用不容置疑的语气下达这一命令的，他甚至丝毫没有理会刘幽求在一旁的求情。因为他确信，这是一个无比正确的抉择，一个没有上官婉儿与太平公主联手的未来才是对于大唐更好的未来。

唐朝历史上最知名的才女上官婉儿就这样被李隆基的武士斩杀在了唐军的旗帜下，时年四十七。

经过整整一夜的折腾，武则天家族还混政治圈的人物也几乎被一扫而光，纵横江湖半个多世纪的武家人至此基本退圈。

当各方面事务处理得差不多的时候，已是第二天的黎明了。李隆基顾不上去补个觉，安排好后续的收尾事宜便马上动身去拜见父王李旦。

“儿臣未经父王准许便擅自兴兵，还望父王恕罪。”

李隆基一见到父亲就干净利落地跪在了地上，叩头谢罪道。

按照我国的传统美德，这个时候做父亲的面对未经请示擅自成功的儿子，反应不外乎以下两种，要么是“三两步上前，一把扶将起来”，要么是“佯作愤怒，大喝一声：逆子安敢如此，若有下次，定斩不饶”。

然而这不是李旦的选择，面对这个奋不顾身且劳苦功高的儿子，他缓缓地走了过去，伸出了手，一把抱住，然后开始哭了起来。

“宗庙社稷都是因你才转危为安、重获安定，不然，连我自己都难免遇害啊！”

相王李旦很是动情，不过李隆基却没打算一直跟父亲抱着哭个畅快。

他知道，事情还没有结束。毕竟那个由韦皇后拥立的小皇帝还在宫里，掌握了小皇帝，这场政变才算真正而彻底地成功。

在李隆基的建议与陪同下，李旦进到了皇宫中，他先以叔父的口吻安慰了受惊的小皇帝，然后便带着李重茂登上安福门，安抚城中受到惊扰的百姓并宣布大赦天下。

安抚完了城中人心，下一步自然是对有功之臣进行封赏表彰。临淄王李隆基作为一号功臣，被任命为殿中监、同中书门下三品，兼押左右万骑，进封平王，成了行政权、统兵权两手抓的李唐皇族新生代第一人。太平公主的儿子薛崇简则被赐爵为立节王，成为少有的几个异姓王爷之一。

参与政变的另外几个核心成员也得到了提拔，比如提供场地的钟绍京被任命为中书省的二把手（中书侍郎），智囊刘幽求被提拔为代理中书舍人，二人并参知机务，成了实质上的宰相。麻嗣宗成为代理左金吾卫中郎将，入职禁军；拼杀在第一线的葛福顺等武将也分别获得了升职，实现了由士兵到将官的蜕变。

总之，几乎所有人都很满意，除了一个人。这个不满意的，就是皇帝李重茂。对于他来说韦氏家族和武氏家族联合操控朝政的日子虽说一去不复返了，但皇帝陛下在看完这一系列的人事安排后，心里也很明白，自己的位子也没有几天好坐了。

事实证明，李重茂的看法完全正确。其实早在政变成功不久就有人找到了刘幽求，劝他向李隆基提议趁早废黜李重茂，奉相王李旦为皇帝。但是当刘幽求提及此事时，却被李隆基严词拒绝了。这倒不是李隆基对伯父李显的感情有多深厚，不忍就这么废掉他毫无过错的儿子，而是因为李隆基实在是太过聪明。他深知在将韦皇后分布在各地各机构的余党还没有完全一扫而空前，决不能打皇位的主意，不然势必会掀起轩然大波，引发不少人的反对。实不如让小皇帝在宝座上缓冲一段时间，等到韦氏一党被斩草除根，大局已定后，再温水煮青蛙，解决李重茂这个历史遗留问题。

那么这锅温水大致要用多长时间来煮呢？答案是三天。

六月二十三日，太平公主代小皇帝传达了一个朝廷的最新决定：将皇帝之位传给相王李旦。

对于这个从天而降的大馅饼，相王李旦的回复是：别给我。

李旦的坚决推辞很有可能并不是逢场作戏，因为从他老人家以往的表现来看，他一直对那段被母亲折腾得死去活来的岁月有心理阴影，对权力的恐惧，令他对皇位兴致缺缺。

但此时此刻，这个皇帝也只有李旦当才是符合所有人利益的。于是刘幽求特地去找了李旦的嫡长子宋王李成器和平王李隆基，让他们哥俩一道出面去劝。

刘幽求不愧是智囊，他推出的这两位说客果然成功完成了工作，让李旦克服了内心的恐惧，同意接受让位。

为了保证皇位的和平交接，在李旦同意即位的同一天，朝廷紧急进行了一系列的人事调整，其中最为主要的内容是将李旦的几个儿子任命为各卫的大将军，从而确保禁军的指挥权掌握在李旦一家手里。至此，国家军政大权皆在李隆基兄弟几个的掌控下，皇帝李重茂也终于迎来了他注定的结局。

六月二十四日，太极殿。历史上上演过无数次的逼宫大戏再次拉开序幕。

逼宫大戏随着女一号太平公主突然抛出的问题开始了。

“皇帝，你把皇位让给你叔父，可以吗？”

虽然这句话是探讨询问的语气，但太平公主凌厉的目光中传达出的却是不容否决的信息。

然而李重茂并没有读到姑姑眼睛里的内容，他甚至可能根本没有把太平公主的话真正听进耳朵里。

此时，李重茂身着丧服，孤零零地立在太极殿的东侧，呆呆地望向西方。他很显然还没能从父皇、嫡母在短时间内相继死于非命的打击中恢复过来，不过，即便听清了太平公主的话，他也不能回答，因为保持沉默才是对他最有利的选择。毕竟李重茂现在的身份仍是皇帝，太平公主和相王等人哪怕是皇帝的长辈，也不便公然逼迫皇帝退位。

面对没有丝毫反应的李重茂，太平公主果然不好继续逼问，她只能尴尬地站在原地，然后直勾勾地盯着李重茂。被内定为下一任皇帝的李旦也不便开口，因为这个时候他正好站在唐中宗的灵柩旁，老哥就躺在身边，尸骨未寒，要是他再出面亲自逼迫侄儿让位给自己，这就太过分了。日后这消息要是不小心传了出去，李旦的这个皇位估计坐得也不会安稳。

好在李隆基早就料到了会有这样的情景出现，在他的示意下，刘幽求作为替补上场了。

刘幽求解围的方式很有新意，他没有上来和稀泥，而是直接往地上一跪，朝着小皇帝行了一个恭敬而标准的君臣大礼。

磕完了头，刘幽求这才发言：“如今国家多难，皇帝陛下仁慈孝顺，打算效法尧舜，这确实符合天下至公的大道；相王殿下代替侄儿主持政务，任重道远，也更显得仁厚至极啊！”

不等小皇帝或相王对自己的话做出反应，刘幽求便从自己袖中的口袋里拿出了一份早已写好的传位诏书，郑重地交给了相王。

太平公主见小皇帝依旧坐在皇位上，知道今儿个不动手是不行了，于是当场大喝一声：“天下人心已归于相王，这里不是孩儿你的座位！”不由分说地走上前去将不知所措的李重茂提下了御座。

在太平公主的软硬兼施下，李重茂被迫抛弃了皇位，以温王的身份向宝座上的新主人叩首跪拜。李旦则像他哥哥唐中宗李显一样第二次登上了帝位。但是对于李隆基而言，他的工作远没有完成，而且他接下来要面对的对手将比韦皇后更有权势，比安乐公主更受皇帝信任，同时也比上官婉儿更加狡猾有能力。

那个人就是他现在的盟友——太平公主。

第四章

与太平公主的巅峰对决

相王登基后，宋王李成器的压力陡然增加了许多。原因很简单，因为他是李旦和原配肃明皇后刘氏唯一的儿子，而且又是李旦在世的五个儿子中的长子。这也就是说，身为嫡长子，李成器很有可能被推选为皇太子，从而和他那个刚刚立下大功的弟弟平王李隆基成为竞争对手。

李成器不想站在弟弟李隆基的对立面，这不仅因为他们兄弟感情一向很好，他本人又如同父亲李旦那样没有权力欲且爱好广泛，更因为李成器很清楚李隆基的能力和威望都已经远远超过了自己，就算自己当了太子，也注定会成为下一个李建成。于是李成器主动表示，愿意把太子的位子让给李隆基。

可是太子不只是个位子，不是李成器一厢情愿，想让就能让的。更何况，李成器的做法看似合情合理，但却不合规矩。要知道，自大唐开国以来，除了玄武门之变那样不可抗力的特殊情况之外，历任皇帝都是以嫡子或长子的身份继承皇位的。如今李隆基身为老三，上面除了嫡兄长李成器外，还有个二哥李成义，倘若绕开了这二位直接立老三李隆基，无论怎么说都有点不在理。

但李成器却不这么认为，在他看来，规矩本就是人定的，况且他也有着自己的理论支持，那就是“国势定太子论”。根据理论创建人李成器的阐述，当国家安定时优先考虑立嫡长子当然是没问题的，但当国家有危难的时候就应当先看个人的功劳。如果太子选择不当，就会令天下人失望。

因此，根据这一理论，李成器对外公开表达了自己宁死也不当太子的决心。

宋王殿下表现得如此决绝，其他别有用心的人也不好真的逼他去死，老二李成义也跟着援引宋王的理论申明无意参与太子位置的角逐。于是让皇帝头痛的太子选择难题，就在李成器的主动弃权下迎刃而解。

六月二十七日，李旦正式下诏册立平王李隆基为太子。

李隆基在接到诏书后，第一时间便上表推辞，他在奏表中自称德才不足，强烈请求让大哥李成器做太子。

李旦想都没多想就拒绝了李隆基的请求。第二天，他下诏任命李成器为雍州牧、扬州大都督兼太子太师。另外别加实封两千户，同时赏赐宅邸一座，丝绸五千匹，良马二十匹，奴婢十家，良田三十顷。以此作为对这个儿子的嘉许和补偿。

太子的问题得到了妥善的解决，李隆基终于不用担心和哥哥们手足相残了。即便如此，李隆基依然不是很开心，因为在自己被册立为太子，兄弟被分别封王的同时，还有一个不相干的人也得到了封赏。那个人就是李隆基的姑姑——太平公主。

李旦对于自己这个妹妹的喜爱与倚重丝毫不亚于唐中宗李显。特别是在当上皇帝后，李旦每次遇到军国大事都会特地找来妹妹一起讨论，且一聊起来就是通宵达旦。如果碰上太平公主有事情没能来上朝，李旦便会安排宰相们代替自己前往太平公主家里探视，顺道征求她对时事政策的看法。而在宰相们奏事的时候，皇帝陛下也总是会先问一下事情有没有同太平公主商议，然后才问是否与李隆基碰过头。若是太平公主和太子的意见相左的话，李旦大多数都会以太平公主的意见为准，可以说是对妹妹言听计从。

这也就意味着在李旦心中，李隆基的重要性只能排第二，排在第一的，还得是他的妹妹。李隆基对此自然很不满意。

不过，还有更令太子殿下不满的，那就是太平公主倚仗着皇帝的宠信，开始尝试着对人事任免权进行垄断化运作。当时朝堂之上，宰相级别以下的官员，升官贬职全在太平公主的一句话，许多人都靠着攀附上太平公主而得到了破格提拔，因此太平公主的势力在朝中迅速膨胀，大大小小的关键部门充斥着太平公主的党羽。她的儿子武崇敏、武崇行、薛崇简三人也都被封了王，一家子权倾朝野，大有把李旦架空当傀儡的势头。身为太子的李隆基也日益感到自己正离权力中心越来越远。

不能再放任太平公主结党弄权、把持朝政了。不然好不容易才从武家手里夺回来的江山，很可能在下一个拐角处再次回到武氏一族的手中。

李隆基在认真思考后，却并没有决定立即付诸武力，再搞一次政变，像解决韦后一党那样解决姑姑。相反，他认定暂时不应该采取任何行动，因为对手正在事业的上升期，双方的实力差距也很大，此时此刻还不是摊牌的时候。在太平公主露出破绽前，他必须隐忍，必须伺机而动，那样才能取得最后的胜利。

可是树欲静而风不止，李隆基在练习忍功的时候，他的团队却接连遭到了打击。首先栽倒的，是钟绍京。这位仁兄优点有很多，明显的缺点只有一个——胆子小。不过当他以政变功臣的身份火速升迁为中书省的一把手中书令时，胆子就慢慢大了起来。其具体表现为赏罚下属往往由着性子来，一点儿也不担心得罪人，因此最后得罪了一大票人。而等到钟绍京自己意识到这一点时，情况已经不可逆转。他只好四处向人请教如何挽回，结果问来问去，他选择了以退为进这招，主动上表辞让中书令的官职。谁知却被人给摆了一道，皇帝陛下批准了他的奏表，将之踢出了宰相团队，改任户部尚书。不久又被再踢一脚，打发去蜀州做刺史了。

紧接着倒霉的则是曾替李隆基在韦后处卧底的崔日用。他因为与中书侍郎薛稷闹矛盾，互相人身攻击，惹怒了皇帝，将他们一同贬官。崔日用的运气要差一点，没能留在朝中，被外放为雍州长史。

虽然从一定程度上讲，钟、崔二人都是由于个人原因才被放逐，不过值得注意的是，两人的下台都与薛稷这个人有关。此人后来跟太平公主一边的人交往密切，且属于核心成员，因而我们有理由相信，钟绍京与崔日用的出局并非偶然。

李隆基也是这样认为的。虽然他并没有薛稷和太平公主勾结的具体证据，也知道目前应该保持防守的态势，但还是决定要对太平公主和她的同党们予以一定的反击。因为还有一种防守叫作以攻为守，这招正适合在己方准备不足之时施展，让对手有所顾虑，不敢步步进逼，从而为自己的蓄力成长争取到足够的时间。

经过研究，李隆基和他的谋士们决定把反击的目标锁定在萧至忠、崔湜、韦嗣立和赵彦昭这四个人的身上。

李隆基团队之所以要以萧至忠等人为突破口，主要是由于这四位仁兄有两大共同点：

第一，他们都曾经投入到韦皇后旗下，以韦皇后党羽或姻亲的名义为韦氏一党摇旗呐喊。因此在李旦即位之初，这四位一度全被贬出了京城去外地做刺史，算是一种体面的发配。

第二，他们都在短时间内完成了洗心革面，重新做人的蜕变。凭借太平公主的引荐，他们很快实现了人生的触底反弹，不仅进入了三省六部，更有二位很快升任同平章事，进入了宰相班子。

不过，才只过去了几天，这哥儿四个就再一次接到了任职调整的通知，除太平公主的情夫崔湜由吏部侍郎降职为尚书左丞外，剩下的三人全被告知恢复最初的刺史外派安排，被清出了京城。

这一切自然是李隆基团队努力的结果。

在这第一次的交锋中，太平公主差点连自己的情夫也没能保住。深感大失颜面的太平公主非常愤怒，她开始意识到李隆基的能量和胆子比她想象中的更大，只剪除李隆基的羽翼似乎还不够，要直接拿李隆基本人做文章才行，于是一个针对李隆基的行动方案开始萌芽。

景云元年（710）的秋天比以往要更冷一些，与寒冷的天气形成强烈反差的，则是长安街头巷尾的人们八卦的热情。大家在热烈讨论的话题是：在国家渐趋稳定安宁的情况下，是否还有必要让不是嫡长子的人做太子。

在传统观念的影响和一些人的刻意引导下，大部分讨论的结果都是倾向于否定三郎李隆基，认为"太子不是长子，不当立"。在民意的不断发酵下，开始出现了东宫门口的群众聚集事件，以及要求李隆基早些让位的匿名揭帖，搞得李隆基压力越来越大。

由于事情闹得非常大，李旦也有了耳闻，眼见三郎被巨大的舆论压力搞得憔悴不堪，心疼儿子的李旦坐不住了，他明令宫内宫外严禁谈论太子，违者予以惩处，这才慢慢把这件事压下来。

太平公主既然想搞倒李隆基，当然不会只有一招，作为一个善于利用舆论武器的高手，见自下而上的舆论攻势被化解掉了，马上转手改成了定点舆论战。她在李隆基身边安插了很多眼线，将李隆基的一举一动都传到李旦的耳朵里，还买通了一些皇帝左右的近臣天天给李旦打太子的小报告。

现代传播学理论告诉我们，如果一个人一直处于同一个信息场里，那么这个人很容易被耳边的信息带偏，甚至是被劫持。李旦作为一个普通的受众自然也很难例外，当李隆基大到决策失误，小到去茅厕不洗手等负面信息每天都灌进李旦的耳朵里时，他对李隆基的态度便出现了微妙的变化。

李隆基的政治敏锐度向来是比较高的，他自然察觉到了这样的变化。但在他想到比较合适的应对方法前，事态就进一步恶化了。

景云二年（711）年初，李旦从自己不同的消息源获得了同一条令他震惊的消息：满朝文武大都被太子收买了，太子本人也已经做好了登基的准备，这些人准备配合太子于某日上朝时分，突然发动逼宫，强迫自己当廷传位给太子。

此时此刻，太平公主长期的舆论氛围导向起了作用，李旦开始怀疑李隆基确有这方面的企图。为了进一步验证这个说法的真实性，皇帝陛下决定找一个他绝对可以信得过的人来验证虚实。

李旦暗中召见的这个人叫作韦安石，时任太子少保。李旦之所以找到他不仅是因为他的职务，更是因为韦安石这个人素来以生性持重、刚正不阿闻名。想当年，在张昌宗、张易之兄弟风头正劲的时候，他就敢当着武则天的面屡屡给张氏兄弟难看，甚至上表公开检举二人，而张氏兄弟却拿他没辙（武则天虽然宠爱二张，但并不老糊涂），素有“真宰相”的美誉。

面对这么样的一个人，李旦确信能从他那儿得到客观而真实的回答。

见到了韦安石，李旦一上来就开门见山地表示：“我最近听到了一些消息，说朝中群臣都已归心于太子，而太子处有些异动，希望你去秘密查访，调查了解东宫的实情。”

谁知，韦安石先生确实是相当刚直，一开口就怒斥李旦：“陛下，您何以说出此等亡国之言呢！”

但是撑完皇帝后，韦安石确实如李旦所愿，给到了他想知道的答案。

“您所听到的一定是太平公主的阴谋。太子有大功于社稷，又仁德、聪明、孝顺、友爱，这些全天下人都知道，希望陛下不要听信谗言才是！”

言毕，韦安石不再多讲，只是恭伏于地，静静等候李旦新的问题。

皇帝陛下也没有继续问什么，他看着地下的那个老臣，若有所思。片刻之后，他才用欣慰的语气对韦安石说道：“朕知道了，爱卿不必再说了。”

在韦安石的仗义执言下，李旦放心了，李隆基安全了，太平公主愤怒了。

她打算让以一己之力破坏全盘计划的韦安石付出代价。为此，太平公主指使她在朝中的人攻击韦安石，想通过诬陷的方式将这个可恶的老头子下狱治罪。但她没有想到的是，韦安石虽然人直，但并不笨，而且几十年的时间混过来，老爷子的关系网极其硬，他也早就做好了相关的准备。太平公主的攻击都在他朝中朋友的帮助下化为无形，韦安石屡次顺利过关，搞得太平公主身心俱疲，为了不分散火力，她最终不得不放弃再次找韦安石的麻烦。

李隆基斗不赢，韦安石坑不死，这简直成为太平公主出道以来最差的战绩。痛定思痛后，太平公主认定行动之所以效果不佳，是因为自己太过自负，轻视了对手。为保证将李隆基这个太子拉下马，太平公主最终力排众议，决意亲自出马。

景云二年（711）正月某日，宰相们一大早就接到了一个紧急通知，要求他们在第一时间到光范门集合，说是有要事讨论。鉴于通知点明了所有宰相务必准时参加，几位宰相自然不敢怠慢，连早餐都没吃就拍马奔着光范门而来。

几个宰相碰面后，互相一询问，发现没有一个人知道朝廷出了什么紧急的大事。但有一件事大家的看法是比较一致的，那就是接下来即将进行的会议，必是关乎国家社稷兴衰的重大议题。

可是宰相们在光范门门口等了半天，也没有等到皇帝陛下的接见，他们最终看到的只有太平公主不紧不慢驶来的马车。

不出所料，太平公主跟宰相们提及的的确是一件攸关国家前途命运的大事——更换太子。按照太平公主的说法，三郎虽然做太子期间没有犯什么大错误，但事实证明，他并不太能担负起太子这个身份。

太平公主的话说完，在场的宰相个个色变，然而慑于太平公主的权势，几乎没有人敢吭声，只有一个人例外。

“太子有大功于天下，真乃社稷宗庙之主，公主殿下为何突然说出这话！”

发言者是检校吏部尚书、同中书门下三品——宋璟。

这位当上宰相还不到半年的哥们儿，一句话就让在场的所有同僚为他捏了把冷汗。因为以太平公主的量级，就算是宰相，那也和收拾她家的猫猫狗狗一样，不过分分钟的事儿。

但是太平公主出乎意料地并没有动怒，因为身为一个政治高手，她很清楚这些宰相是她有必要争取的对象。所以太平公主当时只是冷冷地看了宋璟一眼便上车走人了。

见太平公主的马车远去，宋璟也马上不见了身影，因为他正拉着宰相同事中的好搭档姚崇向宫内赶。

宋璟和姚崇经过一番分析认为，太平公主与太子党的斗争已经到了新阶段，太平公主将会领衔出手，利用手头的一切资源向太子发起进攻。二人简单商议后决定采取釜底抽薪的计策来应对。

于是两人一同前去面见皇帝，表示他们现在有个办法可以调解太平公主同太子之间的关系。

李旦听了他们的话非常高兴，事实上他也一直在为妹妹和儿子的剑拔弩张而伤脑筋。于是他当即表示但说无妨，只要主意有效，他都可以考虑。

宋璟和姚崇随即向李旦提出了三点建议：

第一，把敏感人物调离长安。所谓的敏感人物，主要指的是两个人，一个是李旦的嫡长子宋王李成器，另一个则是唐高宗的嫡长孙豳王李守礼。宋璟和姚崇认为把宋王、豳王全部调离京城，外派到地方上当刺史，不但可以避免别有用心的人制造矛盾，动摇东宫权威，还能锻炼二王的能力，为皇室培养能够独当一面、担得大事的人才，可谓一举两得。

第二，让兄弟抱团实现齐心协力。具体说来就是罢免李隆基的两个弟弟岐王李隆范、薛王李隆业的左右羽林大将军之职，让他们改任太子左右卫率。这样将二王的工作职责直接变为侍奉太子，在减少不必要的麻烦的同时，增强他们兄弟间的感情。

第三，则是隔离矛盾主体。具体操作是安排太平公主和其丈夫武攸暨去东都洛阳。水火不容的两拨人相隔千里，平日里没有什么交集，这矛盾自然也就慢慢淡化了。

客观地讲，宋璟和姚崇的这三条建议对于缓和当时朝中日益尖锐的矛盾而言，称得上是比较靠谱且可行的了。

但是李旦却表达了不同意见："朕已无兄弟，只有这么一个亲妹妹，朕岂能将她打发到东都去！"

不等下面的宋璟和姚崇再开口说话，李旦就单方面宣布了这次谈话的共识："太平公主的事情不要再提！对诸王的安排，就按照你们的意思去办吧。"

宋璟和姚崇见事已至此，只好主动告退。

二人走后，李旦却待在宝座上没有动弹，两位宰相的话让他忍不住陷入深思。虽说他对妹妹的感情很深，但是这种整日看着妹妹和儿子互相攻讦的生活，的确令他颇为厌恶。

要不就试试隔离的手法？

景云二年（711）二月初一，李旦突然下诏，宣布以宋王李成器为同州刺史，豳王李守礼为豳州刺史，左羽林大将军岐王李隆范为太子左卫率，右羽林大将军薛王李隆业为太子右卫率，同时将太平公主安置在蒲州（治今山西永济市）工作。

第二天，他又下令命太子李隆基监国，将六品以下官员的任免以及有期徒刑以下判决的权力交给了李隆基。

对于太平公主来说，这两天的两道诏书，无异于两轮暴击，让她有些无力招架，且深感惶恐。

不过太平公主并没有放弃，因为她还有一个压箱底的绝招，她相信只要自己用出了这一招，局面一定会起死回生。

太平公主的绝招其实并不神秘，那就是哭。作为政坛女强人、武则天的翻版，太平公主素来以机智干练的女强人形象示人，所以哭几乎不存在于她的人设标签里。平常不哭的女人突然痛哭流涕，苦苦哀求，那么要把“不”字说出口，无疑需要更大的决心和勇气。面对泪流满面、哭到哽咽的妹妹，李旦显然缺乏拒绝的决心和勇气。太平公主的聪明之处更在于她跑来哭，并不是为了请求皇帝哥哥让她留在长安，而是来辞行的，而且言语之间，甚至没有提及李隆基，只是表现出非常不舍，顺便在告别的时候暗示自己知道哥哥是迫不得已才会让自己离开长安的。

事实证明，太平公主没有白哭，她的这招相当有效，虽说她轻轻地走了，但可谓挥了挥衣袖就给李隆基带来了大麻烦。

皇帝陛下暴怒，李旦感到自己受到了侵犯与威胁。

于是，看似太子殿下取得全胜的局面突然间便被太平公主逆转了过来，甚至李隆基本人都露出了投降的意思。因为就在太子监国的几日之后，李隆基突然上表称姚崇和宋璟离间自己与姑姑、兄弟之间的关系，请求皇帝陛下将二人处以死刑。

表上的内容一传出来，整个朝廷都轰动了，毕竟李隆基从来没有这样言辞不善地弹劾过人。更何况他弹劾的还是堪称自己左膀右臂的姚崇和宋璟！

幸运的是，姚崇和宋璟并没有因为这份奏表被处死，不然很可能也就没有后面的开元盛世了。

两人被贬到了地方出任刺史，空出来的宰相位置被皇帝陛下自己的亲信韦安石和李日知取代。

受到冲击的不只是姚崇、宋璟，李隆基的另一智囊刘幽求也被贬为户部尚书。没过两天，皇帝还下令改组禁军，将一部分同李隆基关系密切的将领撤换掉了。此外，宋王李成器和豳王李守礼出任刺史的命令也被宣布即日作废。一顿操作下来，太子阵营可谓损失惨重。

然而就在所有人都觉得太子一党要完蛋时，诡异的一幕很快上演了。

这年三月的一天，李旦在朝会结束后，把朝中三品以上的高官全部留下，表示有事要听听大家的看法。

“朕素来心境淡泊，从来就不把当皇帝看得有多尊贵。过去朕曾做过皇嗣，后来又做过皇太弟，最终也都是努力推辞掉就不做了。如今，朕打算把皇位传给太子，你们以为如何？”

在场的人唯一可以肯定的是，皇帝陛下前面的几句话确实是事实。可后面的话就不好说了，因为大家虽说都没做过皇帝，但还是很清楚做皇帝前后的心态肯定是不同的。一旦掌握了这天下至高的权力，享受到了权力的滋味，又有几个人愿意放弃呢？所以皇帝陛下的这番话是真心实意的吗？还是说他在试探太子，或是想看看我们的立场？现场的老狐狸们可不愿意随便在这种敏感问题上押宝，于是现场瞬间变得鸦雀无声，大家选择了集体沉默。

可是一直这么沉默下去也不行，就算是课堂上，大家沉默久了也总有人会被老师点名起来回答问题的。而在当时的情景下，被李旦老师叫起来回答这个难题的，十有八九就是李隆基同学本人了。

为了避免接下来的场面过于尴尬，李隆基在东宫的属官右庶子李景伯挺身而出，替太子进行了态度明确而坚决的推辞。可是，李旦的态度似乎更加坚决，他没有应允李景伯的答复，意思是必须要李隆基亲自出面发声，这事儿才算完。

谁都没想到的是，恰在这个可能会逼死李隆基的关键时刻，太平公主阵营里的殿中侍御史和逢尧却对形势做出了误判。他误以为皇帝是真心实意想把位子传给太子，于是乎赶忙跳出来，以皇帝正值壮年为由制止，反倒是帮助李隆基逃过了一劫。

在众臣集体三呼万岁的挽留下，李旦这才作罢，中止了传位的话题。而经过这次试探，李旦在完成了威慑太子及其党羽的既定目标后，还明确了两件事：

第一，这群高官大部分都是老狐狸，不到最后关头不会轻易下注站队。再加上有了今天这事，此后他们更不敢帮助太子，太子和高官们一旦保持了安全距离，就暂时不会对自己的权力构成威胁。

第二，从太子和他属官的表现可以看得出他们还没有觊觎皇位的胆量，所以惩罚过后，可以安抚一下了。

为了进一步让李隆基懂得夹起尾巴做太子不会吃亏的道理，皇帝陛下不久之后下诏宣布将所有政务交由太子处理。这一次称得上是进一步放权，连军事方面、死刑判决以及五品以上官员的任免这样的大事，也吩咐了百官要先与太子商量，然后再向自己禀报。

得知父皇做出了这样的权力安排，李隆基意识到，考验自己政务能力和演戏水平的重要关头终于到来了。

于是一个低调、恭敬、有爱的太子李隆基上线了。平心而论，自四月十三日接到诏书的那一刻起李隆基的表现就无懈可击。

在工作上，他细致勤勉、尽职尽责，遇到事情总是虚心向宰相中的老同志请教，同时在李旦那边做到了早请示、晚汇报，表现得十分谦逊、孝顺。

在生活上，不搞铺张浪费，不找女人，只找兄弟。为了方便哥儿五个能够一起同床睡个好觉，李隆基还专门找人制作了一款超大的被子和一个配套的超长枕头。据说此事一经传出，立即得到了李旦的高度赞扬，表示太子不忘手足亲情的精神值得全天下人学习。

发觉李旦很吃亲情牌的李隆基马上再接再厉，先是上书请求将太子的位子让给大哥宋王李成器，而后又主动带头请求把太平公主召回京师。

对于李隆基的让位提议，李旦没有同意，不过他倒是很想自己的妹妹了，因此批准了太平公主夫妇回长安的请求。

妹妹太平公主回来了，儿子李隆基变乖了，李旦非常高兴。在他看来，唯一影响亲人安定团结的因素，只剩下那几个私底下怂恿挑拨李隆基和太平公主关系的老狐狸了。于是李旦趁着一次在承天门开会的机会，把他心目中的几个疑似挑事的大臣都叫来数落了一番，数落完了便宣布将他们宰相的职务免除。

或许是为了奖励一下李隆基，在选择新的宰相班子时，李旦特别把李隆基的心腹刘幽求安排上了。当然，考虑到维持各方势力的平衡性，太平公主的情夫崔湜也名列其中。在李旦看来，通过这次人事上的调整，基本上清理掉了刺儿头，也同时给了妹妹和儿子一个面子，应该能进一步缓和两个人的矛盾了。但事实刚好相反，因为通过这次调整，一度被打压的太子势力反而开始暗中占据了优势。

皇帝陛下在选择四个新宰相前应该是调查过的，如果不是他看档案不仔细，那就是帮他搜集信息的仁兄工作没做到位。李旦哪里知道，崔湜虽说是太平公主的情人，但他在那次被差点贬黜出京后，就迅速调整了和太子的关系。特别是在出任太子詹事期间，崔湜表面上是太平公主安插在东宫的眼线，事实上却慢慢成了李隆基的消息源。李隆基还多次去他家做客，两个人那关系用史书上的原话讲叫“恩意甚密”。因此崔湜即便当了宰相也不会重走老路，跟太子过不去。至于剩下的两位新宰相，左散骑常侍魏知古是隐藏的太子党成员，另一位被崔湜举荐进班子的中书侍郎陆象先素来清心寡欲，与世无争，基本上就是个凑数的。

宰相队伍里几乎可以说全是李隆基的人，这对于打击太平公主的势力无疑开了便利之门。不过此时的李隆基却不再是当年那个一味喊打喊杀的青年人了，经过这段时间的磨炼，李隆基已经明确了一个真理，那就是在实力不足时必须低调，在占据上风时更要低调。因而李隆基即便还要面对太平公主及其党羽的明枪暗箭，但他全部忍了下来。

事实证明，李隆基的对策是正确的。因为他的父亲李旦本来就是一个比较怕麻烦的人，这个皇帝当得久了，李旦对权力的热情就开始慢慢消退，对烦心事的厌恶感则与日俱增。等到他第二次登基刚刚过了两周年的时候，李旦就在皇位上再也坐不住了。恰好这一年的七月，长安西面的天空上出现了一颗彗星，它经过轩辕星域进入太微星域，最后飞向了大角星域。太平公主本来想趁机给太子添点堵，就指使术士分析称这一星象预示着皇太子将成为天子，请皇帝陛下早做打算。

太平公主等人做梦也没有想到，李旦早就有了退位的心思，这番话正好帮助李旦下定了决心："既然天意如此，那朕就把皇位传给太子好了！"

得知自己弄巧成拙，反而给李隆基送上了一份大礼，太平公主和她的党羽们肠子全都悔青了。为了阻止李旦传位，太平公主亲自带队对李旦展开了反复游说，但是任凭太平公主等人口吐莲花，李旦就是铁了心要传位。

"想当年中宗时，一群奸邪小人把持朝廷，天象屡屡发生变化，那时，朕就曾经劝说中宗选择贤能的儿子立为天子，以应天象。可是，中宗听后却很不高兴，当时朕心中很害怕，连续几天都吃不下饭。朕岂能对别人就能劝谏他退位，等到自己遇见同样的情况就恋栈不去了呢？"

得到消息后更加慌张不安的其实是李隆基，他一点思想准备都没有就突然又被架到了火上，真的有点手足无措。但关键时刻他还是凭借着身为政治家的天赋做出了一个极为准确的选择——马上进宫面圣。李隆基第一时间就快马加鞭赶到皇宫，求见父皇，见着了李旦二话不说，撩衣便跪。他诚恳而又不失技巧地向李旦表示自己还没有能力担起江山社稷的重担，对于父皇突然做出要传位的决定实在无法接受，也万万不敢接受。

李旦看着伏在地上显得局促难安的儿子，露出了成为皇帝后少有的笑容，他以久违了的温和口吻清楚回答道：

"社稷之所以能转危为安，朕之所以能再度登上皇位，不都是你努力的结果吗？如今，帝座星域有异变，朕才决定将皇位传给你，朕希望能借此转祸为福，你又有什么可怀疑的呢！"

"儿臣死罪！绝不敢有非分之想，请陛下以江山社稷为重，不要再提传位之事。"

李隆基还是坚决表示拒绝。

李旦注视着这个陪自己一路走来的儿子，感触良多。他深知，走到了现在的这一步，他和李隆基都不能再回头，不能变回原来那对互相信任的父子了。想到了这一点，李旦的眼睛竟不知不觉地湿润了起来，沉吟许久后他苦笑着对李隆基说道：“你是个孝顺的孩子，何必一定要等到在我的灵柩前即位的那一刻呢？”

直到这一刻，李隆基才彻底放下了所有的戒备，而当心里面的包袱卸下时，李隆基努力压抑了多年的泪水居然一下子就流了下来。

李隆基很快就泣不成声，在那里抽搐起来。不过李旦并没有命人扶起儿子，他只是静静地看着他，就像二十七年前看着那个刚刚出生的婴儿时一样。他的眼中此时此刻只剩下了两种东西，其中一个叫疲惫，而另一个，叫作欣慰。

第五章
在政治斗争中登上皇位

延和元年（712）八月三日，太子李隆基在上表推辞不成后，终于接受了父皇的传位，正式登基即皇帝位。李隆基成了皇帝后所做的头件事就是昭告天下宣布尊父亲李旦为太上皇。而且还颁布了一整套礼制程序上的硬性规定，比如，太上皇自称朕，命令称诰，每五天在太极殿接受一次朝贺；皇帝（李隆基）自称予，命令称制、敕，每天在武德殿接受朝贺。三品以上官员的任免、重大刑事案件、重大军政决策，都需要由太上皇做出最终的决定，太上皇明确表示不参与的其余事务才由皇帝决断，等等。

李隆基先生一上来就出台了这么一个一号文件其实只是为了表明一个态度：虽然我现在做了皇帝，但这大唐的一把手还是我老爹——现任的太上皇。

做皇帝能够做到如此谦逊而低调，历史上也算少见了。但事实上这并不是李隆基心甘情愿的，而是无奈之举。因为太平公主再次发挥了她对李旦重要的影响力。

在意识到自己无法阻止皇帝哥哥传位给自己的政敌后，太平公主同自己的谋士们决定转换斗争策略，玩一把釜底抽薪。具体来说是由太平公主出面，跟李旦共同回顾他们的老祖宗李渊在退居二线后的种种孤寂与凄凉，然后再以舜禅让给大禹后，仍然亲自前往各地巡视考察的先进事迹来鼓励李旦发挥余热，在太上皇的位子上继续指导国事。

事实证明，李渊加大舜这两个对比鲜明的事例确实起到了极好的说服效果，李旦听完后当即显露出了明显的兴趣。他随即向李隆基表示，既然你之前提到过觉得自己的能力还不够，需要帮忙，那朕就仿效一下当年的大舜，平日里也参与军国大事的处理好了。

太上皇话都说得这么明显了，李隆基自然不好拒绝。再加上他考虑到老爹虽然退位了，但在朝中依旧有着势力与影响力，如果拒绝的话，难保那些人不投入到太平公主的阵营里。于是经过慎重考虑，李隆基选择了妥协，搞出来个这样事事以太上皇为尊的双轨权力制度。

李隆基选择了继续隐忍妥协的策略，但是他的老朋友刘幽求却没能忍住，他私下找到了右羽林将军张暐，打算秘密调动羽林军，起兵诛杀太平公主等人。可是刘幽求没有料到，那位张暐患有嘴巴管理困难症，竟然将这么机密要命的事情泄露给了侍御史邓光宾，于是所有的人都知道了。

消息公开到了尽人皆知的程度，李隆基也没办法了，只能主动向太上皇报告了刘幽求、张暐企图发动兵变的事，并下令将相关人等打入大牢，依法严惩。李隆基使尽浑身解数也只是勉强帮助刘幽求躲过了一刀，可刘幽求到底还是被流放到了当年岭南的高死亡率地区，以后能不能活着回来，真不好说了。李隆基一方因此元气大伤，更要命的是在刘幽求走后，宰相班子经过一轮轮新的调整，已经今非昔比，由太平公主推荐进入宰相班子的人数增加到了五位，崔湜也开始明显回归太平公主的怀抱。为了再次博得太平公主的信任，丧心病狂的崔湜甚至授意广州都督周利贞杀掉刘幽求（但是没成功）。当时政事堂里只有魏知古和郭元振这两个宰相在勉强维持皇帝势力的存在感。

更让李隆基感到头疼的是，除了宗室中的重量级人物殿中监兼雍州长史新兴王李晋外，军队高级将领中左羽林大将军常元楷、知右羽林将军事李慈、左金吾将军李钦等人也跟着倒向了太平公主，让太平公主有了发起军事政变，武力逼宫的可能性。

太平公主加强了同军中高层的往来，的确是因为她有发动兵变的打算，不过兵变只是太平公主的后备计划而已。要知道，她本质上还是一个继承了母亲武曌大部分性格特质的厚黑学女高手，政变这种事情在太平公主看来太暴力，太没有技术含量了，她想要的是尽量以高技术含量的斗争方式来解决李隆基这个问题——比如政治暗杀。

不管太平公主是得到唐中宗暴崩的启发也好，还是因为有过相关的成功经验也罢，反正据史书记载，她在宫中找到一个姓元的女官，并指使元氏找机会把毒药下到李隆基近来常服用的赤箭粉中。然而由于李隆基高度重视自己的食品药品安全问题，元氏迟迟没有找到下药的机会，李隆基反而就此得到了宝贵的反应时间。

最早察觉到太平公主的兵变意图的，是一个叫作王琚的人。王琚，河内（治今河南沁阳市）人，此人是李隆基做太子的时候发现的人才，也是一个对太平公主素来不满的聪明人。据说，当年他被吏部选补为诸暨主簿，照例要去东宫拜谢，却在太子所在的宫殿中不仅像饭后散步般慢慢走，还边走边四处看，气得在场太监赶忙提醒道："太子殿下在帘下！"谁知，听到这句话，王琚却不紧不慢地撑了回去："在外只闻有太平公主，不闻有太子。太子有大功于社稷，大孝于君亲，何得有此声？！"李隆基听到这番话后亲自出来接见，并在交谈后直接把他留为自己的东宫属官。

按照王琚的说法，他最擅长的技艺是炼丹药和说笑话，但事后的发展表明，这位仁兄的看家本领其实是谋略。因此在东宫工作不久，王琚就成为东宫众多属官中唯一"常预秘计"的人物，后来甚至直接扮演了李隆基的机要秘书一角。

当时，王琚整理情报时发现，左羽林大将军常元楷和知右羽林将军事李慈频繁出现在太平公主府第附近的坊市。他察觉有异，赶忙跑来见皇帝，直接就说了这样的一句话：现在的局势已经非常危急了，我们得赶快动手。

李隆基听了王琚的话，没有肯定，也没有否定。跟当年发动玄武门之变前的李世民一样，李隆基也有着相似的顾虑，太平公主毕竟和背负弑君罪名的韦皇后不同，他担心天下人不会认可自己处死没有明显罪过的亲戚的行为。更何况，李隆基非常担心在顺利诛灭了太平公主后，自己的父亲李旦会因此发难，向自己兴师问罪，届时他所要面对的麻烦就会更大。

发现李隆基像唐隆政变那会儿一样陷入了犹豫，站在皇帝一方的众位智囊团的成员，开始以各自的方式来劝导李隆基速速做出决断。

这些大臣中，最有创意的应数尚书左丞兼东都留守张说，因为他人在洛阳，又不便写信给皇帝摆事实讲道理，于是就千里迢迢派人给皇帝陛下捎回一把宝刀，暗示李隆基要快刀斩乱麻，当机立断。

当年推动唐隆政变进度的崔日用也来了，身为荆州长史的他趁着进京汇报工作的机会当面给李隆基做起了心理疏导："太平公主一伙人蓄谋已久，陛下过去在东宫时，身份还是臣子，如果去处置她，可能有些名不正言不顺，因此需要谋略，好好安排一番。但如今，陛下已经登上皇位，只需要颁布一纸诏书，谁敢不从？如果迟迟不行动，万一让她的阴谋得逞，后悔都来不及了！"

李隆基想了一下，觉得崔日用说得有理，因此也直言了自己的顾虑："确实如你所说，只是我担心会惊吓到太上皇。"

原来是担心事成之后太上皇会为了妹妹有所动作，明白了！

崔日用想了一会儿，回答道："天子的孝顺在于安定四海，如果奸人得志，社稷就会化为废墟，又哪里能称得上孝顺呢？请求陛下先掌握北门四军，而后逮捕奸党，就不会惊动太上皇了！"

一语惊醒梦中人，李隆基明白了，只要他能干净利落地将太平公主和父亲的亲信全部一网打尽，让太上皇在不知不觉中成为真正的孤家寡人，届时即便太上皇再怎么愤怒，没有人在朝中应和他，太上皇也只能是一个人生闷气罢了。

"崔日用你就不要回荆州了，即日起你就是吏部侍郎，帮着朕多发掘些治国的人才吧！"

崔日用就这样留了下来，开始秘密替皇帝搜罗挑选可靠的政变帮手，而李隆基则正式决定使用武力去终结这场旷日持久的姑侄之争。

就在李隆基和崔日用的谈话结束不久，侍中魏知古带来了太平公主拟订于七月四日发动政变的计划安排。据魏知古探得的消息，太平公主安排了常元楷和李慈率领所部羽林军作为突击队，来硬闯武德殿；与此同时，以窦怀贞、萧至忠和岑羲三位宰相为首的一群大臣会打着太上皇讨逆的旗号夺取南衙禁军的控制权，进而与羽林军内外呼应，分别控制皇城和宫城；等到他们完成了控制，就会借用太上皇的名义宣布废黜李隆基的皇位，迎太上皇重新做皇帝。

听完了魏知古的汇报，李隆基不由得倒吸了一口凉气，他最担心的正是太平公主借父亲之手废黜自己的皇位，看来时至今日，必须要抢先出手，彻底粉碎太平公主一伙的废立阴谋。

于是李隆基当天紧急召集了岐王李隆范、薛王李隆业两位信得过的兄弟，以及自己的亲信兵部侍郎郭元振、龙武将军王毛仲、殿中少监姜皎、太仆少卿李令问、尚乘奉御王守一、内给事高力士、中书侍郎王琚、果毅李守德等人，祭出了终极法宝——开会。

事实证明，群体的力量是无穷的。大家一起集思广益，只用了不到半天的工夫就制订出了一个切实可行的应对计划。

整个计划制订的过程可以说是非常顺利，唯一有争议的地方就是执行行动的领队人选。对于李隆基属意的王毛仲，有些人持有不同的意见，他们认为王毛仲不大可靠。会有不放心其实也难免，毕竟王毛仲是有前科的。当年唐隆政变之际，就是他在行动前夜突然行踪不明，以至于大大影响了大家的行动信心。虽说后来政变成功，这哥们儿自己又回来了，李隆基也念及旧情没有说什么，依旧照常重用，可王毛仲临阵脱逃的逃兵形象算是鲜明地树立起来了。想让大家在这个生死攸关的时候全都相信他，着实有些难度。

就在大家议论纷纷、莫衷一是的时候，李隆基出面了，他给王毛仲做了担保，认为这一次王毛仲绝对不会出差池。王毛仲也向在场的所有人起誓，将不惜一切代价圆满完成任务，这才平息了众议。

七月三日，行动开始，在所有人的瞩目下王毛仲带领三百卫兵将被召入宫中见驾的常元楷、李慈当场干掉。不等擦净刀上的血迹，王毛仲又带兵马不停蹄地赶赴内客省，逮捕了身为太平公主内线的中书舍人李猷、右散骑常侍贾膺福，紧接着他又火速转场到了朝堂，把太平公主阵营中的两位宰相萧至忠和岑羲顺利拿下。

由于王毛仲先生找人准、下手快，因此除了尚书左仆射窦怀贞趁乱逃跑（后上吊自杀），太平公主在朝中、军中的党羽全部被就地抓获或斩杀。

王毛仲出色地交出了自己的答卷，接下来就看郭元振的了，他在这次政变中饰演的是当年尉迟恭的角色。当李旦听说了兵变的消息时，慌忙之中登上承天门楼躲避。虽说事发突然，但李旦好歹是见惯了大场面的，上楼之后就开始尝试集结群臣和宫中的卫兵。等到人群稍稍聚集在了一起，李旦更是第一时间露面，并用最简短的一句话进行了总动员："愿意帮助朕的，都留下来。不愿意的，就请离开（助朕者留，不者去）！"

事实证明，太上皇的这句话还是非常有效果的，在场的许多大臣纷纷表态愿意留在承天楼，誓死守护太上皇，而为表忠心，不少人还呈上了自己的名帖（事成凭名帖可以论功行赏，即使不成功，有名帖在也是名垂青史的烈士）。

眼看太上皇即将要演出当年唐高祖李渊剧本上没有的戏份，郭元振亲率一队卫兵赶到了。

他先假装是闻讯来应援太上皇的，派兵把太上皇身边的大臣驱散开，换成自己的兵，然后又借着太上皇的名义把来援的其他军队一一支走。

在指挥士兵完全控制了承天楼及周围区域后，郭元振这才来到了太上皇李旦面前，他告诉李旦这是皇帝在奉太上皇的命令诛灭谋逆的窦怀贞一党，目前逆党已然伏诛，没有别的事情了，请太上皇不要担心。

这个话术应该是由李隆基亲自监制的，只说太平公主的亲信、宰相窦怀贞聚众谋反，并不提太上皇最为关心的太平公主本人的相关信息，营造出太平公主没事，只是她的势力被连根拔除的假象，显然是为了把水搅浑，避免李旦奓毛。更值得回味的是，太平公主当时在朝中的众多党羽几乎都被抓人小能手王毛仲顺利抓住后当场处决了，唯一遗漏的就是这个窦怀贞，让人不禁怀疑这是刻意为之，是为了让窦怀贞背锅。

太上皇就这样上了儿子的当，在确认了太平公主没有被乱兵伤害或抓捕后，李旦放心了。在太上皇看来，太平公主人没事就好，至于太平公主的那些党羽，确实有废立之心，皇帝愿意怎么处置就怎么处置吧。

于是在李隆基的请求下，李旦下诰宣布了窦怀贞等人的罪状，并决定同意皇帝对窦怀贞及其同党进行严惩的意见。不过，太上皇也留了个心眼，他亲自出面把窦怀贞定性为谋逆集团的一号人物，同时宣布大赦天下。很明显，李旦先生想借这一番操作将太平公主与窦怀贞等人做个区隔，再保护起来。

应该说，李旦大意了。因为从大唐的法律规定上讲，谋逆案件必须要由皇帝亲自宣布结案才算了结，而谋反不论在哪个朝代都属于十恶不赦的大罪，就算是王子皇孙也没得商量。更何况七月四日那天太上皇已经对外正式表示“从今往后军国事务全部都交给皇帝处分，朕将无为养志，以遂平生之愿”，所以李隆基无论怎样进行后续的操作，太上皇也无权过问，这就为事情的进一步发展埋下了伏笔。

事实上，李隆基在发起兵变后的确没能找到他的姑姑，派出去日夜搜寻的士兵们只是在山沟里找到了自缢身亡的窦怀贞。直到事发三天后，皇帝陛下才听说他一直挂怀的太平公主从躲藏的山寺中回到她自己家里。

李隆基意识到他的那个骄傲的姑姑已经承认了自己的失败，并准备迎接失败后的结局。

那就成全她吧，也好尽快结束这一切。

不久，在家中从容等待的太平公主终于得知了李隆基给她安排的结局——赐死。

太平公主露出了笑容，她发现还是李隆基最了解她。这个侄子很清楚，即便得到了赦免，太平公主这个高傲的人也不会妥协，身为两个皇帝的掌上明珠，她无论如何也无法忍受向对手俯首称臣的日子。对太平公主而言，体面地自我了结是最佳的选择。

于是，她请使者向皇帝带去自己诚挚的谢意，然后镇定地在家中结束了自己的生命。四十八岁的太平公主捍卫了自己作为斗争失败者最后的尊严。

太平公主死后，她在朝中的党羽遭到了清算，连崔湜也因为首鼠两端而被流放，之后又被赐死。至于太平公主的儿子们，除了和李隆基平日里走得很近的次子薛崇简被特赦外，其他的三个儿子跟太平公主的数十名亲信一并被处死。太平公主推荐进政事堂的五个宰相里只有陆象先幸免于难，因为这哥们儿在废黜李隆基的探讨会上，表示皇帝没有罪过自己不同意废黜他，凭这一句话保住了自己一条命，事后还得到了李隆基的夸奖，算是彻底逃出生天。值得一提的是，陆象先后来在受李隆基之命，按承天楼收缴到的名帖抓捕太上皇的拥护者时，私自将名帖全部焚毁。靠着一把火，他既救了一帮人的命，同时还帮李隆基在历史上保全了一个好名声，可谓善莫大焉。

七月六日，也就是太上皇李旦迁居到百福殿，真正放权退休后的第二天，李隆基作为胜利者登上了承天门楼，宣布大赦天下。两天后，他下令赏赐功臣郭元振等人官爵、宅邸、金帛，并借此机会将自己的亲信安排在了各个重要岗位上，掌控了中央各部及京畿地区驻军的大权。至此，李隆基终于彻底摆脱了所有阻力，成了一个名副其实的大唐皇帝。看着这个自高宗皇帝以来日渐衰颓的帝国，李隆基难以抑制尽快引领大唐重回盛世的冲动。他立志要改正父辈们的种种弊政，让一切回归正轨，帮助大唐逐渐步入有序发展的快车道。他知道，想实现这个理想并非易事，他更清楚的是，只凭自己一个人的体力和智力是远远不够的，发展必须有帮手，得组建一个靠谱又水平过硬的执政团队才行。

李隆基最先想到的宰相班子人选是张说。这位精明的仁兄之前送的宝刀让李隆基对他的印象特别深刻，因此李隆基刚一真正执掌大权便重用张说，将其从尚书左丞晋升为中书令，召入政事堂。

紧接着，李隆基一纸诏书发往岭南，将封州流放人员刘幽求直接任命为尚书左仆射、知军国事，召还长安辅佐自己。

张说和刘幽求都称得上是当时朝中少有的顶尖人才，他们的回归对于李隆基重振大唐的事业无疑是极强的助力。不过若论最顶尖的人才，这二位可能还得靠边站一站，因为这个名头在当时属于另外两个人，而他们也即将重回中央舞台了。

第一个人的回归，与一次阅兵仪式有关。

十月十三日，李隆基即位后第一次大规模的阅兵典礼在骊山脚下隆重举行，参与这次阅兵的有来自帝国各个卫的现役部队，总人数高达二十万。这些士兵在山脚下一列队，就是旌旗绵延五十余里，颇为壮观。

但是皇帝陛下只骑马检阅了不到五里，脸色就变了，而且是越变越难看。李隆基看到的是一片片神色无精打采、站姿五花八门的士兵。又走了一段路后，李隆基就彻底看不下去了。

负责人兵部尚书郭元振被愤怒的李隆基一声令下押到了军中大旗之下。李隆基看都没多看这位政变功臣一眼，当即命令砍头。好在平时郭元振人际关系搞得不错，身为老同事的刘幽求和张说马上出面为他求情，表示郭元振立下过大功，不可杀。最后人保下来了，但被流放到了新州（治今广东新兴县），兵部尚书的位置就空了下来。

面对军队军容不整，士气不盛的现状，李隆基深感忧心，他认为需要一个有威望同时又有手段的人来担任兵部的一把手，改变这一局面。只用了不到几秒钟的时间，新人选的样貌就在李隆基的脑海里浮现了出来。

这是张六十来岁的老头子的脸，不苟言笑，虽说长得没有啥特点，但是绝对能让人看一眼就记得，因为他精气神十足，看起来就非常睿智干练。

这个人就是姚崇。

姚崇，本名姚元崇，字元之，陕州硖石（治今河南三门峡市陕州区）人。他出身官僚家庭，老爹姚懿在太宗贞观年间就做到了地方一把手，官至嶲州都督。在家庭的影响下，姚崇二十岁出头就以李弘（武则天与唐高宗长子）挽郎的身份步入仕途。在朝廷重要人物去世后，会挑选一些官宦家庭的子弟参与出葬，被挑中的人还有了出仕的资格。因此，很多人甚至要抢破头，但姚崇可能觉得这样获得官职传出去不大露脸，因此主动又去参加了科举考试，在下笔成章举这一科目中成功考上，被授予了濮州司仓参军的职务。后来他凭借着良好的工作业绩，短时间内接连五次升职，还实现了从地方到中央的跨越，成了夏官郎中（兵部郎中）。

当时契丹人正在河北那一带闹事，朝廷几乎每天都会收到好几个州的前线加急战报。一般来说处理堆积如山的战报会很熬人，且不太容易做好，但经姚崇的梳理，这些军情文件被整得井井有条。更令人感到惊艳的是，每份文件里竟然都有一段简明的对战局的分析，而且分析得头头是道，让当时查阅这些文件的武则天暗暗称奇，就此记下了姚崇的名字。

两年后，当武则天在政绩突出的大臣名单里，再次看到了夏官侍郎姚崇这个熟悉的名字时，女皇陛下当即拍板，任命他做了同凤阁鸾台平章事（宰相）。后来机缘巧合之下，他又被安排兼任相王府长史，由此和相王李旦搭上了关系。我们前面提到的推翻武周政权的总策划人张柬之，就是姚崇在出任灵武道行军大总管前向女皇力荐代替自己做宰相的，后来他甚至趁着回京述职的机会，百忙之中参与了神龙政变的谋划。所以，姚崇不但始终都是李旦的亲信，而且有着和李隆基相同的得到武则天赞赏与培养的经历，也和李隆基一样把重塑大唐的辉煌作为毕生理想与愿望。

然而在李隆基即位前，也就是李旦在位期间，姚崇虽然一度以中书令的身份整饬国家各项制度，并取得了一定的效果（史载：当时翕然以为复有贞观、永徽之风），但他的执政思路与举动恰好干预了太平公主对自己势力的扩充，更影响到了太平公主把持朝政的意图。于是姚崇与太平公主之间的矛盾逐渐激化，就出现了我们前面讲过的那一幕：姚崇联合老同事宋璟为保护太子，稳定政局，建议李旦将太平公主送出京城，最后没承想局面在一片大好的情势下被太平公主逆转，姚崇、宋璟险些被杀，同时被贬到地方上做刺史。

李隆基到骊山阅兵时，姚崇正在同州（治今陕西大荔县）担任刺史，距离李隆基驻跸的新丰不到三百里路，因此李隆基想到还有个姚崇可以重用后，便派人秘密召姚崇来行在见驾。

姚崇赶到的时候，刚好碰到李隆基在渭水之滨打猎。姚崇远远望见了天子的仪仗，赶忙策马向李隆基的方向驰来，等到即将赶到天子卫队附近的时候，就当即翻身下马，依照朝廷礼仪一路小跑拜倒在李隆基的马前。

见到老姚都六十好几了，身手还如此灵活利落，李隆基十分高兴：

“爱卿会打猎吗？”

“臣自幼就学过打猎，臣二十岁时住在广成泽一带，每天以呼鹰逐兽为乐，后来遇到了张憬藏（当时与袁天纲齐名的著名相士），他对臣说臣将成为王佐之人，让臣不要耽于游猎，臣这才开始发奋读书，后来真的一度跻身将相之列。不过因为年轻的时候就当过猎师，如今年纪大了，射猎什么的倒是还能来两下子。”

说罢，姚老猎手当场演示了一番呼鹰放犬等标准技能。见姚崇身手矫健，一看就没有忽悠自己，李隆基当即大喜，现场邀请姚崇跟随自己一起打猎。

姚崇也不推辞，当即上马跟着猎队一道前进。

看到姚崇老老实实地骑着马跟在众位宰相的马后，李隆基更是心中暗自称赞不已，认为姚崇是个懂规矩的人，于是皇帝陛下也不再绕圈子了，直接表明了重用的意向：

“朕很久没有见你了，想让你留在朕身边辅佐朕，你可以与宰相并行。”

姚崇似乎没有听见李隆基的话，依然自顾自地骑马缓行着。这下李隆基心里开始打鼓了。他担心姚崇仍旧对当初自己为求自保做的那件事心存芥蒂，因此李隆基只好主动放缓马速，待到姚崇的马慢慢跟了上来，他再次回头问姚崇道：“你为什么还跟在后面？”

“臣官职低微，不应当身在宰相们中间。”

李隆基笑了：“你从现在起就是兵部尚书、同平章事了，一起走不碍事。”

皇帝陛下本以为这话说完，姚崇会感激涕零地下马拜谢，或者是谦逊地推辞一番，但事实证明，都没有。

姚崇还是那样，坐在马上一动不动，既不表示拒绝，也不谢恩。

李隆基到底是心怀愧疚，也就不好意思继续追问，只能假装刚刚什么事情也没有发生，继续他的打猎活动。

直到打猎告一段落，皇帝和随行的宰相们都下马坐地休息的时候，沉默了整整一路的姚崇才突然跪倒向李隆基启奏道：“刚才臣之所以没有答谢圣恩，是因为心里想着有十件事情需要和陛下商量，倘若陛下认为这十件事不可行，臣便不敢接受陛下的任命。”

李隆基完全没有顾虑，直接表示但讲无妨。

于是一次名留青史的面试就此开始，当然，被面试的人是李隆基。

姚面试官的第一个问题是：“自垂拱年间以来，朝廷多以严刑峻法统治天下，臣希望日后施政能够先施仁义，讲宽恕，最后再谈刑罚，这样可以吗？”

李隆基想都没多想就回答道："朕真心希望你能如此行事。"

姚面试官没有对李隆基的回答做出表态，只是继续问道："朝廷自出师青海失利后，从未对贸然出兵进行认真反思或追悔，臣请求在任期间，陛下不要再追求开疆拓土，息兵休战，行吗？"

"可以。"

"近年来，一些违法乱纪，但往往凭借皇帝的宠幸被赦免，臣请求对这些人依法进行惩处，可以吗？"

李隆基点点头："朕也早对此类现象切齿痛恨很久了。"

"自太后（武则天）临朝以来，宫中顾问之官多用阉人，臣请求陛下禁止宦官干预朝政，行吗？"

"此事我也思考很久了，正准备下诏禁止。"

"豪门大族喜欢贡献奇珍异宝向皇帝谄媚，而且这一风气已然蔓延到各级地方，影响极坏，臣恳请一概杜绝正常赋税外的所有额外进奉，可以吗？"

"这个当然可以接受。"

李隆基依旧毫不犹豫地给出了肯定的答复。

"武后临朝以来，武氏族人、韦氏族人、安乐公主、太平公主相继擅权用事，致使朝廷吏治混乱，臣希望陛下同意皇族及后妃宗亲族属今后不得在朝中担任要职，此前的斜封官、待阙官、员外官等名目也一律废止，可以吗？"

"此乃朕之夙愿。"

"先朝对待大臣十分随意，君王对臣下有时甚至不具备最基本的尊重，臣请求陛下能对臣子以礼相待，行吗？"

李隆基当即表态道："君臣之间本来就该互相尊重，这有什么不可以的呢！"

"自从燕钦融、韦月将因直言进谏被杀后，谏官们个个三缄其口，不敢再谈论朝政得失。臣希望陛下能允许所有朝中大臣逆鳞犯谏，可乎？"

李隆基笑了："朕不仅能包容他们，而且还能采纳他们的合理建议。"

姚面试官此时还是面无表情，继续他的发问：

"武后修建了福先寺，太上皇则修建了金仙、玉真两座道观，这些都耗费了上百万钱，臣希望陛下禁止再建造任何佛寺道观，可以吗？"

"朕每当看到这些建筑，内心都非常惶恐不安，岂会自己再下令建造呢？"

"汉朝因吕、王、阎、梁这几家外戚而天下大乱，我大唐的江山社稷更是险些由此断送，臣愿陛下能以此为鉴，把禁止外戚干政作为万代之法，不知道可以吗？"

姚崇的最后一问可以说是直戳李隆基的内心深处，皇帝陛下竟然在听到这句后，不禁潸然，过了一会儿，李隆基才肯定地回答道："此事真可谓刻骨铭心！朕一定保证实行。"

见自己所提出的施政纲领全都得到了皇帝的准允，姚崇的脸上终于露出了一丝欣慰的神色，他当即郑重向李隆基下拜道："这是陛下行仁政之初，是臣千年一遇之日，臣愿承当辅政大臣之任，天下幸甚，天下幸甚。"

然后只见这个六十三岁高龄的老头子像是遇到了天大的喜事一样，再次拜谢李隆基，紧接着竟手舞足蹈地高呼万岁。而此时在周围已经旁听围观了很久的大臣们大都流下了眼泪，因为他们知道姚崇所提出的这十条意见意味着什么，在不远的将来"姚十条"会成为治国的基本纲领，成为重塑大唐这个国家的基石。

事情的后续发展也证明了这一点，"姚十条"正是李隆基踏上明君之路的第一阶段测试。当十多年后，功高自满的李隆基逐一突破这些封印的时候，也就是他治下的盛世开始走上逐渐瓦解的下坡路之时。

十月十五日，姚崇被李隆基正式任命为兵部尚书、同中书门下三品。开元盛世就此拉开了序幕。

第六章
开启大唐新纪元

姚崇的确非常厉害，别看是六十多的人了，头脑还是跟年轻的时候一样灵活，而且博闻强识的水平比起当年更是有过之而无不及。再加上姚老头儿已经是第三次担任宰相兼兵部尚书这一职务了，因而他对这方面的业务可谓相当熟悉，从边境地形、军队布防到城堡位置、仓库存储，没有老人家说不清楚的，甚至连各防区马匹优劣这样细节的情况，姚崇都能了如指掌。有这样懂业务又懂各种门道的姚部长，下面的人再玩什么吃空饷、喝兵血之类的小把戏就纯属关公门前耍大刀，只能给自己找不痛快了。于是只用了不到一个月的工夫，上到兵部的老狐狸，下到军队里的老兵油子，就都让姚部长安排得明明白白。经过姚崇的整顿，兵部、军队的面貌焕然一新，这让李隆基感到十分满意。

在搞好兵部内部工作的同时，姚老头还发挥余热，积极参与大政方针的讨论，展现出了一个资深优秀宰相的参政议政素质。比如李隆基碰上比较棘手的问题，向大臣们咨询时，有些宰相不是憋个半天说不出个所以然来，就是说了大半天却跟什么都没说一样。唯有姚崇老先生能做到有问必答，且对答如流，而且每次姚崇回答问题，不只能给出一个答案，还能为李隆基提供得出答案的分析思路及进一步的应对操作。

于是时间一长，朝会就变成了姚崇的现场答题个人秀，姚崇在下面滔滔不绝、侃侃而谈，皇位上的李隆基则不断点头表示认同，且看上去越听越有精神头。至于其他的大臣，他们大多数时候就沦为了观众和跑龙套的，每次除了“吾皇圣明”和“姚公所言甚是”之类的固定台词外，就再无其他戏份了。

没有衬托就显不出优秀，更何况姚崇作为一个宰相确实非常优秀，因此李隆基对姚崇越来越信任，甚至在心里把姚崇当作自己的诸葛亮。

据记载，有一次姚崇上朝奏请皇帝审核郎官任命的名单，但李隆基表现得很反常，在皇位上左看看右看看，就是不理姚崇。姚崇还是头一次遇到这样的情况，他误以为自己某个不经意的举动或言语触怒了皇帝，便马上更改了话术又请示了一番。谁知李隆基不知在想什么，就是没有给个回话。最后，姚崇只好怀着忐忑的心情退下。姚崇一退朝，在李隆基身边侍立了很久的高力士就表达出了自己的好奇：“陛下刚刚即位理政，宰相奏事，应该当面表态同意与否，今天姚崇说话，陛下为何视而不见呢？这可不像是虚怀纳海的您所做的事啊！”

李隆基是这么回答的：“朕委任姚崇处理政务，遇到大事应当上奏给朕一起讨论决定，但像郎官们的升迁这等小事他姚崇也不能自己决定，还要来麻烦朕吗？”

后来高力士把皇帝的话转告给了姚崇，姚崇这才脸上阴雨转晴。通过这次事件，姚崇确认了自己在李隆基处的地位，他终于意识到自己可以放开手脚去大胆地开展工作了。

凭借李隆基的信任，姚崇很快推出并落实了裁汰冗官、严格控制封赏及大赦的次数、缩减僧尼剃度指标、杜绝破格晋升官吏、严禁功臣插手政务等政策，进一步清理了前朝遗留下的弊政。

不过在姚崇看来只是做到这种地步还远远不够，要想完全落实自己的施政想法，他必须成为唯一的实权宰相，摒除其他人对皇帝的干扰。

姚崇第一个打算赶走的人，是王琚。

我们前面介绍过，这位王仁兄虽说看上去吊儿郎当不靠谱，但在不羁的外表之下其实有颗非常缜密的心。他谋划用计素以稳准狠著称，所以李隆基自先天政变那会儿开始就把王琚留在自己身边当私人高参使。而王琚每次前来晋见，总能妙语连珠地与皇帝陛下谈笑风生，君臣二人一聊起来就没时间概念，不到夜深人静不能停。由于当时王琚的职务只是中书侍郎，还不是宰相，因此朝中人送外号“内宰相”。

如果换了别的宰相在任，对于王琚这种越俎代庖的行为可能就睁一只眼闭一只眼过去了，说不定个别人还要去礼贤下士地深度结交一下，为以后在政事堂一起共事做个铺垫，但到了姚崇这里就不是那回事了。姚崇先生一直秉持着各司其职第一的原则，最烦的就是王琚这样的人。更何况王琚之举还有喧宾夺主的意思，会影响到政事堂的权威性，所以必须坚决予以制止。

于是在一次朝会结束后，姚崇特地留在了最后，向李隆基说了这么几句话：“像王琚、麻嗣宗那样的人，都属于谲诡多变的纵横之士，陛下可以跟他们一起经历患难，却万不可让他们这类人得志。如今天下已定，依臣所见，国家更应该选取任用那些深通经书的纯朴之士才对。”

姚崇先生到底是朝廷的擎天白玉柱、架海紫金梁，只用了一两句话便终结了王琚这个内宰相的任期。

在诚恳地听取了姚崇关于王琚的评议后，李隆基开始逐渐疏远王琚，后来更是给了王琚一个御史大夫的名头，打发这位喜欢给自己多找事情的家伙去北方边境地带巡视边防驻军去了。

送王琚到千里之外后，姚崇很快锁定了下一个需要劝退的目标，那就是李隆基的早期智囊刘幽求。

客观地讲，姚崇与刘幽求之间并不存在什么私人矛盾。相反，姚崇从内心深处其实是挺敬佩这个一心一意辅佐李隆基，还差一点为了尽忠而丢掉自己性命的男人。但现在姚崇却不能不把刘幽求驱逐出朝廷，这是因为当年那个奋不顾身、忠诚事主的刘幽求变成了朝中负能量的最大集散地。

促使刘幽求发生变化的起因是这样的：当时朝廷对官职名称进行变更，改尚书左右仆射的官职名为左右丞相，刘幽求被授予了尚书左丞相兼黄门监的职务。可没过多久，李隆基改变了主意，把刘幽求调职去做太子少保，还顺便罢免了他知政事的资格，这一下刘幽求的心态就崩溃了。

在刘幽求看来，他是根正苗红的李隆基嫡系，自打认了李隆基为主公，自己为皇帝真的是鞠躬尽瘁、死而后已了。可是皇帝不知怎的，根本不顾及他的想法和感受，随随便便就把他安排到一个闲职去了，这让刘幽求既十分不解又十分不爽。不解了，就得问，问的时候难免会带上不爽的情绪，慢慢地很多朝廷高层都知道了刘幽求的郁闷与委屈，也有人为刘幽求鸣不平，认为皇帝就这么把大臣当工具人，用完便闲置，这很不好。

事实证明，负能量更具有传递性。刘幽求的这股子怨气经过人传人的层级传播很快就在朝臣中间弥漫开来，这股越积越浓重的怨气不久就被姚崇察觉到了。虽然在自己的“姚十条”里姚崇明确表示希望皇帝能更加尊重大臣，以礼相待，他一开始也是站在刘幽求一方的。不过眼见着刘幽求四处诉苦抱怨，而同情刘幽求的大臣群体又在迅速增加，姚崇终于坐不住了。他必须要在群体情绪爆炸前将刘幽求赶走，否则后果不堪设想。

但是刘幽求并不像王琚那样好处理，他不仅在朝中有着一大帮好友旧部，还和李隆基有着极深的感情。在刘幽求的家里更有传说中的保命神器免罪铁券（太上皇所赐），足以让刘幽求扛住几乎所有的攻击。于是姚老先生只好直接把刘幽求担任太子少保期间快快不乐的消极工作状态和他近来发表的种种怨言面奏给了李隆基。

必须承认的是，姚崇这一回有赌的成分，如果这一次极限操作他没能成功，李隆基没有听从他的意见驱逐刘幽求，那么他就会瞬间变成怨气的宣泄口、朝廷上下的集火目标，光是刘幽求的那些同情者的口水都足以将姚老头给淹没，大唐中兴的步伐估计也得就此止步或中途变道了。所幸的是，李隆基再次坚定地站在了姚崇一边。他当即下旨将老朋友刘幽求贬为睦州刺史，为了平息朝中的舆论，李隆基还削夺了刘幽求的六百户实封，以示惩戒。

李隆基本来只是想把刘幽求暂时外放到地方好好反省一下，谁知这次贬谪却成了对刘幽求的致命打击。一年后，刘幽求在调任郴州刺史的路上“愤恚而卒”。

放逐了刘幽求后，姚崇还顺手将钟绍京等几个李隆基的旧日功臣一起安排到了地方上任职。姚老头儿之所以接二连三地出手整顿李隆基的老班底，除了有巩固自己的首席宰相地位的考虑外，其实更是为了威慑一个人，一个一开始就在打自己主意的人。

其实当李隆基跑到同州打算提拔姚崇时，曾接到过一份弹劾姚崇的奏表。平心而论，这份奏表的内容挺无聊的，弹劾的不过是一些不痛不痒的小事情。但等到李隆基看到表文末尾的那几句话时，立马来了精神，因为这最后一部分阐述了这样一个观点：平时言行举止不够谨慎，小事情都无法处理妥当的人，怎么配做宰相，担当大任？

李隆基有些吃惊，因为他从来没有告诉过任何人自己有任用姚崇出任宰相的打算，就连高力士这种近臣最多也只是知道他有意让姚崇来补兵部尚书的职缺而已，此人竟能一眼看破自己的心思，实在是厉害。想到这里，李隆基赶紧再去确认了下上奏者的名字，于是他看到了赵彦昭这三个字。

赵彦昭时任御史大夫，这个人李隆基是比较了解的，虽然是进士出身，也能写诗，但绝对不是那种能够准确洞察到自己心事的高人。因此，他突然上表弹劾姚崇肯定是有人指使的，而对方的目的只有一个，就是阻止姚崇入朝担任宰相。

到底是谁有这样的察言观色水平，李隆基立刻来了兴趣。于是他派人去摸了一下赵彦昭的底，发现赵彦昭有两个好朋友，其中一个是刚刚被罢免的兵部尚书郭元振，而另一个人则是不久之前被他任命为中书令的张说。

背后黑手是谁，现在看起来很明显了，但得知实情后，聪明的李隆基选择了不动声色，他很想看看那个总能想出些花招的张说还能怎么着。

见赵彦昭的弹劾没有奏效，身为幕后指使人的张说果然没让李隆基失望，再次出手了。当然了，这次出手，他这只老狐狸依旧是躲在了幕后。

这回替张说冲锋陷阵的，是殿中监姜皎。

姜皎这个人不是一般人，他是李隆基在做藩王时就结识的老朋友，跟李隆基的关系非常亲密。即便是在李隆基做了皇帝之后，两人的关系依旧没有变得疏远，李隆基还常常召姜皎到宫里跟自己玩，甚至从来不直呼姜皎的名字，而称他为姜七。

有一天，这位姜七突然带着颇为神秘的表情对朋友李隆基说道："陛下！记得您之前经常说想选一个称职的人去做河东总管，然而却一直没有遇到一个合适的，我今天总算是替您找到了一位。"

李隆基闻言大喜："还是好朋友能时时替我分忧解难，不妨现在就说说你举荐的是哪位人才吧。"

"姚元之（姚崇）文武全才，臣以为他去做河东总管最为合适。"

李隆基的笑容在听到姚元之这个名字时，瞬间就凝固了，他马上意识到这个姜七是收了张说的好处，想完成赵彦昭没完成的任务。

"你刚刚所说的全都是张说的意思吧！你怎敢当面欺君，罪当处死！"

李隆基突然大喝一声，直接把姜皎当场吓瘫了。

跟李隆基相处了这么多年，姜皎很清楚李隆基此时此刻没有开玩笑，而是真的发怒了。于是他赶忙跪下叩头承认，并连声告饶，这才免去了惩罚。张说也是在姜七失败后才完全放弃了阻挠，老老实实地迎接了姚崇的归来。

事实上，张说和姚崇两个人过去交集并不多，因此自然也谈不上有任何恩怨。张说之所以一而再地阻挠姚崇出任宰相，完全是由于他对姚崇能力的深度认可，以及深深的畏惧。他太清楚了，无论是学历还是资历自己都比姚崇差一截，所以张说很清楚只要姚崇有机会做宰相，自己就会显得平淡无奇，完全被姚崇的光芒所掩盖。

对于张说对自己的畏惧，姚崇十分清楚，因而第一次见面时，姚崇就主动在李隆基面前让张说坐在了政事堂的首座。但无论是张说还是姚崇都很清楚，这互相谦让是第一次也是最后一次，皇帝陛下头号谋臣的位置只容得下一个人。至于剩下的，要么安安生生做跑腿干活的小弟，要么就得趁早滚蛋。很明显，张说不是会主动走的那种，而且多次的试探也印证了这一点，因此姚崇只能亲自出马送张说一程了。

姚崇使出的第一招叫敲山震虎，他先瞄准了当年张说的首发说客赵彦昭，把这位已经做到了刑部尚书的仁兄分分钟踢出了长安。

赵彦昭被姚崇鼓捣走后，张说这才慌了。但张说到底是张说，他很快就想到了一个自救的方法——找一个靠山。

奇了怪了，普天之下莫非王土，这个世界上难道还有比姚崇身后的那个大唐天子李隆基更硬的靠山吗?

当然没有。

对于这一点张说比任何人都清楚，所以他找到的那个靠山，并不是一个比李隆基更有权势的人，而是一个在关键时刻能跟李隆基说上话，且不好意思拒绝的人。那个人就是李旦的四儿子、李隆基的弟弟岐王李隆范。

张说是怎么样搭上李隆范这条线的，谁也不知道，但可以确定的是，张说一旦察觉到姚崇要向自己下手，就会往岐王府上跑，向李隆范求助。而姚崇似乎投鼠忌器，每次得知张说前去拜会岐王，便会自动收手。

看起来张说的目的是达到了，他借岐王这张护身符很好地保护了自己，完美地阻止了姚崇的出招。

然而他并没有意识到自己已经落入了姚崇精心设计的圈套里。在张说本人的积极配合下，姚崇已经打算收网了。

趁着一次得到李隆基偏殿召见的机会，姚崇故意一瘸一拐地出现在了皇帝陛下的面前。

果然，李隆基远远地望见走上前来的姚崇就皱起了眉头，等到老同志走近了，李隆基便迫不及待地关切问道：“你的脚是出了什么毛病吗？”

姚崇摇摇头：“臣有的是腹心之疾，这毛病并不在脚上。”

这摆明了是话中有话，李隆基自然听得懂，于是他继续问道：“此话怎讲？”

姚崇叹了一口气，脸上露出一副十分担忧的表情：“岐王是陛下的爱弟，张说是陛下的辅政大臣，最近臣听闻这两个人私下来往非常密切，张说曾多次偷偷乘车前往岐王府中，每次都是待了很久才出来。我担心岐王殿下太过年轻会被他误导，做出什么不好收拾的傻事来，所以才日夜为此而担忧。”

听到姚崇这么说，李隆基当真是吃了一惊，差点就激动得从皇位上站起来。

众所周知，那个岐王李隆范本来就以好学爱才著称，在朝野中有着一大帮拥趸，而张说又是个足智多谋但德行有限的人。不管他们到底在聊些什么，也不论他们是怎样的好朋友，不能再让这两个人继续来往了！

于是李隆基当即拍板将张说贬为相州刺史，并明令让张说立马赴任。

张说就这样被姚崇狠狠地涮了一把，被迫踏上了自己人生中的第四次贬谪之路。不过不用太担心，已经让李隆基印象无比深刻的张说最终还会回来的。

其实，李隆基并非不知道姚崇是在借着自己打击异己，树立起个人的权威，他之所以愿意配合姚崇将王琚、刘幽求、张说这些昔日有功于自己的大臣一一驱逐出朝廷，是因为李隆基相信并且百分之百能够确定，只有姚崇是那个有能力帮助自己奠定盛世根基的人。

姚崇，现在你要放开手做事的条件，都已经替你准备充分了，接下来就看你如何辅佐朕去开启一个全新的纪元，去创造一个属于我们缔造的伟大时代了。

那么，接下来的纪元就叫作开元吧。

先天二年（713）十二月，皇帝李隆基下令，赦天下，即日起这一年改称开元。

在着手进一步的改革前，姚崇认为他需要一个搭档，至于这个人选，姚崇向皇帝陛下表示，他已经物色好了，那就是卢怀慎。

对于这个卢怀慎，李隆基是有印象的。他记得此人是滑州灵昌县（今河南滑县）人，出身于著名的范阳卢氏，算得上家世比较显赫，不过为人很是低调，在中了进士后，历任监察御史、吏部员外郎、右御史台中丞等职。虽说没有什么特别突出的政绩，然而比较敢说话，做事也挺稳重，还曾经在兵部当过姚崇的下属。不过卢怀慎让李隆基更为印象深刻的点却不是这些，而是他的穷。皇帝陛下早就有所耳闻，在东都洛阳主持铨选工作期间，卢怀慎随身携带着一个粗布口袋，里面装的都是一些简单的日用品，而这就是他的全部家当。

出身大族又在有实权的部门担任领导岗位，却能严于律己，只靠薪俸养家，从不搞灰色收入，这一点着实难能可贵。因此经过短时间的评估，李隆基认为卢怀慎给姚崇做副手是适合的，当即予以批准。

开元元年（713）十二月甲寅，黄门侍郎卢怀慎被任命为同紫微黄门平章事，进入政事堂与姚崇搭班子。开元时代的第一个经典的宰相组合“姚卢组合”就此成形。

姚卢组合刚一出道，就遇到了一个棘手的事情。下面的御史弹劾了王仙童，整个朝廷都在等着姚崇和卢怀慎对此表态。要说清楚为什么这个事很棘手，我们有必要先介绍一下这位王仙童。

提起这个王仙童，那在当年的长安城中可是个人物。此人称得上是长安街头霸王中的总瓢把子，据说那会儿京城地面上但凡发生点欺男霸女、强买强卖的事情，背后都多少与他有点联系。王仙童之所以能够有这么大的势力，主要是因为人家关系实在太硬，他是李隆基的五弟薛王李隆业的舅舅。

李隆业与李隆基是同父异母的兄弟，但由于李隆业母亲去世比较早，因而有着同样境遇的李隆基对这个弟弟就格外照顾。李隆业出于对母亲的深切思念，对王仙童这个舅舅也就格外照顾。

凭着老子靠山的靠山就是皇帝陛下这样的硬关系，王仙童成了地方衙门不敢招惹的狠角色。虽然自以王仙童为首的长安黑恶势力崛起以来，有数位御史出于义愤，曾经写奏表冒死弹劾他，但都被王仙童找关系压下来了，至于那些御史无一例外都遭到了打击报复，下场凄凉。

不过这一次情况终于有了变化，因为这位最新挑战王仙童的无名御史是个聪明人，一开始就在舆论上做足了功课。当他弹劾王仙童的奏表送呈朝廷的同时，奏表的众多副本也在朝野间悄然传播开来。所以当王仙童得到消息准备像以往一样平息事态的时候，他的那些违法乱纪、狐假虎威的事迹早就变得尽人皆知，现在所有人在等待的，是姚崇和卢怀慎这对宰相的处理意见。

如果支持御史弹劾王仙童，按照王仙童的罪行，从轻量刑发落也至少得是个斩立决，而这难免会得罪薛王殿下，甚至得罪整个宗室阶层。但如果不杀王仙童，那么堂堂唐律就成了摆设，众人的怒火也难以平息，之后再要推动改革，老百姓大概率会不愿买账。

就在了解其中轻重的官员们为两位宰相担忧时，令他们意想不到的一幕发生了。姚崇见到薛王李隆业为袒护他那个为非作歹的舅舅所写的奏表，居然直接给扔到了地上。

姚崇很生气，他对鼎鼎大名的王仙童其实早有耳闻，只不过此前一直在忙大事，没能腾出工夫来收拾这个人渣，如今看到了御史呈上的罪证，心里的火那真是腾地一下就起来了。

姚崇气得无法静下心来写表文，于是干脆直接拉上了卢怀慎跟着自己一起去面奏李隆基。

“仙童罪状明白，御史所言事实清楚，证据确凿，没有冤枉，恳请陛下依据国法处理此事，切不可法外开恩，放纵罪犯。”

李隆基没有多想就同意了。

王恶霸就这样在姚崇等人的坚持与努力下被依法处理，迟来的正义最终得到了伸张。

薛王殿下很生气，于是李隆基的兄弟们也都不开心了，但他们还没来得及找姚崇的麻烦，姚老头儿却先对李隆基的兄弟动手了。

被姚崇找上的是李隆基的二哥申王李成义（又名李捴）。当时申王府里有个叫作阎楚圭的录事很受申王的宠爱，因此李成义就想着提拔提拔这位属下，向皇帝弟弟申请给阎楚圭升职为申王府参军。由于这算是申王府内部的人事调整问题，不会影响到朝廷的人事安排，而且王府录事是从九品，王府参军是正八品，也属于正常的升迁，李隆基就给批准了。

然而当这事传到姚崇那里时，姚崇却不干，因为在他看来，这涉嫌违规封官，事情虽然不大，但一旦开了这个口子，影响会很坏，于是姚崇就又拉上卢怀慎上书劝李隆基收回成命。

这下轮到李隆基有些不高兴了，他认为姚崇是在小题大做，且有拿自己的兄弟立威之嫌。

姚崇赶忙表示，陛下误会了。为了消除误会，姚崇展示了自己提出反对的理论依据——此前李隆基下达过的圣旨。

原来李隆基刚即位时曾经下旨规定，凡是王公、驸马有所奏请的，除非得到皇帝的手诏，否则相关部门一律有理由不予执行。

这一次对阎楚圭的升职安排，李隆基下的是口谕，而非手诏。姚崇认为他遵照此前的圣旨叫停是合理的。更何况，姚崇一向力主依才授官的权力应当归属朝廷的吏部等相关部门。要是仅仅由于亲情的缘故，皇帝就把官爵当成恩惠，像以前那样滥加封赏，朝纲早晚会因此败坏掉。

姚崇所坚持的事情，放到我们今天来说，叫作程序正当。也就是说即便李隆基是皇帝，也要按照已经公布的规矩办事，不能朝令夕改。只有这样才能保证朝廷的公信力，让全天下都能心甘情愿地服从中央的政令。

姚崇真的是个明白人啊。

有了姚崇帮忙算账，李隆基意识到拿自己兄弟的这件小事情去教育全天下，树立起朝廷的权威，他反倒是赚到了。于是皇帝陛下基本上没有多想，就按照姚崇的建议取消了对阎楚圭的升迁安排。此事也很快起到了立竿见影的示范效果，自此再也没有人敢私下向皇帝求情，跑官要官的事亦随之绝迹。

朝廷里的事情，有李隆基坐镇做主，姚崇规划设计，卢怀慎认真落实，无论出了啥情况，在这三个人的密切配合下都能迎刃而解。但是帝国面对的事情并不只有内政而已，还有很重要的一面，那就是对外关系。

唐朝时的对外关系和今天不一样，主要指的是与帝国周边的少数民族及其政权的关系，这里面又尤以与西南的吐蕃间的关系最为重要。

开元二年（714）五月二十三日，一封来自吐蕃国相坌达延的亲笔信被送到了长安，这封信名义上是坌达延写给大唐宰相的，但其实却是吐蕃方面送来的非官方国书。

在这封信中，坌达延提出了请大唐派代表一起勘定两国在河源一带的边界的要求。他表示一旦顺利完成勘定，就可以履行开元元年十二月时双边达成的和解共识，缔结下正式的盟约，从此永为盟好。而为了确保勘定的效率，吐蕃方面提议让曾经担任过朔方大总管的解琬来担任大唐方面的代表。

对于坌达延的这个看似考虑周全又相当友好的邀约，本已退休在家很久的解琬得到消息后，当即给李隆基送上了一封信。

在这封信里，身为吐蕃事务资深专家的解琬发出了这样的告诫："吐蕃一定心怀叵测，请陛下提前在秦州（治今甘肃天水市）和渭州（治今甘肃陇西县）驻扎十万军队，以备不测。"

老专家既然都这样讲了，李隆基没有不提前做好准备的理由，于是根据解琬的建议，在派人与吐蕃沟通着手勘界工作的同时，李隆基秘密调配了大量唐军驻扎在了解琬推荐的地点。

一个月后，吐蕃方面如约派出了以宰相尚钦藏为首的高规格代表团来到长安呈献盟书。看起来像是解琬多虑了，吐蕃人似乎并没有什么阴谋。

但是，又过了两个月，解琬的预言就变成了现实。

八月二十日，写信的坌达延同吐蕃大将乞力徐突然率领十万大军侵入大唐境内，袭击了临洮（今甘肃岷县）。由于唐军早有准备，临洮的城墙质量又很好，因此坌达延的偷袭没能得手。不过这位老哥显然不甘心，在攻城失败后，他将军队集中到了兰州，并派前锋一直进抵渭源（今甘肃渭源县），意图引诱唐军出战。好在唐军新近执行的作战手册已经是姚崇亲自敲定的版本，里面规定得很严格，特别是禁止边军将领贪功冒战，所以吐蕃军队只劫掠了唐朝牧马场的战马，就主动撤离了。

要知道，此时距离唐蕃和亲不过五年时间，而且这一次吐蕃方面还是主动打着和平交往的旗帜来的，结果却搞出了这么一手，实在是气人啊。

更令李隆基感到愤怒的是，在他对吐蕃进行公开谴责后，对方竟不予理睬，拒不撤兵，反而大军进逼渭源，摆出了要围城的阵势。

对方已经把枪口对准了自己，李隆基当然没有缩脖子的理由。于是他任命薛讷为代理左羽林将军、陇右防御使，又以右骁卫将军郭知运为副使，与太仆少卿王晙一道率军迎击吐蕃人。

消息传来，朝中议论之声四起。因为就在几个月前，唐军刚刚在滦水（今滦河）峡谷被契丹人打得几乎全军覆没，而当时统兵的主将正是薛讷。

起用一个刚刚大败的将领去抵挡志在必得的吐蕃人，这样真的没问题吗？对于这一任命，很显然，有相当一部分大臣认为不妥。但是此时一向勇于发言的姚崇却沉默不语了，因为他根据多年的从政经验断定，睿智的李隆基这个时候抛出一个充满争议的薛讷做主帅，肯定是另有所图。

姚崇猜对了。

李隆基的真正意图是亲征吐蕃，薛讷只不过是他用来吸引内外部注意力的工具。李隆基很清楚，战局留给他的时间不多了。

于是八月二十六日，李隆基便下诏在民间招募猛士，送往前线。由于这一次征兵给出的待遇相当优厚，不仅杀敌的赏格很高，受伤的医药费、误工费，捐躯的抚恤金等也应有尽有。因此一经发布就引来了不少有志青年，每个招兵站点都人满为患，新兵入伍的训练等后续工作也在李隆基的亲自关心下得到了有条不紊的安排。

同时，李隆基自己也开始努力锻炼身体，每天批改完文件后，不是射箭就是舞剑，以实际行动把亲征的内容融入自己的日程之中。

不出李隆基所料，十月初一，吐蕃人就来了。在坌达延的统率下，吐蕃军队大举入侵渭源，并尝试对城池实现合围。

得到这一消息后，李隆基当即宣布亲征。按照李隆基的规划，十余万大军及四万匹战马将在半个月内完成调配与集结，随即开赴前线，伺机与吐蕃主力决战。

当得知李隆基这一全盘计划时，姚崇意识到想阻止李隆基亲自驰骋疆场，已经不大可能了。所以姚崇决意要帮助李隆基筹划好出兵及作战的具体计划，力求不战则已，一战必胜。

然而，无论是李隆基还是姚崇都没有想到，他们精心的准备都没能用上，因为他们都忽视了一个人，那个一开始被派去抵御吐蕃大军的人——薛讷。

薛讷是一个在历史上默默无闻，但在历史小说中大名鼎鼎的典型。他是唐初名将薛仁贵的长子，换句话说，薛讷先生就是很多人熟悉的薛丁山的历史原型。虽说薛讷在历史中并没娶到一个拥有各种法宝的宝藏媳妇，但这也无妨，因为有薛讷本人就够了。

到达前线后，薛讷把部队驻扎在了与吐蕃大军相距二十里的武街（今甘肃临洮县东），但是并不与敌人决战，毕竟吐蕃人总兵力多达十万且气势正盛。兵对兵、将对将地打，就算能赢，己方的损失也会不小。因此薛讷选择了智取。他从军中挑选出了七百壮士，让他们换上了吐蕃士兵的衣服，夜袭吐蕃军队的驻地大来谷（今甘肃临洮县南）。而在突袭部队后方五里处，薛讷则安排了另一支小部队携带战鼓、号角，遥遥跟随。

按照计划，七百壮士先凭借吐蕃军服混进了大来谷，而在先头部队的身影全部消失在了敌方阵地中时，后面跟随的将士们突然擂起战鼓，吹响号角。

好久不见唐军身影的吐蕃人深更半夜被战鼓和号角声惊醒，还没来得及做出反应，就被身边不知何时凑过来的唐军挥刀砍倒（砍人时唐军穿的是吐蕃军服）。于是没多久，吐蕃军队的指挥体系便彻底瘫痪，吐蕃兵将开始四散奔逃，十万大军就此溃散。

此战，唐军大胜，阵斩吐蕃军一万七千余人，缴获马匹七万、牛羊四十万，还夺回了之前被抢走的马匹。当然唐军方面也有一定的损失，比如太子右卫率、丰安军使王海宾就因作战太过英勇，遭到被逼急的吐蕃人重点围攻，不幸阵亡。

为表达对阵亡将士的敬意，朝廷安排了一次皇帝陛下与阵亡将士家属的见面慰问会，王海宾那个九岁的儿子王训也在其中。在了解到王海宾的事迹后，李隆基非常感动，特别是在亲眼见到了那个入宫拜见自己，伏地号啕大哭的孩子时，李隆基好像看到了当年那个无助的自己。

“这个孩子相当于霍去病的遗孤啊，不要哭了，等你长大以后，就让你当大将，好不好啊？”

李隆基亲切地轻抚王训的后背说道。

君子一言驷马难追，更何况李隆基是天子。于是皇帝陛下当场宣布将王训收养在宫中，并给他了一个新的名字，从此这个孩子开始被人叫作：王忠嗣。

第七章

姚崇新政：为盛世奠基

武街之战结束后的当月，李隆基就以宣慰金城公主的名义主动向吐蕃派出了使者。但吐蕃人显然对新近的大败耿耿于怀，表面上说是愿意与大唐和平共处，但交涉和谈的过程中，大唐的使节明显感受得到，无论是在对方所用的礼仪上，还是言语上都带有强烈的敌意。于是这一情况被及时反映到了李隆基那里。李隆基很快给出了答复，他让使者继续斡旋和谈事宜，同时令边境地区各驻防部队做好备战的工作。

李隆基下令后不久，吐蕃人果然开始了对大唐边地的频繁侵扰。但每次吐蕃军都被大唐的边防部队击退，其中几次还成为唐军内部打小规模自卫反击战的经典范例。在接连失败后，逻些（今西藏拉萨）方面的主战派的呼喊变得越来越底气不足，终于在坚持两年后撑不住了。开元四年（716）七月，吐蕃人暂停了对唐朝西部边境的侵扰，遣使长安请求和解。经过几轮艰苦卓绝的谈判，双方最终达成了和平的条件，实现了全线停战。

在李隆基边打边谈，以战促和的大思路下，唐蕃双方再次迎来了和平的局面。李隆基之所以同意了吐蕃人的请和，除了考虑到国内发展需要长期和平的外部大环境外，还有另一个不方便吐蕃人知道的原因，那就是李隆基这段时间正在应对登基以来最为严峻的考验，这回他所面对的敌人更为不可预测也更加厉害——天灾。

自开元三年（715）五月起，一场百年未遇的特大型蝗灾在帝国的关东地区突然肆虐起来。起初这些成群结队的蝗虫只出没于山东等地，可没过多长时间蝗虫的数量就出现了几何量级的增长，部分粮食主产地的上空甚至出现了成群蝗虫遮天蔽日的恐怖景象。它们所过之处，庄稼几乎粒粮不剩，蝗灾再稍微严重一些的地方，直接就是寸草不生了。

由于受封建迷信思想的影响，老百姓大都比较憷这成片的蝗虫，不敢进行捕杀，受灾地区的人们只能在田间地头虔诚地焚香，再摆点祭品向老天爷祷告，希望老天爷快点收了撒蝗虫的神通。至于地方上的政府，多半是有心杀虫，无力实施，只有无奈地望蝗兴叹。

在一千多年前，闹蝗灾的后果可是非常严重的。毕竟那会儿还是农业社会，蝗虫吃光了老百姓辛辛苦苦种下的庄稼，农民这一年就相当于白干了。相应地，主要靠收田赋过日子的政府也会收入下降，这就容易引发朝廷的债务危机。蝗灾持续时间短的话还好说，大家一起勒紧裤腰带，减薪节食也许就撑过去了。怕就怕开元三年的这种持续时间特别长、影响范围特别大的。因为如果蝗灾一直持续，让老百姓把口粮和来年的种子都吃完了，而国家又没有钱，无法进行足够的赈济，这就容易引起更大范围的不满，一旦蝗灾还是没有消停的迹象，没收成又没活路的人为了活下去，便只能选择揭竿而起了。

农民起义的力量，大唐的开国领导人们都是见识过的，李隆基也自幼就听说过，因此他很清楚必须要在事态进一步恶化前采取有效行动，防止百姓们被逼上绝路。

姚崇完全认同李隆基的看法。为了应对这次的危机，姚老头儿也给出了自己的解决方案，那就是派遣御史下到受灾州县，监督并指导地方政府把群众发动起来，有组织地捕杀蝗虫。

客观地讲，姚崇的这个建议是科学且合理的。然而，这个主意一经提出就有人表示了反对，反对者的理由简单来说可以概况成两个字：太多。

这个疑虑，李隆基同样也有，如今关东蝗虫的数量实在是太多了，咱就算组织人去捕杀了，一时半会儿能杀多少？能杀得完吗？

针对李隆基的担心，姚崇是这样回复的：“正如陛下所言，如今蝗虫遍布关东各地，黄河南北的百姓几乎流亡殆尽，但正是因为这样，朝廷岂能坐视不管，让蝗虫继续肆虐呢？臣以为就算扑灭不完，也比纵其为患要好。”

是啊，蝗虫杀不杀得完，这是能力问题，去不去杀，则是态度问题。就算朝廷组织人手也不能杀光蝗虫，但至少表明了朝廷是和百姓站在一起，有去解决问题的态度和意愿，这无论如何比无动于衷要好得多。

在想清楚了这个问题后，李隆基表示愿意支持姚崇的意见，推行全民捕蝗的行动。但就在这时，一向不怎么说话的卢怀慎却开口提出了新的反对意见。

“蝗虫乃是天灾，岂是人力所能控制得住的？况且杀虫太多，有伤天和。还愿相公再好好想想。”

“昔日，楚惠王靠吞下水蛭治好了自己的痼疾，孙叔敖因为杀蛇而获得了福报。如今这个时候怎能不忍心捕杀蝗虫，却忍心看到老百姓饥饿而死呢？！”

说着，姚老头儿看向在场的所有大臣，发出了掷地有声的最后回答：

“假如杀死蝗虫会有什么灾祸的话，就让那些灾祸通通降临到我姚崇的身上吧！”

宰相的话都说到这个份儿上了，别的大臣自然无话可说，于是全国性的捕杀蝗虫运动就此开始。

要说姚崇不愧为一代贤相，他在灭蝗问题上不但有决心、有信心，还非常重视灭蝗的具体方法。姚崇当时在全国范围内推广的是家庭自主包干灭蝗法加焚瘗之法。简单说来就是让各地方在组织群众时，以家庭为单位，以消灭自家土地上的蝗虫为首要目的，来充分调动大家的灭蝗主动性。在具体的操作环节中，则是利用蝗虫好光亮的习性，通过引蝗虫进入夜间点燃的篝火堆，达到大面积烧杀蝗虫的效果。而且这个焚瘗之法还有个好处，那就是等到烧死一批蝗虫后可以就地把蝗虫的尸体就着草木灰埋进事先挖好的坑里，这样可以让土地提升肥力，增加来年的收成。这也算是让蝗虫变相补偿它们所造成的损失了。

为了让地方官员能够破除迷信思想，更好地配合灭蝗工作，在姚崇的建议下，朝廷还特地给去各地督促灭蝗的御史们加了个捕蝗使的名头。

但是即便宰相放了狠话，朝廷也派了专人，地方上还是有不配合的情况出现，比如汴州刺史倪若水就是其中的典型代表。

这位倪刺史不只拒不执行朝廷的命令，不允许捕蝗使入境指导工作，还公开上表给皇帝，和姚崇唱起了反调。

倪若水的看法和卢怀慎比较类似，他也主张蝗灾属于天灾，并非仅凭人力就能消除的。他还提出了自己的理论——修德说。

在他看来，蝗虫肆虐，是上天示警。说到底，是朝政大方向出了问题，惹得老天爷不高兴了，因此只有修德政才能予以化解。

为证明自己的理论不是信口开河，倪若水拿出了所谓的历史依据：十六国时前赵的国主刘聪治下曾经闹过蝗灾，政府下令全境捕杀蝗虫，结果危害没能减轻，反而更为严重了。

倪若水的言论很快在朝野间收获了不少人的支持，而在修德说的影响下，原本已经被姚崇说服的那部分人也出现了思想上的动摇，开始纷纷议论朝廷这次出台的灭蝗令的可行性。

姚崇明白，如果他不能在理论的高度上彻底击败倪若水，那么纵使朝廷再怎么强力推行灭蝗令，地方上的情况也不会出现好转。于是姚崇拿起了笔杆子，铺平了纸张，开始写信。

首先当然是要让倪若水的历史依据立不住脚才行。

“刘聪是靠着篡位上台的忤逆之君，他的德行当然无法制止妖异事件的发生，而如今天下皆知陛下乃是圣明之主，妖孽怎么可能胜得过圣天子的德行？”

这句话的潜在意思是你一直坚称蝗灾是天降警示，必须要修德政来化解，难不成是在暗示宝座上的那位昏庸无道，所以才遭到了天谴吗？

虽然史书上没有记录倪若水读这封回信时的状态，但我相信，在读到这句话时，倪刺史的脑门上应该已经冒出冷汗了。

不过，先不要慌，倪兄台，毕竟更要命的一句，还在后面呢。

“我听说古时候州郡里有贤能的长官，蝗虫都不敢进入其辖区，而是绕着州郡的边境飞走，如果真的如你所言修德政就能够免灾，那看来是你没有德行才致使蝗虫入境肆虐的啊！”

倪若水看完信，算是彻底领略到了姚崇的厉害。他不敢再多说一句话，赶忙派人请来了捕蝗使，并亲自带头参与了灭蝗行动。经过倪若水的努力，仅在他治下的汴州就总计消灭蝗虫十四万石。

在写信驳斥了倪若水的同时，姚崇也在李隆基的全力支持下强化了对各地捕蝗灭蝗工作的监管工作，通过把工作优秀者和办事不力者分别列了名单进行宣传的方式，进一步推动了灭蝗行动的开展。结果正如姚崇当时所说的那样，虽然老百姓面对连年的蝗灾生活质量大幅度下滑，朝廷的收入也断崖式下跌，但没有一个地方出现大规模的饥荒，更没有出现饥民造反的事情，国家就此以较为平稳的姿态顺利度过了这段非常时期。

李隆基、姚崇功莫大焉。

自从任用了姚崇、卢怀慎这对组合后，帝国政治日渐清明，各项事业蒸蒸日上，而且这两位宰相还同时起到了廉洁模范的榜样作用。

卢怀慎我们前面提过了，这位老实人那是清廉成习惯了，以至于在被召回长安拜为宰相后，位极人臣的他家里依旧是一贫如洗，连小偷都没上门的心情。而且据记载，卢怀慎的老婆孩子有时候竟然还要饿肚子，他甚至没钱给他居住的那个破房子的门上买个门帘，一遇到刮大风下大雨的情况，只好用床席遮挡，外面下小雨，家里下大雨的情景，是卢家的真实写照。

卢怀慎一家子的生存境况已经足够引起人们的深切同情了。但值得一提的是，作为卢怀慎的老领导，姚崇先生的情况更惨。卢怀慎好歹还有一间属于自己的房子，而清廉的姚老头儿却连自己的房都没有。他们一家子长期借住在京城郊区的罔极寺里，就这么凑合着过。后来是因为姚崇生了病不能上朝，而李隆基每次遇到军国大事都派人去请教姚崇的意见，负责传信的那位仁兄一段时间跑下来觉得太要命了，向李隆基反映了自己的困难，以及姚家人的恶劣居住条件。李隆基这才知情，强令姚崇带着家人搬到接待使者的四方馆去居住，姚家老小好歹才算有了个正经点的地方过日子。

正是姚崇和卢怀慎这两位靠谱却不贪渎的宰相，让李隆基更加清楚地认识到了用对人的重要性。因此早在开元二年（714），李隆基就有意在吏治上进行一番大刀阔斧的改革。改革的第一步，在李隆基看来是扭转官场中的一些固有的认识，比如当年很多官员都更倾向于在长安当京官，而不愿到地方上任职。如果在京城官当得好好的，突然有一天却被安排去地方上工作，官员就会认为是自己犯了错误被贬谪了，或者说至少是被皇帝陛下疏远了。而一旦背负着这样的思想包袱去做地方官，地方上的工作一般很难做好。反倒是容易陷入政绩越来越差，被召入朝的机会越来越渺茫，所任职的地方越来越偏远的恶性循环里去。

李隆基早就发现了这一问题，为了推动地方的繁荣发展，他也坚信一定需要有优秀的官员带动地方实现突破，因此必须要打破百官头脑中的偏见。于是李隆基特地下诏表示，接下来他会挑选京官中有才有识的人，将他们外派到地方上出任都督或刺史，而对于在地方有突出政绩的都督、刺史，他则会优先予以提拔，让这些政绩突出者回到京师当京官，从而让京官和地方官相互流动成为一种常态。

诏书下发不久，李隆基就专门挑选了一些众所周知的优秀京官代表下到地方上担任都督、刺史。一个月后，他又下令重新设置了十道按察使，任命益州长史陆象先等人担任按察使，巡查地方上的工作。同时皇帝陛下还把像扬州采访使班景倩这样在地方上做得有声有色的地方干部调任朝中重要部门的领导岗位。至于那些以涪州刺史周利贞为代表的酷吏型地方官，李隆基一经发现就立即免除他们的职务，把他们赶回家种地。

在李隆基的重视下，官员们的心态开始一点点转变，朝廷安排人去地方上任职开始变成一种皇帝有意考察重用的标志环节，地方官员工作的积极性和主动性相较此前都有了大幅度的提升。

搭建好了中央与地方官员的正循环架构后，李隆基开始把注意力重点放在了充分发挥御史的监察作用上。此前由于朝廷里的政治斗争比较尖锐，御史谏官大都沦为朝中不同政治势力党同伐异的工具，监察的效果基本上流于形式。现在皇帝陛下好不容易一统江湖，扫平了各种政治山头，御史谏官们的日常工作自然要回归正轨。但是不干正经的监察工作好多年，有些御史谏官表示很不习惯，那些多少年都没有人看着的朝中大员则觉得更不习惯。比如当时的京兆尹崔日知为人贪婪残暴，经过御史大夫李杰长期的调查取证，好不容易收集到了相关的证据，准备要向朝廷弹劾他，但却被崔日知提前得到消息，反咬一口，陷害入狱。由于这位崔日知曾经平定过谯王李重福的叛乱，很有手段，又与张说关系极好，因而李隆基对他非常信任器重，朝中的其他官员更是不敢轻易触这个霉头。眼看李杰就要蒙冤遇害，和李杰同在监察系统的同事、侍御史杨玚忍不住了，他上奏表示如果允许奸诈之徒恐吓阻挠监察官员履行正常的工作职责，那么御史台这个机构干脆直接废除掉好了。

杨玚的这句话可以说是非常直接，也非常难听了。不过看完奏表的李隆基并没有生气，在深入了解真实情况后，马上诚恳地表示是自己没有认真调查，他要道歉。紧接着就下令恢复了李杰的工作，并将崔日知贬为歙县丞，以示严惩。

然而出乎李隆基意料的是，李杰的事到此还没有结束。在李杰恢复职务的第二个月，他就被人堵在小巷子里给痛打了一顿。消息传来，举朝震惊。在李杰被痛殴昏迷期间，经过李隆基的高度指示，专案组很快破案。在小巷袭击李杰的，正是李隆基的皇后王氏的妹夫、尚衣奉御长孙昕以及长孙昕的妹夫杨仙玉。而二人殴打李杰的动机，据称是长孙昕曾因为一些小事与李杰不和，为了给李杰一点颜色看看，才一时冲动发生了这样的斗殴事件。

这些都是官方的结论，事实上通过种种蛛丝马迹来看，长孙昕之所以这么做，其实同崔日知被李杰弹劾而遭贬谪的事有着千丝万缕的联系。这应该是长孙昕受到朝中某股势力的指使，而进行的有组织有计划的报复。这些人的目的无外乎威胁并教育监察系统的官员们不要像李杰那样给他们找事。他们之所以会找来长孙昕充当打手，自然也是看中了长孙昕的特殊身份，认为李隆基碍于皇后的面子，不会把事情闹得很大。

不得不说，他们有些太小看李隆基了。事情的后续发展因而也完全超出了他们的预想。

李隆基拿到调查报告后搂了一眼就发现了问题，问题至少有两点。第一在于长孙昕的作案动机不够充足，根据长孙昕的证词看，他和李杰之间的那点破事，不至于让长孙昕亲自出面动手打人。以李隆基对这个连襟的了解，长孙昕但凡遇到问题，都会设法通过王皇后出面解决，这次的路径明显不符合常情。第二，李隆基很清楚，长孙昕养尊处优这么多年，早就失去了从事打架斗殴这种高强度的体育运动的优势，即便长孙昕真的是一时冲动想去揍李杰，但不带些好用的、能打的家奴充当打手，却只找来了相对身强力壮的杨仙玉，这也未免太奇怪了。很明显，放着职业的打手不用，一定要亲自上阵，长孙昕是仗着自己的特殊身份赌皇帝不会惩处他。

为了既得利益，居然胆敢公然设计朝中大臣，砸李隆基的场子，李隆基自然不会轻饶。

而李杰苏醒后的上书则又加了一把火，他表示自己被打只是小事，但是身为朝廷命官却受此大辱，这才是令国家蒙羞的大事。于是皇帝陛下当场大怒，命武士将长孙昕和杨仙玉直接在朝堂上用乱棍打死了。

皇帝公开处决长孙昕、杨仙玉的场景令在场百官为之一振。但李隆基到底是老谋深算的政治家，看破不说破，他没有追究长孙昕背后的那股庞大势力，而是主动显示了自己的低姿态，公开向百官谢罪。此外他还专门下诏安慰李杰，检讨了自己的监管教育失职。当然了，李隆基最终大力肯定了以李杰为代表的监察官员的工作，表示希望李杰等坚守在监察战线的官员们要继续发扬惩恶扬善的优良作风，不要被像长孙昕这样的歹徒吓倒。

李隆基的这波操作无异于重棒敲打了朝中的既得利益集团，同时给监察系统的官员们打了一波鸡血。于是不只纪检官员们工作执法的热情高涨，普通官员也以有法必依、执法必严作为自己的工作准则，有的官员甚至直接执法到了李隆基头上。

众所周知，李隆基先生是超级音乐发烧友，别人玩乐器，他直接玩大乐团兼培训班。当时李隆基的梨园里就集中了数百名乐师，这些人能够得到皇帝陛下亲自辅导作曲与演奏，因此被时人称为皇帝梨园弟子。在梨园弟子中有一个特别擅长吹笛子的胡人少年尤其得到李隆基的宠爱，仗着皇帝的宠幸，这位胡人少年没少惹是生非。终于有一次，事儿惹大了，大到当时的洛阳令崔隐甫亲自带人前来抓他，可是这少年跑得贼快，一溜烟儿就窜进了禁宫之中，让崔隐甫也无可奈何。后来赶上有一次，李隆基有事召见崔隐甫，恰好那个胡人少年就在李隆基的身侧侍立，李隆基想起了少年跟他说的这一段事迹，就用开玩笑的口吻指着少年，对崔隐甫说道：“听说爱卿想抓到这个孩子，不知道得手了吗？”

李隆基本想着借此机会就这么当着崔隐甫的面赦免了他欣赏的胡人少年，没想到却听到了崔隐甫这样的回答：

“陛下此言，是轻辱为臣而重视乐人，臣请求辞官！”

说罢，不等李隆基同意，崔隐甫就拜谢而去。

老子不给你干了！

李隆基感到很尴尬，更有点恐慌，因为这种为保护宠臣而逼走直臣的事一旦传出去，自己着力打造的明君形象和清明政治的氛围都会无法挽回地崩塌掉。于是李隆基急了，也不顾那么多，一嗓子就把崔隐甫叫住了：“别走啊，朕和你开玩笑呢！”

于是在崔隐甫的坚持下，李隆基不得不下令把犯了事的那个胡人少年交给崔隐甫带出去。

说来崔隐甫也是很机灵，一走到门外，就立马下令随行差役将胡人少年依法处死了（至门外，立杖杀之）。等到李隆基派人传令释放少年时，人已经死透了。按理说，到了这个时候大部分的皇帝都会暴跳如雷，感觉自己受到了冒犯，可李隆基没有，他再次显示出了一个成熟政治家的优秀素质，毫不犹豫地对崔隐甫的做法给予了高度肯定，并赏赐了崔隐甫一百匹绢布作为奖励。后来李隆基更是对崔隐甫多加重用，帮助崔隐甫一路成长为开元年间政绩第一流的地方官。

对于改元开元以来，国家吏治、社会发展等方面的新变化、新进步，包括李隆基在内的所有人都察觉得到，也颇感欣慰。然而正当李隆基打算再接再厉，把大唐的发展事业推向一个新的高峰时，他却不得不先停下脚步缓一缓，因为作为李隆基长期以来强有力的依靠的姚卢宰相组合出了问题。

开元四年（716）十一月二十三日，同时兼任黄门监和吏部尚书的宰相卢怀慎去世了。

关于这个宰相，历史书上在提到开元之治时，提到他的并不多。偶尔有提及的，讲到的都无一例外是这样一个故事：

有一年，姚崇的儿子死了，姚老头儿忽遭丧子之痛，精神上深受打击，只得请十几天的假来进行调整。卢怀慎就此成了政事堂的唯一宰相，接替了姚崇的日常工作。但当他随手抽出书案上送交上来的文件，瞅了一眼后，卢怀慎便立即做出了一个极为准确的判断：姚崇这活儿不是随便一个人就能做的。至少卢怀慎相信以自己的水平，无论如何也无法在短时间内妥善处理这么多的事情。结果，政事堂里面的各种文件奏表很快就堆积如山。意识到搞不定的卢怀慎也不熬夜干了，直接跑到李隆基那里去真诚地谢罪，皇帝陛下出乎意料地没有怪罪卢怀慎，反倒是明确表示，他本来就是把天下要事托付给了姚崇，让卢怀慎坐镇政事堂只是想借助他的操守来起到移风易俗的示范作用。

卢怀慎听到皇帝把他当宣传工具使，也不生气，当即下拜谢恩，同时表示自己在姚崇没有回来期间，会将文件归类整理好，以方便姚崇回来后能够更加方便快速地进行处理。

事实证明，姚崇先生的业务能力实在过于优秀，回来上班后只用了不到半天的工夫就把积攒了半个月的公务处理完了。为此老姚还自鸣得意了起来，向来政事堂收发文件的紫薇舍人齐澣问道："你说我这个宰相当得能与古代何人相提并论？"

不等齐澣开口，姚崇自己就抢着给出了答题提示："与管仲、晏婴相比如何？"

齐澣想了一下，认真地回答道："管仲和晏婴制定的规矩虽然不能延续到后世。然而，在他们活着时，两人的规矩尚能保持推行，可是相公所制定的法规，却屡屡更改，您似乎比不上他们二位。"

姚崇没有反驳齐澣的说法，只是继续追问道："那你说我是个什么样的宰相呢？"

齐澣没有犹豫："相公您可以说是一位救时宰相啊！"

姚崇听后哈哈大笑，顺手把毛笔扔到桌子上，自嘲道：“救时宰相，那也不是容易遇到的啊！”

于是相对应的卢怀慎这位凡事总是以姚崇意志为准的宰相，就被不少人戏称为“伴食宰相”。

这个故事一般是用来说明姚崇的能力非凡与开朗自信，作为姚崇的参照物，卢怀慎就显得有些掉价了。但负责任地说，正是卢怀慎的谦逊忍让会做人，才让会做事的姚崇得到了恰到好处的发挥，而随着卢怀慎的离世，姚崇留在最高权力舞台上的时间也开始进入了倒计时阶段。而开启这个倒计时的人，正是姚崇的儿子们。

不知道是不是因为平日里过于投入工作，忽略了对儿子们的教育，姚崇的长子姚彝和次子姚异同乃父完全不同，与清廉二字简直是不共戴天。他们在做官期间各种结交串联，一门心思全用在了贪赃纳贿上，在官场上风评极差，连续数年都是监察部门重点关注的对象。其实，这哥俩早在开元二年就险些把老爹姚崇给坑死。当时两个人还在东都洛阳工作，他们的顶头上司是曾经在姚崇引荐下脱颖而出的代理吏部尚书魏知古。姚彝和姚异知道他们姚家对魏知古有着提拔之恩，而且魏知古正主持着东都人才选拔的工作，可以发挥的地方很多。于是二人便借着老爹的权势，及魏知古的名头，声称可以帮人运作走后门，四处索要好处费。最后由于哥俩承接下的业务量实在太大，而且向魏知古提出的要求也越来越过分，魏知古就在调回朝廷后直接向李隆基自首，密报了此事。

李隆基听完了魏知古的汇报自然是深感气愤，于是就在次日与宰相们的议事会上假装漫不经心地向姚崇询问他儿子们的能力水平，以及二人现今所担任的官职是什么。在一般人看来，这是领导有心想提拔自己的儿子了，是千载难逢的举贤不避亲的好机会，应该趁此机会好好推销下自己的儿子。但老谋深算的姚崇一听李隆基这话就敏感地意识到事情不对劲，肯定是儿子们那边出事了，而且还立即做出了更精准的判断，断定刚刚回长安的魏知古一定是向皇帝说了些什么不利于自己和儿子们的话。

所以本想等姚崇为儿子说好话时趁机发难的李隆基听到了这样的回答：

“臣有三个儿子，其中两个在东都洛阳，这哥俩生性欲望多，而且做事还不够谨慎，想必他二人是有事托魏知古去办，干扰到了魏知古的正常工作，只是臣还没有来得及过问罢了。”

姚崇不愧是高手，这一句话就把两个儿子的所作所为归因到了人的劣根性上，同时还暗示了魏知古不会处理人情世故，而自己则是日理万机，为国家忘小家。

姚崇的形象在魏知古的衬托下，一下子就高大了起来。而姚崇如此客观的回答更是出乎李隆基的意料，让皇帝陛下有些喜出望外。

“你是从哪里知道这事的？”

姚崇恭敬地回答道：“魏知古贫贱时，臣曾对他爱护有加。臣的儿子们比较愚蠢，他们会认为魏知古肯定会对我感恩戴德，对他们的一些不合适的要求像当初的我一样包容，所以他们才敢向魏知古有所请托吧。”

李隆基听了这话，顿时觉得姚崇这人很是无私磊落，而魏知古却忘恩负义，辜负了姚崇当年的知遇之恩。于是李隆基表示他有意让不地道的魏知古下台。谁知，这个时候姚崇却主动为魏知古求情道：“事情本是臣的儿子们做得不对，触犯了陛下的法律，陛下如果能赦免他们的罪过，就已经是万幸了。假如由于臣的缘故就驱逐了魏知古，全天下的人一定会认为陛下在偏袒臣，那就会连累了陛下的大政啊！”

在姚崇的坚持下，李隆基最终同意了让魏知古继续留在朝中，但是出于对魏知古的嫌弃，他将魏知古安排去做了工部尚书。姚崇则凭着自己的敏锐和机灵在李隆基那里再次拿到了高印象分，同时也为儿子们的升职打下了好基础。因此不到两年的时间，姚崇的长子姚彝就升任为光禄少卿，次子姚异则做到了宗正少卿。可俩的官是升了，但收人钱财、替人办事的习惯却没改。久而久之，两个人的那些收受贿赂的破事就或多或少传到了李隆基的耳朵里，让李隆基对姚崇在管束自家人的方面开始有了意见。

在大多数时间里，大领导对姚崇工作及人品的评价还是积极的、正面的。李隆基甚至还在努力照顾姚崇的工作感受及工作节奏，比如姚崇的宰相搭档卢怀慎去世的次日，李隆基就替姚崇千挑万选出了尚书左丞源乾曜接替了卢怀慎的位置。

这位被李隆基任命为黄门侍郎、同平章事的源乾曜与卢怀慎完全不同，倒很有点当年姚崇的意思。此人是进士出身，在唐睿宗李旦在位时期就已经做到了谏议大夫、梁州都督。开元初年，李隆基要给邠王李守礼挑选一位合适的长史，经李隆基的好哥们儿姜皎的推荐，源乾曜作为候选人参加了面试。而这次面试给李隆基留下了很深的印象。因为源乾曜在面试过程中那是对答如流，再加上小伙子本人气质很好（史书原文为：神气清爽），所以得到了李隆基的欣赏，拿到了这份长史的工作。后来便一路高升，一直到被选为姚崇的新搭档。

但即便如此，李隆基还是一如既往地倚重姚崇。每当源乾曜汇报工作，令李隆基感到满意时，皇帝陛下总会说："这肯定是姚崇的主意。"而如果遇到让李隆基感到不满的时候，李隆基则会责问源乾曜为何不与姚崇商量。但是，姚崇在李隆基心中的美好形象最终还是崩塌了，因为姚崇被李隆基发现他是有自己的私属小团体的。

这个直接把姚崇带落神坛的人，叫作赵诲，时任中书省主书。

此人不只是姚崇的亲信，还是姚崇的铁杆心腹，深得姚崇的信任与重视。可是赵诲却有一个小缺陷，那就是贪财好货。而且他的眼光还极高，一般的宝物都入不了他的眼，不知怎么就看上了胡人那边的奇珍异宝，接受了胡人的大量贿赂，被胡人发展成了情报人员。

要知道中书省是朝廷的中枢机构，而主书又是能接触到很多朝廷的高级机要文件的，因此这一间谍案一被纪检部门揭发出来，就引起了李隆基的高度重视。皇帝陛下不但亲自过问了案情，还主导了定刑，给赵诲判了一个斩监候。

估计是赵诲在姚崇那里真的占据了很重要的位置，为了捞这个小弟，姚崇甚至不惜豁出了老脸亲自出面，趁着上呈赵诲的结案报告的机会再次向李隆基求情。要是别的皇帝，这个面子大概率就给了，可是李隆基就是李隆基，眼里是不容沙子的（至少这个时候不容），他认为姚崇为了自己的小团体屡次三番干预司法程序的影响很坏。更重要的是，姚崇有结党的嫌疑，还明显把他小集团的利益置于国家的利益之上，这样的姚崇在李隆基眼中已经不适合继续担任宰相的职务了。

李隆基从来没有对姚崇感到如此失望过，于是他找来了侍臣，按照他的意思拟了一份诏令下发给政事堂。

当姚崇打开这份诏书时，他有些兴奋，因为这是一份单独赦免在京师的罪犯的诏书。姚崇本以为自己的求情起到了作用，可是等他在诏书上找到了那个熟悉的名字，读完了李隆基特意标注的那段文字，姚崇身上的血就凉了大半，因为李隆基是这样批注的：唯赵诲减死罪，杖之一百，永流岭南！

知道你看重他，不想他死，所以我也不杀他，就让他自己去满是毒虫瘴气的岭南地区自求多福吧。

这无异于在给了姚崇面子的同时，又狠狠地羞辱了他一番。姚崇终于在这个时候恢复了常态，接下来不用李隆基明说，姚崇也明白该怎么做了。

几天后，姚崇向李隆基递交了自己的离职申请，李隆基倒也没再极力挽留。

开元四年（716）十二月二十七日，李隆基下令罢宰相姚崇为开府仪同三司，同时将源乾曜贬为京兆尹、西京留守。

开元盛世的总设计师就此离开了历史的主舞台。不过大唐复兴的步伐并没有因为姚崇的离开而放缓，因为一个与姚崇旗鼓相当的贤相即将走上这个舞台，并将帝国引向一个崭新的发展阶段。

第八章

宋璟为相：贤臣的典范

在姚崇的接替人选问题上，李隆基并没有花费太多的精力思考就确定了下来。此人既得到了卢怀慎生前的大力推荐，又恰好是姚崇离开前认可亲荐的，加上李隆基本人对他也十分欣赏，所以可以说是内定好了的。他就是时任刑部尚书的宋璟。

于是在姚崇被罢相的同一天，宋璟被委任为代理吏部尚书兼黄门监，成为政事堂的头号宰相。

说起宋璟，那真是当时人人都伸大拇指的。这位来自邢州南和（今河北邢台市南和区）的仁兄可谓官场上少有的无死角大牛。人家少年得志，十七岁的时候就进士及第，提前几十年完成了很多人毕生的奋斗目标，后来从上党尉这种小官做起，居然很快就从地方干到中央，短时间里便连升数级，做到了凤阁舍人，他本人还得到了当时最高领导人武则天的高级人才认证（武后高其才）。

但同样有才华的宋璟与他的前任姚崇并不一样，如果说姚崇给大家的印象关键词是足智多谋、机敏善辩的话，那宋璟就应该是刚正不阿、大公无私。他曾不畏凶险，劝阻张说不要替女皇红人张易之做伪证诬陷御史大夫魏元忠，从而救下了朝中忠良；还曾拒绝权势熏天的武三思的请托，公正执法，保证言路的畅通；更曾顶着太平公主的压力为还是太子的李隆基仗义执言。

不过，宋璟所做的这些都是有代价的，而且在大部分人眼中，都属于代价惨痛的等级。宋璟不止一次被整得死去活来，可是他从来没有退缩或是妥协。但凡是同宋璟有过接触的人，都感觉如沐春风般温暖舒适，宋璟也由此获得了“有脚阳春”的称号。

不过也有人不这么看，比如曾经奉李隆基之命去广州迎接宋璟回长安的杨思勖。

对于这位杨思勖，有必要先提前交代几句。这人是李隆基的心腹太监，在李隆基那里的地位和受到宠信的程度远远超过了大家所熟悉的高力士，而且他很可能是中国历史上最能打的太监。有过亲率十万岭南新兵大败安南分裂势力的三十二州四十万兵马，并临阵斩首敌人带头大哥的壮举。

但就是这样一个勇猛凶狠、杀人如麻，同时得到各种人争相巴结的杨思勖居然在宋璟那里受到了“冷遇”。从广州到长安这一路下来，宋璟没有跟杨思勖说过一句话。由于宋璟本身气度非凡，看上去就不是一般人，杨思勖也不敢造次，就这么和宋璟一起沉默着待在马车里回到了京城，这才趁着向李隆基回报的机会吐槽了一番宋璟的冷淡。

谁知，李隆基听后居然哈哈大笑，他告诉杨思勖，为人正直从不曲意逢迎恰恰是自己最看重宋璟的地方，让杨思勖不要介意。而在这件事发生后，李隆基赞叹了很久，对宋璟是越发敬重起来。这次李隆基选择他来接替姚崇也恰好是想借他身上那股任谁都能感受到的正直，重塑一下被姚崇带得有点“机敏”过头的官场风气。

李隆基给宋璟找来搭班子的苏颋也是一个不同寻常的牛人。据史书记载，苏颋很小的时候就展现出了惊人的阅读能力及记忆力，一篇上千字的文章拿给他，只需看一遍，小苏颋就能通篇背诵。

一般说来，小时候显露出神童属性的，参加科举考试不一定能高中。可苏颋偏偏就是少数派，考试能力非常强，年纪轻轻就考中了进士。此后又在贤良方正科被人事选举部门评为异等，开启了火箭式升迁之路，才三十来岁就进入了中书省这样的中枢部门，还以中书舍人的身份专掌文诰。当时苏颋所在的团队，经常出现这样的情景：皇帝临时安排了一个文诰撰写工作，苏颋稍微打了会儿腹稿就滔滔不绝地把自己的文章口授出来。而由于苏颋基本上是出口就成章，口若悬河，通常两个主书一块儿记录都来不及，不得不时不时就开口恳请苏颋稍微缓着点。至于苏颋的顶头上司中书令李峤则在一旁由衷赞叹：舍人思如泉涌，我李峤是赶不上啊！

要知道，这位李峤先生早年是和骆宾王齐名的文坛巨匠，在文学史上则是公认的武则天、唐中宗时期的文坛领袖。但后世之人几乎一致认定，李峤当时说的这句话并非谦虚，而是事实。因为苏颋可是能与我们的老朋友张说齐名的，文坛上这两位当时号称燕许大手笔（苏颋袭父爵为许国公，张说有燕国公的爵位），是文学界的超级顶流。

在很多人看来，像苏颋这样的牛人是不会甘愿老老实实地屈居宋璟之下的。然而事实刚好相反，对于宋璟关乎国家大事的决断，苏颋从来都是毫不犹豫地赞成，他在宋璟面前表现得非常恭敬，在李隆基那里也总是替宋璟说话，所以，两个人合作起来非常愉快。宋璟曾不无感慨地对人说：“我和苏家父子前后同时当宰相，苏老先生是位宽厚又博学的长者，确实是国家的栋梁，至于说到正直又贤明，苏珽的表现已经超过了他的父亲。”而苏颋也表示自己真的是发自心底地敬佩宋璟，在苏颋眼中，宋璟先生基本上就等于是贤臣的代言人，身居宰相高位，不仅可以做到两袖清风、一身正气，还有着敢于犯颜直谏的勇气，能让皇帝陛下都对他敬畏三分，着实是厉害至极。因此惺惺相惜的两个人就此结成了继“姚卢”组合之后的另一对黄金搭档。再加上经过姚崇当国时代被选拔培养出来的博学多才的紫薇舍人高仲舒以及能够洞悉时政的齐澣的助力，宋璟这届政事堂班子的综合能力可以说并不亚于姚崇那届。

或许是上天为了考验新一届班子的水平，宋璟甫一上任就遇到了一个难题。

开元五年（717）正月初二，太庙有四间房突然倒塌了。这一消息一传来，马上在朝野引来了轩然大波。因为塌掉的不是寻常地方的房间，是供奉皇帝先祖的太庙，而且既没地震也没人为破坏，就这么好端端地塌掉了，还是在大正月里，绝对是一个不祥之兆。甚至有人私下里认为，这是李渊、李世民这些大唐的列祖列宗在暗示对现任皇帝的不满，希望以这样的方式敲打一下宝座上的那位，让他用心反省，好自为之。

虽说李渊、李世民在天之灵动怒的消息有些扯，但太庙出事后，李隆基确实有些慌。于是自正月初二开始，李隆基便改穿素色衣服出席公共场合，主持朝会的地点也被安排在了偏殿。

皇帝遇到了难事，首先自然要找宰相征求自己的工作得失。于是李隆基第一时间找来了宋璟和苏颋，向他们询问接下来该怎么办。

宋璟和苏颋的看法比较一致，他们认为太庙的房间倒塌可能与半年前去世的太上皇李旦有关。大概率是因为皇帝陛下没有按照传统服满三年的丧期，便有意东巡洛阳，违背了天意，上天这才降下灾异来警示李隆基，希望皇帝能够暂停前往。

李隆基很明显不是个认命的人，两个宰相的回答也没能让他感到安心。于是李隆基找来了那个他相信无论遇到什么问题都能帮助自己解决的人。

“姚元之，你对此事是什么看法？”

姚崇当即回答道：“据臣所知，太庙所用的木材都是苻坚（十六国时前秦的君主）时期的，使用的年头已经很久了，因此想必是木材朽坏，恰巧赶上了在陛下决定出行前断裂而已。倒了几间房，这有什么可大惊小怪的！古语有云，王者以四海为家。陛下因关中饥荒而东去洛阳，现在各项准备工作已经准备就绪，当然不可失信于人。依臣愚见，只需将祖先的牌位暂时迁到太极殿上供奉，同时重修太庙即可。陛下大可不必为这种事情烦恼，反而更应该如期出发。”

在唯物主义者姚崇的开导下，李隆基顿时觉得心里舒坦多了。大喜之下，他下令赏赐给姚崇二百匹绢，并允许姚崇每五日参加一次朝会，可以仍然像当宰相时那样入阁侍奉，参政议政。而李隆基本人去洛阳转了一圈，回来后也没有出现什么事情，太庙的事就算翻篇了。

后世的很多人拿这件事作为例子，来说明宋璟在水平上要稍逊姚崇一筹，事实上确是如此，就算是宋璟本人也从不否认。客观地讲，在体察圣意和能说会道这两个方面，宋璟是远远被姚崇抛在了后面，而且在决断和理政的效率上，宋璟也同姚崇有着一定的差距。然而这些却并没有阻碍宋璟成为与姚崇齐名的大政治家，这是因为，在宋璟的身上有着姚崇并不具备的凛然正气。

宋璟很可能是包拯登上历史舞台前最能为“铁面无私”四个字代言的人物了。想当年，宋璟在广州担任都督时曾经从中原引进了制砖烧瓦的成熟技术，从而彻底帮助当地居民解决了困扰他们祖祖辈辈的茅竹结构房屋易燃问题。后来广州的老百姓听说宋璟在朝廷做到了宰相，就自发组织起来要为宋璟立个碑，以纪念这个改变了大家生活居住习惯，并切实保障了广州百姓的人身及财产安全的好官。

要知道，在过去但凡能够立碑记载的都是大事，因此但凡能够在碑文中被提到名字的人，有很大的可能流传千古，这无疑是很多人梦寐以求的事情。可当地群众的请愿书好不容易递送到了朝廷，却被宋璟自己给按下来了。直到李隆基从别人口中听说了此事，并主动向宋璟询问情况，宋璟才上奏回应道：“臣在当地没有做出什么特殊贡献，如今只是因为臣受到陛下的重用，就允许他们给臣立碑，这反而会助长地方上的谄媚之心。臣希望革除这一弊端，而且就从臣开始，请陛下下诏对地方上申请给官员们立遗爱碑之类的事情一律予以禁止。”

李隆基尊重了宋璟的选择，下达了诏书。后来果然如宋璟所愿，各州再也不敢提给前任树碑颂德这样的事情了，地方上的那些只为政绩而搞的大大小小的政绩工程也随之大幅度减少。

宋璟不仅对自己严格要求，对自己的亲朋好友也同样如此。有一次吏部收到了一封来自候选官员的信，寄信者自称名叫宋元超，是宋璟的叔叔。他称，写这封信是因为自己已经候选了很久，但一直没获得官职，身上的钱财快要花光了，希望吏部能够看在他是宋璟叔叔的分上关照一下，优先给他解决任命官职的问题。

据说吏部的领导看到这封信的第一反应就认为这是来忽悠人的。因为以他多年的官场经验，这人倘若真的是宰相的叔叔，肯定直接通过宋璟就把这事儿办了，犯不着七拐八拐地来这么封信。不过考虑到这人到底是打着宋璟的名义来的，因此吏部最后还是在通报检察系统前，把这件事报告给了宋璟。

没想到，宋璟那边很快给出了答复，把吏部领导吓出来了一身冷汗。

“没错，写这封信的宋元超，的的确确是我宋某人的叔叔！”

完了，完了，这官算是当到头了。把宰相给得罪喽。

但是没等吏部的领导把肠子悔青，宋璟就说了下面这段话：

“我这个三堂叔，一直住在洛阳，平常我们很少能见面。我既不敢因为他是我的长辈就隐瞒不报，也不敢以私害公。过去，他没有提到我，自然按照规定处理；如今，他既然提到了我和他的这一层关系，就应该严惩以警示后人，我在这里请求吏部注销他的候补资格。”

我们可以想见，吏部的领导看到这里心跳应该恢复了正常，对宋璟的敬仰之情油然而生。至于宋璟的这个堂叔宋元超史书上虽然没有记载结局如何，但十有八九得被气得一口老血喷到地上吧。

宋璟表现得有些不近人情了，但是这绝对不是宋璟做得最过分的事情，毕竟宋璟先生还曾直接干预过李隆基本人的感情生活。

我们前面提到过，李隆基有个从藩王时期就特别要好的哥们儿，此人名字叫作姜皎。由于姜皎一直都坚定地站在李隆基的一方，追随李隆基历经了从“唐隆政变”到“先天政变”等风风雨雨，因而两个人的感情胜似亲兄弟，李隆基甚至允许姜皎与自己的后妃们坐在一起陪自己喝酒，还特准姜皎随意出入自己内廷的卧室。有一次，这俩人在殿庭一道游玩，看到了一棵长得非常好的树，姜皎就随口说了一句这树长得真好看之类的话，李隆基二话不说便命人把这棵树当场给刨了出来，移植到姜皎家中的庭院去，好让姜皎在平时可以随时欣赏到。

而姜皎的弟弟姜晦也因为哥哥的关系得到了李隆基的重点照顾，在李隆基亲政后的短短几年内就被提拔送上了人事部的二把手（吏部侍郎）宝座。

姜皎并没有像对待姚崇那样找过宋璟的麻烦。但在宋璟看来，姜皎兄弟本身就是个麻烦，因为这兄弟二人的存在相当于变相给一些人开了投机取巧的后门。如果不把这扇门关上，澄清吏治根本就是表面功夫，不会有人真正相信。

为了实现自己的执政理想，让国家在姚崇治理的基础上更上一层楼，宋璟在几经思索后，终于还是下定了决心，要干预一下皇帝陛下的友谊。

疏不间亲的道理，宋璟还是懂的。因此对于不是兄弟胜似兄弟的李隆基和姜皎，宋璟没有选择直接进言要求皇帝陛下疏远姜皎，而是另辟蹊径向李隆基表示他很为姜皎兄弟的危险处境感到忧心。

宋璟的这一说法实在是太新奇了，李隆基想了半天也没想到在自己的关照下，姜氏兄弟可能会有什么样的麻烦。于是皇帝陛下终于忍不住向宋璟问道：“爱卿此话怎讲？”

“因为姜皎兄弟深受陛下宠幸，权势太大，所以面临的诱惑也太多，很有可能一不小心就触犯国法，身陷囹圄。而以陛下之严明，必然不会轻饶赦免他们，倒是有可能进行重判以震慑朝中其他权贵。臣每每想到这里，当然要不禁为这兄弟二人担心。”

李隆基听到宋璟这么讲时，最初不过是微微一笑，但随着宋璟老师一番推心置腹的分析，李隆基的脸色慢慢凝重起来，他最后意识到，宋璟说的是对的，人性是经不起频繁的诱惑与考验的。如果不及时采取行动，姜皎兄弟出事不过是时间问题。而想保全这个朋友，让姜皎不被卷入是非之中，最好的办法就是让他们兄弟都能与权力保持一定的安全距离。

于是被宋璟说服的李隆基不久即下诏将姜皎放归田园，让这位朋友在职务爵封保持不变的前提下去好好享受悠闲而富足的生活。至于姜皎的弟弟姜晦也被调到了没有什么实际权力的宗正寺出任宗正卿，姜家兄弟当朝用事的局面就此画下了一个句号。不过姜皎在五年后还有一次登场的机会，因为还有一场后宫大戏需要他来推波助澜。

姜皎兄弟一走人，宋璟便开始了他在人事层面大刀阔斧的调整。首先就是断掉那些想通过特殊途径进入仕途的人的念想。当时有很多所谓的隐士，想做官却不去参加科举考试，而是往山里跑。住进山里后，就开始苦心孤诣地打造隐士的人设。本来应该走低调路线的隐士，在这些人的炒作下却出现了全天下都知道这些人很低调的奇怪现象。而这些人就凭着在社会上的声望结交朝中高官显贵，再借由高官的举荐做官，从而达到名利双收的炒作效果。

作为在地方上做官多年的老江湖，宋璟很清楚这其中的套路，因此当有人举荐一个叫范知璿的隐士，并把此人的大作《良宰论》送给宋璟看时，宋璟当即写下了这样的一段读后感：

“我看了他写的《良宰论》，很多地方都是阿谀谄媚的话。身为隐士，就该直抒胸臆，不该如此苟且迎合以取悦于人。如果文章写得真好，就该直接参加科举考试，和其他人一比高下，不必通过其他途径投送。”

宋璟的这番话简而言之就是：是骡子是马拉出来遛遛，不要搁那儿装！

在宋璟的影响下，李隆基也对官员队伍的准入及升迁门槛把控得更为严格。据说河南参军郑铣和朱阳丞郭仙舟为了出奇制胜，得到越级提升，向朝廷设置的意见箱里投诗，没想到却被李隆基认定他们的诗崇尚道家，在处理实务方面则不切实际，被皇帝陛下大笔一挥免去了官职，勒令出家做道士去了。

在大多数情况下，李隆基和宋璟还是没有这么决绝的，他们君臣二人实际上一直是以人尽其才作为首要的用人原则。比如括州员外司马李邕、仪州司马郑勉都是挺有才学的人，可经人事部门考察，认为这两位性格喜欢走极端，还爱辩论是非，因而不建议朝廷予以重用。报告送到宋璟那里后，宋璟认为重用二人确实会带来麻烦，但如果就此弃之不用，也可惜了他们的才能，因此宋璟请求分别任命二人为渝州刺史和硖州刺史，让他们仍能够在可控的岗位上继续发光发热，李隆基觉得没问题，也就给批准了。后来李邕、郑勉经过地方上的磨炼都有所成长，政绩斐然。特别值得一提的是李邕，他日后曾在北海太守的任上先后结交、力捧了两个他眼中的青年才俊，那两个人一个叫作杜甫，另一个则叫作李白。

在努力规范国家用人制度的同时，宋璟还紧抓落实反行贿受贿的工作。唐朝那会儿交通和通信都很不发达，地方上每年都得专门派出一个人负责进京汇报一年来的政务及财务情况，这个被派去长安代表地方长官述职的人，被称作朝集使。

要知道中国地大，有四季如春的好地方，也有要人老命的穷山恶水，既然同样是做地方官，大家自然希望能去个好地方当官。因而每年朝集使除了做汇报，一般都会有一个隐藏的使命，那就是替地方长官在长安官场上走动，以便来年能调到个好点的地方去任职。于是朝集使们来京汇报工作时往往携带大量金钱，一有机会就四处去打通关节，而一旦他们的公关成功，地方长官得到了好的职务，这些朝集使也会得到升官的回报。所以时间久了，朝集使的进京汇报就不知不觉发展成了一场规模宏大的公开行贿运动。

宋璟深知这样发展下去，不但汇报工作会成为一场行贿索贿的交易，那些不发达的地方也会因为地方长官的嫌弃被锁死在现有的发展层级上，无法实现进一步的建设。于是他针对这一现象上书李隆基，建议在朝集使们汇报工作期间冻结他们的官位，等到来年地方上的官员调职完了，再让朝集使回去。这样一来，地方长官就算获得了升迁也没有办法照顾帮助他们的朝集使，朝集使们没有了直接的好处，自然也不会那么玩命地替长官跑官了，朝集使行贿的事便就此绝迹于官场。

对于宋璟就任宰相以来的种种表现，身为领导的李隆基非常认可。因此在开元七年的新春团拜会专属御宴上，李隆基特地表示要将自己现在所用的金筷子赐给宋璟。

早在两百多年前的北魏时期，朝廷就明令禁止皇宫之外的人家使用黄金制作的餐具了。所以接到金筷子的宋璟当场愣住，一时之间不知道是该谢绝，还是谢恩。

看到宋璟不知所措的神情，李隆基估计也想起了这条禁令，于是皇帝陛下笑了笑，对宋璟说道："朕并不是因为那是黄金做的才赐给你，而是因为那是筷子啊！赐给爱卿这双筷子，是想让所有人都知道你如同这双筷子一样耿直刚正！"

听到皇帝陛下这样讲了，宋璟方才露出了轻松的表情，下拜谢恩，后来这双金筷子成了宋璟家中年年供奉的宝物。而且这件事让宋璟无比感动，他认定自己遇到了懂得自己的明主，从此更加努力地投入到了工作当中。然而，从某种程度上看，这并不是一件好事，因为正是宋璟的过度自信与感动，才致使他的任期没能超过姚崇，更重要的是，他也因此没能在李隆基心中保持住一个良好的形象。

三十多年后，经历了一路的艰辛后，李隆基终于在蜀地过上了不再颠沛流离的生活，而此时在凤翔的李亨任用房琯为将去与叛军决战的消息也传来了。李隆基一听到房琯的名字，眉头就不自觉地皱了起来，他看似自言自语地对身边的大臣们说道："这个房琯根本就不是有破贼能力的人才，假如姚元崇还活着，灭贼这种事完全不在话下！”

当提到这位开元年间的贤相时，此时已然年迈的李隆基似乎回想到了自己意气风发的那些日子，开始随口一一点评他任用过的那些人。连续评论了十余个将相后，大家都认为李隆基说得客观公正，很实事求是，而在他评价与姚崇齐名的宋璟时，说的却是这样的一句：彼卖直以沽名耳！

这话翻译成现代汉语，大致是：那人不过是一个假装忠直、沽名钓誉的人罢了！

史书上没有记载在李隆基如此评价宋璟时，在场的人都是什么样的反应，但李隆基这样的评语相信是很多自诩熟知历史的人也未曾预料到的。同是帮助李隆基开启了开元盛世的两个宰相，为什么李隆基晚年对姚崇和宋璟的评价差距会这么大呢？

在我看来，这应该和宋璟做的这两件事情有关。

第一件相较来说是件小事。宋璟在他的日常工作中发现，有些犯了罪的官员明明案情清楚、证据确凿，但就是不肯认罪。这些人不仅不承认自己有问题还四处制造问题，不停找人拉关系游说上访，要为自己铁证如山的案子翻案。司法部门的资源由于这些人的日常造访被消耗了很多，有些案件的判决与处理甚至直接受到了影响。

宋璟原本就是正义感极强，眼里丝毫容不得沙子的人，接连遇到这样的事情后，终于有一天心里面的火再也压不住了。于是他下令将这些司法部门的常客全部交给御史台惩处，并交代御史中丞李谨度，这些人只有就此认罪承诺不再上诉，才能予以释放，要是顽固不化，依旧坚持要继续申诉，就关到对方想清楚了为止。

实事求是地讲，宋璟做得有些过火了，而且有一刀切的嫌疑。他的命令的确让部分试图洗白自己的贪官污吏没了东山再起的机会，但同时也令一部分的确蒙受了不白之冤的人失去了讨还自己清白的机会。所以宋璟的这一举措引起了相当多的人的怨恨与不满。

年（719）二月，李隆基再次出手了。他直接下令给太府寺以及各地州县，要求拿出十万石粮食，用来收购散落于民间的恶钱。这一回皇帝陛下明显吸取了上次的教训，首先他明文通知各地收上来的恶钱要统一送往少府销毁。其次，在发动这次的货币新战役之前，李隆基争取到了宋璟和苏颋这两位宰相的全力支持。最后，李隆基还想到了一个构建无恶钱模范区的办法，放权给宋璟去操作。

平心而论，这道题其实并不太难，但宋璟坚持认为要整顿货币秩序，就一定得拿最难搞的开刀，于是他主动选择了恶钱使用最泛滥的江淮地区。当然了，宋璟身为宰相是不可能亲力亲为，深入江淮一线去工作的，整顿江淮地区货币秩序的具体工作被他交给了自己的得力助手监察御史萧隐之。

事情的发展表明，看人一向很准的宋璟这次看走眼了。萧隐之或许搞监察工作是把好手，但真的是不懂经济。他到任后走的是和李隆基第一次出手时一样的刚猛路线，查禁恶钱以雷厉风行，措施严厉著称，结果当然是和李隆基一样忽视了当地百姓使用恶钱来弥补货币总量不足的实际需要，搞得江淮地区民怨沸腾，惊动了李隆基，于是皇帝陛下随即下令免去了萧隐之的官职，以平息民愤。

萧隐之被罢免后，负有领导责任的宋璟也难辞其咎，威望上受损严重，再加上旱魃的那档子事，他很快成为朝中议论的对象。

看来宋璟也只能陪自己走到这里了，李隆基长叹一声后下令免去了宋璟侍中之职，改任宋璟为开府仪同三司，同时以苏颋为礼部尚书，自此宋璟、苏颋的组合也走到了尾声。不过对于这两位贤才，李隆基并未就此弃用，苏颋去礼部工作后不久便被李隆基安排出任检校益州大都督长史，负责按察节度剑南诸州。当时，蜀地凋敝，百姓四处流亡。苏颋到任后，招募戍卒，开盐井，置办冶炼炉，大力发展盐铁产业实现了地方振兴。等到地方上有了钱后，又购买谷物，充实粮库，不过几年工夫就让蜀地变得繁荣富裕起来。后来苏颋被召回中央主持吏部铨选，直至开元十五年（727）因病去世。李隆基在苏颋去世的当天亲自出面为这位能臣在洛阳南门举哀，并为其废朝两日，以示怀念。

至于苏颋的好搭档宋璟先生则在时隔两年后就被任命为京兆留守，后来李隆基又一度把吏部尚书的重要职位交给了他。开元十七年（729），甚至还给了宋璟尚书右丞相的殊荣。不过宋璟本人却似乎并不在乎这个，他还是一如既往地专注于自己的本职工作，一干就干到了六十九岁高龄。

开元二十年（732），再三请求告老还乡的宋璟终于得到了批准，于是他回到了洛阳的家中过上了闭门谢客的养老生活，直到五年后在家中安然辞世，终年七十五岁。

史赞：唐三百年，辅弼者不为少，独前称房、杜，后称姚、宋！

真王佐才也！

第九章
推行募兵制，埋下兵变的种子

开元八年（720）正月二十八日，时任京兆尹的源乾曜得到了两个让他前所未料的消息。宋璟居然真的像此前传闻中的那样因为恶钱的事情被免除了宰相的位子，但他更没有预料到的是，被皇帝选来接替宰相职务的人会是自己。

当源乾曜以黄门侍郎、同平章事的身份再次走进他熟悉的政事堂时，他第一眼就看到了自己这一回的搭档——张嘉贞。

张嘉贞刚刚从地方上调回中央，但对于自己一回到朝廷就被任命为宰相的这件事，并没有感到丝毫意外。因为这是他预先就知道的事情，事实上他等这一刻已经等了两年之久。

开元六年（718）春天，时任天兵军大使的张嘉贞在入朝汇报工作时遇上了一件恶心事儿。有人举报他在军中生活奢侈，铺张浪费，还贪污了大量的军需物资。当时的御史大夫王晙接到举报后非常激动，认定这是个扬名立万的大好机会，便连夜写下了一份言辞慷慨的奏表来弹劾张嘉贞。谁知，经过一番立案调查，相关部门发现这个所谓的贪腐大案竟然实属诬陷，张嘉贞完全是清白的。根据唐朝的有关法律规定，诬告他人的人会以他所诬告的罪名被判刑。也就是说，这些诬告张嘉贞贪污的人，将会被按贪污罪惩治。而以他们诬陷张嘉贞的贪污数额，这几位的下场基本上就是三个字：死定了。

就在李隆基准备依法处理王晙等人时，一个意想不到的人站出来求情了，这人就是张嘉贞本人。他向李隆基表示如果加罪于王晙，恐怕会堵塞言路，那么以后天下间再发生什么事情时，言官谏官们就不敢让皇帝知道了。因此他希望皇帝陛下能够特赦王晙，让监察系统的官员们保持风闻奏事的优良传统。

张嘉贞的这番着眼于大局、心系皇帝国家的表态给李隆基留下了非常好的印象，李隆基认定这个叫作张嘉贞的人是位忠诚无私的好大臣，以后有机会的话可以好好重用。

当李隆基的好评传到了张嘉贞的耳朵里时，这位仁兄又办了一件超出所有人意料的事来。他在汇报完工作准备启程回并州前，给李隆基留了一份奏表，对自己进行了一波强势推荐。

在这份毛遂自荐的奏表里，张嘉贞是这么说的：

“臣听说上天给予人们的机会总是很难得到却很容易错失。错过了机会后，纵使是圣贤也无能为力。想当年，那个马周不过是一介草民却有幸遇到了太宗皇帝，还得到了太宗皇帝的重用。可是他五十岁的时候就死了，假如太宗皇帝稍晚提拔马周几年，像马周这样的人才也就来不及为国家效力了。如今臣所幸还在壮年，陛下也不认为臣无能，那么就该及时重用我。不然等到将来臣变得年老体衰了，臣就不知道届时还能怎样为陛下分忧效劳了！”

张嘉贞的这份奏表思路清晰，马屁又拍得恰到好处，在我看来算是自荐书中的五星级佳作，值得年终有升职加薪意愿的朋友深度学习。而从实际效果上来讲，也是立竿见影，李隆基在读完后，马上派人给张嘉贞传话，表示老张你且暂时返回并州现在的工作岗位上，朕不久就会召你回来委以重任了。

事实证明，李隆基没有骗他，只不过他所谓的不久要比一般人的久了一点。终于在张嘉贞回去两年后，李隆基兑现了他的承诺，把张嘉贞送上了宰相的位子。

在进入政事堂工作了四个月后，通过试用期的张嘉贞更进一步被任命为中书令，成了中书省的长官，这也意味着他同跟着被晋升为侍中的源乾曜的组合班子正式稳定地搭建了起来。

张嘉贞刚刚进入政事堂处理政务的时候，其实包括源乾曜在内的很多人都发现，这个人和源乾曜的老搭档姚崇有些相似，两个人都是能够在短时间内做出最正确的判断的人，而且同样能言善辩，对人心特别是李隆基心思的洞察均属于专家级的水平。不过张嘉贞有一点与姚崇不同，那就是不搞个人主义一言堂。不过这不是说张嘉贞更倾向于遇到事情就同他的搭档源乾曜商议，事实上情况刚好相反，源乾曜仍旧干的是点头与跑腿的活儿，他的看法张嘉贞根本不大在意。因为这位新宰相从入主政事堂的那一刻起就不是一个人，而是带着自己的团队来的。

张嘉贞的团队由中书舍人苗延嗣、吕太一、考功员外郎员嘉静、殿中侍御史崔训四个人组成。他们都曾得到过张嘉贞的大力举荐，因此非常感激张嘉贞。张嘉贞作为整个团队的核心，也非常善于发挥这四个人各自的特长，所以但凡朝中有难搞的事情，张嘉贞自己处理不了，就会召集这个小团队去集思广益地解决，他的小团队反而成了真正的中枢决策机构。

对于这一现象，朝廷里知情的人大都是敢怒不敢言，这除了因为大家知道张嘉贞此人工于心计、巧舌如簧，还有另一个顾虑，那就是张嘉贞的弟弟张嘉祐。当时这位张嘉祐正在担任右金吾将军一职，掌管的就是宫中及京城昼夜巡警之事。倘若有人敢动弹劾张嘉贞的心思，说不定哪天夜里就被张嘉祐安排人收拾掉了。反正案子报到张嘉祐那儿，他说是强盗事件，也没有人敢质疑。

而且张嘉贞下黑手的事情也不是没有发生过。

洛阳曾经有个主簿叫作王钧，此人想进监察队伍里当个御史。为了实现自己的梦想，他找上了张嘉贞，并花了一大笔钱为宰相修了房子，但他的工程刚刚完成，监察部门就主动找上了他，问了王钧一个非常重要的问题：你哪来的这么多钱?

王钧没有回答，来的人也不需要他来回答。

王钧小官巨贪的事例传到了李隆基那儿后，李隆基大怒，他特意指示执法部门把王钧带到朝堂上，准备当着全体大臣的面把这个大胆的小官乱棍打死。然而接下来的事态发展却超乎了李隆基的预料。

王钧最后确实是像李隆基要求的那样在朝堂之上、众目睽睽之下被杖毙于当场，但有一个问题，那就是王钧死得实在是太快了。李隆基还没来得及问王钧问题，人就被打死了。

这一切当然是张嘉贞私下运作施压的结果，不只后来的史官把这事儿调查得清清楚楚，还如实写进了官修史书里，其实在场稍微精明点的也看得明明白白。然而张嘉贞却没有因自己的杀人灭口行为获罪，反倒是监察部门的两位大领导，御史大夫韦抗和御史中丞韦虚心事后双双遭到了贬黜。之所以出现这样诡异的一幕，不能不说是张嘉贞的巧言善辩能力过硬所致。于是张嘉贞成功转危为安，而在两位御史大佬倒下后，其他的监察官员一时间不敢妄动，朝廷就此暂时进入了张嘉贞完全制霸的状态，直到另一个姓张的从并州回到朝廷任职。

开元九年（721）九月十九日，检校并州大都督府长史兼天兵军大使、摄御史大夫张说凭借着平定突厥降将康待宾及其余党叛乱，且成功招抚党项人等军功被李隆基召回朝中。

时隔八年，张说终于又回来了。

当年在与姚崇的那次交锋落败后，张说的人生直接就跌落到了谷底。被打发出了朝廷，贬做了岳州这种小地方的刺史不说，连作为家庭主要经济来源的三百户食封租税也让人给停断掉了。在那段日子里，张说过得很是辛苦，这种辛苦不只是物质生活上的，更是精神状态上的。他知道那个老奸巨猾的姚崇一定在派人时刻盯着自己，等着露出更多的破绽，再彻底除掉自己。所以张说非常害怕，每一天过得都是心惊胆战，坐立不安。这样的生活，他一熬就是三年多。

应该说，张说的运气还算不错。他的老对手姚崇干了几年就下去了，新上台的宰相是素来公正办事的宋璟，而另一个则是他的故人之子。

于是张说就提笔给老朋友的儿子、时任宰相的苏颋写了一封信，并派人在苏颋老爹苏瑰忌日的那天送到了苏颋手上。在看到了信中那组名为《五君咏》的诗里对苏瑰故事的追忆，苏颋当即被感动到了（史载：览诗呜咽）。不久他便出面向李隆基进言，表示张说虽然是有些小问题，但瑕不掩瑜，不应该就这么被放弃。

张说因此被调任为荆州长史，开启了触底反弹之路。

到了荆州履新后，周围的人还没来得及认全，张说就又被任命为右羽林将军、检校幽州都督，成了地区上的一把手。

按照惯例，这种大军区的都督在赴任前需要去长安朝见皇帝的。张说敏锐地抓住了这次宝贵的机会，把自己打扮得英姿勃发、精神奕奕，原本是文官科举出身的他还别出心裁地穿戴了全套的盔甲去觐见。

果不其然，张说这样的出场方式令李隆基既惊讶又满意，当场授予他检校并州长史、天兵军大使的职务，并同时获得了在军中编修国史的特权。

能获得修撰国史任命的人，一般都是皇帝的亲信，这意味着张说已经取得了李隆基的信任。在新的岗位上，张说厚积薄发，再接再厉，连年交出了安抚北境部族、平定叛乱等高分答卷。

于是李隆基大笔一挥，将表现突出的张说晋升为兵部尚书、同中书门下三品。

同中书门下三品和同中书门下平章事一样，在唐朝都是给予事实上的宰相的一种认证性质的加衔。但同中书门下三品这个职衔相比同中书门下平章事更为正式和高端一些，李隆基给予张说这一加衔意味着他对张说的认可程度超过了政事堂里现在的那两位。

其实张说也完全没有把政事堂里的两个现任宰相当回事，在他看来，真正称得上威胁的不在那里，而在离退休干部的队伍里。可是没等张说制订好一个完整的应对计划，他就得到了一个让他震惊不已的消息——姚崇过世了。

开元九年（721），是姚崇人生中的最后一年。对于即将与这个世界告别这件事，姚崇早已心中有数。他把自己的后事安排得清清楚楚，安静等待着那一刻的到来。然而张说回归朝廷的消息打破了姚崇的平静，这个七十二岁的老人在确认了朝廷对张说的新任命后，马上召集了自己的几个儿子嘱咐道：

“张丞相与我不和，我们二人积怨颇深，想必你们都是知道的。不过此人从年轻时就爱慕奢侈的生活，尤其是喜爱各种奇珍异宝，我死之后，只需如此这般就不用担心他来找咱家的麻烦。

我死之后，因为毕竟和我曾经共事过，出于礼貌，张说肯定会来吊唁。这个时候你们要将我平生积攒的所有奇珍异宝都拿出来，罗列在帐前，假如他看都不看一眼，你们就要马上规划后路，我们全家就要大祸临头了；但如果他看了，我们家就安全了，你们一定要赶快把这些宝物全部列个单子然后统统送给张说，借机请他给我写神道碑上的碑文。一旦拿到了张说写好的文稿，就要立马请人誊写送给皇帝审阅，同时安排人备好砻石时刻准备着镌刻上这篇文章。张丞相判断事情的反应比我慢，几天之后他肯定会后悔，如果他以修改文中字句为借口想追回碑文，你们就把已刻好的碑给他看，并说这件事已经报告给皇帝了。”

姚崇交代完这件要事后，没过多久就去世了。接下来的一切，都如姚大编剧的剧本所写的那样一一上演：张说在办丧事的当天如期出现，在吊唁了姚崇并向遗属致以深切的慰问和沉痛的哀悼后，他的眼睛就开始聚焦在了姚崇留下来的几件古玩摆件上。姚崇的儿子们见状就立即像姚崇所嘱咐的那样请张说撰文。不得不说，张说的确撑得起文章大家的名头，没几天他就把文章写好。这篇文章据说写得文采斐然，并且张说在文中给了老对头极高的评价，姚家人读了之后没有一个不赞叹的。当然了，他们并没有因此忘了老头生前的交代，根据计划姚家人一直有条不紊地推进着。

又过了几天，张说果然后悔了。他派人到姚家索要手稿，给出的理由也和姚崇讲到的一模一样，但当使者看到了已经刻好的碑并被告知此事已经跟皇帝报备后，只好空手而归。

而在听完使者的汇报后，张说当即意识到他被姚老头算计了。自己已经公开表示对人家老姚推崇备至，之后如果再出手报复姚家的人就显得自己太掉价了。于是张说先生只能在捶胸追悔之余，发出一声长长的叹息："死姚崇尚且能算计活张说，我现在才知道我的水平比姚崇实在是差太远了！"

但无论如何，这个超越自己的人已经不在人世了，因此接下来将是张说驰骋天下的时代。

张说第一件要做的事是裁军。

自从西魏权臣宇文泰创造性地模仿北魏的八部落制度建立府兵制以来，到李隆基在位的这会儿府兵制已经运作了将近两百年。虽然这一制度确立后一直在与时俱进地被不同时代赋予新内容，但在经历了李世民时的顶峰期后，府兵制还是不可避免地走上了下坡路。因为土地兼并日益严重，作为府兵制经济基础的均田制随之崩坏，府兵制已经无法保证兵农合一的形态了，再加上唐高宗、武则天在位期间，从对外战争到对内平叛一直就没消停过，致使府兵们往往服役时间过长，无法实现正常轮休，自然家里的田地也就荒废了，在沉重的兵役和后勤负担下，当兵的纷纷逃亡。到了李隆基即位的时候，有些地方已经开始出现兵员枯竭，没法向长安输送宿卫士兵的现象。

对于一个国家而言，最重要的无外乎兵和钱这两样事物，现在兵源上出现了如此严重的制度性问题，李隆基肯定不能视而不见，不采取补救措施。一开始，李隆基是打算用调整服役适用的年龄范围来减轻当兵的负担，重新激发制度的活力。可是推行下去后却没有丝毫起色。于是在第一次尝试失败的五年后，李隆基又下诏将折冲府每三年挑选一次服役兵员的周期延长到每六年。李隆基这回政策调整的主要目的，一是为了通过延长现役府兵的服役年限，至少保证朝廷目前有足够多的兵可以用，二也是为了借助延缓挑选时间的办法来避免出现大范围的逃亡现象，维护社会的稳定。

平心而论，李隆基的这一补救措施是有一箭双雕的效果，但只是短期有效，稍微延长了府兵制的维持时间而已，并没能解决根本问题。要从根源上逆转兵员枯竭的问题，还得有更多具有从政、从军双重经验且脑子活泛点子多的人来给对策、想出路，比如张说。

“裁军二十万？！”

当李隆基听到张说的这一建议时，他非常怀疑自己的耳朵和张说的脑子之中一定有一个出了大问题。

要知道唐朝边境驻守的军队人数也就是六十余万人，明明现在兵员数量吃紧，朝廷即将面临无兵可用的危险境地，还主动要求裁军，还要裁二十万之众，不是有病吗？

然而没等李隆基张口呼唤御医前来，他就听到了张说坚定的声音。

“臣久在疆场，对边境上的情况比较了解。如今边军虽然人数很多，但具备征战能力的并没有那么多。有相当数量的士兵不过是替边防将帅们当卫兵或是给他们充当私人奴仆罢了。况且要做到克敌制胜，根本不需要那么多的士兵。以陛下之英明威武，四夷畏惧天威，本来就不敢轻易出兵生事，所以您不用担心裁减兵员会招来贼寇侵扰。倘若陛下还有什么疑虑的话，臣请以全家百口人命做担保。”

张说话都说到这个份儿上了，李隆基便没有犹豫地批准了裁减二十万士兵的退役还农计划。

事实上，裁军只是张说进行军制改革的第一步。张说最终要实现的目标并非进一步调整完善府兵制，而是用一种全新的兵制取代它。

在完成了裁汰军中老弱士卒的工作不久，张说就正式向李隆基提出了他的方案：采用招募的办法，以优厚的待遇，精选各地壮士组建一支专职征战的部队。

用今天的话讲，就是让专业的人干专业的事情，实现行业的职业化、专业化。

对于张说的这个建议，李隆基表现出了浓厚的兴趣，他命令兵部设立了几个试点先试验了一番。

不试不知道，一试真不得了。也就是短短十天的时间，朝廷便募得精兵一十三万人。由于这支新军的内部条令条例经过张说亲自优化，服役期限明确且有所缩减，更重要的是士兵本身不再自行负责武器和军粮，而是统一接受兵部供给，打赢了还有更多钱赚，受伤或战死了也有补贴，因而新军的战斗意志极强，装备也更为精良，投放到战场上的表现极为给力。

受此鼓舞，李隆基在开元十一年（723）十一月二十六日，派遣尚书左丞萧嵩会同京兆尹、蒲州、同州、岐州、华州刺史从辖地的府兵和百姓中再行遴选招募，这一次算上已有的精锐潞州长从兵，又一次性收获了十二万量级的优质部队。

因为这支部队随后被李隆基委以宿卫京师的重任，所以该部自此号称“长从宿卫”。当然了，不久之后他们会获得一个更为人知的称谓——彍骑。

此时此刻，无论是李隆基还是张说都没有意识到，自己已然推动了中国历史上兵制的一次大变革，揭开了大一统王朝实行募兵制的序幕。自此直到宋元明清，募兵都是我们这个国家组建军队的主要途径，职业化后的军队拥有更强的战斗力和更过硬的素质，因而可以保护我们这个民族一路走来并帮我们奠定了如今的中国版图。不过由于时代的局限性，因而有时难免会出现兵将长期共处，致使某部分军队只认主将，不认皇帝的现象，这就为军阀的形成创造了条件，后来的安史之乱和藩镇割据在某种程度上算是募兵制的副作用。

但在当时，特别是李隆基先生锐意进取的开元初年，募兵制的优势是显著的。张说凭此一跃成为李隆基面前的头号红人，风头完全盖过了政事堂里主政的张嘉贞。

对于张嘉贞，张说其实很是熟悉，因为当年他在兵部做侍郎的时候，张嘉贞是他手底下的兵部员外郎。可是张嘉贞显然并不把张说这个老首长放在心上，自打张说进了政事堂，张嘉贞就一视同仁地把老首长当寻常下属来使唤，搞得张说的心里很不是滋味。然而张说毕竟是张说，他从不把内心的不爽表露出来，反倒是在人前人后都对张嘉贞表现得很恭敬，所以两个人共事起来还算融洽。不过鉴于两位张宰相都属于很有自己主意且很强势的人，因而几乎所有人都确信张说和张嘉贞迟早会有一决雌雄的时刻。

事实证明，大部分人的眼睛是雪亮的，张说和张嘉贞很快就发生了争执，而二人冲突的焦点则是一个叫作裴伷先的人。

这位裴伷先任广州都督时，因为犯了事儿被李隆基派人抓回了长安治罪。考虑到他是曾遭武则天冤杀的名臣裴炎的侄子，李隆基特地召集了几位宰相来一起商议如何量刑才好。

张嘉贞作为政事堂的宰相一把手表态认为，应该依照惯例行事，对裴伷先执行杖刑，打了再说。

没承想，他的话音刚落，耳边就响起了反对意见。

“臣以为不可。”

说话的，正是张说。

“臣听说‘刑不上大夫’，之所以有这样的说法，是因为大夫与君主关系密切，所以在君主的日常熏陶下会养成羞耻之心，这也是‘士可杀，不可辱’的根本原因。之前臣奉诏巡边，其间听说陛下曾经在朝堂上杖打姜皎，姜皎毕竟官居三品，也曾立下一点功劳，他犯下了罪，该处死就处死，该流放就流放，为什么要像对待奴隶一般轻率地予以杖打侮辱呢！姜皎的事过去就过去了，现在也不能弥补什么了。在裴伷先这件案子中，裴伷先的罪状根据国法应当予以流放，陛下切不可再重蹈覆辙啊。”

张说的这番话恰好说到了李隆基的痛处，让他想到了因自己的冲动而惨死的好友姜皎，生出了同理心，最终同意只对裴伷先实行流放。

裴伷先逃过了一劫，张嘉贞却气得不行。退朝后，他便三步并作两步堵住了张说的去路，气势汹汹地指责他说话说得太过分，完全不给自己面子。

面对张嘉贞的责难，张说心不慌手不抖，只是缓缓地回答道：“你我身处宰相之位，那是运之所至，岂能一直当下去？假如国家的大臣都可以被随意杖打，公开侮辱，只怕这事迟早也会发生在你我的身上。我方才说的那番话并非为了维护裴伷先，而是在替天下所有的士大夫仗义执言！”

张说的话说完了，张嘉贞无话可说。但这事情并不算完，因为两位宰相的梁子就此正式结下了。二人随即进入了彼此互相观察，找机会扳倒对方的对峙阶段。可几个月过去了，他们都没能发现对方在工作或生活上有什么问题可抓。但也就在此时，张嘉贞组团作战的弱点开始显露了出来，他的亲弟弟张嘉祐在关键时刻掉了链子，被发现存在贪污腐化的行为。按理说这个时候张说应该果断出手，命人深挖张嘉祐特殊利益集团的关系网络，争取把张嘉贞卷进来才是。然而张说却并没有这么做，得知张嘉祐出事后，张说第一时间出现在了慌乱不已的张嘉贞面前。他告诉张嘉贞为今之计应该即刻停下手头上的一切工作，赶紧回家去换身素色衣服，代替自己的弟弟跪在宫外待罪，争取同样重视手足之情的李隆基的同情。

张嘉贞认为张说说得很有道理。想当年，皇帝陛下确实曾因为想念在边地做官的弟弟，特意调张嘉祐到张嘉贞任职的地方工作，有着这样的一段过往，张嘉贞相信只要自己能够表现出足够的诚意，感动皇帝，就能救出弟弟。

张嘉贞按照张说的计策去执行了，可他在宫外等了整整一天，最后等到的却是弟弟张嘉祐因贪污之罪，贬浦阳府折冲，而自己被免去宰相职位，出为幽州刺史的调令。

到了这个时候，张嘉贞才终于恍然大悟，意识到自己被那个张说算计了。不声不响地中途丢下工作让人找不到，这叫作玩忽职守；亲弟弟坐实贪污，不大义灭亲和主动认错反而想帮其免罪，这叫作徇私枉法。正是这两条罪名加上张说恰到好处的推波助澜，促成了张嘉贞从人生的巅峰处跌落。

二月十三日，张嘉贞黯然离京，走人前留言如下：

“中书令的职位本来就有两个编制，你张说何必如此相逼！”

张说是在张嘉贞离职后的第四天接任中书令的职务的，相较于被他设计赶走了的那位前任，张说的位子坐得更稳。这是因为李隆基本人是个重度文学爱好者，非常关注国家文化事业的发展，而张说则是当时公认的文学圈子中的顶流文化名人。

张说和苏珽因为文章写得好，几乎包揽了当时朝廷所有重要文件的撰写，因而被时人合称为“燕许大手笔”。事实上，李白、杜甫这些盛唐气象代言人级别的大诗人出现前，张说才是大唐诗坛的领军人物。比如说他的《送梁六自洞庭山》就被誉为唐诗由初唐进入盛唐的标志之作。

正是由于张说是个多面手，李隆基在委之以军国重事外还把振兴文化事业的重任一并交给了他。在李隆基的指定下，张说以修书使的身份担任了旨在推动文学事业发展的专门机构丽正书院的实际负责人，兼管书院日常事务及院内的文学创作，像大家熟知的贺知章就曾在这里工作和学习过。

张说虽然在主持政事堂工作后，正职加各种兼职的工作量很大，要处理的事情很多，但他并没有因此失去清醒的头脑。在分析了姚崇、宋璟等前辈出任宰相的历程后，张说更加坚定了一个他自入朝以来就确定的认识：纵使有通天之才，如果不能保证李隆基对你的信赖，那再怎么有能耐，再怎么有政绩，也难免要重蹈前辈们的覆辙。

所以问题来了：怎么做才能让李隆基一直器重并信任一个人呢？

张说在经历了无数次的苦思冥想后，给出了他的答案：让李隆基感激自己。

而为了实现这一目的，张说决定请李隆基去封禅。

开元十二年（724），中书令张说送上了一份奏表，表文很长，这里就不赘述了，反正主要是歌颂皇帝陛下的各种英明。但与以往给李隆基拍马屁的奏表不同，张说在表文的最后提出了自己的终极诉求——请李隆基前往泰山举行封禅大典。

消息一出，整个官场都轰动了。

因为封禅泰山这件事非同寻常，不是简单去泰山打个卡留下一处到此一游的印记就完事了的。用现在的话来说，这是对皇帝、对国家都有着重要政治意义的出行。要知道，在李隆基之前去泰山完成祭祀天地仪式的也就是秦始皇、汉武帝、汉光武帝以及李隆基自己的祖父唐高宗李治了。

在绝大部分人的心中，真正称得上够资格去的，必须得是秦皇汉武这种大神级水平，就连奇迹般地实现了大汉中兴的光武帝刘秀都显得有些不够格。至于本朝高宗皇帝的那一次，大家无一例外地认为全都是被武后逼迫所致，为的是借机彰显她与皇帝平起平坐的地位，基本上可以视作一次往事不堪回首的闹剧。闹剧有一次就够了，在后世丢人也最好丢一次就好，不要再折腾了。

而正是出于对这一民意的认知，就在张说提出封禅申请的当天，一般遇事不发表任何意见的源乾曜竟然破天荒地表了态，明确表示反对张说的这一意见。为此源乾曜同志甚至不惜打破他经营多年的隐形人的人设，做出了要与张说辩论的架势来。

张说并没有理源乾曜的茬，他很清楚，源乾曜和其他人同不同意并不重要，如果被卷入同反对派大臣的口舌之争中，反而会让事情复杂化。因此张说认定他唯一要做的事情就是耐心地等待，等那个人给出最终也是最有决定性的答复。

李隆基没有让张说等待太长时间。这一年的十一月，李隆基就明确回复，表示准备在明年的十一月十日举行封禅大典。同时，朝廷委任张说为封禅筹备组的负责人，带领右散骑常侍徐坚、太常少卿韦縚等策划封禅时所需的礼仪流程，并对不合时宜的旧仪程加以改正。

平心而论，李隆基决定封禅泰山并不算是托大。经过十来年的努力，大唐已经开始显示出强盛的气象。由于李隆基关注民生，特别注重对地方官员的选拔，全国各地的治理水平及老百姓的生活幸福程度都出现了明显提升，户部所掌握的户口总数已经达到了七百多万户，也就是约四千万人。虽然国家的人口数字在不断增长，但李隆基治下的老百姓们并不需要担心陷入内卷，因为从开元十年（722）以来连续数年国家都是风调雨顺的，社会经济持续发展，物价常年平稳，甚至还出现了粮价走低的状况。比如开元十三年（725）东都洛阳的市面上一斗米最贵才十五钱，至于像青州、齐州这样的地方小州五钱就能买到一斗米，三钱就能买回一斗粟，可以说真正实现了家给人足，户户殷实。

与此同时，大唐在国际上也日益凸显出它的竞争优势。当时在欧亚大陆上（考虑到非洲美洲大洋洲的半开化状态，此处也可以说成是在全球范围内）是大唐与突厥、吐蕃、大食四大强权并立的局面。作为大唐的老对头，突厥早就被调教得服服帖帖了，加上他们的前可汗阿史那默啜死后一度大乱内斗了好些年，好不容易才恢复一些元气，所以根本不敢同国力蒸蒸日上的大唐作对，除了时不时要求与大唐和亲，基本上没有太多的戏份。吐蕃那边倒是动作很多，经常打西域的主意，还一度出兵包围了身为大唐西域门户的属国小勃律。然而吐蕃没有嚣张太久就遭到了打脸反击，大唐北庭的驻军在节度使张嵩的率领下用一次漂亮的奔袭战几乎全歼了包围小勃律的数万吐蕃军队，这一仗过后吐蕃人很是消停了几年，不敢再骚扰唐朝的边境，而且依附吐蕃多年的吐谷浑也在深刻洞察天下大势后果断与老大哥翻了脸，主动投入了大唐的怀抱。至于曾与吐蕃短暂结盟，同样对西域觊觎已久的大食其实并没能见识到唐军的威武雄壮，便被大唐的小弟、西突厥的突骑施可汗苏禄率军三战三捷，赶出了阿姆河北岸。

所以，李隆基的表现是足以领取一张去往泰山封禅的入场券的。事实上，当时的大臣们也不是没有人看到李隆基的这一系列堪与唐太宗媲美的成绩，他们之所以坚决反对，除了考虑到唐高宗李治那次留下了诸多诟病外，更多的可能还是为了借机显示他们对李隆基某些行为的不满与抗议，以及对一个人的深切怀念。

那个人就是李隆基的结发妻子王皇后。

第十章
封禅大典：走向历史之巅

王氏是在李隆基还是临淄王的时候，被聘为正妃，迎娶进王府的。虽然我们今天在史料中依旧无法查到她的名字，但根据现有的零星材料推断，这位王姑娘应该是出身于太原王氏一族。她的高祖父正是南梁名将王僧辩的亲弟弟，或许是因为有着这样的一层关系，王姑娘一家几代人都有过在军中任职的经历。她的父亲王仁皎也是以同州参军的身份入仕，当王姑娘与李隆基成亲那年，他已经做到了甘泉府果毅都尉，算是个中级军官了。

虽说王家的势力不算大，可是王姑娘一家人自从选定了李隆基后就坚定地站在了自家女婿的一方，而且说得上是全家齐上阵。据记载，做老丈人的王仁皎曾亲自带兵参与了李隆基平定韦氏和太平公主的军事行动，他的儿子、王皇后的双胞胎哥哥王守一则更是李隆基早期的兄弟会骨干之一，因此李隆基登基后，特别把自己的妹妹清阳公主嫁给了他。与李隆基亲上加亲后，王守一更加得到李隆基的信任，于是后来在先天政变中跟着李隆基带队闯入皇宫，帮着诛杀了太平公主死党萧至忠、岑羲等人，为李隆基立下了汗马功劳。王姑娘身为一介女流，并没有父兄那样亲自上阵的露面机会，但她事实上的功劳却更大，因为这位将门虎女在幕后全程参与了李隆基主导的两次关键政变的策划工作（上将起事，颇预密谋，赞成大业），可以称得上是李隆基走向皇位不可或缺的贤内助。

为了答谢妻子一家人的鼎力相助，李隆基知恩图报，一当上皇帝便册立王姑娘为皇后，而且还把王皇后的父亲和哥哥分别封为国公，给予与众不同的荣宠。

如果按照童话的记述，李隆基和王皇后将从此过上幸福美满的生活，直到永远。但生活从来不会出现童话里的结局，现实是李隆基和王皇后刚刚度过那段同甘共苦的日子，李隆基的心就被另一个女人夺去了。

我猜许多人此时此刻想到的是那个女人的名字，但我要告诉你们，不是。

获得励精图治的李隆基专宠的人，是武惠妃。

武惠妃，具体名字同样不得而知，我们只知道她是武则天同族侄子、曾经被封为恒安王的武攸止的女儿。因为武攸止早早就去世了，所以武惠妃在年纪还很小的时候便被接进宫中抚养。等到她长大成人的时候，恰巧碰到了李隆基即位，而在李隆基一次不经意间的后宫巡视中，他邂逅了亭亭玉立的她，两人很快就坠入了爱河。

其实李隆基身边从来不缺美丽佳人，想当初李隆基还在潞州做地方官时，就有一个长相漂亮又能歌善舞的赵丽妃深得宠爱，但是赵丽妃的存在却并没有妨碍李隆基与原配王姑娘的恩恩爱爱。除此之外，李隆基还与刘华妃、皇甫德仪分别生下了儿子。可新人武姑娘进入了李隆基的生活后几乎瞬间打破了雨露均沾的和谐后宫局面，什么赵丽妃、刘华妃，包括王皇后在内都被李隆基抛到了脑后，武惠妃一个人就占据了李隆基所有的非办公时间和精力，形成了专宠的形势。

据说武惠妃之所以能获得专宠，不仅仅在于她年轻漂亮，而是她非常能够抓住李隆基的心理，给予李隆基意想不到的温暖。虽然武惠妃在李隆基面前总是一副乖巧且善解人意的模样，但她其实很工于心计，特别是在为李隆基接连生下几个儿子后，武惠妃开始对那个肚子一直没有丝毫动静的王皇后产生了一些大胆的想法。

毕竟七十年前就曾经有一个后妃凭借皇帝对自己的专宠，步步为营，取代了皇后，继而自己做了皇帝，最终开启了自己的传奇人生。

武惠妃认为别人曾经做到过的事情，自己也可以，更何况之前的那位成功者还与自己有血脉关系。

就在武惠妃酝酿自己的夺位计划时，面对似曾相识的境况，王皇后那边也日渐警觉起来，为了避免让自己成为下一个下场凄惨的王废后，她开始在李隆基面前打武惠妃的小报告，希望向皇帝揭露武惠妃心怀叵测的另一面。

但在李隆基看来，可爱的小武姑娘会有什么坏心眼呢？王皇后是出于妒忌，在恶意中伤自己的爱人。于是李隆基逐渐开始对王皇后产生了反感。王皇后那里估计也是因为对武惠妃的愤怒和对李隆基的失望而失去了理智，居然没有察觉到李隆基心思的变化，还是照旧一有机会就揭武惠妃的短。久而久之，李隆基对王皇后越看越厌烦，对武惠妃则越来越喜欢，终于有一天李隆基先生也产生了一个大胆的想法，他打算废掉王皇后，另立武氏。

这个想法在李隆基的心里酝酿了很久，但李隆基一直没有和任何人提起过。一来是李隆基很清楚王皇后除了没有生儿子外，没有犯过任何错误，而且她在后宫中向来对待下面的宫女太监很好，整个后宫之中都或多或少接受过王皇后的恩惠，因而即便后来王皇后和武惠妃矛盾公开化后，也始终没有人愿意在背后说王皇后的不是。这样的一个后宫之主如果无缘无故被废黜，后宫必然自此再无宁日。二来则是李隆基考虑到了王皇后一家在朝中的影响力。王仁皎在李隆基执掌大权后直到去世都不再参与国家的政治事务，只是居家自娱自乐，过简单的生活而已，就凭这一点，王老爷子给自己家在朝中赢得了很好的声誉。至于王皇后的哥哥王守一在殿中少监的任上也干得规规矩矩的，还和清阳公主相亲相爱，同朝中各方的关系也都处得很融洽。李隆基假如贸然提出废后，大臣们想必会有很多帮王家说话，朝中安定团结一致向前看的氛围大概率会因此被打破。最后也是最棘手的问题则是武惠妃的身份，大家都知道武惠妃是那个篡唐自立的武则天的侄孙女，对她大都心怀着警惕，唯恐当今圣上再犯糊涂又一次拱手把江山送给武家人。对于大臣们的这一想法李隆基自己也心知肚明，所以为了防止朝中大臣把注意力放在自己的家事上，李隆基也没敢提这个茬。

在朝臣中看了一圈后，李隆基发现他的这档心事唯一可以找来商量的人，只有不久前被起复为秘书监的老朋友姜皎了。

实践证明，找一个人来好好地倾诉一下确实很有助于心理压力的释放，在同姜皎进行了深入而友好的交流后，李隆基着实感到轻松了许多。不过，压力这个东西，和自然界中所有的力一样，不会凭空就消失不见，只是悄无声息地实现了转移罢了。

和李隆基会面交谈后，姜皎的压力很大。此时的他面临两个选择，一个是配合李隆基行动，伺机帮助武惠妃上位，废掉王皇后，这样姜皎就会得到李隆基的感激，日后的荣华富贵和高官显爵就有了保障。但是也会存在被置于舆论的风口浪尖，天天被王皇后的同情者骂的风险。更让姜皎担心的是，假如真的像几十年前那样重演了一遍武氏篡唐记，自己就很有可能跟当年的李义府一样，被钉在历史耻辱柱上遭到后世轮番唾骂，遗臭万年。

另外一个选项则是对外揭露李隆基的废后想法，这么干虽然相当于背叛了皇帝的友情与信任，势必遭到李隆基的记恨，但却能挽救无辜的皇后，挽救自己的良心，甚至有可能从武氏一族的手中挽救大唐。当然了，与李隆基做了多年的朋友，姜皎很清楚李隆基被触怒后会是多么令人恐怖，他也毫不怀疑自己会因为这次的告密行为而落得一个身死族灭的下场。

是求生时极尽荣宠，死后背负骂名，还是寻一个良心安宁，为此不惜牺牲自己的一切？这是个问题。

在几经思索后，姜皎兄最终做出了选择。

几天后，李隆基收到了一份来自嗣濮王李峤的奏表，在扫了一眼后，李隆基气得差点当场掀翻了书案。因为在这份奏表中，李峤告诉他现在长安城的大街小巷都在谈论皇帝有意废黜皇后的事情，包括宫内是什么斗争形势、皇帝本人是怎么想的、有什么顾虑、预计怎么行动等，全都说得有鼻子有眼的，因此身为大唐宗室的一员兼王皇后的妹夫，李峤表示他有必要防止再出一个武则天式的女人，并知道皇帝的真实想法到底是怎么样的。

李峤话说得很像煞有介事，但精明的李隆基一眼就看穿了一切：长安城老百姓讨论自己废后之事不一定有，可那姜皎一定是叛变了。

由于李峤的奏表内容极具爆炸性和八卦新闻的气质，所以不等李隆基进一步确认姜皎具体都做了些什么，至少在长安官场上，各级官员都多多少少听到了李隆基想废掉王皇后的消息，于是此起彼伏的议论声瞬间形成了一股强劲的反对浪潮，大臣们纷纷以奏表的形式表达了他们的态度：别想。

事已至此，想废掉王皇后是不可能的了，再闹下去，估计开元以来的国家大发展的良好态势也要丢掉，而且王皇后那里发生的一幕也真的触动了李隆基的内心，让他不忍心宣布废后。

据记载，废后传闻传到了宫里后，王皇后变得更加坐立不安，她一见到来到自己这里准备做安抚工作的李隆基，便一下子哭了出来。

李隆基这个时候本来就有些心虚，见皇后哭得伤心，自然马上凑过去安慰。

就在这时，王皇后看向他，说了这样的一句话："陛下独不念阿忠脱紫半臂易斗面，为生日汤饼邪？！"

王皇后这话说完，李隆基当场就有点撑不住了，他的眼睛开始变得湿润，差一点就跟着王皇后一起哭了出来（帝悯然动容）。因为王皇后刚刚说的那句话牵扯到的是一段足以让李隆基泪目的往事。

那是李隆基一家还被武则天下令幽禁时的某一年秋八月，那一天正好是李隆基的生日，李隆基非常想吃一碗热乎乎的汤饼，但是李隆基名义上是个王爷，实质上也就算个囚犯，所以不但没有人会给他随时做想吃的料理，更不会有人允许他出去吃。当然，即便李隆基在生日这天被特许到宫外放风，估计也很难如愿以偿，因为另外一个现实的原因——没钱。

恰在李隆基准备放弃过生日换换伙食的念头时，阿忠来了。

这位阿忠不是别人，正是王皇后的老爹王仁皎。得知李隆基的生日小愿望时，王仁皎也没有带钱。但是王老头没有丝毫顾虑就拿自己身上穿着的紫色袍子出去换了一斗面，为李隆基做了他想吃的生日汤饼。

李隆基一直还记得，那年的秋天有点冷，王仁皎就那么露着臂膀，有点哆哆嗦嗦地带着那一斗面粉回来了，但即便如此他还是笑呵呵的，用关心而亲切的话语告诉自己，面来了，生日汤饼马上就好。

今日如若就这么废黜了毫无过错的王皇后，他日百年之后，该怎么去面对那个情深意长的王仁皎！

想到了那个寒酸的生日，那碗温暖的汤饼，以及那个亲切的阿忠，李隆基无论如何也没办法说出“废后”这两个字。

于是李隆基看在昔日的情分上暂时搁置废皇后的打算，在带着王皇后出席了几个重要的公共场合，用秀恩爱的方式完成了“辟谣”。把相关舆论压下去之后，皇帝陛下开始把自己的注意力放到引发了这一系列波折的姜皎身上。

开元十年（722）九月六日，在当时的宰相张嘉贞的奏请下，李隆基决定以“漏泄禁中语”的罪名，先对姜皎执行杖刑，再把他流放到位于岭南地区的钦州（治今广西钦州市）去自生自灭。

当时姜皎也是五十多岁的老汉了，在被结结实实地打了一顿屁股后，基本上就只剩下半条命了，惨的是他根本来不及敷药养伤就被赶上了路，因此姜皎最终只走到了汝州（治今河南汝州市）就死了。

惨的人并非只有姜皎一个，比如姜皎的弟弟姜晦就受到了牵连被贬为春州司马；姜皎的好朋友、时任都水使者的刘承祖则被流放到了雷州（治今广东雷州市），此外还有姜皎的多位亲朋好友因为姜皎事件死在了被流放的路上。

这就有些奇怪了，按理说，姜皎出卖了朋友，泄露了皇帝的秘密，那是他一个人的问题，而且姜皎本人也为自己的行为付出了很惨重的代价，何必无端牵连那么多人，甚至连和姜皎没有血缘关系的都被流放了呢？

所谓凡事反常必有妖，在姜皎事件中趁机作妖的，正是张嘉贞。

根据《旧唐书》的记载，张嘉贞是在王皇后的哥哥王守一的授意下，把姜皎及其亲友一网打尽的。这里很明显存在着一个逻辑上的问题，姜皎既然决定了透露出李隆基有意废后的消息，他肯定就和王皇后兄妹是同一个战壕里的伙伴了。虽然从事后王守一的种种表现来看，这位仁兄不是个靠得住的家伙，但相信也不至于会做出一上来先干掉自己一边的战友来换取李隆基回心转意这样的蠢事。

显然，宋朝的司马光先生也是同样的观点。所以后来司马光在写《资治通鉴》叙述到这段时，说的是张嘉贞借着李隆基大怒的时机进行了落井下石的操作，最终把姜皎一事发挥发展成了一个酿成多人死亡的事件。

张嘉贞应该不完全是冤枉的，因为相信大家还记得，姜皎曾在张说的指示下去尝试阻止姚崇入朝执政，这足以说明姜皎和张说的关系非常要好。姜皎泄密事件发生时，张说刚好不在朝中，而是在外地视察，等他得到消息的那会儿，姜皎已经死在流放的路上了。

也就是说，张嘉贞很可能有意地借助了皇帝的怒火，扩大了整个事态，以期打击自己的潜在政治对手张说的势力。而且当时身为侍中的另一位宰相源乾曜选择了坐山观虎斗，坐视张嘉贞下黑手，这也就为张说日后同源乾曜的反目成仇埋下了伏笔。

好在姜皎的牺牲没有被浪费，朝中大臣们在得到姜皎死讯后，纷纷上表替姜皎鸣冤，同时表明对王皇后的支持态度。在巨大的舆论压力下，李隆基不得不再三出面表示自己绝无废黜皇后的意思。为了防止王守一和他的妹夫嗣濮王李峤进一步联手，将宗室和外戚的反武势力进一步整合，形成一个最广泛的反武统一战线，李隆基还是动了点脑筋，他直接明发禁令，严禁宗室、外戚相互来往。因为以李隆基对王守一的了解，他相信如果这个大舅哥只能独自作战的话，早晚会露出破绽。

事实证明，李隆基的眼光非常准。这个破绽，他只等了不到两年就出现了，而且王守一施展出的还是李隆基梦寐以求的那种大昏招。

开元十二年（724）七月，李隆基接到线报，称王皇后最近获得了一块由妖僧施过咒的霹雳木，目前皇后把这东西随身佩带着，恐怕将对皇帝有所不利。

一得到这样的情报，李隆基当即派人前往皇后的寝宫进行了地毯式搜索，最终还真就在王皇后的身上发现了那块霹雳木。

这里有必要先说一下这块木头。所谓霹雳木，就是从被雷电击中燃烧后的树木上截取下来的一段木头。当时的人们普遍相信“度劫”的说法，认为无论是动物（包括人）还是植物，一旦修炼到了一定的程度，便会为天道所不容，上天就会降下天劫，用天雷去劈它们，如果能够扛过去，就会飞升成仙，如果失败就会被劈成碎片，意味着度劫失败。不过即便是失败了，像霹雳木这种存在，依旧拥有神奇的力量，可以作为法器，实现普通人的部分愿望。

经李隆基指派的专案组调查得知，这个霹雳木是王皇后的哥哥王守一送进宫中的。原来经历了姜皎事件后，王守一那里就开始魔障了。在他看来，阻止皇帝废黜自己妹妹的唯一方式就是让妹妹尽快给李隆基生个大胖小子。而且一旦龙子诞下，那就是嫡长子，太子乃至未来皇帝的位子都非自己的这个外甥莫属，不仅皇后能由此转危为安，他王家也可以更进一步享有可持续的荣华富贵。

可是，李隆基已经很长时间不去找皇后，夫妻俩都没在一起的机会，王皇后又不会魔法，怎么能顺利怀孕并保证是男孩呢？

这个难题一直困扰着王守一，直到他遇到了一个名字叫作明悟的和尚。

明悟和尚自称精通阴阳之术，只需略施法术便能帮助王皇后解决没有儿子的问题。

按照明悟和尚的安排，王守一府中先秘密进行了一次大型的祭祀南斗、北斗的仪式，然后明悟在找来的霹雳木上刻上了天、地以及李隆基的名字，做成了护身符的样子交给王守一，让他代为嘱咐王皇后务必随身携带，并做出保证，称只要一切照他的吩咐办，皇后定会生下贵子，并且皇后本人将来会变得像则天皇后一样尊贵无比。

本着死马当活马医的精神，王守一犯下了病急乱投医的致命错误。而在他的软磨硬泡之下，本来并不相信的王皇后最终也妥协了，开始把那块要命的霹雳木带在了身上。

谁知，王皇后最终等来的不是想和他生个儿子的李隆基，而是一个满脸怒气，等着审问她的皇帝陛下。

七月二十一日，李隆基下诏宣布废皇后为庶人，打入冷宫。

王守一也完了，他因为结交妖僧被判了个抄家贬官之罪。先是被贬为潭州别驾，再被贬为柳州司马，最后还没来得及上任，就被李隆基下令赐死于途中。可见李隆基对他真的是恨得牙痒痒。

特别值得一提的是，还有一个人被卷了进来，而且跟着王守一被贬了官，这个人就是我们的老朋友张嘉贞。

自被张说坑了一把，出去做幽州刺史后，张嘉贞痛定思痛，花了不少时间和精力去运作，才终于在开元十二年（724）返回长安，出任户部尚书。当然，回来后的张嘉贞并没有忍气吞声，他找准了一次中书省官员和宰相联欢吃宴席的机会，在现场一发现张说的身影就跑过去破口大骂。如果不是另一位宰相源乾曜和大将王晙一道及时出面从中调解，张嘉贞估计就撸起袖子挥拳上去了。

张嘉贞的自由搏击没能如期施展，而且也没有再施展的机会了，随着王守一事发，他被定义为同王守一交往密切的对朝廷不满者，被贬为台州刺史。后来张嘉贞虽然不久就再获朝廷重用，且被封为了河东侯，不过直到开元十七年（729）他因病前往东都洛阳就医，基本上再也没能重回长安朝堂之上（张嘉贞于这一年的秋天病发去世）。

相较于被废黜的王皇后，张嘉贞称得上是幸运的。毕竟他去北平赴任的时候，李隆基特命文武百官到上东门外去给他饯行，还亲自赋诗一首予以勉励。后来张嘉贞生病到洛阳就医，李隆基听说他双目失明了，又赶紧特派御医快马加鞭地前往诊治，可谓时刻关心着张嘉贞的情况。

王皇后事后的境况就完全不一样了，她在被打入冷宫后，没人关心没人问，仅仅过了三个月，这位苦难时一直守候在李隆基背后的女人就悄无声息地死去了。

王皇后死后，李隆基下令以一品官的葬礼规格将王皇后安葬在长安城中的无相寺内，直到李隆基的孙子唐代宗即位后，王皇后才正式被恢复皇后的封号。

平心而论，王皇后的悲剧并不完全是她的问题，即便是那块霹雳木也不过是王家人急于求子所选择的一种特殊手法而已，不一定有用，也不一定对李隆基有什么损害。这一点估计李隆基本人和其他一些明白事理的人都清楚。因此在王皇后被送入冷宫的当时，便出现了为王皇后鸣不平的声音，有个名叫王諲的诗人效法汉朝时写《长门赋》劝和汉武帝与陈阿娇皇后的司马相如，写了一首名为《翠羽帐赋》的七言绝句用来讽喻李隆基。这首诗一度在朝野间获得了较大的反响，可惜的是并没能打动李隆基，也没有挽救王皇后的性命。

王皇后郁郁而终后，倒是宫中的妃嫔宫女们有感于皇后昔日的恩惠，纷纷自发地追悼她们心中的好皇后，并且此后也经常有意无意地在李隆基面前谈及王皇后生前的种种德行。在后宫一片对王皇后的怀念氛围的影响下，李隆基开始慢慢回忆起王皇后的好来，早年间夫妻二人相濡以沫的记忆片段越来越多地闪现在了李隆基的脑海里。他有点后悔了，但已悔之无及。

也许是出于对王皇后的愧疚，李隆基之后再也没有另立一个新皇后，哪怕是他（当时）最爱的武氏，也只是在宫中享有等同于皇后的礼仪待遇罢了，武惠妃到最后的封号也就是个惠妃。

而且武惠妃其实也不完全具备当选皇后的条件，除了朝中大臣强烈反对外，她还面临着一个更为严重的现实问题：所生子女全都出现了“襁褓不育”的现象。

虽然武惠妃很能生，且生了不止一个儿子，但她所生的夏王李一、怀王李敏及上仙公主这三个孩子不知是什么缘故，没有一个能活过幼儿期的。后来好不容易又生了个儿子李清，为了避免这个孩子也像他的哥哥姐姐一样夭折，武惠妃便找到李隆基商量，做出了把儿子交给李隆基的长兄宁王李宪抚养的决定。

在李清获得宁王妃元氏亲自抚养，并对外宣称是宁王的儿子之后，武惠妃孩子早夭的情况才开始出现变化，武惠妃的这个儿子最终活过了他的哥哥姐姐，健康地长大了。之后，武惠妃又接连为李隆基生下了盛王李沐和咸宜公主、太华公主。不过由于这位李清自幼就住在宁王府上，因而他一直没有被李隆基封王，宫里的人只管他叫作十八郎。后来等到开元十三年（725）三月，他的弟弟李沐到了可以封王的年纪，李清才跟着被封王，开始进入宫中生活。

十年后，被封为寿王的李清正式改名为李瑁，迎娶了一位在洛阳长大的杨家姑娘为妻。

命运的安排实在是令人捉摸不透，但似乎一切都在情理之中。

开元十二年（724）十一月，李隆基突然离开长安，前往东都洛阳工作和居住。李隆基此行很大原因是他想暂时远离那个伤心地，转换一下自己的心情。而在张说看来，封禅泰山就是帮助李隆基走出王皇后阴影的良方。于是在张说的带领下，一部分大臣开始接连不断地上表请求李隆基同意封禅。最后，以张说为首的封禅派声势压过了以源乾曜为代表的反对派，促成了泰山之行。

事情定下来后，张说唯恐中途生变，所以只用了不到半年的时间就写出了一份系统而又严谨的封禅大典计划书草案呈送给了朝廷。

李隆基看完了张说递交的计划书草案后十分满意，当即批准张说继续推进接下来的相关工作，而张说也不负领导的期望，一件一件地落实了计划书上的内容。

突然有一天，张说意识到他在计划书里遗漏了一个相当重要的问题，那就是封禅期间的边境安全问题。当时的突厥虽然已经不复往昔般强大，朝廷也不怎么愿意去搭理他们，但是突厥毕竟还有一定的实力，哪怕不再是唐朝的心腹大患，但是在皇帝封禅期间大规模入寇，恶心一番大唐还是没问题的。而且这些年来突厥屡屡遣使入朝请求和亲，都被李隆基坚决拒绝了。张说很是担心恼羞成怒的突厥可汗会有什么想法，为此他特地找来了兵部郎中裴光庭商量对策。

别看这个裴光庭只是兵部的小小郎中（正五品），其实这位仁兄堪称整个大唐最了解突厥的人，没有之一。因为裴光庭的父亲便是有着“突厥克星”美誉的名将裴行俭。裴光庭从小耳濡目染，可以说是听着父亲及其战友同突厥人斗智斗勇的故事长大的。后来参加工作后，他也没有放弃对突厥人心理及行为的继续研究，所以要获知突厥闹事的概率有多大，张说认定裴光庭大概率能给出一个准确的判断。

“陛下即将去往泰山行封禅大典，届时御驾东巡，京师空虚，我担心突厥人会借机生事，侵扰北境。故此有意在北方地区增加守军人数，巩固防御，你以为这么办可以吗？”

张说本以为裴光庭会给出一个突厥人出兵的概率，然后从突厥人的行为习惯层面出发，给出几个对方可能的南下路线方案，再提供一些相应的防守建议。谁知，裴光庭完全不按照套路出牌。

“陛下去泰山封禅不就是要向上天汇报所达成的功绩吗？能称得上功绩，肯定需要做到恩德无不及，百姓无不安，万国无不怀。如今朝廷将要对外彰显功绩，却担心夷狄入侵，这恐怕不能展现君王的盛德吧。大兴兵役，用来防备不测，虽然是个法子，可却不是安民之道。一边讲要会同各方共享太平，一边仍要想着阻击北境的各族，这也不是怀柔远人的态度。如果存在着这三种现象，封禅时所谓的功绩事实上也就谈不上了。”

张说一听这话就笑了，他意识到裴光庭不是个简单的人，能有这样的政治高度和如此逻辑严密的说辞，这也意味着眼前的人已经有了解决问题的好办法。所以张说没有打断裴光庭的话，而是示意他继续讲下去。

裴光庭也没有犹豫，仍旧继续着他的分析：“四夷之中，突厥素来被视作最强大的，这些年来我们双方持续着各种形式的交往，突厥人也传达了想与我大唐重修旧好的意愿。只不过我们这些年来一直没有给他们明确的回应。如今只要朝廷能派出一名使臣去征召突厥的一位重臣来参加封禅仪式，对方一定会欣然从命。突厥接受诏命派人赴会了，其他各部落的酋长首领们也一定会相继前来。这样自然可以做到偃旗息鼓，高枕无忧了。”

张说听完了裴光庭的这番话不禁连连点头：“你说得对，我真的是比不上你啊！”

于是根据裴光庭的意见，朝廷向突厥派出了使者。突厥人果然按照裴编剧的剧本，派出以大臣阿史德颉利发为首的入贡使团去参加封禅大典。

开元十三年（725）十月十一日，李隆基带领文武百官、皇亲国戚及四夷酋长从东都洛阳出发，启程前往泰山，开启了属于他的封禅之旅。据记载，这支封禅队伍相当庞大，一眼望去浩浩荡荡的，数十里间全是人，光是专门负责给封禅团运送食物等生活必需品的车辆就能排得绵延数百里之遥。

平心而论，如果不是盛世，这么大的排场还真的拿不出来。不过相对于李治的那次，李隆基在沿途表现得低调了很多，每日的行程时间与路线也进行了详尽的规划，尽量避开了农田和市集，只用了不到一个月的时间就走到了泰山脚下。

在山脚下休整了三天后，十一月九日，李隆基带着宰相和祭祀相关官员开始登山，至于从行的百官则被留在了泰山的山谷口等待。由于上山的人数有限，所以李隆基等一行人当天就登上了泰山的顶峰。

从泰山上俯瞰云海，李隆基心旷神怡，紧接着他突然想到了一个问题：“前代来此封禅的帝王们为何对封禅时献给上帝的玉牒之文秘而不宣啊？”

这句话是对着随行的众臣说的，但有必要立即做出回答的，只有礼部的官员，而李隆基眼睛所看向的也是礼部的领导们。

应该说这个问题很难给出接近真相的回答，毕竟前代的玉牒上写了什么也只有前代的当事人知道。不过这个问题却必须要回答，而且还得答得让领导满意。

挑战礼部干部们水平的时候来了，好在礼部也有能人，这个人就是当时担任礼部侍郎且还是状元出身的贺知章。

贺知章略微思考下就给出了一个相对靠谱的答案：“可能是前代皇帝有私密的事想询问神仙，所以才不愿让其他人知道。”

李隆基笑了，他随即招了招手示意侍从把玉牒展示给在场的人看。

“我此来封禅，是为万民祈福的。”

这下所有人都放心了，虽然经历了王皇后的那件事，但现在看来皇帝陛下并没有就此沉溺于儿女情长中，他依旧是那个励精图治，希望有所作为的李隆基。

在向朝中各位重臣明白地表明心意后，李隆基按照计划开始了他的封禅与祈福。

十一月十日，李隆基在泰山山顶上完成了对昊天上帝的祭祀，留在山下的群臣则在山脚设好的祭坛上，祭祀了五帝百神。

第二天，李隆基登上社首山祭祀了土地神，完成了帝王封禅的标准流程。

十二日，李隆基依据乾封年间的规矩坐在御帐中，接受了文武百官的朝拜，宣布大赦天下，并封泰山神为天齐王。封禅典礼至此实现了完美落幕。但此时此刻，李隆基并没有意识到，正是因为这场封禅，那个辅佐他把开元盛世推向顶点的人将急速跌落到人生的低谷。

第十一章
辉煌下的暗影

从泰山回来后，李隆基对张说更加看重了，但与此同时张说却失去了其他大臣的拥戴，这倒不是因为大伙儿嫉妒张说受到皇帝陛下的青睐，而是因为确实是张说把事情做得有点过分了。

情况是这样的，封禅结束后，朝廷对扈从东巡的所有人员进行了论功行赏。第一等级的是跟着李隆基一起登上泰山、参与了封禅典礼的官员，第二等级的是留在泰山脚下的那部分官员，第三等级的则是负责皇帝仪仗和护卫的兵将们。能不能上山就是依据级别定的，原本这事无可厚非，可当三个级别的具体名单公布出来后，朝中却骂声响成了一片，因为大家发现，在第一级别的名单里混入了一些奇怪的人，以这些人的官职，他们根本没资格上山，可名字却赫然在上面。而且这些人都有一个共同点，那就是他们或多或少都与宰相张说沾亲带故，不是张说的亲戚，就是张说的亲信。

让朝臣们的怒火更上一层楼的是，三个等级所获得的封赏差异也大得离谱。随同上山的第一等全部加官晋爵，而且晋升的幅度非常大，像是张说带上去充当仪式供奉官及主事的那几位，此前的品级只要是不足五品的，下山后就直接给越级升到了五品。第二等的则是按部就班地升了一级。最惨的还是第三等的随行兵将们，在泰山周围站了好几天的岗，风吹日晒，一趟下来居然连一点实物的赏赐都没有，只是得到了提升勋位这种名誉上的奖励。

正是因为如此，张说可谓犯了众怒。但鉴于张说本人极度狡猾能干，皇帝对他也很信任，大伙儿只得暂时保持克制，敢怒不敢言。不过没有过多久，情况就开始出现了变化。

在一次宴会上，李隆基在朝中高级官员的座席区那里无意中瞥见了张说的女婿郑镒。李隆基依稀记得郑镒就是个九品芝麻官，但是现在这个郑镒却是身穿着五品官员的官服，而且很自然地与人应酬。

满怀疑问的皇帝陛下当即派人把郑镒叫了过来，向他问了这样一个问题：你为什么会出现在这里？

郑镒到底是张说选中的女婿，在短暂的惊慌后立马恢复了正常状态。面对李隆基的提问，他并不回话，只是跪在那里一动不动。因为郑镒知道自己被破格提拔为五品官的事情有违规定，无论自己回答什么都有可能会给岳父大人招来麻烦，倒不如就杵在那儿不声不响的，等岳父大人或者他的亲信闻讯后来替自己解围。

见郑镒跪在那里不作声，李隆基就意识到事有蹊跷，就在他准备继续发问，搞清楚原委时，在他身边一个名叫黄幡绰的侍臣说话了。

“这就是泰山的力量啊（此乃泰山之力也）！”

在此不得不感叹中国语言的博大精深，黄幡绰仅用一句戏谑的调侃就说明了缘由，而他在无意中也打响了朝中倒张运动的第一枪。

事发后，张说并没有找黄幡绰的麻烦，因为黄幡绰是李隆基最为喜欢的宫廷乐师，没有之一。而且此人一向喜欢用滑稽风趣的语言针砭时弊，经常能劝谏李隆基改正一些错误，所以风评很好，即便是被他调侃过的人也不会责怪他。张说身为堂堂宰相自然也不例外。

特别值得一提的是，这位黄幡绰几年之后还曾出言讽刺过另外一个知名度极高的人物，那个人就是这个盛世的终结者——安禄山。

在了解到郑镒的情况后，李隆基对张说的态度开始出现了变化。不过处于自己政治生涯巅峰的张说不复以往敏锐，没有能够及时觉察到这一情况，甚至在他的属下中书舍人张九龄劝他要低调行事，提防反对派的动作时，张说依然一副不以为意的样子。

除了不听人劝外，张说的脾气也变得越来越大了。在和同事们一起处理政务的时候，一旦出现谁的意见与张说不一致或办的事情不合张说之意的情况，他便会板起脸来训斥对方，偶尔还会毫不留情面地在公开场合破口大骂当事人。要知道，张说的口才是相当好的，因而骂起人来也格外具备杀伤力，凡是被张说臭骂过的人一致表示，挨宰相的骂让他们感到比身受死刑还痛苦。

统领百官的宰相做到了这种地步，百官再没有意见就不正常了。于是张说的政敌数量以每日翻番的数量级暗中增长起来。也就是说，相对于前面的姚崇、张嘉贞，张说对面的敌人不再是一个，而是一群。在这群人中，起到领头作用的是三个人。

排第一的，是张说的搭档——侍中源乾曜。他和张说自姜皎事件起就有了隔阂，在封禅争议中，两个人的矛盾变得更大。后来张说封赏不公惹得大伙不满，不少官员就此投到了源乾曜的一方。不过在反张阵营中源乾曜仅是个旗帜型的人物，真正起到决定性作用的是另外两位。

其中一位在前面的文章里出场过，他就是当年执法严格、处死了李隆基喜爱的吹笛胡雏的那个洛阳令崔隐甫。这位仁兄后来升职为河南尹，在任期间，工作认真负责，群众反映良好，李隆基听说后有意予以重用。

按照李隆基的本意，是想让崔隐甫出任御史大夫的，但任命文件下发到了宰相那儿，却被张说驳回了。因为在张说眼中崔隐甫学识有限，不太能让人瞧得起，所以他建议皇帝调崔隐甫到部队去担任金吾大将军一职。至于御史大夫的位置，张说推荐由自己的亲信、曾任殿中监的崔日知出任。

没想到李隆基这一次没有听从张说的建议，而是坚持己见用了崔隐甫做御史大夫，崔日知反倒是被送进了军中担任左羽林大将军去了。后来这件事传到了崔隐甫处，被张说嫌弃没文化的崔隐甫就此与张说彻底势不两立。

在后续的张说倒台过程中，崔隐甫发挥了排头兵的重要作用。

其实，崔隐甫还是对张说不大了解，只要他与张说的接触足够多就会知道，张说在朝中看得上的人并不多，看不起的却着实不少。不过在众多张说看不上的大臣中，只有一个人是存在威胁的，那个人就是时任御史中丞的宇文融。

事实证明，张说的预感没有错，这个宇文融正是反张阵营的核心人物，而且此人的确是在近几年越来越得到李隆基的看重了。

因为宇文融和张说一样精明能干，如果说这几年来，是张说帮着李隆基在制度和政策上解决了帝国军事与外交方面的种种难题，那么给李隆基解决财政上难题的人便是宇文融了。

开元八年（720），当时的宇文融刚刚从地方上调到朝中工作，虽然他的身份是一名从八品的监察御史，可是宇文融却没有把自己的视线聚焦在寻找官员们生活作风方面的问题上，而是锁定在了经济领域。

经过观察和信息的搜集研究，宇文融发现了这样两个问题，一个是国家的军费开支在逐年攀升，它的增长速度之快令人咋舌，且有快要让朝廷入不敷出的趋势；另一个则是国家自改元开元后，社会日趋安定，各项事业持续发展，人口想必也有所增加，然而朝廷户部却没有获得更多的收入，有些年份收到的税赋反而还少了。

宇文融的这两个问题并不难理解，简单来说就是王朝早期实行的土地制度趋于瓦解，土地由自耕农手中逐渐集中流入到地主官僚处，而失去了土地的农民则沦为佃农，被地主官僚藏匿了起来，以免缴税。因此以人口和土地为主要征收对象的国家在收税上会越来越困难，难以享受到经济发展与人口增长带来的红利。

宇文融意识到要增加朝廷的收入，就必须先从户口上着手，于是他上书给朝廷，请求在全国范围内开展清查户口的行动。在奏表中，宇文融指出户部现有的户籍资料已经有些脱离实际情况了，因为这些年来有的人逃亡了，有的人迁移了，如果国家不能及时掌握到最新的数据，税源迟早会进一步缩水，届时可能就连想清查户口数字也没有那个经费了。而这一趋势发展下去，最终的结果只有一个，那就是朝廷无钱可用，国家系统面临崩坏的危险。

宇文融的这一奏表最先是送交到了源乾曜的手里。看完里面的内容后，这位此前的上级马上表态支持。有了源乾曜的支持和推动，李隆基很快也看到了这份奏表，并对宇文融的建议产生了浓厚的兴趣。经过一轮轮君臣的深度交流与沟通，最终李隆基下定了决心，要打响一场没有硝烟的战争，从偷税漏税的那些地主老财手里抢回本属于国家的那部分人口和税赋。

开元九年（721）二月八日，李隆基给以户部为首的几个有关部门下达了指示，命各部在宰相的组织下研究安置流民、清查户口以及惩治虚报户口的相关办法。

或许是担心各部联合出动的重量级有限，不足以震慑那些有胆量藏匿户口、偷税漏税的人，二月十日，李隆基特地又亲自上阵下达了一份诏书，在诏书中李隆基明确嘱咐各州县对于逃亡的户口，应允许他们在百日之内向官府自首，他明确要求地方政府要根据老百姓各自的意愿进行有针对性的处理，切忌一刀切。前去自首的逃户则可以选择在当地重新加入户籍，或者是接受遣返回老家。对于超过一百天的期限不出来自首的，李隆基要求一经查出，就将对方发配到边远的州县，以示惩戒。而且无论是公家还是私人，李隆基表示有胆敢容留、包庇这些流民的，统统依法论罪。

相关的规定明确后，李隆基便找来了宇文融，皇帝陛下的意思很明白，既然是你宇文融倡议清查户口数字的，那你就得负责任，得参与到具体的执行工作中。

对于这一点，宇文融早就做好了心理准备，因此他当即向皇帝陛下表态愿意全身心地投入到这项伟大的事业中去。

于是在李隆基的支持下，宇文融开始奔波于全国各地，推行查户口（括户）政策。

正是在这份看似烦琐无聊还得罪人的工作中，宇文融开始逐步展露他的能力，这位从来没有参与过大项目的仁兄居然用了不到一年的时间就向李隆基交出了一份亮眼的答卷。宇文融不但按照需求梳理清楚了几个重点地域的逃亡人户的状况，还顺手查出了一批不在户籍簿上的百姓（所谓的黑户）和大量没有登记或存在偷税漏税现象的土地（黑地）。

由于宇文融是以御史的身份下到地方的，因而他也没忘了自己的本职工作，每到一个地方，在核实户口数字、厘清土地赋税的同时也查案，就这样宇文融带领他的团队一路上查获了很多弄虚作假的案件，为国家挽回了不少经济损失。

李隆基此前并没有想到宇文融能干得这么漂亮，大喜过望之下，便给宇文融连升三级，先是晋升他为朝散大夫，很快又任命他为兵部员外郎兼侍御史。

对于大领导的肯定，宇文融非常感激，于是他又写了篇奏表上呈朝廷。这回宇文融请求朝廷批准设置十个由御史兼任的劝农判官，让这十名劝农判官分别对应全国的十道，分管各道的户口与土地的清查工作。此外，他还在奏表中建议对于被清查出来的、新入籍的人户，免除其六年的赋税，以在群众中间形成良好的激励效应。

李隆基没有多想就批准了宇文融的建议，更为声势浩大的全国范围的土地及人口清查运动就此开展了起来，但问题也随之冒出来了。最大的问题出在宇文融派出的那些劝农判官身上，虽说十位劝农判官是各自分管所负责的那一道的清查工作，他们相互之间没有统属关系，也基本上不会互相干预。但这十位大致称得上是同行，同行之间就算互相不做比较，也难免会被别人拿来比较，于是乎十个劝农判官慢慢就发展成了竞争关系，他们的个人清查业绩也开始和官位挂上了钩。到后来难免就发展成了仅以结果为导向，谁的工作完成得多，上报的数字好看，完成清查任务量的速度快，谁得到的评定就越好，升官也就越快。

所以为了表现出自己的能干，并且干出更出彩的成绩来，有的劝农判官到了地方后就开始乱来了。比如威逼利诱州县提供虚假的括户文牒，把原本在册的改成新落户的，还有找来逃亡人户的邻居和保长代为出人缴税的，甚至有的直接强迫地方上的大家族分家成新户的，只求往多了报，反正自己也不用承担后果，折腾完就走人了，折腾出效果来对自己还有莫大的好处。

到头来倒霉的当然只有老百姓，不是被迫多缴了逃亡邻居的那份税，就是被安排着来来去去地扮演新落户的百姓，反正是不得安宁。这下好了，有些本来过得安安生生、舒舒服服的人家也得跑了。这些跑掉的人，就再次成为黑户，进入到下一轮括户的循环中。

劝农判官的内卷化竞争闹得地方上不得安宁，特别是对于一些并不发达的地方造成了短时间内难以愈合的伤害。于是地方上的部分官员坐不住了。

阳翟县尉皇甫憬带头上表请愿，公开表示那些个劝农判官把百姓祸害得厉害，希望朝廷快点把他们收回去。同时，皇甫憬还给出了他对朝廷财政问题的见解。在他看来，如今的困难局面主要原因在于冗官太多，加重了朝廷的开支负担，因而精兵简政才是度过困难的应有手段。

平心而论，皇甫憬没有乱讲话，他指出的问题都是客观存在的，不过李隆基在看完他的奏表后并没有奖赏或勉励他，反而是直接下令将皇甫憬贬为盈川尉。

其实，李隆基并不是昏了头，认不清问题，从事情后续的发展来看，他有关注到官员俸禄带来的财政压力，且想了办法，这一点我们马上就会说到。李隆基之所以亲自出面惩治了皇甫憬，主要是因为清查田地户口的运动发展到现阶段已经不仅仅是为了解决财政问题，更重要的是朝廷要在地方进一步树立威信，需要对地方豪绅大姓来一次整顿，为接下来的大动作做好基础性的铺垫。

在土地清查运动轰轰烈烈地持续了一段时间后，李隆基开始主动出击进行纠偏了。

开元十年（722）正月二十一日，针对皇甫憬提及的官员俸禄开支超载问题，李隆基下令给有关部门，提出了通过征收国有房屋、园林的房租、捐税作为补贴，用来给百官发工资的解决方案。

两天后，李隆基又下令向官员们征收职分田的田赋，按照每亩平均两斗的标准执行。当时的文武百官都有分得一块名为职分田的土地，土地上的相关经济产出则是作为给官员们的养廉经费使用的，根据惯例，一品官有职分田十二顷（一顷合一百亩），二品官有十顷，三品是九顷，四品是七顷，五品六顷，六品四顷，七品三顷半，八品两顷半，九品两顷。但是后来不同等级的官员实际得田数量却几乎都超过了规定范围，李隆基这样的政策相当于在承认官员们超额部分田地的合法性的基础上去要求百官承担相应的纳税义务，因此官老爷们也无话可说，只好乖乖申报个人资产并上税，朝廷则借此掌握了群臣的资产情况，同时获得了一笔收益。

官员的问题解决了，接下来就该老百姓了。

开元十一年（723）八月十日，李隆基下发命令，表示要对清查户口及土地工作中出现的种种问题予以修正，他明令取消了强制逃亡户口返乡的政策，要求各地务必顺从百姓各自的愿望，属于逃亡户口的如果有意就地生活，当地州县便应当予以就地安置，让逃亡人户能够安居乐业。如果州县不配合或不改正，一旦被发现，相关官员一概论罪免职。

到了开元十二年（724）六月五日，李隆基再次下令，允许逃亡人户自首，对于他们所开垦的荒田，地方政府要根据实际情况收税。为了保证这两年经过调整的政策能够真正得到贯彻执行，李隆基特命宇文融为劝农使者，前往全国各地，负责监管相关工作。

宇文融还是相当靠谱的。据记载，他每到一个地方后一定会把地方上的人无论男女老幼都聚集在一起，由他本人宣讲相关的政策，并现场解答各种群众的疑问，等到群众没有问题了他才带人开展工作。在工作期间，老百姓遇到任何问题，只要宇文融在，或者听说了，他一定会想方设法帮忙解决。因而宇文融在民间的声望很高，很多逃户非常感念他的恩德，甚至有人哭着表示宇文融是他的再生父母（百姓感其心，至有流泪称父母者）。

经过政策上的优化调整，和以宇文融为代表的官员的努力，截至开元十二年（724）年末，全国十道共括得异地安置人口八十余万，同时这些人所开垦或置办的相应土地也被重新收入了户部的账目，朝廷因此一项就增收了数百万串钱。

由于宇文融相当于为朝廷贡献了接近十分之一的税收增量，李隆基深感欢喜，就又给宇文融升了职。这一次宇文融直接由从六品上的兵部员外郎被提拔做了正四品的御史中丞，成了监察系统的二把手。

不过随着宇文融逐步走进大众的视野，朝野间对于他的争议声音也变得越来越大了。为了抚平舆论上的异议，由李隆基牵头开了一个专门讨论清查土地、户口问题的碰头会。

说实话大部分来开会的官员并不懂经济，他们知道的只是皇帝陛下对宇文融的工作非常满意，这个精明能干的小伙子俨然已成为一颗冉冉升起的政治新星。因此在尚书省召开的这场碰头会上，与会的官员们绝大多数没有提及清查土地、户口工作中存在的问题，但时任户部侍郎的杨玚是懂业务的，他还了解不少情况，于是杨侍郎站了出来表示对清查出来的流亡户予以免税，本身就是对原住地百姓和留居原地人户的不公平。而且加征户籍以外土地的赋税，会加重百姓们的负担，从长远来看此举得不偿失。

对于杨玚指出的不公平问题，李隆基并没有很好的解决办法，为了自己接下来要做的事情，李隆基只能是硬着头皮继续走下去。

不久，杨玚就被调出朝廷，到华州（今陕西渭南市）去做刺史了。

转过年来，宇文融以御史中丞的身份兼任了杨玚的户部侍郎的位子。而本着新官上任三把火的精神，李隆基交给了宇文融三个任务：

第一，是皇帝陛下希望把从新增户口那里得到的税赋收入存进各地所设的常平仓中，取之于民，用之于民。

第二，是李隆基想在各州县都成立一个劝农社，这个劝农社会鼓励各地贫富农户互帮互助，分享工具、人力及好的农耕经验和技术，引发先富带动后富，技术驱动发展的效应，实现地方上的共同富裕。

第三，是清查工作中的老问题，即如何避免工作失误或违规操作带给老百姓的双重征税困扰。

对于皇帝陛下提出的三个新需求，宇文融当场拍胸脯表示这些都不是问题，但要想完成任务，自己需要独立行事的权限，因此他向李隆基申请了“驰传巡历天下”的权力。

所谓“驰传巡历天下”，用今天的话讲大致相当于获得了一个中央巡视组的名头，有了这样的名号在，宇文融出去办事能方便很多。李隆基思考了一番，认为宇文融的要求并不过分，当场就同意了。但他没有想到的是，给出的名头会被宇文融用到极致，最终造成了朝中两大势力的一场火并。

借着巡视组的这个牌子，宇文融下到地方后就要求各州县官员将地方上的情况事无巨细地统一先上报给劝农使，然后才能上报给中书省。而中书省等中央机关各部门的工作也被宇文融以统一协调的由头横插一刀，变成了需要经宇文融点头同意后才能下达执行。相信大家已经能明白，为什么张说会对宇文融深感厌恶了，因为宇文融不声不响地把自己的角色塑造成了实质上的宰相，开始架空张说这个中书门下（政事堂改名后的称呼）的一把手了。

特别是在东封泰山结束后，借着众臣对张说的不满及李隆基对吏部在选人用人上徇私舞弊的怀疑，宇文融进一步提出了一个新的倡议。他建议将吏部分拆成十个相互独立的部分，每个部分各由一个人来管理。有选举人才的工作时，十个部分会分别参与到选举中来，进行人才的测验与判定，之后十名负责人会经过商讨拟定出一个任命名单来，并在第一时间将名单送入宫中由皇帝做最后的裁决。而在这一过程中，不管是吏部尚书还是吏部侍郎都无权介入过问，以便保证名单不会受到朝中专权人士的干扰。

虽然宇文融在这份密奏中通篇没提及张说的名字，但是句句都在针对张说。而且为了让张说无法反对，他特意提名对张说有恩的礼部尚书苏颋担任分拆后的吏部十名负责人之一。

在左庶子吴兢的上书反对下，宇文融的这一建议没有被李隆基采纳。但宇文融的举动算是彻底惹火了张说。此后宇文融和他所属的劝农使但凡有所奏请，张说都要想办法捣个乱，或进行压制。几次交锋之后，宇文融意识到此前逐步架空张说的办法已经行不通了，张说已然盯住了他，双方的摊牌只是时间问题。

考虑到自己手上可以打出的牌相对有限，宇文融决定先下手为强。他找到了与张说有宿怨的自家直属领导、御史大夫崔隐甫，并同老领导源乾曜打好了招呼，准备整合御史台的力量与张说正式开战。

开元十四年（726）四月四日，御史大夫崔隐甫、御史中丞宇文融、李林甫这三位御史台的长官突然联名上表弹劾张说，这份奏表上罗列了张说当政以来的三大罪状。这其中摆在第一条的就是李隆基最忌讳的——结交术士妖僧，图谋不轨。

三人称，监察系统所掌握到的情报显示，张说曾多次把一名叫作王庆则的术士秘密带进自己的家中进行占星、解祷等古怪的仪式，还让僧人道岸帮着他刺探时事，试图窥探皇帝陛下的个人隐私，可谓居心叵测。

宇文融等人给出的第二条罪状也是相当致命的，他们称张说徇私僭侈，有出卖国家利益以谋私之嫌。

他们爆料称，中书主事张观、左卫长史范尧臣二人作为张说的亲信，在张说的默许与包庇下，以权招赂，公开利用手中的权力搞起了利益输送，甚至大胆地擅自给内附大唐的突厥九姓羊钱一千万，令九姓在太原城内的势力不断坐大，威胁到了大唐龙兴之地的战略安全。

宇文融等人还揭发张说本人收受巨额贿赂，生活腐化。他们表示曾经接到群众举报反映张说采用非正当手段强行占有他人财物（如姚崇家），而且自从张说担任宰相以来，各种孝敬从不拒绝，其家中不法财物众多，其行径更是极为恶劣，给官场生态带来了很大的负面影响。

这份奏表送上去之后，李隆基勃然大怒，当即下达指示，命侍中源乾曜及刑部尚书韦抗、大理少卿胡珪、御史大夫崔隐甫等组成专案组，一同前往尚书省公开审理张说一案。有鉴于张说平日里点子多，李隆基为防止张家人得到消息后销毁证据，又指示金吾卫发兵包围了张说的府邸。

这个架势即便不是明眼人也看得出来，是把张说作为敌人来看待了，因而那些平日里同张说关系密切的大臣都不敢在朝堂上替张说说话求情了。但是有位来自东宫的官员是个例外，他听说张说出事的消息后马上就赶到了朝堂为张说喊冤。

在张说面对墙倒众人推的局面时，还能够替张说说情的人肯定与张说的关系不一般，事实也确实如此，因为这位担任太子左庶子的不是外人，他正是张说的哥哥张光。

而且李隆基预料得没有错，张家的人要么不动，要是行动了，就一定是有备而来。这位张光就是这样。他是带着家伙来的，那是一把非常锋利的小刀。

有必要说明的是，张光并没有刺王杀驾、胁迫朝廷放人的意思，这把刀是他用来给自己使的。估计是受到了当年安金藏自残为皇嗣李旦鸣冤事件的启发，张光在李隆基面前一刀割下了自己的耳朵。

张光用自己的耳朵向李隆基保证自己的弟弟是清白的。

然而，经过对王庆则、张观等相关人员的审讯，结论却是宇文融等人的弹劾基本属实。

其他人都服罪了，朝中的大臣们也不方便再多言什么，李隆基本人也没有再多说话，他只是派出内侍去狱中探望一下已经在里面待了两天的张说，问问他还有什么想说的话没有。

这基本上就相当于派人去问张说遗言了，而张说很有可能将以第一个被明正典刑的开元年间宰相的形象被载入史册。

但是张说最终逃过了一劫，因为那个被派去探视张说的内侍叫高力士。

像高力士、王毛仲、姜皎这样的皇帝心腹其实一直都是张说用心在维系的对象。张说不只是一车一车地给高力士等人送去金银财宝，还对他们表现得极为尊敬，因而高力士很买张说的账。现在眼见张说要进鬼门关了，高力士决定拉兄弟一把。

因此高力士探监回来后对李隆基是这样汇报的：

“老奴见到张说了，但是有点不敢认。因为狱里面的张说蓬头垢面的，还坐在枯草之上，正在拿着家里送来的瓦钵子吃着粗米饭和腌菜。老奴真的从来没有见过张说露出那种诚惶诚恐的神情，他现在正等着陛下的惩处呢。”

到底曾是自己治国理政的肱股之臣啊，现在却落得这样的一个下场。李隆基脸上不禁流露出了惋惜的神色。

高力士敏锐地捕捉到了皇帝微表情上的变化，作为察言观色领域的超级高手，他马上小声补充了一句：“老奴对这个张说也觉得特别可惜，此人往日一向忠心，且曾经担任过陛下的侍读，与国有功，怎么就落得如此下场了呢？”

听到高力士这么讲，李隆基回忆起张说此前在兵制、封禅等大事上的诸多贡献，在内心深处已经基本原谅了张说，对张说的处境也越来越感到同情。

且放过他一马吧！如果就这样杀了张说，日后谁还会全心全力为自己效命呢！

开元十四年（726）四月十二日，李隆基给出了张说案最终的处理结论：

张说，免除中书令职务，但保留右丞相的称号，特许在集贤院专修国史；张观、范尧臣、王庆则等，被责令乱杖打死；此外，在张说的亲属和亲信之中有十几个人分别被流放或贬官。

张说一案宣告就此翻篇。

按理说张说的政治生涯算是到头了，但是就像当初来任宰相时的张说忌惮姚崇一样，把张说赶下台的宇文融等人对这个能力、智力都超出自己的老头子依旧不大放心。特别是当他们得知李隆基偶尔遇到难以决断的军国大事，还要找张说询问建议时，他们就会不由自主地感到后背升起一股寒意。为免在写书的张说再次得到皇帝的任用，宇文融和崔隐甫决意继续联手发起舆论战，一有机会就带着手下的御史攻讦张说，意在把张说彻底搞臭，再驱逐出长安城。

张说那边虽说是大权不再，可朝中的势力还在，因此在遭到宇文融发起的集群攻击时，他的亲信与同情者恰好能针锋相对，还不至于落下风。而张说本人在摆脱了烦琐的政务工作的日常后，开始重新以文豪的身份回归文坛，不到一年的时间就接连产出了数篇爆款文章，这其中就有像是名为《疾邪篇》的，可谓通篇骂人不带脏字，进行了影射却让人抓不到把柄，直气得看过文章的宇文融差点一口老血喷到纸上。

眼见朝中的大臣日益分裂成两派，并为无益于国家的事情互相攻击，争吵不休，李隆基终于怒了。

开元十五年（727）二月，李隆基突然下旨命令张说致仕（退休），同时他以崔隐甫家中有老母需要侍奉为由，将崔隐甫免官，至于宇文融则被贬为魏州刺史。

没事瞎吵吵的几个主角被管理员李隆基清场了，整个朝廷清静了，而李隆基也终于可以静下心来去认真思考他想做的那件大事了。

毕竟在他看来那件大事能否完成将直接决定他百年之后在历代帝王中的排名位置。

第十二章
征战邻国：来自李隆基的反击

自李隆基即位以来，吐蕃就一直是他的头号心腹大患。当年去泰山封禅回来后李隆基就曾问过张说这样一个问题：“如今吐蕃日益强盛，在与我们的交往中态度也越来越傲慢了，特别是最近与我来往的信函使用的已经是对待敌国的礼节，朕有心兴师问罪，不知爱卿觉得合适吗？”

张说没有多想就给出了否定的答复。他告诉李隆基，虽然吐蕃无礼，确实应该教训他们一下，但是此前大唐同吐蕃已经连续交战了十余年，处在边境地带的甘州、凉州、河州、鄯州等地都因频繁的战事变得残破不堪了。张说认为如果继续打下去，即便王师能屡战屡胜，也得不偿失。不如趁着吐蕃内部有求和的声音接受他们的讲和，让边境的百姓有机会休养生息。

这也算是张说长期以来的理念了。因为张说看得很清楚，吐蕃虽然不是突厥那样的草原游牧民族，但他们却和北边的草原民族有着很多相似之处，比如同样缺乏抗风险能力强的可持续生产系统，这就要求吐蕃的领导层必须能够不断给全体族人带来可观的战争红利，用来分散风险，同时保持整体的战斗力和自身的凝聚力。只有接连不停地从一个胜利走向另一个胜利，吐蕃人才会紧密团结在赞普的周围，心甘情愿地为赞普和贵族们服务。所以说，战争是吐蕃维持统一与进步的手段，吐蕃人侵扰大唐的战事从长远来看永远不会停歇。

但即便如此，依旧要能和则和。因为对于唐朝而言，和才能战。相较于草原和高原，大唐的种地模式抗风险能力要更强一些，只要有充足的和平时间，大唐就能够为大规模、持续性且强度高的战事打下坚实的基础。正如汉初，在屡受匈奴挑衅骚扰的情况下也要忍辱负重坚持和亲政策不动摇，一旦完成了长达数十年的休养生息，就能实现汉武帝那样的反戈一击，直接将匈奴打残。

张说的意思大致就是劝李隆基先当汉文帝、汉景帝，蓄足了力气，再当汉武帝一雪前耻，直捣虏穴。

李隆基能够充分理解张说的想法，但是在他看来，自己已经当足了汉文帝、汉景帝，改元开元后的这几年国势蒸蒸日上，无论是物资储备还是人才储备都十分充分，而且财政和兵制上的问题都得到了解决，可以开始本色出演汉武帝了。

“你的想法我已经知道了，等我和王君臭商量商量再说。”

李隆基就此结束了他同张说的这次对话。

张说也没有再说什么，毕竟李隆基的想法他基本上摸透了。

因此张说告退后，见到了源乾曜就随口感叹了这么一句：“王君臭有勇无谋，经常想着凭侥幸取得战功，如果两国和亲，他又如何能立功！陛下肯定不会听我的话了。”

事后的发展表明，张说的洞察非常准确。

不过就当时的情况看来，这个王君臭还是被包括李隆基在内的大多数人所看好的。因为此人当上凉州都督不久，就在青海西部地区击败了吐蕃大将悉诺逻，并缴获了数以万计的羊马与辎重。无异于给有意收拾吐蕃的李隆基打了一满管的鸡血。

此战后，李隆基自认为他发现了一位将才，于是满心欢喜地加封王君臭为左羽林大将军（从三品），就连王君臭年老的父亲也沾了光，被朝廷授予了以少府监（从三品）的职务退休的相应待遇。

唐朝这边从上到下可谓皆大欢喜，而吐蕃那边刚好相反，吐蕃高层必须用胜利来保证他们的领导地位。一旦遭遇到了失败，吐蕃人的唯一选择就是尽快卷土重来，继续作战，直到胜利为止。

吐蕃人这一次的进攻目标特意选择了更靠近边境且唐军守备力量相对薄弱的瓜州（治今甘肃瓜州县）。为了切实保证作战的胜利，吐蕃赞普尺带珠丹先生给突厥的毗伽可汗写了封信，大致意思是瓜州好打钱多，一起来，别犹豫。

毗伽可汗确实没有丝毫犹豫就把尺带珠丹的这封亲笔信派人转送给了李隆基，从而与唐朝换得了互市（通商）的机会。

见突厥那边不配合，吐蕃只好选择单打。实事求是地讲，吐蕃军的战斗力还是非常值得称道的，在大将悉诺逻恭禄和烛龙莽布支的率领下，吐蕃人一举攻破了瓜州。由于被打了一个措手不及，唐朝的刺史田元献城破被擒，王君臭的老父亲王寿也没跑掉，让吐蕃人给活捉了。

得知抓了王君臭的老爹，吐蕃主帅悉诺逻恭禄一边下令带上王老头一起进攻玉门军（今甘肃玉门市），一边派人去给在凉州的王君臭带话，约他出城决战。

王君臭没有出战，因为他得知烛龙莽布支去打常乐县城已经打了十多天都没有拿下。所以王君臭做出了一个精准的判断：如果不是瓜州遭到了突然袭击，只要坚守不出，打城池保卫战，吐蕃人是很难取胜的。

事实证明确是如此，常乐县也就是个县城，守兵也有限，但即便是悉诺逻恭禄亲自带上主力来打也没打动，最后吐蕃人只好捣毁瓜州城而去。

王君臭耗走了吐蕃人，可是他终究没能获得一个抓获吐蕃俘虏换回父亲的机会。一个月后他率少数精锐骑兵赶赴肃州（治今甘肃酒泉市）截击吐蕃使者，在完成任务返回时遭到仇家伏击，力战而死。

王君㚟被杀的消息一传开，整个河西战区都陷入了惊慌状态。在洛阳的李隆基得到消息后更是非常震惊，但在短暂的失神后，李隆基马上做出了一个堪称英明的决断：立即返回长安。

李隆基回到长安的第一件事就是重新调整了河西的高级将领班子，有鉴于王君㚟做事不够稳重，智谋方面较弱，李隆基找来了一个他认为智勇双全又值得信赖的人坐镇西部，这个人就是李唐宗室的第一名将李祎。

李祎和李隆基是关系较远的堂兄弟，他们的曾祖父都是大名鼎鼎的天可汗李世民，两个人的祖父则分别是吴王李恪和唐高宗李治。值得称道的是，李祎虽是宗室出身，却是从地方基层一点一点做上来的。在被李隆基委以重任，担任左金吾卫大将军、朔方节度副大使、知节度事前，李祎其实主要是在各地做刺史。

然而他不愧为李世民的后人，相当有军事天赋。到任之后，先看了一遍各种军用地图，又实地去走了一圈，回来就精准地指出了吐蕃人能一次次侵扰河西地区的关键节点——石堡城。

石堡城就在今天青海省湟源县日月乡石城山，原本这里属于唐朝，但由于没有得到守将的重视，被吐蕃人轻易攻陷了。刚开始时，谁都没有把这个地方当回事儿，当然也没人有收复这里的意愿。可当吐蕃人在此修筑起了一座更坚固的城池，并以石堡城为据点连年分兵侵扰河西、陇右，唐朝方面才意识到放弃石堡城是一个极其严重的战略级错误。

首先，石堡城除了一条可以与外界沟通的山路外，其余三面都是人类无法攀登的绝壁，易守难攻，称得上是一座天然的堡垒。其次，是这个天然堡垒所处的位置实在太绝了。它的东面，就是丝绸之路上最为富庶的陇右地区，以这里为跳板刚刚好可以每次出击都有出其不意的效果，让守军疲于奔命。最后，此地可以像一颗钉子一般楔入唐军已有的西面防线，让守军的防御体系难以真正地成为一个整体。

对于上述三点内容，到了李隆基在位时，朝中有识之士已经有了明确的认识并达成了基本共识，现在经由李祎的再次提点，大家就看得更清楚了。

于是李隆基下达了命令，令李祎与河西、陇右众将研究后给到一个夺回石堡城的计划。

实事求是地讲，这着实是个难题。石堡城地势险要不用多讲了，当时唐军驻屯地距离石堡城相当遥远，倘若攻城失利，攻城部队大概率会有去无回。

对于这一情况，唐军的高级将领们也是有共识的，因此在会上，绝大多数的人意见都是先按兵不动，等着看看以后会不会有机会。

直到在场将领的讨论声静下来后，李祎才发表他的看法。李祎的看法是与会的诸位都是贪生怕死之辈。

“为人臣子，怎能畏惧艰险？如果一定寡不敌众，我李祎愿以死继之。苟利国家，此身何惜？！”

说完，李祎自顾自地整理盔甲，召集军队，不再顾及诸将的反应。

开元十七年（729）三月二十四日，在第一缕阳光点亮天空之际，李祎已经带着全副武装的士兵们向着石堡城的方向进发多时。由于李祎亲自统领的先头部队都是军中的精锐，作战经验极其丰富，因而直到士兵们摸上了城头，守城的吐蕃士兵才惊觉有人来袭。

不过这个时候发现已经有点晚了，唐军趁吐蕃人惊慌失措的工夫已经开始集中优势兵力去猛攻几个城防的薄弱点了。

在城头的激战日趋激烈的同时，石堡城附近各个要道上的阻击战也接连打了起来。由于李祎前期的部署到位，负责阻击的部队也打得异常顽强，终于在吐蕃的援军到来前，城头插上了唐军的旗帜。

石堡城被攻克了，这座沦陷多年的边陲重镇再次被纳入了唐朝的版图。

在用远途突袭战法拿下石堡城后，李祎趁机率领唐军进一步扩大战果，一路向西又开拓了一千多里的疆土。虽然没能一举收复在唐睿宗李旦时期被骗走的河西九曲之地，但自此之后唐朝河西、陇右地区可以连成一片了，边防军的巡逻预警范围跟着大为拓展，吐蕃军对丝绸之路的军事压力由此大大减轻。

石堡城大捷的消息传来，李隆基大喜，亲自给石堡城改名为振武军，并通令嘉奖前线作战部队。

长安方面是一片欢庆祝贺之声，吐蕃那边则是举国震惊。

开元十八年（730）五月，吐蕃主动派出使者来到唐蕃边境致书求和。

好不容易用一场漂亮的奔袭战揭开了战略进攻的序幕，李隆基一开始本不打算同意讲和的，但是时任忠王友（官名，从五品）的皇甫惟明得知后，趁着奏请其他事的机会开始向李隆基进言和亲的种种好处。

皇甫惟明讲了半天，李隆基只是冷冷地回了这么一句：赞普曾给朕写信，言辞傲慢无礼，朕岂能原谅他！

原来皇帝陛下的心结在这里，既然知道原因那就好说了。

皇甫惟明随即答道："在开元初年尺带珠丹赞普还是个年幼无知的小孩子，怎么能写出那种信！这信很有可能是边境的将领们伪造的，他们就是想用这信激怒陛下啊。因为一旦边境发生了战事，将领们就能够趁机盗取、隐匿朝廷的财物，还能假冒军功获取官爵。这对奸臣们来说是件大好事，却非国家之福。兵连祸结，日费千金，河西、陇右地区则会因此日益萧条。陛下如果能派一介使者前往探望金城公主，顺便与赞普当面缔结盟约，令吐蕃对我俯首称臣，从此让边疆永远再无战事，这岂不是统御夷狄的长久之策吗？"

皇甫惟明直说得李隆基心情舒畅，连连点头。于是他同意派人先与吐蕃方面进行接触，探一探尺带珠丹等吐蕃高层的底细。而根据谁提议谁负责的惯例，这一次出使吐蕃的任务就被交给了皇甫惟明。

经过一番艰辛的跋涉，以皇甫惟明及李隆基的内侍张元方分别充任正副负责人的大唐使团终于见到了吐蕃的最高领导人尺带珠丹。对于大唐使团的到访，这位只有二十六岁的年轻赞普表示非常欢迎。他命人拿出了贞观以来唐朝历任皇帝颁发给他们的诏书、命令，回顾了双边近百年来友好交往的历史，并表达了与大唐重塑友谊的诚恳愿望。

皇甫惟明代表朝廷对吐蕃赞普致以了真挚的问候，他表示大唐很重视与周边各国及部落发展友好关系，他愿意偕同赞普的使者前往长安，面见大唐皇帝，为双边关系的改善做出努力。

于是在皇甫惟明一番认真的忽悠下，尺带珠丹决定派遣大臣论名悉猎随皇甫惟明去长安面圣，实现两国关系的正常化。

开元十八年（730）十月，吐蕃使团来到了长安，并终于获得了李隆基的召见，成功递交了国书。不得不承认，尺带珠丹这个年轻人实在是够实在，在领略到了大唐的雄厚国力后，一上来就认了舅舅。提到两国关系那就是“甥世尚公主，义同一家”，即便偶尔有对抗或战争那也是受到了极少数不怀好意的边将的怂恿或挑拨，一时糊涂而已。谈及为何没有派使者来告罪或解释，则是遭到了坏蛋边将的恶意阻挠，反正说来说去，坏人都是他们，我这个做外甥的只不过未能及时明察而已。所以既然咱们甥舅两个都爱好和平，期望天下太平，两国重归于好才好啊。

李隆基当然知道尺带珠丹讲的这些都是所谓的外交辞令，不能轻易相信，但他还是最终同意了吐蕃的请和要求。这不只是为了给亲自出面斡旋的金城公主一个面子，更是出于现实的战略考量——因为此时在帝国的北方，契丹人联合奚人发起了大规模的叛乱，亟须朝廷派出大将统领精兵前去平定。

开元十九年（731）正月，李隆基派出鸿胪卿崔琳作为正使出使吐蕃。同年尺带珠丹再派国相论尚它硉带团回访。经过多轮友好的磋商，双方最终达成共识，约定以赤岭（今青海日月山）作为两国的国界，并于甘松岭（今四川松潘境）及赤岭开放互市。此后则是长达数年的和平，直到吐蕃人的烽火燃及大、小勃律，唐蕃才重新走向对抗，并最终引发了那次堪称人类军事史上的奇迹的远征。

如果不早点对契丹人闹事加以重视，迟早会出大问题。这是李隆基从他的祖母武则天那里得到的宝贵经验。想当年，万岁通天年间由契丹人孙万荣、李尽忠发动的那次叛乱就是如此。虽然这场叛乱统共只持续了一年多的时间，但却让武周在国际上颜面尽失，因为勇猛善战的契丹人凭借着对地形的熟悉，接连击败了前来征讨的武周军队，甚至致使武周方面的大将王孝杰阵亡，此后契丹人一度深入华北平原，侵扰到了瀛州（治今河北河间市）、冀州（治今河北衡水市）一带，杀掠官员百姓累计数万人，差一点就把河北地区变成了无人区。

因此李隆基一听说那位接连赶跑了两位契丹王的契丹权臣可突干再次发动政变，杀害了其主公李邵固，并向突厥投降后，就立刻一面指示幽州长史赵含章领兵前去讨伐，一面命令中书舍人裴宽、给事中薛侃等人前往关内、河东、河南、河北各道分头招募勇士。当然了，李隆基并没有完全寄希望于幽州的地方部队和新招募的勇士们。

开元十八年（730）六月二十三日，李隆基派出了他认为靠谱的军队阵容。这支军队以李隆基的第三子、单于大都护、忠王李浚出任河北道行军元帅，以御史大夫李朝隐、京兆尹裴伷先为副元帅，三人将率领十八位总管及十万大军北上讨伐契丹和奚人。

为壮军威，李隆基特意命身为主帅的李浚和朝中百官在光顺门相见。奇怪的是，李隆基酝酿了很久，搞了那么隆重的仪式，这支大军却没有成行。

据记载，在光顺门的那次见面会里，已经离开核心政治圈很久的张说也在其中。和李浚打过照面退下后，张说显得有些兴奋，他对相熟的学士孙逖、韦述说了这么一句话："我曾经看过太宗皇帝的画像，忠王英姿颖发，仪表非常，与太宗皇帝长得很像，这真是社稷之福啊！"

所谓说者无心听者有意，要知道昔日做秦王的李世民就是因为身为皇帝次子，不用留在朝中坐镇，而是被派往外地作战，拉起了一支连父皇李渊都忌惮的私人队伍，这才得以坐上皇位。

或许是张说的话被辗转传到了李隆基的耳朵里，也有可能是李隆基得到了先锋使乌承玼在捺禄山击退了前来侵扰平卢的可突干的捷报，认为没必要大动干戈。反正李浚从此失去了直接领兵的机会。

但不能不服的是，张说的眼光实在毒辣。他所看好的这位忠王李浚后来真的像李世民那样因缘际会地成了皇帝，也就是唐肃宗李亨。

幽州的驻军能够有效地抵御住契丹人南下的攻势，但是实践证明，他们还不具备彻底平叛的能力。在战事持续了近两年后，李隆基明确地意识到派出名将雄师去北边走一趟还是很有必要的。于是平定契丹人叛乱的重任被交给了宗室的第一名将李祎。

开元二十年（732）正月十一日，李隆基下诏以信安王、朔方节度副大使李祎为河东、河北行军副大总管，率军讨伐契丹和奚人；十八日，又任命户部侍郎裴耀卿为副总管，辅佐李祎。

名将出马果然不同凡响，在幽州节度使赵含章轻敌冒进，被契丹人打得大败，全军士气低落的背景下，李祎用极短的时间就重新鼓舞了全军的士气。他亲自督率众将从三月二十六日开始便有计划地向契丹人发起进攻，连战连捷，大败契丹和奚人的联军，直打得可突干带领亲信逃离战场，一路跑到了千里之外，奚人酋长李诗琐高率领五千余帐归降。

李祎的大军凯旋了，然而北方地区却没有就此迎来安定，因为另一个在一旁蠢蠢欲动的人登场了，这个人就是渤海国的国王大武艺。

渤海国是由长期居住在东北地带的古老民族靺鞨中的粟末靺鞨人建立的国家。这个国家的历史其实并没有很久，因为它是武艺的老爹大祚荣在武周圣历二年（699）才建立起来的。而且这个国家一开始是叫大振国，同大唐之间也没有正式的往来。直到唐中宗李显复位后，朝廷为了更好地对付突厥，才派使者前去招抚。面对大唐伸出的橄榄枝，大祚荣先生还是很识趣的，他二话不说就表示愿意归附，还主动派出儿子大门艺随唐使回长安宿卫京师（充当人质）。

对于乖巧的大祚荣，唐朝很有好感，一直想给他一个册封，不过由于那边的突厥、契丹年年闹事，去往大振国的道路被阻断了，因此一直拖到了李隆基即位后才把这件事给办了。由于李隆基给大祚荣封的是左骁卫员外大将军、渤海郡王兼忽汗州都督。大祚荣便改国号为渤海，从此对外自称为渤海国。

不过此时的渤海国并不是一个独立的国家，而是大唐的附属国，它的辖地忽汗州（治今黑龙江宁安市）则是唐朝名义上的疆土的一部分。对于这一点，大祚荣本人并没有丝毫异议，后来继位的大武艺也是认同的。准确地说，在他听到那个消息以前，是认同的。

开元十四年（726），大武艺得到了这样一个消息：黑水靺鞨派使者去往长安，并成功获得了大唐天子的认同，黑水靺鞨人的聚居地被设置为黑水都督府，天子还向那里派驻了长史。

虽说渤海国所属的粟末靺鞨和黑水都督府下辖的黑水靺鞨都是靺鞨人，但两部彼此征战多年，绝对称得上有一天二地仇，三江四海恨。因此在得知北边的黑水靺鞨被大唐收编后，大武艺当场就不爽了。他判断这是黑水与唐朝密谋打算夹击自己，把忽汗州变成等同于中原内地的一级地方政府。于是大武艺决定先下手为强，在大唐的长史到任前先拿下黑水靺鞨。

被大武艺派去领兵攻打黑水靺鞨的是大武艺的舅舅任雅和弟弟大门艺。作为曾经在长安生活了多年的人，大门艺很清楚老哥这样做是自寻死路，因此他劝大武艺不要冲动，停止发兵攻击黑水这种背叛大唐的行为。为了让自己的话更有说服力，大门艺特意举了处于全盛时期的高句丽因为不听从大唐命令而被灭国的例子。谁知大武艺自认为自己水平到位，根本没理弟弟，只是要求他尽快领军出征。

大门艺领兵走了，不过走到国境线前就停了下来，他又一次尝试劝哥哥罢兵。没承想大武艺起了杀心，在派出堂兄大壹夏前来接管军队的同时，他打算召回大门艺将其处死，然后暴尸在宫廷大门口示众。

大门艺听到风声，反应很快，当即就丢下军队，抄小路投奔大唐去了。在成功到达长安后，大门艺被李隆基任命为左骁卫将军，从此留在了长安。可是大武艺并没有放过弟弟的意思，他写了一份奏表呈送朝廷，罗列了一堆所谓的大门艺的罪状，请求朝廷处死弟弟。

对于这样的无理要求，李隆基并不打算接受，但因此激怒大武艺也是李隆基不愿见到的。几经思索后李隆基派人秘密将大门艺送到安西都护府处暂时安顿下来，然后派人向大武艺表示自己不便处死远来投靠的大门艺，但出于两国关系大局着想，已经将大门艺流放到岭南了。

然而在这个世界上没有不透风的墙，大武艺后来还是知道了弟弟的真实下落，他再次上表请求朝廷处死大门艺。李隆基没有办法，只好将大门艺送到了岭南，但仍给他以优厚的待遇。

在得知弟弟依旧没死后，大武艺彻底失去了理智，而邻居契丹人的叛乱则直接刺激了这位仁兄将想法付诸实践。

开元二十年（732）九月，大武艺派出大将张文休对大唐发动了攻势，并轻易取得了胜利，杀死了唐朝的刺史韦俊。

但平心而论，这不是韦俊这个刺史无能，而是大武艺太狡猾。因为渤海军玩的这一手是当年比较少见的跨海登陆作战，他进攻的目标是登州，部队中又招募了大量资深海贼，所以真的打了唐军一个出其不意。等到李隆基收到消息命右领军将军葛福顺发兵前往征讨时，渤海军早就完成抢掠，带着财宝百姓扬帆回国了。

消息传来，李隆基很生气。开元二十一年（733）正月，李隆基以大门艺为主将从幽州领军出发讨伐渤海王大武艺，同时他还命太仆员外卿金思兰出使新罗，要求新罗发兵进攻渤海国的南部边境，来个大武艺一直期望的两面夹击。

客观地讲，李隆基的安排到位，相关人员的选择也没有问题，但就是运气差了些。

开元二十一年（733）的初春，天气很冷。唐军出征后就赶上了天降大雪，雪后的平地雪深达到了一丈多的程度，再加上北上的路本就难行，结果唐军还没见到渤海国的军队，就因士卒被冻死过半，被迫班师。

听说唐军带队的是大门艺后，大武艺更加怀恨在心，他派出一批刺客潜入大唐境内伺机刺杀弟弟。这群刺客也真的很不容易，每日风餐露宿，四出侦察，这才在洛阳发现一个机会，并成功在天津桥南刺伤了大门艺。

虽然大门艺只是受了皮肉伤，可李隆基那里依旧震怒了。他当即下了死命令给河南尹，要求限期破案，且务必搜捕到行刺者及其所有同党。

这种皇帝点了名的天字第一号大案自然被破获了，来自渤海国的那伙人悉数落网，并在充分体验了大唐先进的审讯手段后老老实实地交代了他们所知道的一切。只不过这些人没能带相关交流经验回国就被生气的李隆基下令全部处死了。

李隆基之所以生气，除了大武艺胆敢在光天化日之下派刺客在帝国的东都繁华街头行凶外，还在于正是大武艺的所作所为让原本已经被打成了游击队的可突干一下子又精神了。

同年三月，幽州节度使薛楚玉派遣幽州道副总管郭英杰统领吴克勤、邬知义、罗守忠等将及精锐骑兵一万多人在榆关（今山海关）设立大营，预警并伺机荡平可突干的残余势力。

当郭英杰率军行进到都山（今河北青龙满族自治县）山下时，出乎意料的一幕出现了，可突干居然自己统领部众送上门来了。当然了，可突干之所以敢在老盟友奚人投降唐朝的情况下露面，是因为他找来了更靠谱也更能打的突厥人充当自己的外援。

于是一场遭遇战就此打响了。战斗刚一开始，跟着唐军一起出征的奚人就突然撤离战场，跑到地形险要处去扎营固守了。由于被奚人冲乱了阵型，唐军败绩，郭英杰、吴克勤当场阵亡，邬知义、罗守忠则带领所部向南逃去。

值得一提的是，虽说这仗一上来就打成了烂仗，但唐军依旧有六千多官兵宁死不降，战斗到了全军覆没的一刻。战斗的结局有多惨烈，李隆基得到战报后就有多愤怒。此战过后薛楚玉被免职，幽州战区军事一把手的位置就此空了出来。

在任命新节度使这一最重要的问题上，李隆基犹豫了。都山惨败使得东北的局势再度恶化了起来，因此必须要有一位兼具丰富战争经验和外交经验的人才能扭转乾坤。可是问题在于，李隆基能记得起名字的将领不是死了就是老得不行了，可选择的余地不大。信安王李祎是个好人选，打可突干不叫个事儿，可惜可靠又可信的李祎目前在担任朔方节度使，看着突厥本部实在是走不开。想来想去，李隆基的脑海中突然闪过了一个名字：张守珪。

此人曾在河西节度使王君㚟被杀，西部战区形势不稳之际临危受命担任瓜州刺史兼墨离军使。到任之后，张守珪不但迅速把瓜州从当初一座较大的废墟，重新恢复成为一座生机勃勃的城市，还仅凭智谋就解除了吐蕃军队对尚未修整好城墙的瓜州的围困。此后又屡次取得了对吐蕃作战的胜利。

这样优异的表现让李隆基认定张守珪足以挑起幽州的大梁。于是张守珪被任命为幽州长史兼御史中丞、营州都督、河北节度副大使，调往幽州工作。

张守珪来的时候，可突干闹得正欢，幽州边境各地基本都被侵扰过，哪哪儿都严阵以待，搞得生产生活全都不能正常进行。张守珪觉得仗是要打的，但老百姓的日子也得过，因此在各地走了一圈后，他将各地最精锐的人马抽调组成了一支可以实现快速反应的劲旅。在集中了最优质的兵员后，对上契丹人南下侵扰的部队，唐军做到了既打得过，又跑得过，让契丹人每次来都抢不走东西，还要留下点什么。渐渐地，契丹人发现这么玩不太划算，便越来越没有抢掠的热情了，南下的次数开始呈现断崖式下降的势头。

在做好巩固边防，击退入侵者的工作之外，张守珪也经常主动出击。比如开元二十二年（734）六月他就带着精锐主动深入敌境打了一个漂亮的突袭，大破契丹人。当张守珪遣使赴长安告捷，李隆基当即下诏给有关部门进行了告庙献俘的仪式来庆贺胜利。

形势突然出现了这样的逆转完全出乎可突干的预料，在与自己拥立的契丹王屈剌商议之后，可突干决定归降唐朝。他向张守珪处派出了使者表明了自己的意图。没想到战场上下手够黑的张守珪却是一个很好说话的人，在重赏了来使的同时，就派出了身边的管记王悔带着礼品前去安抚契丹人。

得知张守珪派人来安抚，可突干露出了笑容。因为他认定自己终于成功骗过了张守珪。事实上，可突干根本没想着投降，他玩的这招叫作诈降计外加借花献佛。他的真正意图是用从张守珪那里骗来的财物及唐使的首级（具体来说就是王悔的）来向突厥人投降，从而得到突厥人的全力支持，继续称霸东北一带。

然而可突干没有料到的是，此时此刻露出了笑容的不只有他一个人，这个笑脸名单上至少还应该加上张守珪和王悔的名字。

张守珪并没有那么轻易地相信可突干，事实上，他交给王悔的任务有两个：如果契丹人大部分有归降的意思的话，那就假戏真做，扶植契丹人中主张和解的一派，促成和解，架空可突干；如果没有，依旧可以将计就计，去找到那个与可突干素来不和的契丹牙官李过折，同他联手趁机消灭可突干。

身怀重要使命的王悔来了之后，马上敏锐地发现契丹人的部队有向西北方向移动的意图，而经过交谈和观察，他基本上能够判定契丹上下并无归降之心。于是王悔执行了第二套方案，找到了李过折，劝服了他同唐朝合作。

十二月十八日深夜，李过折统领所部兵马偷袭了屈剌和可突干所在的大帐，顺利杀死了二人及其全部同党。政变成功后，李过折宣布自己将改弦更张，同唐朝交好。

其实王悔也不怕李过折会事后反悔，因为就在同时张守珪已经如期率领大军进抵紫蒙川（今辽宁朝阳市西北），并在那里举行了盛大的阅兵仪式。事实证明，这样的仪式很有震慑效果，一些可突干的残余势力见到了威严的唐军阵容后都不敢再有反对的声音，持续了四年的契丹叛乱总算宣告落幕了。

契丹和奚人都消停了，大武艺那边也就不敢再冒头了。开元二十三年（735），大武艺遣使朝觐，附表谢罪，并最终得到李隆基的准许。

两年后，大武艺去世，其子大钦茂继位后进一步改善与唐朝的关系，开始更大规模地向唐朝学习先进的制度和文化，等等，在他的努力下，渤海国逐渐有了“海东胜国”的迹象。

至于让东北恢复了和平与安宁的张守珪，李隆基并没有亏待他。李隆基亲自赋诗一首对张守珪的功绩予以了高度肯定，同时加拜张守珪为辅国大将军、右羽林大将军兼御史大夫，赏赐杂彩一千匹及金银器物等作为嘉奖。张守珪的两个儿子也被封了官，他的战功还被李隆基下诏刻在了碑上，这块碑还被立在了幽州最繁华的街头。

张守珪可谓极尽荣宠，这也是他应得的，毕竟正是此人推动了和平的进程，不过他对这个帝国的影响还不止如此。几年后，他将在刑场上救下一人，又在军营中把另一人收入帐下重点培养，从而无意识中将历史的车轮推向了另一个轨道。这两位，一个叫作安禄山，另一个则叫史思明。

第十三章
宠臣与宦官的对决

自打李隆基改元开元以来，政事堂的宰相们是换了一拨又一拨。看似来去匆匆，毫无章法，但实际上李隆基是有着自己的思路的。就是先全力射击，然后规整队列，再全力射击，如此不断循环。像是姚崇、张嘉贞、张说都属于能力过硬，才华横溢，但是私德不佳的能人型宰相，他们在任期间都是让整个帝国不断实现新的质的层级上的突破，走进一个新的门槛，当然作为代价，就是出现官场层面贪腐现象严重或社会秩序混乱等问题。因此需要有道德楷模一样的人来纠正风气，于是姚崇和张嘉贞的任期中间就有了宋璟，张说罢相后就有了李元纮和杜暹。

李元纮、杜暹与宋璟也是同一类人，为官都非常清廉，为人则特别正直，担任宰相后都能以身作则，起到榜样的作用，进而在一定程度上扭转前任狂飙突进的过程中产生的种种不良风气，称得上是道德型宰相。但是李隆基到底还算个喜欢折腾的人，所以在能人型的宰相离开政事堂仅仅三年后，他就又找了一个回来。

这个幸运儿就是我们的老朋友宇文融。

准确地说，宇文融被召回中央的时间应该是开元十六年（728），这一年正是李隆基决意和吐蕃大打特打全面战争的关键时期，最需要的就是充足的战争经费和后期补给，因而宇文融先生的找钱能力刚好能用得上。而宇文融也没让领导失望，他运用自己的理财能力在短时间内就帮皇帝陛下攒足了军费，确保了前线物资的充足供应，因此得到了李隆基的褒奖。于是不久之后身为户部侍郎的宇文融被提拔为黄门侍郎，和兵部侍郎出身的突厥问题专家裴光庭一道兼任同平章事，成了宰相。

多年媳妇儿熬成婆，宇文融终于实现了自己的终极愿望，在感慨人生不易的同时，宇文融也随即对外发表了他的入职感言：“我只需要在相位上干上几个月，就能让海内长治久安！”

事后的发展表明，宇文融的这番豪言壮语虽然不是完全靠谱，但至少前半部分是靠谱的，因为他真的就只干了个把月的宰相，然后就没他什么事儿了。

但我们不得不承认，宇文融一开始在宰相的位置上干得还是很出色的。比如这位仁兄一改不能容人的形象，刚一上任就主动向李隆基推荐了几个人才去填补朝中几个重要职位的空缺。这其中既有和他没什么交情的宋璟，也有被众人视作自己潜在竞争者的善于理财的裴耀卿，还有在朝中一向舆论口碑很好的许景先。这些人在宇文融的推荐下就任后，都表现得很出色，所以宇文融本人也因此深得朝野的称赞，获得了知人善任的好评。

不过问题恰好也在这里，宇文融实在是看人太准了，因此他很快就发现了那个极有可能威胁到自己地位的人——信安王李祎。

当时李祎凭借着西破吐蕃、北御突厥的赫赫战功深得李隆基的赏识，而且李隆基还毫无预期地突然下诏召李祎入朝，这让宇文融高度怀疑皇帝陛下有在李祎还朝之日宣布拜他为相的想法。

宇文融知道自己是没能耐阻止李祎入朝的，但是在李隆基宣布任命李祎为宰相前，想方设法搞臭李祎，宇文融还是有些把握的。他找来了自己的亲信、殿中侍御史李宙，交给了对方一份拟好了草稿的弹章，要求李宙率先发难劾奏李祎。

按照计划，次日一上朝，李宙就将这份恶意十足的奏表呈送上去了，随之而来的则是预料中的李隆基愤怒的声音：着实好生可恨，来人哪！

见到功勋卓著的李祎因为自己的一篇雄文就被当廷按倒下狱，在李宙看来是件非常有荣耀感的事，甚至值得自己一生铭记，但是李宙做梦也没有想到，他想象中的场景的主角竟变成了他自己。

李宙先生还没反应过来哪里出了差池，便被皇帝陛下吩咐侍卫给拖了下去。

而站在一旁准备看一出好戏的宇文融本该绽放的笑容也瞬间被一脸错愕的表情所取代。

到底是出了什么问题呢？这还是交给李祎来回答吧。

原来李祎早就在日常与朝中人士的交往中觉察到了宇文融对自己的忌惮，出于职业习惯，他在宇文融及其亲信身边安插了部分情报人员。当天李宙从宇文融那儿出来不久，恰好碰上了其中的一位，并无意间透露了弹劾李祎的意思。得到这一情报后李祎当机立断，派人找到了李隆基最宠信的玉真公主和高力士，让他们代替自己向皇帝说明情况，因此才有了第二天朝堂上的反转的一幕。

还好，宇文融不用再忧心李祎会不会威胁他的宰相地位了，因为火冒三丈的李隆基直接下令让他收拾铺盖卷滚蛋了。

开元十七年（729）九月二十五日，宇文融被正式贬为汝州刺史，而这一天刚好是他担任宰相的百天纪念日。

不过被贬后的宇文融并未绝望，毕竟他早就断定李隆基不是一个能够安安静静过日子的人，只要皇帝陛下还有折腾的需要，就会有经费的需求，也就会存在他宇文融东山再起的时机。

可是这一回宇文融再度失算了。

不久之后，李隆基确实由于朝廷出现财政问题又想起了宇文融来，甚至当场斥责了包括裴光庭在内的几位反对起用宇文融的重臣。不过裴光庭到底是军人家庭出身的硬汉子，他硬是扛住了来自李隆基的压力，然后利用自己兼任御史大夫的职务之便，组织起御史深挖猛挖宇文融的黑料。

作为能人型的宰相，宇文融肯定不会很干净，结果没多久他结交朋党以及儿子收受贿赂等事情都被曝光了。李隆基看完材料简直怒不可遏，直接一纸诏书将宇文融追贬为昭州平乐尉。

宇文融就这样被发配到了岭南。一年之后，司农少卿蒋岑弹劾他在汴州监管造船期间存在严重的贪污问题，此事经给事中冯绍烈调查认定属实，宇文融由此成为一名犯官，被发配到了岩州（治今广西玉林市）。

当时岩州的瘴疠之气很厉害，宇文融去了没多久就因心情抑郁外加水土不服生了病，他一度为了活命潜逃到了广州养病，但很快被地方发现礼送出境。出境后不久，只能原路返回的宇文融就病情恶化死在了路上。

宇文融终于死了，裴光庭等人也终于放心了。不过作为宇文融被罢相后，获任侍中兼吏部尚书的最大受益人的裴光庭并没有像前任那样显露出不可一世的姿态。这是因为裴光庭很聪明，知道树大招风的意思，更重要的是他很清醒。他清醒地知道自己这一方之所以能够斗倒那个让李隆基念念不忘的宇文融，全都是靠了那个人的全力帮助啊。

那个人就是李隆基的亲信，也是李隆基一生都信任不疑的人——高力士。

这位大唐三百年中最值得一讲的太监，是时候要好好地说一说了。

高力士本名不叫高力士，跟大多数历史上的知名太监一样，高力士只不过是他入行之后的称呼，在此之前，他的名字叫冯元一。

冯元一的家世非常非常显赫，他的太爷爷冯盎是当年岭南地区的无冕之王，更是有着“岭南圣母”、中国巾帼英雄第一人称号的冼夫人的后代，祖父和父亲被朝廷特许世袭潘州刺史之职，母亲则是隋朝名将麦铁杖的直系后人，同样不容小觑。

可以说，有着这样的家世，冯元一的这辈子再怎么也不会很差。然而造化弄人，在冯元一十岁那年，他们冯家被卷入了岭南流人谋反案，让来俊臣的小弟、酷吏万国俊搞得家破人亡。冯元一本来是要被处死的，好在他运气够好，碰上了女皇的宫廷里在招适龄的小太监，于是这位冯家小少爷就被阉割入宫，成了伺候武则天的“力士”（因为武则天信佛，故名）。

冯元一毕竟出身豪门，一眼看去，就能发现他与普通孩子不同。所以女皇一眼就相中了这个长得机灵且乖巧的孩子，她特意把冯元一当作贴身小太监来培养。可女皇陛下并没有冯元一想象中的那么容易伺候，虽然自幼就聪明伶俐，但冯元一还是因为一件小事惹得女皇不高兴了，在被女皇命人皮鞭子蘸凉水地狠抽了一顿后，逐出了皇宫。

一般情况下，像小力士这样的被逐出宫门的小太监大概率会落得一个冻饿而死的下场。就在小力士眼看着将要一步一步迈入鬼门关的时候，一名叫作高延福的善良的老太监收养了他，并正式给了他一个新名字——高力士。

这位高太监虽在宫中称不上什么大人物，但也不是一般人敢随意惹的，因为他此前是伺候女皇的爱侄武三思的，所以有了高延福充当养父，高力士的生活基本有了保障，也不怕人欺负了。

在老太监的悉心教导下，高力士逐渐学会了如何在冷酷无情的宫廷中生存下去，并慢慢掌握了察言观色和巧舌如簧等最重要的本领。后来上面看中了高力士性格谨慎，心细如发，而且口风很紧，觉得他非常适合去口传圣谕，便开始让他去做这个非常有前途的跑腿职业。

我们有理由相信，就是在四处跑腿传话的那段日子里，高力士结识了他这辈子里最重要的那个人——李隆基。

当时的李隆基正在参与谋划唐隆政变，亟须发展宫中的内线情报员，高力士的养父曾在武三思家工作过，高力士本人也因为这层关系经常去武三思家里走动，与武家人比较熟，再加上那会儿高力士的正式职务已经是宫闱丞了，负责掌管宫内门禁的钥匙，是政变中必须要公关下的位置，于是李隆基开始有意结交高力士。

事实证明，高力士也不是泛泛之辈，他在平日的走动中就敏锐地察觉到韦皇后一帮人迟早要被收拾掉，在同李隆基接触后，又发现这个年轻人非同凡响，于是他就此效忠追随了李隆基。

李隆基成为太子后，当即奏请父亲李旦将高力士分配到了自己这里担任朝散大夫、内给事。此后，高力士就一直留在了李隆基身边，并逐渐成长为李隆基的头号心腹。等到李隆基讨平太平公主一党，当上真正的皇帝时，高力士已经做到了右监门卫将军、知内侍省事，算是太监中的一号人物了。

当时各地呈送给皇帝的奏表，全部务必先送给高大太监过目，高大太监觉得没问题的才会由他送交给李隆基御览。遇到一些不算重要的小事情时，高力士可以代替皇帝直接进行处理，从不用报备。

而且朝野上下几乎人人都知道李隆基谈到高力士时经常说到的一句话就是："每当遇到有高力士值夜班，我就能睡得特别安稳。"高力士很少回到自己的外宅，而是经常住在宫中，还就住在皇帝寝宫旁边。

因为高力士同李隆基的关系极其密切，李隆基对高力士又非常信任，所以高力士就成了除李隆基外所有人都要敬八分的角色。太子见了他要尊称一声"二哥"，各位王爷、公主要叫他阿翁（当时对父辈的敬称），驸马们就得直接叫高力士爷（当年对父亲的标准称呼）了。

虽说高力士后台很硬，能量很大，但这位大太监平日里却是个相当低调的人，而且他也并非一个坏人。他待人亲切，几乎从不对人发火，唯一的缺点可能是有时候显得有些冷血，比如他自己的至亲好友要是犯下了大罪，他从不会出手相救。所以这么个人几乎是不会参与到朝廷的政治斗争中去的，这也是李隆基对他放心的很重要的一点。

当然，所谓几乎没有，那意思就是曾经有过。而那一次高力士的对手恰好是李隆基的另一位重要亲信——王毛仲。

王毛仲是中国历史上屈指可数的几个从奴隶走上将军岗位的人物，上一个历史上能达到和他差不多高度的人，还是汉朝的卫青。不过王毛仲要比卫青差很多，至少在低调做人这一点上，他和卫青之间要差十来个高力士。

一般来说，帮助皇帝打完天下后，秉持着鸟尽弓藏的原则，老一批的功臣应该夹住尾巴做人才对，但王毛仲并没有，他不仅没夹尾巴，还直接把尾巴翘到了天上，以方便当年一道参与政变的军中弟兄们来抱大腿。

在王毛仲的组织下，这群所谓的“唐元功臣”通过结成儿女亲家、同姓合宗等方式串联起了一个复杂的关系网。这个关系网以王毛仲为核心，左领军大将军葛福顺、左监门将军唐地文、左武卫将军李守德、右威卫将军王景耀、高广济等人为骨干，互相托底，互为依靠，但凡进入了这个关系网络中，只要犯的不是十恶不赦的大罪基本上都没事。而且这个网络还能给其他有需要的人提供庇护，比如长安城中一些有权势的子弟为了合法逃避征调徭役，就出钱寄名在王毛仲那些兄弟的军队里，这使得部分禁军部队表面上有着大几千人的数量，但实际上在役的有限，且根本不具备作战能力。因此严重影响到了京师的战略安全。

不过平心而论，虽然王毛仲在这个关系网中算是所有人的总后台，可他自己却是比较干净的。在任辅国大将军、左武卫大将军、检校内外闲厩兼知监牧使期间，负责统管全国的养马事业的王毛仲那是“奉公正直，不避权贵，两营万骑功臣、闲厩官吏皆惧其威，人不敢犯”，经过他的艰苦努力，大唐的养马事业得到了长足的发展，全国境内的战马总量一度突破历史最高位，达到了四十三万匹，而且牛羊等家畜的养殖规模也接近或打破了大唐开国以来的最高纪录。于是当开元十三年（725）李隆基去往泰山封禅时，皇帝陛下亲眼见证了数万匹按照毛色编成队列的骏马，浩浩荡荡，奔驰而过的壮观场面。

值得一提的是，王毛仲的业绩在达到历史新高的同时，相关消耗却控制在了单位数量的最低点。也就是说王毛仲养的马越来越多，每匹马所耗费的各种物资却有减无增。据记载，王毛仲基本上每年都能节省出数万斛的饲料来，而在他的管理下各地牧场从未发现过一起盗窃草料的案件。

而且有必要说明的是，当时马匹属于国家级的战略资源，朝廷素来是不惜重资来大力扶植相关事业发展的，所以检校内外闲厩兼知监牧使就是一个超级大肥差，每年小捞一笔油水，就足够吃上十多年的。可王毛仲从没有占国家的便宜，对于唾手可得的钱财他是一分也没碰过，因而但凡监察系统评选廉洁模范，王毛仲都是榜上有名且名列前茅。

不贪图钱财，还有这样的能耐，哪个老板会不爱?

因此王毛仲才在封禅典礼的当年获得了开府仪同三司的嘉奖，成为继王皇后的父亲王仁皎、开元名相姚崇、宋璟后唯四荣获这一殊荣的人。

得到领导认可的王毛仲据说当时十分感动。在接下来的工作中，他再接再厉，又取得了许多养马方面的管理技术级别的突破。王毛仲之所以这么努力是因为他有了新的目标，他想要有朝一日可以指挥骑乘自己驯养出的这群战马的精锐骑兵去为国家扩土开疆，因此不久之后，王毛仲向李隆基提出了申请，表示他有意出任兵部尚书。

实事求是地讲，李隆基对王毛仲描绘的拓展帝国疆土的蓝图十分向往，对这位亲信的为国尽忠的精神也甚为感动，可他还是拒绝了王毛仲的请求。原因很简单，王毛仲在军中已经根基太深，势力太大了。如果王毛仲再被任命为兵部尚书获得对国家军队的调动权，那么就更难控制了。

虽说李隆基相信王毛仲本人是忠诚的，不会有造自己反的念头，但是在他那帮兄弟的怂恿下，早已位极人臣的王毛仲是否会心动而后有所行动，这个赌李隆基是不敢打的。而且姜皎的事件也让李隆基明白了一个道理，那就是如果真的在乎某个人，最好不要让他替你接受考验，而是应该让他尽量与可能产生问题的位置保持一定的安全距离。所以无论是从理智上还是从情感上讲，李隆基都绝对不能答应王毛仲的请求。

可惜的是，王毛仲并不能深刻领会到李隆基的帝王心术，也不能像以往那样觉察到李隆基的苦心。他只知道自己的一番好意没有被李隆基接受，自己的一腔报国热血凉透了。于是王毛仲愤怒了，他的不快和不爽开始无法抑制地显露在自己平日里的言行举止中，特别是当李隆基从宫中派人给他传话时，王毛仲简直就压不住自己的火儿。

当然了，王毛仲还没有胆子公开地讲皇帝的不是，但把火气撒在带话的人身上还是没问题的。要知道，当年负责传李隆基圣谕的，主要就是太监，因而不把太监当人看的王毛仲就此慢慢同太监群体结下了仇。

王毛仲对待太监们就像对待自家的奴才般，张口就骂，抬手就打，连像高力士这样的高级太监都在王将军的鄙视链最底层。这让整个太监群体对王毛仲都恨之入骨，但是高力士却没有办法。毕竟在李隆基的心中，他高力士只是让李隆基能够安心休息的人。而对王毛仲，李隆基则是一日不见如隔三秋，难掩怅然若失的心情，一见则心情舒畅，必定要一起玩个通宵（或时不见，则悄然如有所失；见之则欢洽连宵，有至日晏）。人家王毛仲的儿子刚出生就已经是五品官了，而且还是跟着皇太子一起嬉闹长大的，这段位差距实在是太大了，高力士要出手也难免有点心虚。

可是再心虚也不得不出手了，因为照这样子下去，大家迟早不是被王毛仲气死，就是被搞出抑郁症来。

经过与另一位大太监杨思勖（就是当年去广州接宋璟的那位）商议，他们决定联合文官集团中的人一起想办法，高力士最先找到的是姚崇当年的头号幕僚齐澣。

这个齐澣是个很有水平的人，他饱读诗书，机灵聪颖，当年姚崇、宋璟都很欣赏他，可是不知道什么原因，齐澣始终没能更进一步，一直在吏部侍郎这个位置上待着，一待就是很多年。高力士也是察觉到了有能力的齐澣的不得志，这才提出希望同齐澣合作，互相帮助一番，来突破彼此面对的瓶颈。齐澣倒是并不介意与身为宦官的高力士联手，于是双方一拍即合。

在齐澣的建议下，众人决定从王毛仲的亲家葛福顺下手，弹劾葛福顺在军中的贪腐行为，来尝试打开局面。没想到的是，这次齐澣亲自上阵的弹劾居然失败了，齐澣本人被贬为高州良德（今广东高州市）县丞，被直接踢出了中央的舞台。

不过齐澣的牺牲对于高力士而言是有意义的，他用自己的失败替高力士探明白了前进的方向。经过旁敲侧击的试探，高力士发现李隆基确实很反感葛福顺等人搞乱军队的贪腐行为，只不过看在王毛仲的面子上，皇帝陛下才没有追究而已。所以接下来要做的事情就很简单了，那就是潜移默化地让李隆基对王毛仲的印象发生变化。

高力士很快等到了第一次出手的机会。那是开元十八年（730）十一月，王毛仲的老婆又给他生了个大胖小子，李隆基听说了，就派高力士前往道贺并送上贺礼。

这一次的贺礼除了御赐酒席和金帛外，还有一份特殊的“礼物”，那就是一个五品官的官位。

谁知高力士才宣布完皇帝封这个刚出生的孩子做了五品官，王毛仲不满的声音就响了起来：“我家的这个孩子难道不配当三品官吗（此儿岂不堪作三品耶）？”

这句话听起来是在埋怨皇帝给的官太小了，但在我看来其实是在暗中讽刺高力士，因为高力士当时的品级恰好是三品。所以在当时的情景下，王毛仲的真实意思大概是：我这个健全的小儿子咋还比不上你一个宦官呢?

不过在回到宫中给李隆基的讲述中，高力士让李隆基确信王毛仲已经嚣张到了丧心病狂的地步，胆敢公开地不把皇帝放在眼里了。

于是李隆基终于也被激怒了：当年诛杀韦氏时，此贼首鼠两端，我都没有说他什么，今天他居然敢因为一个小娃娃而抱怨我！

高力士见李隆基的怒火有了苗头，赶忙给加了点恰到好处的油："王毛仲这个北门奴官太盛，那些同为北门将领的大都是王毛仲一党，陛下若不早点除掉他们，必生大患！"

这句话最终说动了李隆基，让他对王毛仲起了杀心。不过李隆基到底是李隆基，不会轻率地一声令下就把王毛仲治罪，引发军队的动荡。他决意出手后，反而是不露声色地继续安抚王毛仲、葛福顺们，同时等待一个合适的机会。

机会转过年就有了。

开元十九年（731）正月，太原军器监少尹严挺之上奏称，王毛仲向他们索要过铠甲和兵器。实事求是地讲，这在王毛仲那里其实不叫个事儿，因为要测试马场中的战马是否达到了可以出战的水准，必须要模拟实战的条件，找人顶盔掼甲骑上跑一圈才成，这也算是常规操作了，所以才有了王毛仲要甲仗的事儿。

但在这个世界上很多事，关键得看什么时候由谁说。王毛仲本就被李隆基怀疑了，现在相关部门把这事儿捅了出来，这就是个事了，还是大事。

李隆基已然认定王毛仲心怀叵测，有意发动兵变。于是还没有出正月，皇帝陛下就迫不及待地出手，下诏将王毛仲贬为瀼州（治今广西上思县）别驾。

紧接着，李隆基又一口气贬王毛仲的亲家、左领军大将军、耿国公葛福顺为壁州员外别驾；贬王毛仲的小弟左监门将军卢龙县子唐地文为振州员外别驾；贬右武卫将军成纪县侯李守德为严州员外别驾；右威卫将军王景耀，贬党州员外别驾；右威卫将军高广济，贬道州员外别驾。再加上王毛仲的四个儿子以及王毛仲小弟们的小弟，李隆基居然一天之内连发了几十道诏书，贬谪了快一百人。

诏书写完了的那一刻，李隆基突然意识到他必须杀掉王毛仲。因为他发现王毛仲所牵扯到的军队高层人数已经远超出了自己的预料，如果王毛仲等人中有人振臂一呼，煽动谋反，那么长安禁军必定将会为乱！

开元十九年（731）正月月底，李隆基派人追到永州将王毛仲缢杀。王毛仲的传奇人生就此画下了句号。

长期以来传统观点认为王毛仲落得这样的一个悲惨的下场，是因为他过于自大狂傲，所以基本上属于咎由自取。

但史书上写了这么一句话：自是宦官势益盛。

这句话是出现在王毛仲被赐死的描述后的。也就是在暗示王毛仲与高力士很可能不完全是私人的恩怨。

因为从开元年间以来，李隆基对宦官群体的日益重用实质上已经开始影响到功臣宿将集团的利益，特别是在宦官们一办事让李隆基感到称心，他就提拔他们为将军，准许他们门前竖起长戟（门前列戟，是专属于高官显宦的特权）的大背景下。以王毛仲、葛福顺为首的武将估计每天都能切实感受到宦官势力对军队的逐步渗透，而太监出外监军制度的渐成风气，也令这些大将深感不爽。所以葛福顺等人开始寄希望于深受皇帝信任与喜爱的大哥王毛仲去遏制宦官进击的势头，打压对方的嚣张气焰，同时替弟兄们好好出口恶气。

但是王毛仲显然没有掌握到打压的技巧，也没能把握好度，最终遭到了以高力士为首的宦官势力的猛烈反扑，在斗争失败后身亡。而高力士一跃成为李隆基的头号亲信，连金吾大将军程伯献这样的高级将领都主动拜倒在高力士的门下，和高力士结为兄弟。至于寻常宦官再去监军时也变得更加肆无忌惮，一到军中基本上都以拿到千万钱为出差的小目标，对于统兵的将领也大都是颐指气使，肆意干预。这种风气的养成最终导致了多年后崩溃性的效果。

高力士彻底击败了看似不可战胜的对手后，马上就及时吸取了王毛仲的教训，回归了低调的姿态，倒是他支持的宰相裴光庭先生雄起了，开始同身为中书令的萧嵩叫板。可惜的是，裴光庭的身体不太争气，和萧嵩交锋了才几个回合，人就病倒了，而且倒下了就没起来，不久就呜呼哀哉了。

裴光庭走了，宰相班子出现了缺位，需要一个新人补充进来，就在此时，裴光庭的遗孀托人找到了高力士，提名了一个人选，表示希望高力士帮着使使劲儿。

如果是一般人求情，高力士基本上都可以假装没听见，可这个女人绝对是个例外，因为裴光庭家的这个未亡人姓武，是武三思的女儿，而当高力士听到武氏提名的那个人的名字时，他就更不能假装没听见了，因为那个名字是李林甫。

李林甫是个大有来头的角色。他的曾祖父是李渊的堂弟长平王李叔良，在大唐建国初期抗击突厥人的战斗中光荣牺牲了，因此他家属于宗室中的忠烈。他的祖父李孝斌可能因为父亲去世得早，没能得到很好的教育，所以比较默默无名，可老爷子非常重视对儿子们的教育，因此培养出了一个特别有名的儿子——李思训。

这位李林甫的伯父上马能作战，下马能作画，江湖人称“大李将军”，厉害的是他论战绩在宗室里是一等一的，论丹青在历史上是一等一的，论教育水平也不在自己的老爹之下，其子小李将军李昭道同样是打仗丹青两门灵，父子二人并称为家族的骄傲。

相比之下李林甫的父亲李思诲似乎有点普通了。但好在李思诲娶的媳妇不普通，他的这个老婆是李隆基好哥们儿姜皎的姐姐。

也就是说，李林甫不只是李隆基的堂叔，同时还是自己堂侄好哥们儿的外甥。

不过这还不算完，他的舅舅姜皎把自己的女儿嫁给了一个叫源光乘的小伙子，这位小伙子则是管源乾曜叫叔爷的。而通过源乾曜，李林甫遇到了他人生中的第一位贵人——宇文融。

正是在宇文融的刻意栽培之下，李林甫一路做到了御史中丞，因此长期以来李林甫都被认为是宇文融的人。

那么问题来了，众所周知裴光庭是张说的人，张说和宇文融又是死对头，裴夫人何以会提名李林甫呢？

其实这个答案并不复杂，因为李林甫趁着裴光庭先生忙于公务的空档，果断挖了墙角搞定了裴夫人，两个人早就确定了情人关系。所以，武氏才不惜动用自己的关系触达到了高力士，请他为自己的情人李林甫上位助上一臂之力。

纵然李林甫搞定了很多一般人搞不定的关系，又有自己的人脉网背书，但他还是迟了一步，尚书右丞韩休得到了萧嵩的推荐出任了宰相，于是李林甫被迫进入了等待模式。

谁也没有想到的是，韩休和萧嵩搭档后根本处不来，两个人共事了不到一年，就被李隆基下令双双离职了。

这下子李林甫露出了笑意，他以为自己的机会终于来了。

然而这一回李隆基的心中早有了一个中意已久的人选。在下诏免去萧嵩、韩休宰相职务的当天，皇帝陛下就迫不及待地任命此人为中书侍郎兼同平章事了。哪怕此人当时根本不在长安，还在自己的老家韶州。

开元二十二年（734）正月二十七日，被皇帝新任命的宰相终于赶到了洛阳，他准备向皇帝告谢后就赶紧去中书门下（以前的政事堂）办公，可刚走到宫殿门口就被负责监管朝臣礼仪的官员给强行拦在了门口。

那位官员明显认得这是新的宰相，他之所以敢一上来就给宰相下马威，倒不是和新宰相有仇，而是不拦着真不行啊。

“您真打算就这样跑去面见天子吗？恐怕不太合适吧！”

“有什么不合适的？”

当发现对方直勾勾地盯着自己的身上看时，这位新宰相才发现，的确是有点不大适合。

因为他身上所穿的衣裳有点特殊，估计皇帝陛下看了会不喜欢——丧服。而且就这样急匆匆地跑进宫去，也很容易引人误会，不大吉利啊。

意识到了问题所在的新宰相千恩万谢，当即回家换了一身衣服，这才又进了宫，完成了相关的礼仪程序。

这位看似不靠谱的宰相事实上是一个很靠谱的人，毕竟他就是有着开元时代最后一位贤相之称的张九龄。

第十四章
张九龄罢相：宰相们的纷争

张九龄应该称得上是李隆基任命的宰相中比较特殊的一个了。因为此人兼具能力型宰相和道德型宰相的优点，但不是特别拔尖，可他同时又没有那两类宰相的缺点，所以在当时的李隆基看来，张九龄是最合适的人选。更何况这个张九龄还是张说临终前多次向李隆基大力推荐过的。

那么这位张九龄在任期间辅佐李隆基完成了哪些大事情呢？

答案是：没有。

但是毫无大功绩可讲的张九龄并无愧于他名相的称号，因为这才是他的过人之处。张九龄很清楚自己的历史角色应该是唐朝的曹参，而非萧何。朝廷现行的选官、募兵、土地、货币等制度都是经由姚崇、宋璟、张说、宇文融等一代英杰历经多年调试后制定下来的，而且运行良好没有出现明显的问题，所以只要沿着现有的路继续前进，国家就会日益强盛，持续繁荣发展下去。张九龄确信自己要做的是萧规曹随，保证现有的局面不出乱子就行。因而自就任宰相以来，他把自己的关注点主要放在了那个真正能够影响全局的人身上，那个人就是李隆基。

引领大唐重返盛世后，李隆基的表现依旧无可挑剔。他关心粮食和蔬菜，为了给全天下的耕种者做表率，就在兴庆宫旁边开辟了一块田地，一想起来便亲自去耕种，每次耕田都是三百步的距离打底。张九龄赴任的那年五月，李隆基更是直接带着太子和各位王爷下到地里面割麦子，手上一边忙乎着，嘴上还不忘适时教育大家道："这些小麦都是用来供奉给宗庙，祭祀咱祖先的，因此我们不能不亲自动手，另外，我也是想让你们知道稼穑的艰难。"

事实证明，李隆基绝非为了作秀，他曾不止一次对大臣们表示这么做是由于自己过去派人到农村了解小麦收成，很难得到真实情况，这才想亲自耕种看看，以便对每年的情况能有个大致的预判。

有一年，关中地区大雨不止，庄稼都让水给泡了，产量大减，致使京畿一带的粮食价格飞涨，李隆基更是产生了带上文武百官前往洛阳"就食"，以减轻关中的粮食压力的念头。

后来为了从根本上解决关中一遇到水旱灾害就闹粮食危机的问题，李隆基接受了宰相裴耀卿的建议，并全力支持裴耀卿建设沟通关中与中原地区的水运和仓储网络的工程。最终这一历时三年的大工程顺利搭建完成，每年可以向关中运送七百万斛米，替朝廷节省运费三十万钱，大大改善了关中老百姓的生活。

更为难能可贵的是，李隆基这个阶段依旧心系民间的疾苦。他曾经在正月里驾临洛阳城中的五凤楼与民同乐，命三百里之内的刺史、县令各自带来辖区内的乐队前来比赛助兴。当时最引人注目的表演队伍有两支，一支是由怀州刺史带领的三百多人的庞大队伍，据记载这支队伍每个人的衣着都相当华丽鲜艳，堪比今天的时装周秀场，而且连他们的座驾也很拉风，给团队拉车的牛啊、马啊都被打扮成了虎豹、犀牛、大象之类的模样，一行人所过之处无不响起一片喝彩之声。另一支队伍则是由鲁山县令元德秀率领的，这支队伍十分寒酸，算上领队的元德秀，总人数还不到怀州代表队的零头。

但是鲁山代表队之所以引人关注还是有它的道理的。他们的表演内容非常与众不同，别的代表队都是在歌颂繁荣盛世，称赞天子英明神武，鲁山的表演偏不，他们带来的是一首由元德秀县令自编自导自演的、反映百姓疾苦，恳请圣贤之君怜惜抚恤百姓，减免赋税徭役的歌曲《于蔿于》。

据说他们手拉着手一曲唱罢，全场都愣了，李隆基更是在思考了得有半分钟后，才说了一句："此真乃贤人之言。"

而当皇帝陛下得知鲁山代表队是一路步行来到洛阳参加演出的，更是当场大吃了一惊。

最后经李隆基个人研究决定，将元德秀带领的这个简单的县级小歌舞团列为文艺会演的第一名。

至于那位大操大办的怀州刺史在得到了李隆基一句"怀州的百姓遭难了吧"后被就地免职，贬为散官了。

在满是歌功颂德的环境下还能容得下不同的声音，并对异见者予以充分的鼓励和肯定，这是当久了领导的人并不容易做到的事情。可见李隆基还是很清醒的，他也确实显露出一个明君应有的优秀素质。

不过张九龄先生并没有因为皇帝陛下表现出了对农事、百姓的关切就放松了对李隆基的监督。因为张九龄已经隐隐感觉到李隆基的状态在发生微妙的变化，而且还有人在引导皇帝做出改变，这个人就是李林甫。

李林甫虽然两度角逐相位都失败了，但他从来没有放弃过。特别是在搭上了高力士的这层关系后，李林甫把他的公关能力发挥到了极致，从后宫嫔妃到宫女太监，全都或多或少得到了李林甫的好处，而在这其中又尤以两个人最为关键。

第一个人正是李隆基的哥哥，宁王李宪。

有一天，身为吏部侍郎的李林甫收到了一张来自宁王府的条子。李林甫打开纸条后，发现上面除了十个人名外，其他的什么也没写。

不用问，这哥儿几个是平时政绩太差，赶上了这次的考核害怕过不了，所以想通过宁王保住自己的帽子。

这事要是遇到了宋璟那样的，估计这十位兄弟当天就得走人，宁王也得被曝光，挨上皇帝一顿批评；要是遇上了宇文融，十个人安全过关没有任何问题，可能还有一两个人得以升职一级。两种处理方法在官场上都很常见，但都存在问题，因为一种会伤了和宁王的感情，另一种会有损自己的清名，所以事情到了李林甫那里，他做出的是第三种选择。

李林甫看完字条，就让传条的人回去给宁王带了这么一句话：

“希望王爷能允许我罢黜其中的一个人以示公允。”

李林甫这样的回复是宁王没有料到的，但他很快表示理解同意并支持李林甫这样操作，毕竟这是李林甫的职责所在，而且保九个放弃一个对于宁王来讲心理上也是可以接受的。不过接下来剧情的发展再次让宁王吃了一惊。那个被放弃掉的官员在吏部被通报批评了，至于理由则是他有意走宁王的后门让自己通过考核。虽然李林甫批评了此人，但却没有对这位仁兄采取任何处罚措施，反而公开表示把这档子事讲出来是为了让该同志吸取教训，改弦更张，重新来过，他还鼓励对方按照规定到冬天再来京师参加铨选，争取带个好成绩来。

宁王得知整件事后，那真是相当感动，他深感李林甫情商高，会办事，就此同李林甫结下了深厚的友谊。

有了皇帝哥哥的支持，李林甫入相的概率有所提升。但是他本人很清楚，李隆基比较介意宁王参与政事，因此宁王这步棋李林甫不准备用来为自己谋求官位，他需要的是以宁王作为踏板，去接触到李隆基身边更重要的人物。在当时能当得起这个称号的，也就是宠冠后宫的那位无冕之后武惠妃娘娘。

武惠妃真的很想当皇后，做梦都想，但由于她的身份实在是过于敏感了，因此连李隆基亲自出面提议，都被大臣们给联合否决了。

虽然有生之年看起来是与皇后这个头衔无缘了，可武惠妃同样是个不放弃梦想的人，她认为如果活着当不了，百年之后能得到这个名头也是好的，于是武惠妃开始打起了让自己的儿子寿王李瑁取代现任太子的主意。不过这在很长的一段时间里也仅是个念头而已，因为满朝大臣对此前的那个武皇后都尚心有余悸，武惠妃很难找到一个她能够一吐心愿的盟友。直到有一天，她身旁的一个太监替李林甫带来了这样的一句话：

“愿保护寿王！”

对于一个感到孤立无援的人来说，一句支持的话就是最宝贵的馈赠，更何况武惠妃还没有提出明确的需求，对方就已经捕捉到了。光是这一点便足以让武惠妃就此记住李林甫的名字。

在通过宁王进一步了解李林甫这个人后，武惠妃确信李林甫就是那个可以帮助自己实现梦想的智囊，于是两个人就此结成了联盟。

要知道，李林甫本来就是个善于察言观色，脑子好使又反应贼快的人精，在得到了以武惠妃、宁王为首的内线情报网提供的消息后更是如虎添翼，他对李隆基的一举一动越来越能够了如指掌，而且每当李隆基问起什么事情，李林甫的回答也总能让李隆基感到非常满意。

不了解深层情况的李隆基日益觉得李林甫是能够懂得自己的人，当看到宰相裴耀卿全身心地投入到了转运使的兼职中，整日在外忙活漕运事务，留下张九龄天天加班累得半死的时候，李隆基就有意挑选李林甫作为张九龄的副手，协助张九龄处理日常的公务。

作为一个体贴的领导，李隆基特地就此问题征求了张九龄的意见，没想到张九龄毫不犹豫就选择了拒绝。

“宰相一职关乎国家安危，陛下如果起用李林甫，臣恐怕这将来会令国家出现隐忧啊。”

张九龄坚持反对李林甫出任宰相，而李隆基则认为张九龄怕是出于派系偏见才投了否决票，因此反倒是更加坚定了自己的想法。

开元二十二年（734）五月，李隆基正式任命裴耀卿为侍中，张九龄为中书令，李林甫则获得了他梦寐以求的礼部尚书、同中书门下平章事的职务。这是李隆基第一次没有在人事处理上听从张九龄的意见，事后史家一致认为，大唐盛世的崩坏就是从这一次的任命开启的，至于下一次，则是真正将毁灭大门打开的时候。

李林甫知道张九龄不喜欢自己，不过他并不在意，因为他的目标从始至终都不是张九龄，而是李隆基。他相信只要自己能哄得皇帝陛下高兴，同时安静等候即可，以张九龄书生意气的性格迟早会被李隆基日渐远离并厌弃的。

事后的发展表明，李林甫的眼光相当毒辣。张九龄确实是一个书生气十足的人。没等李林甫给他下绊子，张九龄就自己接连得罪了两个不该得罪的大人物。

头一个被张九龄得罪的，恰是老熟人张守珪。

当时张守珪来到长安述职，李隆基和这位大将见面后，甚为欣赏，就有意把张守珪留在朝中当宰相，然而皇帝陛下刚流露出这意思就被张九龄给叫停了。

张九龄给出的反对意见是宰相这一职务比较特殊，属于替天子处理国事的重要岗位，不是那种可以用来赏赐功臣的官位。

李隆基想了想，提出了一个折中的方案："那朕只给他一个宰相的名头，不用他具体负责处理宰相的工作，这样可以吗？"

"臣以为不可。"

张九龄丝毫没有让步。

"对于君王而言，只有名分和官位不可以随意授予人。况且，张守珪如今只是平定了一个契丹，陛下就打算任命他为宰相，假如他之后把东北彻底扫平，陛下将来打算用什么官职来犒赏他呢？"

在张九龄有理有据的劝谏下，李隆基放弃了任命张守珪为宰相的想法，而张九龄也因此得罪了张守珪。

开元二十四年（736），张守珪麾下的平卢讨击使由于轻敌冒进中了叛乱的契丹和奚人联军的埋伏，致使所部人马伤亡严重。按照军法，这人虽然好不容易逃回来了，但还是要砍了才行。可是张守珪念及这人是员猛将，自己又很欣赏他，于是就特地上表给朝廷，奏请将这人押到长安听候朝廷发落。

一个有权执掌部下生死的高级将领不远万里把他战败的部下送到长安，这摆明了就是有意让朝廷卖个人情，给出个从轻发落的明确答复。但是张九龄却似乎不打算给张守珪这个面子，他坚持要求依照军法从事，将那将领明正典刑。

就在这时，李隆基出面了。皇帝陛下的态度很明确，是想留那人一命。但这不只是为了给张守珪一个面子，还因为李隆基亲自了解过了张守珪这位部将的情况，觉得此人作战勇猛还属于用脑子打仗的将领类型，就这么杀了，实在是有点儿可惜了。所以皇帝陛下的意见是免掉其官职，让他以平民的身份继续带兵，以求戴罪立功。

然而张九龄很少见地非常强烈地奏请依法办事。

李隆基感到事情有些奇怪，因而特别召见了张九龄询问缘由。

张九龄回答道："臣在中书省与那将见过面，也交谈了很久，发现此人狼子野心，而且面带反相，如果今天不杀他，日后必为国家祸患。"

这个理由说实话不太有说服力，因此宝座上的李隆基听完后也有点哭笑不得。所以皇帝陛下决定打个圆场，解决这个事情，并结束这次略显尴尬的谈话。

"爱卿你可不要拿王衍看透石勒那个故事误害了忠良啊！"

李隆基回复的这句话带了一个典故，为了方便大家理解，我们这里先简单讲下王衍和石勒的故事。王衍是西晋末年朝中的重臣，一次他在街头偶遇了羯族少年石勒，虽然只是匆匆地擦肩而过，顺便扫了一眼，但眼光过人的王衍还是一下子就对石勒的脸留下了很深的印象，并随即做出了一个极为精准的预判：将来乱天下者，必是此人！

于是王衍匆忙发动他的手下们去抓这个面带祸乱天下之相的孩子。谁知所有人找了半天都没有再见到石勒。因而十多年后天下大乱如期上演，曾经的少年石勒成为灭亡西晋、涂炭百姓的第一人，王衍也在战乱中死于非命。

李隆基很明显不认为一个败军之将能够在自己的眼皮子底下掀起多大的波澜，因此他笑着打发走了张九龄，并按照自己的心意赦免了那位将领。

二十年后，在成都的行宫中，李隆基呆呆地望着月亮，怀念完自己的贵妃，进一步追忆往事，难免要长叹一声“悔不用子寿（张九龄的字）之言”，是的，自己一生中最致命的错误，就是这个决定了。

因为那个被张九龄坚决要求军法从事的人后来真的反了，他的名字叫安禄山。

先是阻止人家入相，后来又要杀人家的爱将，张九龄可以说是真的把张守珪彻底得罪了。但是鉴于张九龄还受到皇帝的重用，身在幽州的张守珪一时半会儿也不能把当朝宰相怎么样。

不过张九龄所得罪的这第二个人却直接改变了自己的命运。

张九龄这次得罪的人就是李隆基，而究其原因还是李隆基想重奖他所认可的边军大将。这个被李隆基看好的人叫牛仙客，是当时的朔方节度使，因为在任河西节度使时厉行节约，积蓄财物，让河西军仓储库存盈满，军械精良，直接震惊了他的继任者。所以继任的节度使感动之余，特地上表朝廷，把牛仙客大大夸赞了一番。

在派人核实牛仙客的事迹属实后，李隆基也深为感动，便想着将这位在岗位上表现得异常出色的同志调到朝中来上班。

可张九龄对边境那些带兵的将领本就有一种天然的不信任感，再加上牛仙客和张守珪一样都是打河西军区出来的，因此张九龄很自然地站出来投了反对票。他表示尚书这一官职自打大唐开国以来都是授予退下来的宰相或是闻名中外的有德之士的，牛仙客不过是河湟那一带的小吏出身，如今一下子被提拔担任尚书，恐怕会惹起天下人的非议。

对于宰相的意见，李隆基还是比较尊重的，他当即放弃了任用牛仙客为尚书的想法，转而打算给牛仙客加封爵位，以便树立个典型，激励下其他军区的大将们，让全军向牛仙客学习。

没承想，李隆基那边话音刚落，张九龄就再次站出来反对了。

张九龄认为，太宗李世民当年既然沿袭了汉朝法律中非有功不封的原则，后世就有必要严格地遵守。特别是在张宰相看来，牛仙客身为边军大将，做到充实仓库，整修武器，本来就是职责所在，谈不上有什么功劳。皇帝如果真的想奖赏牛仙客，只需赏赐给他一些金银财帛就成了，增加实封，就不适合了。

听到这里，李隆基不高兴了。要知道，皇帝陛下本来就是有脾气的主儿，而且脾气事实上还不小，他见张九龄屡屡阻挠自己奖赏重用牛仙客，直接就甩了这么一句话过去："想必爱卿你是嫌弃牛仙客出身寒微，不过你又是哪里的高门世族出身啊？"

因为张九龄所出生长大的岭南地区一直都被认为是未开化的地方，别说有啥高门大户，就算有个土木结构的房子都是了不起的了，所以李隆基这句意在讽刺张九龄也不过是个寒门中人。

张九龄听出了皇帝陛下的不快，但他没有争辩什么，而是不卑不亢地回答道："臣来自岭南，出身卑贱，其实远不如牛仙客这种生在中原大地的人。然而，臣得到陛下的垂青，凭借文采学识获得了处理文件、起草诏命的工作已经有很多年了，多少算是有些长进。可牛仙客只是一个边疆小吏，还不会识字读书。想当年，那位韩信也就是淮阴出来的一介落魄游士，他却羞与绛侯周勃、颍阴侯灌婴同列。如果陛下一定要重用牛仙客，臣实在是深感耻辱。"

张九龄不愧为身负"走丸之辩"（形容口才如斜坡上滚下的弹丸般顺

势无阻）名号的男人，说得好像是皇帝陛下特别不懂事儿，有意为难满朝文武一样，而且还让李隆基无话可说，于是君臣二人就此不欢而散。

此时此刻，张九龄并没有意识到一张精心编织的大网将扣在他的头上，把他拉下中央舞台。至于那位织网的人，当然是我们熟悉的李林甫。

李林甫很清楚自己这种不学无术的人很难通过传统的路数像张九龄那样获得皇帝的重视，他连张九龄那帮人的圈子都混不进去，更不要提在文官集团慢慢地积累人脉，发展力量了。但是始终处于文官圈层外围的李林甫却惊喜地发现，原来跟自己一样被张九龄们看不上眼的官员还有很多很多。这些人不只是数量多，而且能量也不小，只是没文化，这才被边缘化了，比如牛仙客就是这群人中的优秀代表。

精明的李林甫很快意识到，如果他能充分利用这群属于绝大多数的圈外人的资源和能力，就能撬动皇帝陛下对张九龄的如山般的信任。因此他主动向李隆基提议留牛仙客在朝中任职，这才引发了前面一幕。

等到张九龄不负所望地激怒了皇帝，李林甫就此亲自上阵了。

第二天一上朝，李林甫便奏称牛仙客是宰相之才，不可能会担不起尚书的职务，而且提出但凡有才干见识，不必拘泥于文学素养的论点。与此同时，他还顺便黑了一下张九龄，给张宰相扣上了文吏作风，思想顽固且有失大体的帽子。

特别是在听到李林甫的那句“天子用人，有何不可”时，昨日憋了一肚子气的李隆基立即表达了对李林甫说辞的高度认同。再加上不久之前从李林甫那得到消息后的牛仙客上演了一场恰到好处的请辞哭戏，皇帝陛下的脑海里再也容不得张九龄的反对声音了。于是李隆基最终宣布封牛仙客为陇西县公并赐其食邑三百户。

消息传来，张九龄敏锐地意识到他已经失去了皇帝的信任，如无意外接下来自己即将面对的就是李林甫、牛仙客等人的猛烈进攻。所以此后最佳的策略应该是少说话，少犯错，让对手抓不到漏洞，并想方设法重新获得皇帝陛下的信任才是。

但张九龄并没有这样做，非不愿，实不能也。因为他面对的那件事事关重大，至少在张九龄自己看来，比他的政治生涯乃至性命都要重要得多，因为那事涉及了李瑛。

李瑛是李隆基的儿子，准确地讲，是当朝太子。不过这位太子殿下并没有我们想象中那么无忧无虑，事实上，他每天都身处在焦虑之中。因为他虽然早在开元三年（715）就被正式册立为皇太子，可是他的母亲赵丽妃却迟迟没有母以子贵被晋封为皇后。在李瑛看来，这其中最大的原因在于那个姓武的女人一直在从中作梗，不断蛊惑自己的父亲。更关键的是，明眼人都看得出来，武惠妃如今在力挺寿王入主东宫，而皇帝陛下的态度非常暧昧，显然并不是坚定站在太子一方的。

要知道，当年千古明君太宗皇帝李世民的那位太子李承乾就是在类似的情形下被逼上绝路的。所以李瑛对自己的处境深感恐惧，但却无能为力。恐惧到了最后，一般情况下都会变为愤怒；而无力感到了最后，一般情况下都会让人变得极其爱吐槽。李瑛的症状属于比较典型的一般类型，因此他形成了一有机会就会愤怒吐槽武惠妃的生活习惯。当然了，一个人吐槽比较无聊，李瑛就找了两个和他同病相怜的兄弟一起来，这两个兄弟一个是皇甫德仪的儿子鄂王李瑶，另一个则是刘才人的儿子光王李琚。由于他们哥仨的娘都是在武惠妃出现后迅速失宠的，三个人便经常有事没事同仇敌忾一番，大骂武惠妃和寿王。

一次，太子李瑛在内部的吐槽大会上没能搂住火，可能说了日后自己即位了必定把武惠妃和她的儿子如何收拾之类的话，还一不留神连父皇李隆基也给牵涉了。这番话随即被武惠妃的女婿、驸马杨洄获知了，并第一时间传到了宫里的武惠妃处。武惠妃自然不会放弃这次难得的发难机会，她马上就跑到了李隆基那里哭诉。

在武惠妃一番添油加醋的描述下，李隆基被激怒了。他认为太子结党是有意走自己的老路，发动政变。于是李隆基当即也使出了撒手锏——开会。

这是一次超高规格的会议，能参与进来的只有大唐的宰相，因为议题只有一个，那就是如何不节外生枝地废黜太子李瑛并收拾掉鄂王、光王。

“臣不敢奉诏！”

身为首席宰相、地位已然岌岌可危的张九龄是这样回答的。

“陛下登基已近三十年，陛下的这三个儿子长大成人实属不易，而且太子和诸王都是不离深宫，每天接受陛下的教导。全天下的人都为陛下在位长久，多子多孙感到可喜可贺，他们之中没有人听说过太子有什么过错，更不会知道陛下为什么要在一天之内废掉三个皇子。臣请陛下认真考虑一下这件事情。

“太子身为国家根本，不能轻易被动摇改换。昔日晋献公被骊姬蛊惑，致使太子申生含冤而死，国家不久就出现了大乱；汉武帝威加海内，不可一世，却受到了江充的挑唆，引发了巫蛊之祸，波及了太子，结果使得长安城中血流成河；那个晋惠帝本来有个贤德的儿子做太子却相信了贾皇后的诬告，废黜了愍怀太子，致使中原涂炭；隋文帝采纳独孤皇后的建议，废掉了太子杨勇，改立晋王杨广，由此才失掉了天下。由此可见，在废立太子这个问题上不可不十分慎重。

“如今太子已经长大成人又没有任何罪过，两位王爷也称得上贤德。臣既然待罪在陛下左右，怎么敢不详细说明其中利害，让陛下知悉万勿听信捕风捉影之言，凭一时喜怒废掉三个皇子？更何况父子间的感情属于人的天性，即便出现了什么偏差，普通人也会尽力遮掩，想办法缓解。恳请陛下能裁决赦免太子与二王。”

张九龄先生在突发情况下，不仅做到了逻辑清晰，出口成章，还难能可贵地做到了引经据典，有理有力有礼有节。

所以张九龄的话说完后，原本怒气冲冲的李隆基随即陷入了长时间的沉默中。

是啊，寻常百姓尚且有舐犊之心，自己又怎么能仅凭一面之词就废黜太子和二王呢？

想到这里，李隆基决定收回成命，太子李瑛由此躲过了一劫。但张九龄自己则不得不面对一个艰难的抉择。

宰相会议结束不久后的一天，一个人找到了张九龄，并捎来了这样的一句话：“有废必有兴，您如果能出手相助，便可长居宰相之位。”

能说出这样话的人，可以说是相当狂了，但张九龄毫不怀疑这句话的真实性，因为带话的人正是武惠妃的心腹官奴牛贵儿。

这句看似客气的话同时还传达出了另一层意思来：如果不帮忙或当绊脚石的话，宰相这个位子你就坐不久了。

这个世界上最让人痛苦崩溃的事情从来不是求而不得，而是获得一切后却被迫永远失去。显然，深谙此理的武惠妃是想威胁张九龄加入自己的一方。

张九龄很清楚拒绝武惠妃会发生什么，但是他还是给出了坚决而响亮的回答：“我不会依附于你们，更不会对你们的行为坐视不理，回禀武妃请她好自为之吧！”

张九龄不只是严词拒绝了武惠妃，转过头来还在次日把这事上报给了皇帝。李隆基听说后据说脸色立马就变了，而我们有理由相信得到相关消息的武惠妃的脸色应该更加难看。

张九龄在宰相的位子上多待一天，就会全力保太子一天，武惠妃想向太子下手，就必须先过张宰相这一关。于是英勇地挡在太子身前的张九龄很快成为武惠妃一派集中攻讦的对象。李隆基虽说是明白人，可在身边人不断的影响下也逐渐疏远了张九龄。

然而对于武惠妃一派来讲，赶走张九龄依旧是件难办的事情。毕竟张宰相行得正，坐得直，想挑出点大毛病来，真的不容易。

就在武惠妃和她的亲信们冥思苦想不得其法的时候，武惠妃的盟友李林甫来了，给出了一个名字：严挺之。

严挺之时任中书侍郎，是张九龄的好朋友，因此曾被武惠妃的人仔细调查研究过。但经过分析调研，武惠妃的人发现这位仁兄办事利落，品行端正，跟张九龄一样没有什么把柄可以抓。更重要的是，张九龄近期在努力拉他进宰相班子，所以严挺之的表现可以说是更加无懈可击。

可是李林甫却告诉武惠妃，破绽是有的，这个严挺之的漏洞是另一个人，一个叫作王元琰的犯人。

在身陷囹圄前，王元琰曾是蔚州的刺史，但他的这个父母官当得不是很清廉，在监察机关组织的一次反贪摸查行动中，王元琰被发现有部分财产来源不明，随即被立案接受审查。

按理说，严挺之和王元琰非亲非故，在官场上更是没有任何接触，此事本来应该同他无关，可严挺之最终还是被卷了进来，甚至是主动出面捞人。原因很简单，有人向他求了情，而这个求情的人则是一个严挺之无论如何都无法开口拒绝的人——严挺之的前妻。

说来也是巧了，严挺之的这位前任恰好是王元琰的现任夫人。大概率严挺之对她还有一定的感情，因而在王夫人的哀求下，严挺之同意了出手相助，并立即开始打点关系，为王元琰寻求减刑脱罪。

严挺之的这一通运作全部被李林甫瞧在了眼里，于是在同武惠妃碰头商量后，二人决定就以王元琰案为突破口，把严挺之、张九龄一并收拾掉。

很快，关于严挺之干预三司会审的证据和材料出现在了李隆基的桌上。皇帝陛下看完里面的内容后，又惊又怒。不过考虑到严挺之平素表现还不错，又是张九龄极力举荐的宰相候选人，李隆基便没有公开把这事放到朝堂上说，而是选择了派人传话给张九龄等几个宰相开小会处理。

会议一开始，李隆基就开门见山地直奔主题："王元琰贪污属实，严挺之明知案情却上下打点，为其开脱，诸位爱卿以为该当何罪？"

问的是诸位爱卿，可李隆基问话时眼睛却只直勾勾地盯住了张九龄。

我们今天大致可以断定，在事发前张九龄并不完全清楚严挺之捞人的事情。在他看来，这是李林甫设计进行的栽赃陷害，所以张九龄只知道好朋友爱了不该爱的人，却并不相信严挺之犯了不该犯的错，因而他也就没有说严挺之现在心中满是悔恨，而是回了这么一句：

“那女子确系严挺之的前妻，但严挺之早已另娶妻子崔氏，他们两个人之间不会有什么感情了。”

张九龄说的这句话意在表达严挺之是被冤枉的，帮助王元琰脱罪这回事本身就是子虚乌有。他万万没有想到的是，李隆基已经充分掌握了严挺之扰乱司法秩序的事实，所以他等来的是李隆基一句冷冷的回答：

“虽然他们已经离婚，但还是有私情的。”

李隆基的这句话讲完，张九龄当时就愣在了原地，他听得很明白，皇帝陛下已经完全不再相信自己了。

事实证明，张九龄的判断很准确。李隆基至此已然认定，张九龄有结党营私、培植自己派系人马的重大嫌疑。于是这一年十一月，李隆基下令免去张九龄、裴耀卿的宰相职务，以李林甫为中书令，牛仙客为工部尚书、同中书门下三品，组成新的宰相班子。至于严挺之则被贬为洺州刺史，王元琰被流放到了岭南。

一年后，李林甫趁张九龄所提拔上来的监察御史周子谅失言的机会完成了对张九龄的驱逐。二人的这场博弈，最后以李林甫的完胜而告终。但李林甫事实上可能并不是那个真正的胜利者，这个身份应该属于另一个人——李隆基。

其实长期以来，李隆基对宰相的大权在握状态并不满意，特别是像张九龄这样的宰相，那真是不知何时何地何事就要被捋上一通。现今四海升平，国富民强，李隆基可不再愿意像以前一样整日如履薄冰般过日子了。他想要的是一种放心和舒适，是有个人能代替自己把现有的局面维持好，让自己过得轻松点。显然，李林甫比张九龄更符合李隆基的实际需要。

因而当李林甫主动跳出来挑战张九龄的权威，又积极地背起了赶走直臣张九龄的大黑锅时，李隆基便顺水推舟助了他一臂之力。

后来这里面的玄机张九龄也琢磨明白了，还写了一篇文章向李隆基表达了愿意妥协的态度，不过皇帝陛下没有理这茬。因为这个李林甫他用了一段时间后发现实在是太顺手了，李隆基并没有料想到这一顺手就用了将近二十年的时间，而大唐的国运轨迹也因此发生了细微的改变。

第十五章

改元天宝，从此君王不早朝

张九龄是在开元二十五年（737）四月二十日被贬为荆州长史，离开长安的。四月二十一日，李隆基就犯下了他即位以来最大的一个政治错误——废黜了太子。

应该说，自从张九龄失势的那天起，太子李瑛被废的命运就已经注定了。而由于上一次的事件，朝中的大臣们大多看清了形势，选择了刻意同太子保持安全距离，没有人去点醒这位依旧处于愤恨武惠妃日常的年轻人，所以太子几乎就是个孤家寡人。武惠妃一派至此也完全不再有任何顾虑，因此张九龄前脚刚走，武惠妃的女婿杨洄就发起了攻势。

杨洄一出手就是欲置李瑛于死地的杀招，他声称太子李瑛伙同鄂王李瑶、光王李琚以及太子妃的哥哥、驸马都尉薛锈意图发动政变。

李家人阴谋政变这一类的举报基本上每一次都能成功触动李隆基那根最为敏感的神经，这一次依旧如此。本就不怎么待见太子的李隆基闻讯后根本没有派人去做核实调查，就马上召集了宰相，抛出了废黜太子及二王的议题。

在李林甫的威逼利诱下，整个朝堂上的大臣们早就不敢随便讲话了。

因此当李林甫带头表示废立太子什么的从来都是皇帝陛下自家的家务事，不是臣子们能够插手的问题时，文武百官之中没有任何人提出异议。

于是开元二十五年（737）四月二十一日，李隆基正式颁下诏书宣布废太子李瑛及李瑶、李琚二王为庶人，并顺带将驸马薛锈流放到瀼州（治今广西上思县西南）。

但事情并未就此结束，因为历史上被废黜的太子的存活率与其做太子的年数历来都呈现出了负相关关系，像李瑛这种做了二十三年太子的，存活下来的案例几乎可以忽略不计，更何况李瑛所面对的对手还是一直在效仿武则天的武惠妃。

在武惠妃枕头风的作用下，李隆基很快追加了一道追杀令，李瑛、李瑶、李琚就此被赐死在长安城东的驿站内，薛锈则跟着被赐死在被流放的路上。

史载：天下冤之。

李瑛等被赐死的次日，以李瑛的舅舅一家、太子妃的娘家以及李瑶的舅舅一家为首的太子势力遭到了彻底的清洗，多达数十人受到牵连被贬官或免职，李瑛这哥仨的事情也逐渐成为长安城内外的禁忌话题。

不过，公道自在人心，越不让说的事情往往越能引发老百姓的热议，很快“三庶人”这个名词就成了李瑛兄弟的专属指代用词，并在民间持续维持了大半年的热度，直到另一个劲爆的消息从宫中传来——武惠妃死了。

开元二十五年（737）十二月七日，武惠妃病死于宫中，死时刚刚四十来岁。她的离世消息能在通信并不发达的开元年间迅速冲上街头巷尾的议论头条，还是因为一个从宫中传出来的秘闻：武惠妃其实是被吓死的。

据这条传闻披露，自打武惠妃设计害死了太子李瑛兄弟以来，就开始晚上做梦梦见三人找她索命，发展到后来，武惠妃就算是在白天也能不时看到太子等人在她眼前走来走去。由于寝食难安，武惠妃的身体很快就垮掉了，皇帝找巫师来给她作法祈福也不见效果，因此就病死了。

虽然武惠妃被“三庶人”成功索命的这档子事儿在当时的民间很被认可，而且还被同时写进了《旧唐书》和《新唐书》这样的官修正史里。但在我看来，让武惠妃致病的根源更可能是另外一件事，那就是寿王转正的失败。

武惠妃本以为，彻底在肉体上消灭太子李瑛并铲除太子在朝中的势力，就可以顺利地把自己的宝贝儿子李瑁送上太子的宝座，但现实却狠狠地打了她的脸。

李瑛被赐死后，李隆基压根儿就不提再立太子的事情，而且他对寿王的好感好像也大不如前，甚至看起来有刻意回避见武惠妃的迹象。

李隆基的这一波迷之操作搞得武惠妃那里方寸大乱，最终身为武惠妃政治盟友的李林甫不得不亲自上阵，在皇帝陛下耳边温柔提醒需要早立太子。

见一向公开表示不干预皇帝家事的李林甫都说话了，李隆基这才终于给出了一个正面回复：“朕的长子李琮，此前曾经在苑中打猎受伤，不幸毁容了。”

李林甫在听到这句话的瞬间就做出了一个极为准确的判断——皇帝并没有立寿王的意思。

可是李林甫早就把自己的未来押在了寿王身上，这个局实在输不起，也不能输。因此一向以体察圣意闻名的李林甫第一次出手了，一上来就是一个完美的太极：

“容貌被毁无妨，国家社稷被毁才是大事啊，望陛下三思。”

没承想，李隆基根本就不接招，因为每当有人提起寿王，在李隆基的脑海中浮现出的总是一个绝美女子的身影。

她怎么那么好看，只可惜她却是寿王的妃子。

但是李隆基本就是个不会放弃希望的人，他相信凡事总有转机。他更确信的是，为了这个转机能够到来，自己决不能立寿王李瑁为太子。

正是这个三年前让李隆基匆匆一见的人彻底断绝了寿王的帝王之路，

也让武惠妃、李林甫的精密计划功亏一篑。值得一提的是，在当时的一众人中，只有一个人察觉到了李隆基对寿王态度变化的真正原因，这个人就是李隆基最信任的贴身太监——高力士。

而正是这个高力士最终帮助李隆基做出了立谁为储君的关键决定。

那是武惠妃去世不久的某天，高力士见李隆基坐在宝座上老半天了都是一副愁眉不展的样子，便很是忧心地询问道："陛下何故如此？"

李隆基看了这位跟随自己多年的太监一眼，长长地叹了一口气："你是我家老奴，岂会不知我的心事！"

高力士知道，自己对于李隆基来说，早就不仅是最忠诚的家奴，更是一个最为贴心且能够信任的朋友。

既然老朋友这样说了，高力士也就没必要揣着明白装糊涂了。

"是不是因为太子的人选还未定下来？"

李隆基点点头："正是！"

高力士当即肃立，恭敬地答道："陛下何苦为这事劳神费心？只需选择年长的儿子册立为太子即可，那样谁还敢再争！"

"你说得对啊！你说得对！"

李隆基突然拊掌大叫道。就是他了。

这个他不是被毁容了的长子李琮，而是皇三子忠王李玙，当然了，日后他会改叫那个更广为人知的名字——李亨。

李亨和他老爹早年的情况比较相似，都是属于同死神擦肩而过的类型。想当年其母杨氏怀着他的时候，还是太子的李隆基怕被姑姑太平公主给扣上个"耽于女色"的帽子，一度想要让杨氏将这个孩子打掉。谁知李亨的母亲杨氏十分强硬，明确表示自己要同腹中的孩子生死与共，这才迫使李隆基放弃了打掉李亨的想法。

等到李亨生下来，为了保证自己的孩子得到更好的成长条件，杨氏果断将他送给了太子妃王氏（也就是后来的王皇后）抚养。

太子妃非常喜欢李亨，称得上是视同己出，因此李亨早早就得到了李隆基的重视，两岁就被册封为陕王，五岁便官拜安西大都护、河西四镇诸蕃落大使。而他出阁读书时的老师阵容也十分豪华：教他诗文的是当年已颇有名气的贺知章，教他书法的是时称“连锦书”的大家吕向，他的武艺兵法则是得到了宗室第一名将李祎的亲自指点。

李亨本就自幼好学，再加上有这些帝国精英的倾囊相授，很快便成长为李隆基众多儿子中的优秀代表。他谦恭谨慎的性格又为他积累了很好的口碑，因此李隆基最终敲定让老三去接过太子的头衔。

开元二十六年（738）六月三日，李隆基下诏封忠王为太子。在一片惊讶的目光中，李亨没有选择惯例地乘车到殿门外，而是为表谦虚，从自己的宫中一直走到宣政殿，继而领旨谢恩。

看着这个孝顺又懂事的儿子，李隆基露出了久违的笑容。他相信将这个国家交给李亨是个正确的抉择。事后的发展也证明了，李隆基的眼光并没有错，李亨确实平稳接过了大唐，即便是在这个国家最危险的时刻。

事实上恰在这个节点的前后，那个将大唐盛世一举打断的破坏之王也恰好迎来了人生的转折点。

开元二十七年（739），有人告发安禄山的恩公兼义父张守珪，打了败仗却谎报为大捷。张守珪为此丢了官，安禄山的保护伞也便突然消失了。按照官场上的老规矩，一位领导一班子人，安禄山身为前领导的心腹，很大可能会被继任者率先列入打压及遣返的黑名单。安禄山对此心知肚明，不过他已经提前想好了对策，买通了来视察的河北采访使张利贞，并在其帮助下从李隆基那里获得了营州都督、平卢军使兼顺化州刺史的职务，摇身一变成了一州的最高长官，自此在河朔地区的官场上彻底站稳了脚跟。

但公道地讲，安禄山逐步做大并不能完全怪在张守珪以及贪污受贿的张利贞身上。即便安禄山成了节度使，仅凭营州的那点兵也掀不起大风浪。更重要的是，当时大唐的节度使编制已经满了，这八位干得都还算称职，至少短时间内没有让安禄山上位的机会。

可是没过多久，安禄山就成功上位了。

天宝元年（742），朝廷决定增设平卢节度使一职，专职负责镇抚室韦、靺鞨，安禄山凭借着长年同东北各部落的交往经验及众多官员的联名推荐，得以出任第一任平卢节度使。

这些所谓的推荐自然是安禄山长时间公关送礼的结果。自李隆基即位以来，反腐惩贪的力度很大，监察系统的工作效率也很高，基本上是到了早上收了钱，晚上就会听到敲门声的程度。所以除去那些不怕死的，绝大多数官员还是比较自律的。但是到了天宝年间，昔日的情景已然不复存在，因为制定这一切制度的那个人先发生了改变，李隆基的注意力已然不在国事上了，而吸引走他注意力的正是我们熟知的杨贵妃。

其实自从开元二十八年（740）开始，朝中那些有心的大臣就发现皇帝身上出现了明显的变化——特别爱泡温泉，动不动就起驾去骊山温泉。起初，他老人家是隔个十天半个月去一趟，后来就慢慢变成了隔个十天半个月才回一次宫。

大臣们虽然知道泡温泉能够舒筋活血、延年益寿，但对于李隆基的这波非常规操作真是想破了头也不明白，那个骊山温泉到底哪里来的那么大吸引力。

大臣们当然不知道，真正吸引李隆基的不是骊山里的那池温泉水，而是温泉水里的那位佳人，曾经的寿王爱妃杨玉环。

寿王李瑁的妃子是怎么到李隆基泡澡的池子里去的？对于这个广大群众特别关注的八卦问题，《旧唐书》上是这样解释的：

“二十四年，惠妃薨，帝悼惜久之，后庭数千，无可意者。或奏玄琰女姿色冠代，宜蒙召见。时妃衣道士服，号曰太真。既进见，玄宗大悦。”

用今天的话讲，在武惠妃去世后，李隆基抑郁了很长时间，但当时宫内的数千位妃嫔、宫女中没有一位中意的。就在皇帝陛下心情持续低落的关头，有人奏称杨玄琰的女儿无论是身姿还是容貌都是当世极品，建议李隆基把这位杨家姑娘召进宫来进行一次面试。于是李隆基就派人找到了那时已经出家修行的女道士杨太真进宫竞聘，经过面试，李隆基觉得杨太真很不错，就此让她还俗变回杨玉环，进了自己的后宫。

《旧唐书》的编写者们显然没说真话，因为自和寿王成亲以来，杨玉环小两口的日子过得相当和美，说是神仙眷侣都不过分，而现存的其他史料也侧面印证了这一点，身在福中的杨玉环完全没有出家做道姑的动机。这段记载既不符合事实，也不符合逻辑。

相比较而言，还是编修《新唐书》的宋祁、欧阳修等人比较实事求是，他们是这么讲的：

“武惠妃薨，后廷无当帝意者。或言妃姿质天挺，宜充掖廷，遂召内禁中，异之，即为自出妃意者，丐籍女官，号‘太真’。”

乍看之下，《新唐书》同《旧唐书》的记载相差不大，但只要细品就会发现那处明显的差别，那就是杨玉环成为女道士的时间。

与《旧唐书》的说法不同，《新唐书》很清楚地告诉我们，当杨玉环被人推荐给李隆基时，她的身份还是寿王李瑁的妃子。等到李隆基“异之”决定要收她进宫时，这才被安排做了女道士，成了出家修行的杨太真，并不是在此之前就已经是出家人了。

这个时间顺序上的细节差异在现代人看起来并不起眼，但其实有这样一个古代的社会潜规则：一旦一个人出了家，那么他此前的所有社会关系和经历都将与出家后的此人无关。

也就是说，进了寺庙道观就算是改头换面、重新做人了，这便是《水浒传》里的鲁达在拳打镇关西闹出人命后，一上五台山做了和尚，官府就没再追究的原因。

在杨玉环这里，她出家的时间直接决定了当时的身份是与寿王还有夫妻名分的王妃，还是一个与外人再无任何干系的道姑。这进一步决定了另一个关键的问题——李隆基是不是抢走了自己儿子的老婆。

对于这一更为敏感的问题，欧阳修他们并没有给出一个明确的回答。不过问题的答案一直都藏在史料的白纸黑字里，捋一捋时间线就可以知道了。

开元二十二年（734）十一月，杨玉环被选为寿王妃；开元二十五年（737）武惠妃去世；开元二十六年（738），李隆基出人意料地没有册立一直宠爱的寿王李瑁为太子，而是在高力士的建议下立了忠王李玙（即李亨）；开元二十八年（740），李隆基去骊山温泉的时长和频次开始明显增加；开元二十九年（741）正月初二（此日期系陈寅恪先生考证所得，另有说法为开元二十八年十月），朝廷发布《度寿王妃为女道士敕》对外表彰寿王妃杨氏为替李隆基的母亲窦太后祈福，主动申请出家为女道士的感人事迹……

答案已经昭然若揭。

不论是被横刀夺爱，还是感情破裂后各自另有新欢，反正对李瑁来讲，他是彻底失去和皇位的缘分了。此后李瑁更是被朝廷边缘化，成了高级闲人。虽说是衣食无忧，但没有人关注，也不再有人关注。

不过很多人并不知道的是，在此之前，李瑁曾为捍卫自己的尊严发起过一次反击，而且还成功迫使李隆基延缓了册立杨玉环为妃的计划。

开元二十九年（741）十一月，李瑁趁着自己的养父宁王李宪去世的机会，主动上表要求为宁王守孝三年。

据说当李隆基看到这份奏表时，脸色相当难看。因为他一眼就看穿了李瑁的用意。

按照唐朝礼法的规定，在守孝期间，不得有婚娶的行为。李瑁是想通过此举让自己三年之内无法娶妻，这样继续空置寿王妃的位子，令老爹不能为他娶一个新妃子，从而杨玉环也无法自然转正。

这一招可谓十分高明，纵使是聪明如李隆基也无可奈何，最终只得同意。因此直到天宝四载（745）的七月，李隆基才给李瑁找了左卫郎将韦昭训的女儿为继任的寿王妃，又过了一个月才正式册封杨太真为贵妃，终于给了杨玉环一个公开的名分。

虽说开元二十八年（740）到天宝四载（745）这几年的时间里，李隆基和杨玉环的关系大致属于地下情，但是这也很可能是两个人最美好的一段岁月，无论怎么看他俩都堪称绝配。

李隆基是个兴趣非常广泛的人，从安静的书法到激烈的马球都十分擅长。但要说他的最爱，那大概率还是音乐。这位仁兄不仅能娴熟地演奏笛子、琵琶、羯鼓等多种乐器，还是个创作型音乐才子，自己就会作曲、编曲。唐代音乐中的几个殿堂级的代表作，如《霓裳羽衣曲》《小破阵乐》《色俱腾》《乞婆娑》等都曾得到李隆基的亲自操刀。几百人的乐队大合奏，他只要一听就能判断出哪个乐工的乐器音调不准。

李隆基极有音乐天分，杨玉环其实也是个中强手，用史书上的原话讲是“善歌舞，通音律，智算过人”。在音乐的细分领域之中，她最擅长的是击磬、拊搏[1]之音，据说就连梨园这种集天下音乐高人于一处的机构里，也没有一个能超越杨玉环的。对于李隆基最拿手的琵琶，杨玉环也同样巾帼不让须眉，她演奏的琵琶音韵凄清但无比轻灵，让听者好似灵魂飘于云外，一曲听下来后颇有心旷神怡之感。所以李隆基每次想要小酌几杯时都会让歌姬唱《水调》，杨玉环弹琵琶伴奏助兴。有时候还会为杨玉环举行小型演奏会，让诸王、公主来听，杨玉环每奏一曲，这些王爷、公主就瞬间变成狂热的粉丝，更有一部分人想要拜杨玉环为师。

但比起演奏技艺，杨玉环的舞蹈功底更加深厚。一次，李隆基在便殿[2]看《汉成帝内传》，被杨玉环远远瞅见了，她刚一走近，李隆基就把书藏了起来。皇帝陛下的本意是好的，因为这本书里所讲的女主人公赵飞燕在历史上以身轻如燕闻名，而杨玉环是属于体态丰腴的类型，李隆基怕她看

1 拊搏：古代的打击乐器。——编者注
2 便殿：别殿，古时皇帝休息宴饮的宫殿。——编者注

到后感到尴尬。不过杨玉环偏偏追问李隆基刚刚在看什么书，见杨玉环大有不听到答案不罢休的势头，李隆基就换上了一脸坏笑，表示别问，问明白了更是问题。等到杨玉环夺过书翻看了一番，李隆基已经露出了另外一种意味深长的笑容，还趁机逗趣道："怎么样？"

没想到杨玉环一点也不生气，反而十分自信地回答道："我的一曲《霓裳羽衣舞》，能超过她。"

后来杨玉环的《霓裳羽衣舞》果然令李隆基大为赞叹，还成了大唐高规格宴会上的压轴节目，每每上演必然会引来如潮水般的喝彩声。

李隆基之所以会迅速爱上杨玉环并觉得"六宫粉黛无颜色"，其实并不完全是因为她的美貌过人、能歌善舞。更重要的是，杨玉环同样是个有着有趣灵魂的人，她带给李隆基的快乐和新鲜感是此前都不曾有过的。

过去妃子和皇帝陛下宫中宴饮，酒酣耳热之际最多就是即兴赋个诗、起个舞。杨玉环却是带着一百多位宫女，同李隆基带着的一百多位宦官玩起了模拟战斗游戏，帝妃二人各自化身主帅列为两阵，指挥麾下的众人相互打斗取乐，战败的一方还得用大酒杯罚酒。

又如，绝大部分的妃嫔宫女在皇帝面前都是老老实实、百依百顺的样子，即使做游戏时也不敢太过放飞自我。可杨玉环刚好相反，她在宫中经常与李隆基玩躲猫猫，还总能捉住皇帝，但皇帝永远碰不到自己。由于杨玉环平时有在身上挂很多流苏香囊的习惯，她在游戏过程中就总用香囊引诱李隆基。李隆基毕竟年纪不小了，身手远不如二十来岁的杨玉环灵活，因而总是抓到了很多香囊，却一直抓不到杨玉环，这让李隆基乐此不疲。甚至还宣布这一游戏就以杨玉环平日称呼的名字为准，从此统一叫作捉迷藏。

有这么一个杨玉环陪伴在身边，李隆基像是被重新注入了生命的活力，他刚和杨玉环在一起时就高兴地对宫中众人说："我得到了杨氏，如同得到了至宝啊！"据记载，李隆基还亲自创作了一首名为《得宝子》的曲谱，以示纪念。

随着二人在一起时间长了，感情更是有增无减，一会儿见不到杨玉环，皇帝陛下就会怅然若失、手足无措，不复当年那个喜怒不形于色的身影。

有了皇帝如此高的评价和非同寻常的喜欢，杨玉环在极短时间里就达到了前婆婆武惠妃的地位，宫中的人统一称杨玉环为“娘子”，她在宫里所享受到的礼数也实际上等同于皇后。出去骑个马，给她牵马、递马鞭的这些小事儿都是高力士亲自来；喜欢穿好看的衣服，李隆基就给她专门配备了一个超过七百人的织绣团队；爱吃荔枝，就有来自岭南的快马每年跑接力送来最新鲜的荔枝。

李隆基把多半心思都用在了取悦杨玉环之上，可以说所谓的“从此君王不早朝”不是没有来由的。但客观地讲，此时年过五十的李隆基并不糊涂，他之所以开始沉溺于享乐之中，不再每日小心翼翼地处理政务，是因为他认为自己可以开始休息了。

因为此时的大唐正好走上了开国以来的繁荣顶点，而根据部分历史学专家的说法，这一时段也是中国传统社会发展的历史最高峰。

截至开元末年，大唐疆域已然逐渐接近唐高宗时的历史最大范围，北达玄阙州（在今俄罗斯安加拉河流域）、南抵罗伏州（今越南河静）、东至哥勿州（治今吉林通化市）、西及安息州（今乌兹别克斯坦布哈拉），共辖331个州、800个羁縻州，领土面积保守估计至少有1076万平方公里。生活在这片辽阔疆域的人口也恢复到了八百四十多万户，近五千万人。

由于国家政治稳定，经济持续发展，长安、洛阳这样的大城市物价水平相当低，市场上每斛米的均价不超过二百钱。因为四海之内家家户户都很富足，所以当时社会治安非常好，人们出门在外甚至万里远行都不必随身佩带兵器以防不测，运气好的话还能一路有热情的当地人管吃管住。

虽说四面的吐蕃、突厥、契丹、奚各个邻国都不安分，但有安西节度使统领西域，北庭节度使防御突骑施，河西节度使负责切断吐蕃与突厥之间的联系，朔方节度使专职抵御突厥，河东节度使威慑突厥侧翼，范阳节度使控御契丹、奚人，平卢节度使镇抚室韦、靺鞨，陇右节度使抵御吐蕃，剑南节度使西抗吐蕃、南镇山蛮，外加一个岭南五府经略使安抚岭南各族，形成了一个十位大将各统一大军区，互相支撑、协同联动的军事网络。即便是对大唐最能构成威胁的吐蕃，在大举入侵时也基本占不到便宜，国家的长治久安足以得到强力的保障。

李隆基将部分权力让渡给以李林甫为首的中书门下后，整个国家在向着预想中的平稳方向持续发展着，他认为自己可以去做一些以前想做但没机会去做的事情了。因此在开元三十年（742）的第一天，李隆基突然宣布废弃沿用了二十九个年头的开元年号，改元为天宝，将大唐带入了盛世的终结篇——天宝年间。

天宝元年对李隆基来讲是新的一年，对李林甫而言却是个流年。这年刚过去七个月，对自己唯命是从的搭档、左相牛仙客就死在了工作岗位上。皇帝陛下找来取代牛仙客位置的并不是其临终前推荐的人选，而是一个叫作李适之的人。

这个李适之和李林甫一样都是宗室出身，且同样属于李隆基叔父一辈，但他和李隆基的血缘关系比李林甫与李隆基近太多，因为李适之的祖父就是太宗时期著名的废太子李承乾。祖父比较不争气，但李适之刚好相反。此人办事能力极强，当过地方行政（通州刺史），处理过军区内军政（秦州都督），在京畿震慑过不法权贵（河南尹），还曾担任过监察干部（御史大夫），也玩得转司法建设（刑部尚书），是一个无论在哪个职位上都能干得有声有色的多面手。

更重要的是，他还具备一个李林甫可望而不可求的能力——交际。由于李适之为人性格简单直率，喜欢交朋友，自身又有过人的饮酒天赋，可以晚上豪饮，次日白天照常办公，从不误事。所以他的朋友很多，其中有一位更是天宝元年（742）皇帝陛下驾前的第一红人——李白。

李白是在天宝元年的七月得到朝廷征召令的，这一年他已经四十二岁了。而在此之前，李白已经用了八年的时间献上过《明堂赋》《大猎赋》等多篇作品，希望能有机会博得皇帝陛下的赏识，不过始终没能圆梦。

并不是说李白那个时期的作品不行，要怪只能怪李隆基太忙了，他把全部精力都用在了军国大事上，根本没有工夫理会民间呈送上来的诗赋文章。如果不是五十七岁的李隆基决定进入准退休状态，开始主抓国家的文学艺术事业，可能李白的人生也会少了很多传奇性。

在那个秋天，李白“仰天大笑出门去”，从南陵出发前往长安，准备去实现自己“大道匡君”的终极理想。

经过一番长途跋涉，李白最终在秋天结束前来到了长安。李隆基在读过李白的诗后十分欣赏他的才华，再加上此前玉真公主和贺知章都在自己面前对他交口称赞，因而这一次皇帝陛下特地降辇步迎接受了李白的朝见。

对李白的形象、才学以及见识，李隆基都很满意，因而初次见面后，他便任命李白为翰林待诏，负责各大宴游场合的诗文助兴工作。

虽然这份工作看起来不算重要，但相当有前途。因为翰林待诏能够跟随皇帝出席各种重要场合，有很多机会展示自己的文学才华。如果顺利的话，得到赏识的翰林待诏用不了多久就能成为翰林供奉，进入学士院深造，接下来就可能做专门执掌起草制诏书敕的翰林学士，进而是相当于皇帝机要秘书的翰林承旨，逐步切入国家的中枢机关。这对于无法参加科举考试又有着极高的文学天赋的李白来说，简直就是专门为他量身定制的一条入仕之路。

李白应该很清楚这一点，虽然史书上并没有记录李白具体做了哪些事情，但他给李隆基留下了深刻且不错的印象。天宝二年（743）初春的那次宫内宴游中，李隆基在谱好一支新曲子后，想到的第一个填词人就是李白。

于是李隆基在现场问了一个很重要的问题：“李白何在？”

听到这句问话，负责组织宴游的官员有点蒙。因为按照要求，翰林待诏需要十二个时辰待诏的，可李白在这要命的时刻不知所终了。

没办法，负责人只好硬着头皮答道：“回禀陛下，他此刻未在宫中。”

李隆基此时正在兴头上，没有在意李白的翘班，只是随口回了一句“那还不速速派人将他寻来！”

为了完成皇帝的任务，负责找李白的几个人跑遍了长安城的大小酒楼、酒馆，结果一无所获。

眼看着时间流逝，被皇帝降罪的危险系数也急剧增加，几个人不得不选择求助地方政府和长安驻军，人手一份画像地展开了拉网式搜索，这才在一家偏僻的小酒肆里发现了酒醉后睡得正香的李白。

人终于找到了，没有多少时间等他酒醒了，大伙只得架上烂醉的李白直奔皇宫而去。一路上又是凉水洒面，又是耳边呼喊，费了九牛二虎之力才让李白稍微清醒了一点。

只能说不愧是李白，他在半醉半醒中听清了创作主题，居然一口气完成了数篇诗文的写作。作品送上去后，李隆基那边当即给出了极高的评价，这次宴游也最终画上了一个圆满的句号。

李太白奉诏醉写诗的这段故事后来被无数文人学者传为佳话，但是很多人忽略了一个很重要的问题，除了李隆基、李白这两位主角外其他人的感受和想法。换位思考一下，自己的同事是个时不时就在关键场合玩失踪、遇到困难的工作时可以毫不费力地出色完成，又能受到领导高度好评的人，他们会怎么想呢?

因此，李白在干了不到一年半后就遭到排挤被迫主动离职。不过这对李白来讲，甚至对所有中国人来讲可能算是个好事，更何况当时朝堂上那个最危险的人物李林甫已经做好了向李白的好友李适之下黑手的准备。如果李白没有早些离开长安的话，那早晚会落入李林甫的手里。

第十六章
奸臣专政，盛世正走向崩溃

李林甫之所以决定要出手算计李适之，据说是因为他做了一个十分清晰、真实的梦。梦中的李林甫见到一个瘦高个、长胡子的人步步逼近，然后就杵在自己身边，怎么推都推不走，直到被逼到无路可走才惊醒过来。

起初，李林甫并没有把这个梦当回事，直到他碰见了裴宽。

裴宽是李适之的好朋友。天宝三载（744），李隆基任命安禄山为范阳节度使，就征召这位身为前范阳节度使的裴宽入朝出任户部尚书兼御史大夫。

李林甫见到裴宽的时候就觉得他同梦中的那个人长得有几分相似，心中有了些许不安。不久之后，他得知皇帝陛下从河北地区的将士那儿听说裴宽在范阳期间为政严明，深得各族百姓的爱戴，龙颜大悦，有意进一步重用裴宽。

考虑到裴宽已经是监察系统的一把手兼财政部的部长，再升一级也就是宰相了。再加上此人与李适之交好，一旦进到中书门下一定会同李适之联手限制自己，所以李林甫决意从裴宽开始，将这两位潜在的竞争对手一一除掉。

思来想去，李林甫最终想到了一招借刀杀人的妙计。他先找到曾经被裴宽揭露虚报战功的刑部尚书裴敦复，用一番洗脑式的唠嗑让裴敦复相信他是自己人。随后李林甫巧妙地扩大并利用二人之间的既有矛盾，让裴敦复贿赂杨贵妃的姐姐秦国夫人杨三娘，将裴宽贬为睢阳太守。见裴敦复出招成功，李林甫“黄雀在后”，突然出手将其外调为岭南五府经略使，紧接着又找了个借口将他贬为淄川太守，完成了对李适之、裴宽联盟的彻底扼杀。

等到裴宽再无翻身的可能，李林甫开始一边给李适之挖坑，破坏对方在李隆基心中的美好形象，一边设计剪除张垍、韦坚、皇甫惟明等同李适之要好的朝臣，终于迫使李适之主动提出辞职。

李适之被朝廷批准辞职后，新来的宰相是曾任李隆基贴身秘书的陈希烈，但这位仁兄的行事作风一点也不“烈”，他对李林甫言听计从，甚至依据其提议每天上午十点就下班回家了。自此一切军国大事完全取决于李林甫，他只需在家中做好决定，再让文书官抱着公文找陈希烈签个名就可以了。

李隆基不再关心政务，陈希烈又是一味附和，朝中剩下的大臣在李林甫面前同样唯唯诺诺，大唐仿佛已经成了李林甫的一言堂。看来当初那场噩梦似乎是周公开的一个玩笑，只是虚惊一场而已。

但并非如此。李林甫不知道他犯了一个致命的错误——找错了人。那个更加符合“瘦高个、长胡须”特征的人其实才刚登上历史舞台，他便是杨国忠。

众所周知，杨国忠是杨玉环的远房堂兄，其祖父杨友谅和杨玉环的祖父杨志谦是亲兄弟。但很少有人知道，杨国忠同另外一个历史名人还沾亲带故，那位就是武则天的情夫张易之。

这里之所以说是沾亲带故，主要是因为杨国忠同张易之的关系存在多种可能性，其中一种广为流传的说法是张易之系杨国忠的舅舅，而另一个说法一听就很有故事了：杨国忠其实是张易之的亲儿子！

据《天宝故事》记载，当年武则天实在是太喜爱张易之了，于是女皇命人在张家建了一座空中楼阁，张易之回家后只能在楼上睡觉，只要他一上楼，就有专人把楼梯撤掉，以防张易之有机会接触到别的女人。

要知道，武则天平时基本不给张易之回家的机会，即便偶尔给他放两天假，还要束之高阁，这在张妈妈看来就是有心让老张家断子绝孙，所以她买通了守卫秘密安排自己的婢女蠙珠上楼与儿子幽会。最终皇天不负有心人，蠙珠生下了一个儿子，这个私生子就是后来的杨国忠。

这个说法的真实性有多大，时至今日很难断言，但是从杨国忠年轻时风流倜傥的性格来看，确实很有昔日张易之的风范。而且杨国忠很会讨女人的欢心，一来二去之下，居然同杨玉环的二姐在一起了。因此当天宝四年（745），李隆基正式下诏册封杨玉环为贵妃时，杨国忠趁势崛起，先是被委任为金吾兵曹参军，后来很快升任闲厩判官，直至监察御史。

有皇帝最爱的杨贵妃作为后台，自身又是底层一步步混上来的，因而深谙结交奉承之道，所以杨国忠命中注定将成为李林甫最强劲的对手。

不过，要论会说话、能办事、摸得透皇帝心理的本事，李林甫排第一，而杨国忠仅能排第三，这第二的殊荣属于另一个人——安禄山。

安禄山在拍马屁这一领域里绝对属于天才型选手，其中最具代表性的当属天宝六年（747）的入宫参拜。

当时安禄山入宫觐见，一抬眼就发现李隆基和杨玉环是并排坐在一起的，他二话不说先朝着杨玉环所在的方向干净利落地跪了下去，等到恭敬地给杨贵妃磕完头，这才掉转方向拜见了李隆基。

对于安禄山这样的行径，李隆基说实话有些不太满意，于是便询问安禄山一进来就先拜贵妃是怎么回事。

自称体重三百多斤的大胖子安禄山是这样回答的："我们胡人见长辈，都是先拜母亲然后再拜父亲的啊。"

如果史籍记载无误的话，安禄山先生说这句话时的年龄应该有四十四岁了，而同年的李隆基和杨贵妃分别是六十二岁、二十八岁。

能在一个比自己大不了多少，另一个比自己年轻至少一轮的人面前说出这句话来，脸皮算是相当厚了。

考虑到安禄山从来没有接受过儒家的伦理教育，而且他认干爹早已是家常便饭，所以并不存在什么心理负担，神态也很真诚不做作，李隆基也很难怀疑他是在刻意拍马屁。所以，李隆基马上露出了灿烂的笑容，对安禄山变得更为信赖了。

李隆基经常被安禄山哄得笑逐颜开，安禄山也借机一点点在强化自己的地位，争取更多的权力。对于安禄山拍马屁的手法套路，李林甫并不是看不出来，只是他不打算拆穿，因为安禄山成为李隆基的第一爱将正是他希望看到的。事实上，安禄山能逐步得到李隆基的看重与赏识，还得说是李林甫屡次进言称赞的结果。

李林甫会这么做自然有他的原因，他的终极目标是用安禄山来改变原有的拜相途径。

在唐代，想做到宰相有两个途径，一是凭借写文章拼政绩。只要文章做得好，政绩持续优异就有很大可能进入皇帝遴选宰相的视野范围，比如宋璟、张九龄等知名宰相就是这样脱颖而出的。

第二条途径则是靠军功。如果能在疆场上建功立业，文化程度方面也不太差，同样有机会成为宰相。李隆基继位以来的这几十年里，已经有郭元振、薛讷、李适之等多人凭突出的军功从边疆走进了中书门下，顺利成为宰相。

对于第一条途径，自从成为宰相以来，李林甫一直在严防死守、加紧控制，谨防能威胁自己地位的人引起李隆基的注意。可第二条途径，李林甫就无法干预了。毕竟他人在长安，军队里面又没自己人，所以难免会有李适之、裴宽这样的潜在竞争者涌现出来，给自己的专权造成麻烦。这让李林甫一度十分头疼，直到他听说了安禄山的事迹。

在李林甫看来，安禄山这样的胡人将领文化水平有限，比较容易控制，即便做了宰相对自己也难形成实质性的威胁。因此李林甫提出了一个被后世公认的间接促成安史之乱的建议：逐步推动边军将帅的胡人化。

李林甫是这样游说皇帝陛下的：圣上雄才大略，我们大唐如今也是国富民强，可是现如今四夷并没有完全臣服，这是为什么呢？原因就出在那些边将身上。目前边军中的高级将领有很大一部分是文人出身，这些人根本不懂军事，还胆小怕事，不敢主动出击为国家开疆拓土。所以各地节度使也一味注重防御，缺乏进攻意识。陛下如果想要平定四夷，就要重用真正的武将作为边帅。武将中，胡人又是佼佼者。他们从小生活在马背上，长大后又经常在战场上摸爬滚打，战斗能力及战斗经验远远超出汉将，如果朝廷能重用他们，平定四夷就不再那么困难了。

为了证明自己的论点，李林甫拿来做论据的就是安禄山。起初，李隆基并不认同李林甫的说法，然而随着安禄山在平卢节度使任上的战绩越来越突出，李隆基也不能不赞同李林甫的建议，开始尝试着重用所谓的蕃将。

客观地讲，用蕃将不能说是一个绝对错误的政策，因为后来大名鼎鼎的哥舒翰、高仙芝、李光弼都是在这一政策之下被选拔出来，且都为大唐立下了赫赫战功。但边军高级将领的胡人化确实为后面的安史之乱乃至藩镇割据埋下了隐患，令大唐直接坠入了万劫不复的深渊。

李林甫猛夸安禄山当然还有一个更为现实的原因，那就是阻止唐军之中一个厉害的人物入朝为相。而这个人同时也是安禄山继续前行道路上最大的障碍。他就是开元二年（714）大来谷之战中英勇阵亡的丰安军使王海宾的遗孤——王忠嗣。

经过整整三十年的时间，当年那个弱小无助的男孩已经成长为文武双全的大将，而且李隆基并没有忘记他当年的承诺，正是在皇帝陛下的用心栽培下，王忠嗣得以追随李祎学习，逐步走上自己的名将之路。

到天宝五年（746）的时候，王忠嗣已然西挫吐蕃、北灭突厥，被时人公认为近五十年来最有水平的边帅，他此时的身份已经是河西、陇右节度使兼知朔方、河东节度使事。换句话说，王忠嗣一人同时担任了四个节度使的职务，比后来的范阳、平卢、河东节度使安禄山还要多管一个军镇。

根据《唐历》记载，天宝初年全国的军队总人数为48.69万，其中安西节度使麾下兵丁数量为2.4万人，北庭节度使统兵量应为2万，河西节度使领兵7.3万，朔方节度使拥兵6.47万，河东节度使领兵5.5万，范阳节度使领兵9.14万，平卢节度使领兵3.75万，陇右节度使领兵7.5万，剑南节度使领兵3.09万人，还有岭南五府经略使统率的1.54万人，长乐经略使的1500人，以及东莱守捉使、东牟守捉使，各统领的1000兵丁。

身为朔方、河东、河西、陇右四镇节度使的王忠嗣，理论上手中所掌握的兵力应该有26.77万人，这个数量已经占了全国总兵力的一半以上。要知道，后来安禄山发起那场给大唐国运彻底改道的叛乱时，他麾下的兵马总数也只有18万左右。

毋庸置疑，王忠嗣称得上当时天底下最有实力的人物之一，而且他不只是李隆基的养子和爱将，还是太子李亨的发小，属于自带双重政治保险。如果李林甫和安禄山不联手，单凭他们单独一人还真拿王忠嗣没辙。

事实上，李林甫和安禄山即便是达成联盟也迟迟没敢出手，在认真观察研究了一年多，安禄山才试探性地打出了第一招。

天宝六年（747）三月，刚刚兼任范阳节度使的安禄山上表朝廷，申请在幽州边境地带修筑一座雄武城作为储存军需物资的枢纽，并以自己兵力不足为由，希望王忠嗣能派出一部分精壮士兵来协助自己完成这个工程。

奏表送上去后，自然是到了李林甫手里，所以毫无意外地得到了批准，他立即派人传旨给王忠嗣，要求其密切配合。

王忠嗣接到朝廷命令后，二话没说就组织人去了。速度快到安禄山的人还没来得及和下级沟通好，王忠嗣就亲自带队到达了目的地。

他在安禄山所圈定的筑城地点转了两圈，并同施工方的负责人深度交流后，就带着自己的人马打道回府了。

等到安禄山得到消息匆匆赶来，王忠嗣早已带队回到自己的辖区，再也追不到了。

其实安禄山这一回本想着是借筑城为名，扣下王忠嗣那边的精锐留为己用，但他没有想到的是王忠嗣会亲自带队来，而且来去都如此迅速。他更没想到的是，王忠嗣刚回去不久便给朝廷上了一份密表，断言安禄山日后必反。

因为王忠嗣本人很重视情报工作，很清楚契丹和奚人根本就无法从安禄山那里讨得便宜，每次都是被安禄山打得四处乱跑。所以在王忠嗣看来，所谓的修筑坚城，扩大战略防御纵深，以更好地防备契丹南下侵扰的原因根本立不住脚。而王忠嗣经过实地走访，发现安禄山向新城中运送的军械大多是军中最先进的攻城设备，并不是专门用于野战的。在同施工的一方交流后，王忠嗣也大致能够断定以安禄山麾下现有的士卒数量，完全可以有充裕的时间完成雄武城的修筑任务。

综合上述种种迹象，王忠嗣做出了一个准确的判断：安禄山已经有不臣之心，目前在暗中发展势力，为谋乱做准备。

王忠嗣目光如炬、料事如神，可惜读完了奏表的李隆基却并不相信。在皇帝的眼中，安禄山只是一个憨到有点傻的胖子，这种胖子能有什么坏心眼儿呢?

因此王忠嗣接下来的几次上表都同第一次一样毫无动静。见李隆基没有反应，王忠嗣决定以退为进。当年四月，他突然主动申请辞去自己所兼任的河东、朔方两镇节度使的职务。

有鉴于王忠嗣的态度很坚决，李隆基亲自批准了辞呈。不过皇帝并没有多想王忠嗣请辞的背后原因，因为此时对他来说，还有一件更为重要的事——不是杨贵妃，而是石堡城。

当年李祎好不容易才拿下的那座天险之城，由于守将的疏忽又被吐蕃人夺去了。在石堡城失守的五年间，唐军曾组织过多次进攻试图收复，但均以失败告终，唐军甚至还为此付出了一员高级将领阵亡的代价。

李隆基一直都在寻找夺回石堡城的机会及将领的人选，而他之所以调王忠嗣为河西、陇右节度使，并批准他的辞呈，就是想让他为自己解决这个心头之患。

又等待了半年后，这一年的十月，李隆基正式派人给王忠嗣传令，让他拟订方案，伺机攻取石堡城。

谁知事情并没有按照李隆基的想法发展，因为得到命令的王忠嗣回复道：

“石堡城地势险要，城墙坚固，吐蕃人又倾举国之力驻守。现下我们如果想攻取此城，势必将付出数万人伤亡的代价。而且臣还担心此举得不偿失，倒不如暂且厉兵秣马，等到吐蕃人内部出现了变动再伺机攻取。”

见王忠嗣不愿配合，李隆基很不爽。恰在此时一位名叫董延光的将军毛遂自荐，请求带兵收复石堡城，李隆基当即同意，并命令王忠嗣分兵协助董延光所部。

董延光在这么巧合的时机蹦出来，他的背后是否有推手，如今已经不得而知了。攻城战打得很费劲，不过董延光并不认为是自己的水平不够，主要是王忠嗣派来的援兵不够，对于自己的所有要求也没有一一满足。因此等到董延光超过攻克石堡城的约定的期限后，他就将怨气一股脑地甩到了王忠嗣身上，狠狠地向朝廷告了黑状。

事实证明，董延光的告状本领远胜于攻城能力，奏表成功引发了李隆基对王忠嗣的怒火，而作为落井下石高手的李林甫也趁势指使济阳别驾魏林造谣，称王忠嗣曾经公开表示同忠王自幼相熟，亲如兄弟，讽谏皇帝要当心王忠嗣有拥兵尊奉太子的举动。

不得不说，李林甫对李隆基的心思已经拿捏得恰到好处了，在他的运作下，李隆基对王忠嗣的信任瞬间荡然无存，皇帝陛下马上派出特使前去召王忠嗣回长安。王忠嗣刚一入朝便被交由御史台、刑部和大理寺进行三司会审。

会有这样的局面，事实上王忠嗣早就预料到了。

当初董延光在叫嚷着王忠嗣不配合自己要告御状时，王忠嗣的一位部将就好心劝谏他，即便是爱惜士卒不想成就董延光的军功，但表面工作还是要做到位的，至少要让外界看起来是很支持的样子，不然难免贻人口实，朝廷也必然会怪罪下来。

听完了这位部将的话，王忠嗣先是点了点头表示认可和感谢，然后他对这位部将袒露心声道：

“李将军，忠嗣决心已定。我平生夙愿，岂在富贵？如今我军与敌人争夺的这座城，拿下了并不足以遏制敌人，拿不下来对国家也没有什么危害，我岂能用数万将士的性命去为自己换取一个更高的官职！假如朝廷真的怪罪下来，大不了把我贬个金吾羽林将军，召回到朝中站岗罢了。最差也不过是将我再降几级，贬到黔中去当个地方上的小官，这样子的处分我都心甘情愿领受。尽管我对那些处分觉得无所谓，但我知道你所说的那些话确实是在为我着想啊！”

在这个世界上，居然有肯为那些普普通通的士兵的性命甘愿放弃自己前程的主帅。这位部将不由得肃然起敬，他当即向王忠嗣道歉，并对主帅深鞠一躬，致以敬意。

事后的发展告诉我们，王忠嗣的这种心存苍生的精神被这位部将身体力行地传承了下来。十年后，他在太原凭借着这样的信仰，团结城中仅有的老弱残兵和平民百姓坚守孤城，扛下了史思明亲自统领的十余万大军的猛攻，取得了太原保卫战的胜利，并为战争进入相持反攻阶段打开了大门。

这位将军便是李光弼。

王忠嗣预料到了自己会被诬告，被召入朝接受审判，但有一点是他没能准确预料到的，那就是判决的结果。

在李林甫和安禄山的联合推动下，三司会审竟然给出了个“罪应死”的结论。

举朝震惊，李林甫下手确实够黑够狠，但是王忠嗣的案件由于牵连了太子实在是过于敏感，而且皇帝还在气头上，完全没有质疑这判决结果，因此朝堂上没有一个有胆站出来替王忠嗣求情。

不过不怕死的人还是有的。

王忠嗣被判了死刑的消息传出来后，他的一位老部下哥舒翰就出头了。此人之前是陇右节度副使，刚刚被李隆基任命为陇右节度使，客观地讲，还是很得皇帝陛下信任和赏识的。这个节骨眼儿上为王忠嗣说话，无异于自毁前程。可他并没有在乎这些，只是一意孤行地上表为王忠嗣鸣冤，甚至表示愿意以自己的官爵给王忠嗣赎罪。

但皇帝陛下不为所动，当场就起身准备回宫。眼见皇帝要走，哥舒翰咕咚一下就跪倒在地，膝行跟随，一边不停地磕头，一边声泪俱下地哀求，直到李隆基终于答应，饶过王忠嗣一命。

十一月二十七日，李隆基下达了对王忠嗣案的最终裁决：贬王忠嗣为汉阳太守。

一年后，王忠嗣又被调任为汉东郡太守，最后在任内“暴卒”，终年四十五岁。

王忠嗣离世的同一年，哥舒翰受命发起了石堡城攻坚战，在唐军一轮又一轮不惜代价的冲锋后，终于实现了李隆基的愿望。战后统计参与攻城的十万大军伤亡大半，一如昔日王忠嗣所料。

战报传到朝廷，李隆基相当激动，当场给予了哥舒翰“拜特进、鸿胪员外卿，与一子五品官，赐物千匹、庄宅各一所，加摄御史大夫”的崇高待遇。

此时此刻，李隆基大概率不再记得王忠嗣做出的那些预言。可是哥舒翰记得，在目睹了王忠嗣从威震天下的四镇节度使一夜之间沦为死囚的全过程后，有一个观念深深印刻进了他的脑袋里：如果遇到了拗不过皇帝的情况，务必遵从命令，不然就会步王忠嗣的后尘。

王忠嗣的被贬对于安禄山来说已经是全面的胜利了，从今往后再也没有一个武将可以让安禄山感到畏惧，终于可以肆无忌惮地暗中发展自己的势力了。

不过对于朝中的李林甫来讲，王忠嗣其实只是他计划中的第一步，他的终极目标是想要借王忠嗣一案把太子李亨拉下水，废掉这个不在自己规划内的太子，改立自己人。

然而他刚刚准备出手就被李隆基叫停了："我儿子住在深宫之中，岂能与外人合谋？肯定是有人在造谣生事。你们只需要追究王忠嗣阻挠他人立军功的责任就可以了。"

天子话都撂这儿了，谁再敢牵连太子，估计会比王忠嗣更惨。李林甫是个聪明人，自然不会顶风作案。于是他选择了伺机而动。

不过，在等待的间隙他也没闲着。为了更快地获取皇帝的新动向（因为李隆基经常在华清池待着，不怎么在宫里），李林甫决定发展一个新的内线——杨国忠。

杨国忠初来乍到，虽说在宫内有皇帝陛下最爱的杨贵妃撑腰，但终究还是能力和阅历有限，在向上发展的路上感觉很吃力。因此当他发现李林甫主动递过来的橄榄枝后，杨国忠几乎没有犹豫就接住了。

在李林甫的有意提拔下，杨国忠从御史起步，不到一年就成了身兼十余个职位的朝中重臣。

在杨国忠的不断美言下，李林甫在皇帝那边的受宠信程度大增，权势进一步升级，在朝中逐渐建成了一个以自己二十五个儿子和二十五个女婿为骨干，以众多亲信故吏为基石的特殊利益集团。

这个集团强大到什么程度呢？天宝八年（749），咸宁太守赵奉璋再也忍受不了乌烟瘴气的朝政，下定决心要揭发李林甫的二十条大罪，同以李林甫为首的黑暗势力拼个鱼死网破。没承想，赵太守连夜写成的弹劾大作还没送上去，李林甫派来的御史就敲响了房门。最终在李林甫的授意下，御史台捏造了罪名，把这位勇敢的赵太守给干掉了。

这意味着，全国上下都遍布着李林甫的眼线，但凡在日常生活中对他表露过不满的人都被秘密监控着，这才能达到李林甫需要的将威胁扼杀在摇篮里的效果。太守级别的一方长官，在李林甫那里不过是一只蚂蚁般的存在，这些人的生死也就在李林甫的一念之间。

简直是大权独揽，只手遮天！

这样的局面用常规的办法是无法破解的，因而部分反对李林甫的官员想到了一个熟悉的操作——政变。

天宝十一年（752）四月，前鸿胪少卿邢璹之子邢縡联合了龙武万骑部分军官试图在十一日这天突袭万骑军营，杀死龙武将军，控制部队，再通过纵火的方式声东击西，袭杀李林甫、杨国忠和陈希烈等人，控制朝政。但是保密工作没有做好，走漏了风声，被得到消息的李隆基亲自调派军队剿灭了。

事情发生后，李隆基震怒，下令将参与其中的京兆尹王鉷赐死。王鉷是李林甫的重要心腹，更是李林甫找来制衡杨国忠的关键角色。此人一死，杨国忠很快通过杨贵妃取代了王鉷生前的所有职务，开始有了与李林甫分庭抗礼的念头与实力。

不久，李林甫突然发现，杨国忠居然有意学习自己的套路，打算将邢縡谋反案牵扯到自己的身上。

李林甫惊怒之余，依旧沉着冷静，主动找到皇帝陛下谈心，又派人同审案的主官沟通，成功将这件事压了下来。不过他同杨国忠也撕破了脸，再也回不到从前了。李林甫不再顾虑，建议朝廷派杨国忠去征讨反叛的南诏。

南诏是蒙舍诏的领袖皮逻阁在李隆基的支持下建立的，他统一了位于今日云南洱海地区的“六诏”，因此这个国家自诞生以来就同大唐的关系极为密切。但是后来由于云南的地方官员没能做好统战工作，南诏就去抱了吐蕃的大腿，并在吐蕃的支持与配合下屡次侵扰大唐的南部边境。

唐军曾发起过数次防守反击战，且一度进驻到南诏境内，但还是在熟悉地形和气候的南诏军队的反攻中几乎全军覆没。

时任剑南节度使的鲜于仲通曾有恩于杨国忠，因此在他请辞后，杨国忠便没多追究，乐呵呵地接过了鲜于仲通的官职，遥领剑南节度使。

李林甫这下可真是乐坏了，他拿着蜀地送来的战报直接找到了李隆基，力劝皇帝批准杨国忠暂且赴任平乱。

李隆基觉得李林甫的建议没毛病，马上就同意了。

杨国忠在得知这个消息后，差一点吓晕过去。这位仁兄虽说对大事缺乏敏锐的判断力，不过对自己的能力还是心知肚明的。他很清楚以自己的水平去了蜀地，不是被南诏军队干掉，就是会因畏葸不战被朝廷召回来干掉。即便战事顺利，以杨国忠对李林甫的了解，他也很确信李林甫仅凭在皇帝面前进谗言就足以置自己于死地。

既然无论如何都是“死”，不如拼一把。杨国忠打定了主意后就直接进宫去向李隆基哭诉，经过一番堪称奥斯卡级别的哭戏表演后，最终却只得到了皇帝陛下这样的一句安慰：

“爱卿暂且去蜀地处理一下军务，朕会数着指头估摸时间的，等日子差不多了，便会召爱卿还朝，到时候你就可以做宰相了。”

皇帝的话都说到这个份上了，再推辞就是打皇帝的脸了。杨国忠没有办法只得上路了。

然而就在杨国忠即将抵达成都的时候，李隆基的特使来了，并带给杨国忠一个做梦也没有想到的消息：李林甫快不行了。

李林甫并没有耍什么阴谋诡计，他是真的病重到连床都下不来。但即便如此，奉皇帝之命探视李林甫的杨国忠依旧是一副战战兢兢的样子，生怕这个老狐狸在自己的府邸埋伏了什么刺客。

李林甫虽说是病得不轻，但他很清楚杨国忠的脑子里在想些什么。为免自己死后遭到清算，落得个被刨出来示众的下场，李林甫决定主动示弱。

“林甫就要死了，而您一定会升任宰相，我的后事就托付给您了！”说这番话的时候，李林甫泪流满面，双眼中满是乞求。

这可再次吓坏了杨国忠。据载，当时的杨国忠不禁汗流满面，赶忙拜倒在李林甫的病床前，连称不敢当。直等到李林甫昏沉沉地睡去，他才敢爬起来告退。而且自打这次见面后，杨国忠就闭门不出，只等李林甫的死讯传来。

天宝十一年（752）十一月二十四日，杨国忠终于舒了一口气，因为李林甫真的咽气了。

消息传来，杨国忠高兴得直想放炮仗庆祝，倒是李隆基深感悲痛。

这十九年来李隆基并非不知道李林甫有结党营私、嫉贤妒能等问题，但他依旧一直重用李林甫，将国家大事委托给此人操办。这看似不可理解，可实际上原因很简单：只有李林甫能扮演好皇帝所需要的那个平衡各方势力的角色。

现在李林甫走了，李隆基精心维持了多年的平衡局面终于被打破了。

第十七章
安史之乱爆发

李林甫死后，最先起来的，是安禄山。

说起来大多数人都不知道，安禄山是相当害怕李林甫的。据史书记载，安禄山每次入朝见到李林甫时都特别紧张。但凡两个人谈事情，不用安禄山开口，李林甫就总能知道他想说什么，并且极为准确地把安禄山想要说的话提前讲出来，还说得更有逻辑、更准确。所以数次交谈之后，一向鄙夷满朝文武的安禄山彻底被李林甫镇住了。

由于对李林甫实在是又服气又畏惧，即便安禄山不去长安觐见，每回在派去办事的人回来汇报工作时，他总是会习惯性地先问十郎（李林甫）说了什么。如果听说李林甫称赞了自己，安禄山会高兴得蹦起来；如果李林甫说“大夫（安禄山官拜御史大夫）需要好好检讨一下自己”之类的话，安禄山就会焦躁不安地猛拍自己的胡床，大叫道“我这回可是真的要死了啊”。

虽说迄今为止，史学界对于李林甫的历史功过问题一直争论不休，尚无定论，但有一点是可以达成明确共识的，那就是倘若李林甫在世，安禄山无论如何都不敢扯旗造反。

安禄山之所以有了坚定的叛乱之心，并最终付诸行动，最主要的原因还是接替李林甫担任宰相的杨国忠着实太差了。

正如李林甫生前预料中的那样，杨国忠在他死后不久便被任命为右相，同时兼任吏部尚书，掌握住了人事上的生杀予夺大权。但大家很快就发现，杨国忠根本取代不了李林甫。

比如二人虽然同样口齿伶俐，能侃侃而谈，但李林甫一本正经地胡说八道时，让人听起来头头是道，且有去试试的念头；而杨国忠则让人感觉为人轻率浮躁，没有威严。同样是排斥异己，搞党同伐异，李林甫是杀人无形、滴水不漏；而杨国忠弄得满城风雨、骂声一片。

对于杨国忠的能力水平，李隆基应该也是了解的，但对皇帝陛下来讲，他的选择也不多。因为这个新宰相，首先必须是李隆基信任的，这样才能够放心把政务托付给他；其次，要和太子李亨的关系不和，这样才能保证自己在同杨贵妃泡澡时不会被莫名其妙地变成太上皇；最后能力也不能太强，否则太子很可能会被玩废了。

思来想去，也就只有擅长搞钱，且此前跟着李林甫找过太子麻烦的杨国忠勉强符合所有的条件。不过李隆基也没有完全指望凭一个杨国忠就能替代李林甫为自己平衡各方势力，所以皇帝陛下在自己的棋盘上又增加了几枚棋子。

第一枚棋子，是哥舒翰。

没错，就是曾经为王忠嗣冒死辩护的那位仁兄。王忠嗣去世后，他凭借着收复石堡城奠定了在李隆基心中的地位，紧接着又交出了收复黄河九曲地区的答卷，因此得封为西平郡王。

要知道，无论是替大唐平定了半个天下的李靖，还是为国家灭掉了心腹大患高句丽的李勣，爵位升到国公就算是人生巅峰了，封王是想都不敢想。而哥舒翰一举超越了这两个名将前辈，可见李隆基对他寄予了厚望。

李隆基希望的是能够让杨国忠和哥舒翰联手，对内震慑太子李亨的势力，对外制衡安禄山，以免一家独大。

哥舒翰的军事水平同安禄山打个平手基本上没有问题，而且他很难被安禄山收买或公关。因为他们二人的恩怨不止在王忠嗣的事情上，哥舒翰本人在同安禄山的堂兄安思顺共事时关系也十分紧张，差点到了拔刀相向的地步。因此在李隆基看来，哥舒翰无论如何也不会投向安禄山那一边。

李隆基考虑得很周全，但他还是忽略了十分重要的一点，那就是哥舒翰的年龄。当时哥舒翰已经五十岁了，身体明显开始走下坡路，而且这个老头儿还没有养生意识，平日里特别喜欢美酒和美女，天天这么个折腾法儿，健康迟早出问题。

好在李隆基还准备了其他的后招。

李隆基的第二枚棋子叫高仙芝。

高仙芝，时任右羽林大将军。这位仁兄之所以会被李隆基选中，纯粹是因为他太能打了。在被召回朝廷前，高仙芝一直稳居西域第一战将的位子，并不断刷新大唐西部战区的军事奇迹：

天宝六年（747），他率军翻越了险峻的葱岭（今帕米尔高原），平定了叛唐的小勃律国，并生擒小勃律王苏失利之和他贵为吐蕃公主的妻子，献俘长安。

天宝九年（750）二月，高仙芝统领的远征军再次告捷，一举击破亲附吐蕃并企图扼杀驻小勃律唐军的朅师国（在今巴基斯坦北部奇特拉尔），俘获其国王勃特没。

同年，他领兵突袭并成功灭掉了著名的昭武九国之一的石国（今乌兹别克斯坦境内），将石国君臣全部拿下。在班师的途中，高仙芝又顺道攻打了同吐蕃关系暧昧的突骑施汗国，擒获其首领移拨可汗。

用兵三载，生擒一名可汗、两位国王，外加一个吐蕃酋长，李隆基即位以来只有他取得了这样的辉煌战绩。于是高仙芝的名字得以冲出大唐，走向世界，被西边跃跃欲试东进的大食人尊称为“萨西卜·吉巴耳·赦尼”，也就是“中国的山岭之王”。

其实李隆基一开始是想让高仙芝去做河西节度使的，这一安排有明显削弱安禄山势力的意思，因为当时在河西节度使位子上的不是别人，正是安禄山的堂兄安思顺。

但令李隆基万万没想到的是，安思顺借着边将胡人化的政策之机早就在河西军区安插了无数效忠于自己的蕃将。在安思顺的授意下，这些蕃将明确表示若安思顺被调任，就会割下自己的耳朵、自行毁容以示抗议，迫使李隆基不得不打消换人的念头。

昔日边将胡人化政策的恶果终于开始显露出来了，不过李隆基也没有太慌，他布下了第三枚棋子：提拔四镇支度营田副使、行军司马封常清为安西副大都护、安西四镇节度副大使、知节度事。这一举动充分说明李隆基并不像大家印象中的那样年老昏聩，相反，他是很了解情况的：

第一，安西军镇的士兵虽然只有二万四千人，却是各镇中最为精锐的一支，这样的队伍绝对不能再交给蕃将统领。

第二，安西军要保持长期强悍的战斗力，可以没有高仙芝，但不能没有封常清。

封常清自高仙芝脱颖而出担任安西副都护、四镇都知兵马使以来就一直是他的副手。换句话讲，高仙芝的军功章有一半属于封常清。

如果说高仙芝是一个能打硬仗的进攻型将领，那么封常清就是一个运筹帷幄的谋略型将领。此人眼光长远、办事果断，而且在治军方面很有一手，深得将士拥护。他仅仅用了不到一年的时间便带领全军走出了怛罗斯战败的阴影，迅速恢复了常态。紧接着在天宝十二年（753）取得了远征大勃律国（今巴基斯坦控制下的克什米尔地区的巴尔蒂斯坦）的胜利，天宝十三年（754）克复臣附于吐蕃的播仙（今新疆且末县）并全歼驻守的吐蕃军，令安西军再次扬威西域。

这里有必要再多说几句，当时封常清讨平大勃律国封堵了吐蕃的西进之路，哥舒翰在今天的青海、甘南一带逐步将吐蕃人的势力范围压制在日月山以西，使得从今天的新疆到克什米尔这一大片土地都处于唐军的有效控制之下。大唐历代皇帝梦寐以求的对吐蕃的军事包围态势至此初步成形。恰在此时，吐蕃方面自己内部也出现了前所未有的大乱，吐蕃赞普赤德祖赞在观看赛马时不知被谁派人给刺杀了。

吐蕃赞普的死讯一传开，此前被吐蕃征服的各地土王纷纷趁机起事，谋求自立，但很快就遭到了新赞普军队的残酷镇压。一盘散沙状态的土王们到底是打不过组织严密的吐蕃精锐部队，相继被消灭。见形势不对，苏毗土王没陵赞秘密派人前往长安，提出了归附的请求。

这实在是一个天赐的大馅饼。因为苏毗堪称吐蕃最重要的土邦之一，自被吐蕃吞并后就一直是最主要的兵源与给养的供给地，如果苏毗能独立出来成为大唐的属国，或者当地人全部迁到唐朝境内，对于吐蕃而言将是致命的打击。

逻些的吐蕃高层同样很清楚苏毗的重要性，因而自赤德祖赞遇刺之后，他们就派人严密监视着没陵赞的一举一动，没陵赞的秘密行动最终也没逃过他们的眼睛。没陵赞的使者还没回来，吐蕃的大军就已经到了。紧接着就是一场激战，苏毗不幸战败，没陵赞及其部属两千多人惨遭屠戮。只有没陵赞的儿子、苏毗王子悉诺逻带着两千多部众突围了出来，不过其后经过吐蕃军队的沿途追杀，等到获得了哥舒翰接应的时候，只剩下一千来人了。这些人最后成功抵达了长安，悉诺逻王子被朝廷封为怀义王，并赐予国姓“李”氏，他的部众也得到了妥善安置，从此一起成了大唐的子民。

虽说苏毗的事态发展并没有达到预期的最佳效果，不过苏毗这么一乱，吐蕃对外扩张的势头基本陷于停滞，不得不转向对内恢复元气。

在与宿敌吐蕃长达百年的较量中，唐朝已经很久没有占据过如此压倒性优势了。照这个势头发展下去，大唐将毫无意外地打破吐蕃和大食联盟，甚至很有可能一举搞定吐蕃这个难搞的老对头。

然而上天在这时跟大唐开了一个玩笑，在引爆了吐蕃内部的火药包后不久，就偷偷点燃了大唐那边的导火线。更要命的是，大唐的君臣们完全没有丝毫察觉。因为当时的朝廷上下，所有人的注意力全部被引到了一场前所未有的互撕大战中，而互撕的两个主角正是皇帝身边的红人——杨国忠和安禄山。

杨国忠早就知道安禄山看不上自己，因此两个人在携手诬陷李林甫勾结蕃将谋反，并成功把李林甫的残留势力彻底清算后，马上就分道扬镳，互为死敌了。

杨国忠到底是个水平有限的人，跟着李林甫多年也没有学会“温水煮青蛙”的斗争策略，只是掌握了浅层次的斗争技巧，特别是屡试不爽的那招——诬告政敌谋反。

在杨国忠接连不断的预警下，李隆基开始注意到安禄山为扩充自己势力的种种动作。为了印证自己的怀疑，天宝十二年（753）年底，李隆基向安禄山的驻地平卢派出了亲信太监辅璆琳进行摸底调查。

谁知，这辅璆琳并不靠谱，他一到平卢就被安禄山花重金收买了，回来便向皇帝表示那些声称安禄山有谋反迹象的消息统统信不得，安禄山实乃少见的大忠臣云云。

辅璆琳的这一回复在李隆基的预料内，同时也在杨国忠的预料内。事实上，杨国忠并没有奢望如此简单就能扳倒安禄山，他早已对这一结果想好了招数。

于是安禄山刚刚送走辅璆琳没多久就接到了一个新通知，要求他在即将到来的新年前往长安觐见。

接到通知的那一刻，安禄山便认定这就是杨国忠的新阴谋，对方想要用“调虎离山之计”把自己弄到长安去，而且很有可能会把他留在长安，进而想方设法恶整自己。

安禄山由此陷入了两难的境地。如果不去，就坐实了自己心怀不轨，不敢面圣；如果去了，就可能是羊入虎口，一去不复返。经过同手下谋士们的认真研究，安禄山最终选择了走一趟。

天宝十三载（754）正月初三，当安禄山出现在了宫门外，看到了杨国忠一脸惊讶时，才意识到自己是高估杨国忠了。因为杨国忠认定安禄山不敢前来，为此还在李隆基面前拍了胸脯。所以杨国忠见到安禄山，当场就呆住了。倒是李隆基显得特别高兴，在他看来，安禄山面对满朝不利于自己的流言蜚语敢于亲自出面，以实际行动反击负面舆论，着实大智大勇，难能可贵。因此皇帝陛下特地在华清宫隆重接见了风尘仆仆的安禄山。

结果一见面就搞得李隆基有点不好意思了，因为安禄山上来就泪流满面地哭诉："臣本是个胡人，连文字都不认识，承蒙陛下恩宠才得以做到今天这样的高位，但那杨国忠对臣心怀嫉妒，一定要杀了臣方才甘心！"

李隆基听了这番话，自然要有所表示。他当场向安禄山保证自己不会听信那些不实之词，这次找你来其实是想当面进行奖赏的。于是李隆基下令晋升安禄山为尚书左仆射，赐实封千户，还赏赐了一大笔钱，作为他的往返补贴加精神损失费。

就这样，安禄山升了职、拿了钱，不仅平平安安地回去了，还进一步巩固了自己在李隆基心中的忠臣地位。在此期间，杨国忠则毫无更多动作，只是目送安禄山离开。

不过最为愤怒且失望的人，绝非后世读这段历史的读者们，而是身为太子的李亨。和杨国忠一样，安禄山也是太子心中的头号危险人物，且早在他第一次见安禄山的时候就认定了。

李亨同安禄山的初次见面是在宫中，当时安禄山正陪着皇帝和杨贵妃欣赏宫内美景，恰好碰到了李亨路过，李隆基便命其拜见太子。没想到安禄山走过去后完全没有下拜的意思，反而是站在李亨的身前直勾勾地盯着看。

这一幕出乎了所有人的预料，在场反应快的太监赶忙低声催促安禄山下跪请安。可他好像没有听见一般，依旧瞅着太子上下打量，直看得李亨浑身发毛。

过了一会儿，安禄山好像看够了，突然抛出了这么一句话来：“臣不识朝廷礼仪，这皇太子是什么官呀？”

现场除了太子李亨所有人都笑了起来。

李隆基亲自出面微笑着给安禄山解释，太子就是自己未来皇位的继承人，安禄山这才表现得好像恍然大悟一般向太子行礼。

接受完安禄山的跪拜，李亨的脸色依旧很难看。因为他并不像其他人那样，看到了安禄山这个胡人胖子的无知与憨厚，从安禄山盯着自己的目光中，李亨明确感受到的是不屑与狡诈。

所以自那天起，李亨便时刻留意着平卢方面的动向。在得知安禄山不断扩张势力，招揽各种社会不安定分子时，他当即就做出了一个极为准确的判断：安禄山有意谋反。而且他有种强烈的预感，安禄山大概率不会在老爹李隆基在位期间起兵造反，他就是冲着自己来的。

应该说，李亨的第六感相当准，安禄山对李隆基的确还是很有些感情的，他的原定计划是“伺帝一日晏驾则称兵”，取李亨而代之。可是随着朝中杨国忠同太子的口径日渐统一，交替进言称自己有心谋反，身在东北的安禄山慢慢开始坐不住了。

为了验证一下李隆基对自己的信任程度，安禄山决定进行一次试探。

他试探的方式是写了一份奏表给朝廷，申请出任闲厩、陇右群牧等都使兼知总监事这一职务。

闲厩、陇右群牧等都使兼知总监事其实是好几个职务的统称，这些职务有着一个共同点，那就是负责马匹的管理。想当年，马匹的重要性我们已经多次提到了，运输、打仗都得靠它，特别是那些良马，绝对是朝廷的战略级宝贵资源，直接能影响一场战争的胜负。

掌握了天下三分之一的兵力，同时又掌控了全国最优质的战马资源，稍微聪明点儿的人都看得出来，这很容易出问题。然而出人意料的是，李隆基居然毫不犹豫地批准了。

传统观点认为，这是李隆基年老昏聩的重要表现之一。但其实，这更是因为长时间形成的信任和近期明显出现的愧疚感。

之所以愧疚，是因为李隆基本来打算通过给安禄山加官为同平章事的方式来稳住对方，甚至已经把相关诏书拟好了。可是杨国忠不知道从什么渠道得知了此事，当即跑来面谏，以安禄山不认字，如若出任宰相恐怕四夷会耻笑大唐为由将诏书压了下来。

李隆基认为安禄山早晚会知道这件事，倘若自己想要继续无忧无虑地过日子，就不能让安禄山这么快被斗倒。妥善处理好太子同杨国忠、安禄山这三方势力的关系，搭建出一个稳定的制衡结构才是一切的关键。

现在眼看着老实的安禄山要被另外两方联手扳倒了，李隆基马上出手助力了一把。他助力的方式有些大胆——众目睽睽之下解下了自己的裤腰带，脱下了自己的外衣，将自己的龙袍送给了告辞要回范阳的安禄山。

李隆基自认为此举可以让安禄山感受到自己对他的信任，即便是有了谋反的念头，也会瞬间打消掉。

然而在接受龙袍的那一刻，安禄山的想法却和李隆基完全不同。在他的眼中，自己能够从皇帝手里收到这件有特殊意义的制服，就是上天在暗示自己日后同样能接手这个帝国，成为千万人朝拜的皇帝！

既然觉得自己有称帝的可能，安禄山自然不敢在长安多留一刻，因此辞行的当天就快马加鞭地跑出了潼关。出关之后，安禄山赶忙弃马乘船，顺流而下，直到踏上了自己的辖地才终于放慢了脚步。

这一次也成了他和李隆基最后的见面。

安禄山走了，杨国忠这才回过神来。他先是借加封安禄山为宰相的事情外泄为由，诱使皇帝削去了威胁自己宰相地位的张垍兄弟（名相张说之子）的职务，挤走了自己的宰相搭档陈希烈，最后又把手伸向了吉温。

吉温是安禄山的亲信，在朝中担任御史中丞以来，他每隔一段时间就会将收集到的情报派人乘快马禀报给安禄山，因而不出两日，安禄山便可详细地知晓长安的最新动向。

此人算是安禄山安插在朝中的头号间谍，从这层关系上讲，杨国忠去动他很合情合理。但是，不合时宜。要知道，吉温的身份很是敏感，一旦他出了状况，远在范阳的安禄山一定会被吓一跳，从而做出过激的判断。不过杨国忠貌似就是期望安禄山有这样的反应，因为他在派人查吉温的时候居然授意京兆尹李岘出兵包围并强行搜查了安禄山位于长安的府第。进去后同样也不客气，直接把在里面的几个安禄山素来亲善的门客带回御史台审讯。

杨国忠授意抓人本来是想问出吉温伙同安禄山谋反的罪证，然而吉温做事滴水不漏，安禄山的保密工作也做得非常好，几轮审讯下来，杨国忠那边一无所获。按理说，接下来就该无罪释放了。可杨国忠偏不，他竟然擅自下令将安禄山的这几个门客缢杀在了御史台。

消息传到平卢，安禄山方面似乎毫不在意，他既没有上表朝廷对杨国忠的所作所为强烈抗议，也没有申请公开彻查案件，还自己和门客们一个清白，甚至连句相关的回应都没有。

这倒不是因为安禄山在隐忍，而是他真的被吓到了。根据史书上的相关记载，范阳方面的反应是“禄山愈惧”。

安禄山的确应该害怕，因为杨国忠这一次态度是认真的，出手是坚决的。第一次出击失败后，杨国忠再接再厉，终于在吉温身上找到了突破口，他发现了吉温在帮一位涉嫌贪腐案的官员脱罪翻案。于是，他借着这个机会一状告到了李隆基那里，成功把吉温贬为醴阳长史，赶出了朝廷。哪怕安禄山亲自上表替吉温求情也于事无补。

在这一次的交锋中，是安禄山彻底输了。这也是自他得到李隆基宠信以来的首次失败，因此安禄山开始怀疑皇帝已经选择站在杨国忠一方。

为了确认情况，安禄山再次决定投石问路地来次申请。

天宝十四年（755）二月二十二日，他委派副将何千年代替自己前去长安述职并上了一份奏表，在这份奏表中，安禄山请求用三十二名蕃将取代现有的三十二位汉将的军中职务。

这种大规模的边军将领胡人化的动作可谓相当空前，而且被提名的人无一不是公认的安禄山的亲信。应该说，这个要求很容易引发争议，稍微有一点儿怀疑安禄山的人都绝对不会同意。但出乎意料的是，李隆基当天就爽快地批准了。

据安禄山的其他内线反馈的情报显示，皇帝陛下应该还是一如既往宠信安禄山的。因为就在皇帝派人制作委任状的次日，新任宰相韦见素曾拉上杨国忠面圣，指称安禄山的造反迹象明显，但被李隆基给了脸色，惹得皇帝陛下当场宣布退朝。

得到这样的消息，安禄山忐忑不安的心又一次放下了。不过他不知道的是，几乎与此同时，韦见素、杨国忠已经与李隆基就自己的问题展开了新的讨论。

这回韦见素和杨国忠是带着具体的方案来的，二人建议李隆基提拔安禄山为平章事，并借此名义把安禄山召入京师上班。而后任命节度副使贾循为范阳节度使，吕知诲为平卢节度使，杨光翙为河东节度使，将安禄山原有的辖区重新拆分为三个互不统属的部分，以瓦解安禄山遗留下来的势力。

客观地讲，这个方法很有点水平，不仅有可操作性，还考虑到了削弱边军高级将领胡人化程度的问题。所以李隆基比较认可，没有多说话就同意执行了，未来即将发生的一切本来可能因为这一决定而发生改变。可就在这个时候，李隆基不知为何产生了犹豫，并做出了一个他日后必定会后悔一辈子的动作：在发出诏书前，先派人去安禄山那边走访侦察一番。

李隆基派出的人，很不幸，正是早就被安禄山收买的太监辅璆琳。于是接下来的情况不用多说，辅璆琳再次满载而归，替金主安禄山说了好话。李隆基对此深信不疑，消弭安史之乱的机会就这样被错过了。

这是李隆基第一次错失拯救这个国家的机会。接下来，他还会有两次机会。

眼见杨国忠失手了，安禄山深感庆幸。或许是为了发泄一下被杨国忠找麻烦的晦气，这一年的四月，安禄山主动出击进攻了宿敌契丹和奚人，紧接着就把捷报用百里加急的速度送交朝廷。

安禄山原本是打算趁机在李隆基面前彰显一下自己的重大价值，顺便羞辱一番杨国忠，却不想这一行为给他自己带来了一个大麻烦。因为朝廷得到捷报后，决定派人前往河北道慰问此次有功的将士们，而奉命前往的人，是给事中裴士淹。

裴士淹在唐朝的历史上算不上什么大人物，不过此人也并非等闲之辈。他在范阳城里只逛了一圈就敏锐地觉察到情况不对。裴士淹并没有见到以往必然热情到出府十里来迎的安禄山，甚至就连夹道欢迎的范阳居民也没看到，与安禄山见面的地点还是戒备异常森严的军营。

裴士淹经过多方打听，得知自安禄山上次从长安回来后，就以身体不适为由很少亲自见朝廷来的使者了，城中的军队也是从那时起变得出入频繁起来。

这安禄山莫不是真的有心要造反吧！

当被晾了二十多天终于见到了安禄山的那一刻，裴士淹觉得他得到了肯定的答案。因为安禄山变得太不一样了，他再没有以往的那种憨态，取而代之的是一脸傲慢的神色，谈论起皇帝关心的地区军政大事时，也是一副漫不经心且不耐烦的样子，似乎是嫌自己问得多了。

裴士淹在同安禄山见完面后，马上连夜赶回了长安，一回去就把自己的见闻和感受写了一份报告递交给了皇帝。

李隆基看完了报告，做出了一个比较缺心眼的判断：安禄山这是先前来长安被吓到了，都是误会啊。

但是没过几天李隆基就完全推翻了自己的这一结论。因为他获知自己此前派去的辅璆琳收了安禄山的钱，而且数额巨大，不止一笔。

李隆基完全愤怒了，他马上派人处决了辅璆琳。不过李隆基并没有失去理智，为免打草惊蛇，皇帝陛下是以其他的罪名收拾掉辅璆琳的。而且收拾完之后，马上就像往日一样去找杨贵妃了。等到宫内外一致认定辅璆琳是犯了别的事情才被皇帝灭掉的，老奸巨猾的李隆基这才使出了撒手锏。

这个撒手锏是一张婚礼的请帖，具体说来，是安禄山儿子安庆宗的婚礼请帖。

这位安庆宗此前得到了李隆基的赐婚，与荣义郡主订下了亲事，但一直没有举办仪式，因而留在了长安。这一年的六月，皇帝陛下突然亲自出面过问了二人的婚礼筹办进度，在得知婚礼尚未筹备好的情况时，皇帝体贴地表示愿意协助这对新人尽快完婚。

成亲是件大事，自然不能让新人留有遗憾。于是李隆基亲手写了一份诏令，邀请身为新郎官父亲的安禄山来长安观礼。

对于皇帝陛下的热情邀约，安禄山的回复是：有病在身，无法动身。

安禄山并不傻，虽说辅璆琳是被以其他罪名杀掉的，但还是猜到了他的死必然和自己有关。长安城自然不会再去，那个安庆宗也不过是自己十个儿子中的一个，本就是以人质的身份留在李隆基那里的，没了也不心疼。不过，在安禄山和他的谋士们看来，安庆宗的婚事倒也可以成为一个契机。

天宝十四载（755）七月，安禄山突然主动上表，表示虽然自己病情较重，不能来长安拜谢皇恩并参加儿子的婚礼，但礼物一定会保证到位，除了常规的婚礼用品外，他特地挑选了三千匹优质战马作为感谢礼送给朝廷。

这事儿乍听起来没有什么异常，但是仔细想想就会发现问题。时任河南尹的达奚珣恰好是个喜欢算账的人，他简单合计了一下，就率先注意到了问题所在——送礼的人数。

按照安禄山的说法，这三千匹马特别金贵，因而每匹会安排两名专业的马夫全程护理，而为保整个送礼团队的安全，将有二十二名蕃将负责带队护送。

不算不知道，一算吓一跳。这个所谓的送礼团队居然有近万人的规模，而且其中的大部分人分分钟可以变装为精锐的骑兵部队。

如果只是送马还好说，若有不轨的意图，这一万人突如其来地杀进关中，长安城未必能守得住。

达奚珣把他的这一发现火速派人告知了朝廷。经达奚珣这一提醒，李隆基立刻醒悟了，当即采纳达奚珣的意见，派出使者告知安禄山朝廷目前暂时不需要这么多的战马，若是要送来的话，可以等到来年冬天再说。届时，朝廷会安排更专业的马夫来照料马匹，就不必占用范阳边防军的人手了。

除了让特使拿着自己的亲笔信去范阳叫停送马的事情外，李隆基还给安禄山捎去一句话："朕最近特意给爱卿新开凿了一处温泉池，今年十月朕就在华清宫等爱卿来了。"

当听到李隆基这句颇为温暖的话语时，安禄山正躺在舒服的胡床上。他没有起身向长安的方向拜谢，只是微微地欠一欠身子，随即淡淡地向使者问道："圣人安好？"

在得到了肯定的答复后，安禄山似乎在思考着什么。过了一会儿，他才张口道："不让献马就算了，等到十月，我必定昂首进京！"

不需要再互相试探了，也不想要再继续等待了。事已至此，我们就来场明刀明枪的较量吧。成王败寇，让我看看你的实力，李隆基！

第十八章

名将之死：为昏庸的帝王买单

身为李隆基特使的太监冯神威几乎是一路哭着跑回长安的，他真的是被吓得够呛。一见到皇帝当场就大哭了起来：“臣险些就再也见不到陛下了啊（臣几不得见大家）！”

在听到冯神威哭着诉说安禄山是怎么大放厥词完扬长而去，把自己晾在馆驿之内，又是怎么派人严密监视自己的一举一动，直到好多天后才同意自己回京的种种经历后，李隆基已然可以完全确认，安禄山近期必反。

很多人都以为安禄山的叛乱是突然发生的，在渔阳鼙鼓动起来之前，李隆基对安禄山的动作一无所知，甚至仍旧对他信任如初，这才被打了一个措手不及，致使大唐由盛转衰。

事实并非如此。李隆基其实早就采取了行动，而且取得了一定的效果。比如在隐蔽的战线上，李隆基成功策反了安禄山在河东军区的副手、时任太原副留守兼河东节度副使的杨光翙。而从史料透露出的迹象来看，具体负责策反工作的人，正是杨国忠。

不得不承认，杨国忠在人际关系方面是一个特别有天赋的人，在他的带头努力下，跟随安禄山多年的杨光翙没怎么太费劲就被拿下了。估计除了两个人都姓杨，比较容易以五百年前是一家的角度迅速拉近关系外，杨国忠应该是给杨光翙开出了他梦寐以求的价码，比如先扶正为河东节度使，再借平叛安禄山封侯拜将之类的。

对于杨光翙的倒戈，安禄山直到最后才猛然发觉。但从当时的形势来看，就算安禄山意识到自己的阵营已经被李隆基派人渗透过了，他也会毫不犹豫地举起反旗。因为在安禄山看来，这是他唯一的选择，而且还是个无论怎么看都不一定会输的选择。

安禄山如此自信，主要是因为他势力太强了。作为身兼范阳、平卢、河东三镇节度使的安禄山，手中可以统辖的兵力总数本就可以达到十八万四千的水平，这已经占到了大唐全国总军力的五分之二，而且这些兵还是长年征战的百战之师，论综合素质远超关中一带的驻军，几乎可以吊打南下沿途的任一地方部队。

在将领方面，安禄山一方同样是将星云集，且不说跟着安禄山一道南征北战打出名头来的史思明，就连后来大名鼎鼎的田承嗣、张孝忠、李宝臣、王武俊、李怀仙等猛人此时都在安禄山的麾下，可谓是藏龙卧虎。

此外安禄山的智囊团也不弱，其中首席谋士严庄善于决断且对大形势的预判从未有误；二号谋士高尚擅长宣传鼓动，是搞舆论战的高手；三号张通儒是前太仆卿张万岁的儿子，在朝中人脉很广，系安禄山身边的情报专家和策反大师；另有一个有勇有谋的大将孙孝哲，经常能为安禄山提供一些不按常规出牌的计策，是叛军花式攻坚的担当。

相较而言，朝廷那边算得上有水平的将领、高参，安禄山掰指头都能数得出来。因此安禄山相信，只要他亲自领兵南下，势必会轻而易举地直接打到李隆基的宫殿外，获得最终的胜利。

事后的发展告诉我们，他确实几乎成功了，如果不是那两位救世之臣在关键时刻挺身而出的话。

对于安禄山来讲，推翻李隆基的统治不是个难题，唯一困难的地方在于他怎么样起这个头，让自己的叛乱看起来像是正当且正义的。毕竟自己手下的将领虽然以不看重伦理的胡人居多，可大部分士兵和辖区内的百姓心里面还是有朝廷和皇帝的，因此他需要一个理由，去说服大家跟着自己一起干。

这个理由安禄山早就在想了，不过直到最近一年，他才得到一个最满意的，这个理由就是为国家诛杀杨国忠。

安禄山要多谢这个老对头，如果不是杨国忠天天在朝中党同伐异，弄得朝野上下都不得安宁，安禄山所能想到的理由绝对不可能有接下来那样的共情效果。

当时，趁着有奏事官从长安返回军中，安禄山突然连夜找来了自己的所有高级将领，然后在会议上宣布，他从刚回来的奏事官手里接到了皇帝的密诏，这个密诏要求他率军入朝讨伐奸相杨国忠。

不等众将深入思考密诏的真实性，安禄山就挥手拍响了身前的桌子，做义愤填膺状："那姓杨的奸臣平日里陷害我也就罢了，如今他竟敢秘密软禁圣人，意在谋朝篡位，难道他真的以为国家没有忠臣了吗？！"

说罢，安禄山一挥手，亲兵们马上搬出了给在场诸将的丰厚赏赐，并将早为每个人准备好的地图发到了大家的手中。

"各位要立即整顿军队准备随我出征！违抗将令者斩！兵锋所向，直至洛阳！"

安禄山的表演可以说是达到了炉火纯青的地步，激动的表情配合着恰到好处的鼓动性演讲当场就把将领们的情绪带动了起来。各位将领纷纷表示愿意追随安禄山为国讨贼，至死方休。

天宝十四年（755）十一月初九，安禄山集结了麾下所有的兵马，再加上从同罗、奚、契丹、室韦等部落募集的仆从军，共计十五万人，对外号称二十万，正式于范阳宣布起兵。

次日，这支大军在蓟城（今北京市）城南经过安禄山的检阅后，便直接开赴中原。

鉴于这一次是赌上了一切，因而安禄山对每一步都做了非常慎重的安排。首先是大军的统帅，自然由安禄山本人担任，至于留守后方大本营的工作，安禄山分别交给了三个人：范阳节度副使贾循负责留守范阳，平卢节度副使吕知诲坐镇平卢，河东地区的重要城市大同则安排了别将高秀岩留守。

可以发现，这里面没有杨光翙的事儿。原因很简单，杨光翙已经暴露了。杨光翙是如何暴露的，史书上没有明确记载，不过根据种种迹象推测，杨光翙的属下被张通儒成功策反了，于是安禄山起兵的第二件事就是派人拔掉自己背后的这颗钉子。

执行这一任务的，是安禄山的心腹爱将何千年和高邈，他们打着为朝廷献上神箭手的旗号，只带着二十来个骑兵就把杨光翙骗出了太原城。

好在杨光翙的随从反应够快，全速跑回城里报告了情况，守门的将领果断下令关严城门，强化防守，太原终究守住了。

守住之后便立即上报朝廷。不过实事求是地讲，太原发生的这件事很难定性，因为没有人能够确定杨光翙被掳走是属于何千年的个人行为，还是安禄山真的反了。幸运的是，与太原方面的报告几乎同时送达朝廷的，还有来自东受降城（今内蒙古自治区托克托县南）的急报。

东受降城是在十一月十日左右突然遭到安禄山手下将领攻击的，由于城中将领反应及时，长期驻边的军队也习惯了被人突袭，安禄山的叛军才没能拿下来。而就在确认了攻击的一方是谋反的安禄山时，东受降城果断派出了几路人马报信，千里加急奔赴长安传达这一紧急情况。

接到太原和东受降城的奏报的那一刻，李隆基没有信。或者更准确地说，不是不信，是不敢信。

因为和安禄山闹翻也就是这半年发生的事情，短短的几个月里居然凑出了二十万的大军，这怎么可能呢？

然而李隆基也就怀疑了几天，接下来河北各郡县被安禄山统领的叛军攻陷的军报就连续不断地送到了李隆基的面前。从当时所能得到的情报看，十一月十日到十一月十五日，仅六天的时间里叛军就几乎控制了整个河北地区，所到之处基本上是无人能挡。照这个势头下去，打到华清宫门外，也就是月底的事情。

必须先遏制住叛军推进的势头才可以。李隆基仔细思索了一下，当即宣布了应急的部署：

命特进毕思琛火速赶赴东京洛阳，负责在当地紧急招募数万军队，以配合当地驻军，就地构筑防御体系；令金吾将军程千里即刻赶往河东（治今山西太原市），主持就地招募军队的工作，务求达到数万规模，以稳定河东军心民心。

乍看之下，李隆基似乎只是做了些临时抱佛脚性质的工作，对于当时的战局可以说基本没什么影响。皇帝陛下似乎在组织人手、解决问题的业务方面完全生疏了，以致抓不到要点。

李隆基当然不是糊涂到只会瞎指挥，他之所以没有在十一月十五日这天做任何的战略反击层面的安排，是因为他在等一个人。而在李隆基眼中，这个人可以帮助他力挽狂澜。

十一月十六日，本来是要入朝述职的安西节度使封常清抵达长安。

封常清一进城就被李隆基紧急召见，君臣二人一碰面，李隆基也顾不上寒暄，当即开门见山地问以当下的局势该怎么办。

封常清一路上对于这个问题已经思考了很久，他回答道："这些年来天下太平，因为太平的时间比较长，百姓们一听说安禄山造反，都被吓得魂飞魄散。然而，凡事皆有顺有逆，形势也存在诸多变数，臣恳请快马赶往东京洛阳，打开仓库，招募壮士，然后挥舞马鞭，北渡黄河，不出数日，臣就能将安禄山的项上人头送到陛下的宫门前。"

听了封常清这番坚定的表态，李隆基很高兴。第二天他就宣布任命封常清为范阳、平卢节度使，而封常清也一点都不耽搁，即日便前往洛阳招募兵马。

虽说封常清算是给皇帝吃了颗定心丸，但他在这次与李隆基的战前谈话中应该是吹了牛的。

原因很简单，封常清这次是来长安述职的，因而跟着他来的安西军数量很有限，估计最多也就一百来人。倘若封常清是领着全建制的安西军来，同安禄山打上一场，胜负尚且难料。现在想要凭着临时拼凑起来的队伍打败士气正盛且素来精锐的叛军，肯定是不可能的。

可是封常清是个敢想也敢干的人，据记载，他到了洛阳后只用了十几天的时间就招募到了六万人，紧接着就果断地破坏了连接黄河两岸的河阳桥，并在洛阳构建起了成规模的守备体系，只等安禄山来进攻。

封常清在安禄山那里算是一个值得谨慎应对的对手，因此得知封常清到了洛阳，安禄山一开始并没有打算硬碰硬，但是他很快就改变了主意，因为这样的一个消息：

十一月二十一日，李隆基下令将安禄山的儿子、太仆卿安庆宗处死，同时赐其妻荣义郡主自尽。

虽说安禄山并不是那么喜欢安庆宗，而且他不过是他众多儿子中的一个，可这件事依旧让安禄山暴跳如雷。这是因为安庆宗的身份比较特殊，他是安禄山的长子，且还是安禄山同原配夫人的长子。如今安家未来的第一顺位继承人被李隆基公开处决了，这对安禄山无疑是巨大的刺激。

安禄山就此立誓，要将李隆基碎尸万段。

在长安的李隆基很清楚自己会彻底激怒安禄山，而且他的确是故意的。李隆基之所以敢同安禄山彻底决裂，是由于他已经做好了防守反击的准备。

十二月初一，右金吾大将军高仙芝以平叛副总司令的身份率领飞骑、彍骑以及新招募的天武军和部分赶到京师的边军，总计五万人马，从长安出发，进驻陕州（治今河南三门峡市）。

根据李隆基的安排，高仙芝将统领这支大军在洛阳的西边构筑起第二道防线来拱卫京师，之后再前往洛阳同封常清会师，一同商议破敌之策。不过战场上的局势变化实在太快，高仙芝到了战场上就发现他已经没有时间打造防线了。

就在高仙芝奉命东征的次日，一路叛军已经从灵昌渡口（今河南滑县境内）渡过了黄河，攻陷了灵昌郡，然后三天后就打下了陈留（治今河南开封市），之后又只用了两天的时间就攻陷了荥阳（治今河南郑州市）。高仙芝往洛阳方向赶路的同时，叛军也恰在进逼东都洛阳的路上。

叛军进军如此神速应该说是一种必然。根据史料记载，安史之乱初期，安禄山的士兵是“乐输死，所战无前”“无不一当百”，而且叛军的军纪非常好，一路上虽说达不到秋毫无犯的程度，但基本上没有抢劫、滥杀之类的行为，所以河北的许多州县并不介意投降安禄山。

相比较下，朝廷一方就很掉价了。由于大唐这几十年来老百姓都很富足，各地的治安水平相当高，因而许多州县军械库里的铠甲武器早就朽坏掉了，有些勉强能拿起来的也已钝到没有杀伤力，以致叛军来攻城的时候，有些地方的驻军只能举着木棒轻装上阵，所以打败仗是毋庸置疑的。

此外当然还有战斗意志的问题。因为大唐的精锐基本都被李隆基调到了四方边境开疆拓土，中原内地各州县的驻军战斗力水平早就降级到了治安大队的水准。加上本来就是被招募来的，拿钱做事就行，根本不再有战斗到最后一刻的那种军人的素养，只要有机会求生，这些人就绝对不会想死。比如陈留保卫战一役，跟着陈留太守郭纳一起放下武器投降的士兵就有近万人之多。

但陈留对于叛军和官军而言都是一个转折点，在这里，两支军队的风格将发生巨大的变化。因为，安禄山是在这里得知儿子的死讯的。

强烈的怒火促使安禄山下令让已经投降的陈留守军拿起武器，互相砍杀，直到剩下最后一个人时才能停止，然后他又下令处死了战斗中被俘的河南节度使张介然以示报复。

而为了进一步报仇雪恨，给李隆基一击重创，安禄山终于下定了决心要攻下洛阳。

安禄山给封常清安排的对手是三个人，分别是田承嗣、安忠志（即李宝臣）和张孝忠。此时，封常清率军驻扎在有着“一夫当关，万夫莫开”之势的虎牢关。按理说，最佳的应对方案该是固守险关，疲敝敌军，等到叛军士气下去了，再主动开关出击。可是封常清没有这么做。

是因为此前打吐蕃打得太顺手，现在骄傲了？还是因为听信了杨国忠等人在京城里的大规模宣传，误以为叛军真的是一群乌合之众？我们不得而知，唯一能确定的是，封常清这回败得很惨，六万军队几乎全军覆灭。

被一举击溃后，封常清才算是真正清醒了，慢慢恢复了正常状态。他好不容易才在葵园（今河南荥阳市西）收拢好残兵，站稳脚跟。但刚刚稳住，坏消息便接踵而至：叛军已经追上来了。

得知敌人来袭，封常清丝毫不乱，他一边安抚败兵稳定军心，一边调派兵马前去迎敌。

这一回封常清派出应战的是他带来的安西军的骑兵。

果不其然，安西军成功击退了追兵。不过在迎接部队凯旋时，他发现了一个问题，那就是安西军的伤亡不少。于是他找来了领兵的将军问了一个最为关键的问题：“我们一共杀死了多少敌人？”

“差不多能有个数十百人的样子。”

听到这样的答复，封常清彻底清醒了。原来他所面对的敌人并非是传闻中东拼西凑起来的杂牌，而是一支比安西军更加勇猛善战的劲旅。经过细致的询问，封常清很快确认，来攻打洛阳的这支叛军应该是以“拓羯”为主体的。

所谓“拓羯”，是北方胡族的用语，翻译成汉语就是战士。但这些人不是普通的战士，他们是从本就威武雄壮的跑马汉子里千挑万选出来的精华，除了经历过严格的训练，作战经验丰富外，他们还会和自己的主将结成准亲人关系，认对方为“父上”。所以即便是在最危急的关头，他们也不会抛弃主将，反倒是会爆发出惊人的战斗力，直到生命的最后一刻。正是因为这样的特点，“拓羯”一般会被突厥可汗或西域诸王用作自己的贴身卫队。就连封常清也是第一次正面同这样的对手作战。

更要命的是，封常清根本没有充足的时间去思考打败拓羯骑兵的方法，因为探马来报，叛军的大部队已经围上来了。

很明显，自己会再次战败，但封常清依旧决心全力一战。他很清楚，面对远胜于自己的敌人，就更需要施展全力，做最坚决的回击。只有这样，才能起到迷惑对手的作用，让自己不至于被一口吃掉。

在封常清身先士卒的带领下，唐军一上来就是连续几轮豁出命般的反冲锋，一下子就把田承嗣等人给打蒙了。由于不知道唐军葫芦里卖的是什么药，田承嗣们决定暂时后撤，观察下情况再说。

趁着叛军将领被成功迷惑了，封常清开始秘密组织部队放弃现有阵地向洛阳的方向迅速撤离。

不得不承认，封常清的这招虚张声势加金蝉脱壳用得实在是太妙了，过了相当长的一段时间，田承嗣等人才发现自己被耍了。而这个时候，封常清和他的士兵已经快要到洛阳了。

一旦进入洛阳，封常清所部就安全了，洛阳有知己知彼、谨慎多谋的封常清坐镇，一时半会儿也丢不了。可是理想与现实总是存在着差距，封常清千算万算也没有料到叛军骑兵骑乘的恰是大唐最优质的战马，行进速度要比一般的战马至少快一倍。

因此一场突发的遭遇战在封常清率军进入洛阳城的上东门时打响了。

封常清所部经过激战不幸溃败，叛军趁势冲破城门，杀进了城中。

十二月十二日，叛军实现了对洛阳的控制，封常清率领唐军接连在都亭驿、宣仁门（洛阳皇城东门）与敌交手，均未能取胜。眼看着再不走剩下的有生力量就要全都战死洛阳了，封常清果断下令拆毁了皇城的西墙，并砍倒所有大树来堵塞道路，进行突围。

在东京留守李憕的拼死掩护下，封常清带领残部成功逃离了洛阳，退进了谷水，而后继续向西面陕郡的方向撤离。在撤离的途中，封常清意外地得知陕郡太守窦廷芝已经率先弃城跑路，现在陕郡大乱，过不了多久可能就剩下一座空城了。

真是屋漏偏逢连阴雨，然而封常清并没有改变主意，他告诉部下们为今之计更应该全速前进，务必在陕郡完全变成一座空城前赶到那里，守住城池。毕竟叛军的骑兵和战马虽说厉害，可到底还是不能爬城墙的。

对于封常清的这个看法，大部分人表示赞同。不过在一阵疾驰后，封常清惊讶地发现，除了他从安西带来的骑兵，其他人都不见了。而恰在此时，远处尘土飞扬，一支骑兵部队正在向封常清处赶来。

封常清此时此刻已经做好了为国捐躯的准备，但等到那队骑兵出现在了封常清的对面，他却露出了喜色，因为这是老搭档高仙芝的队伍。

威震西域的黄金搭档再次重逢了。不过封常清一见面就先给高仙芝泼了一头冷水："叛军兵锋甚锐，我军虽累日血战却难以与之争锋！"

高仙芝知道，封常清从不开玩笑，也从不推卸责任，因此他没有追问更详细的情况，只是示意了解，并等着封常清给出他的建议。因为高仙芝知道，但凡封常清给出问题时，对策同时已经有了。

果然，封常清已经想好了接下来的应对之策：弃守陕州，急保潼关。

高仙芝只想了几秒就意识到封常清是对的，潼关目前并没有大军留守，一旦叛军抄小路突袭，潼关必然失守，届时长安就会完全暴露在叛军的铁蹄之下了。

时间紧迫，不得有失。高仙芝当即传令全军，赶赴潼关。

然而就在赶路的时候，叛军突然出现了。唐军被打了个措手不及，五万人瞬间溃散。值得庆幸的是，这支叛军骑兵只是前锋部队，数量有限，而高仙芝、封常清的反应很快，马上组织起身边的直属部队予以还击。最终叛军被击退，大部分士兵安全地撤进了潼关。

进了潼关后，高仙芝、封常清顾不上休整部队，马上指挥士兵们抢修工事，强化防御。正是由于二人的动作及时，不久后赶来的叛军才放弃了攻击，暂时撤了下去。

潼关有惊无险地保住了，但得到消息的李隆基仍旧相当不满。在他看来，十几万人交给你们了，几十万两花出去了，你们却把仗打成了这么个糟样，也好意思讲功劳？真是废物！

宫中的李隆基越想越气，最终决定御驾亲征，他要和安禄山在战场上亲手过过招。为保证能够一举平叛，李隆基直接下诏征调河西、陇右、朔方三镇部队进京勤王。然后在十二月十六日，正式命令太子李亨监国。

消息传来，杨国忠慌了。他本就和太子不对付，还好几次把太子折腾得死去活来，因而他很清楚，一旦皇帝出去亲征，太子监国理政，第一个倒霉的就是自己。为了自己的身家性命，杨国忠决定搞乱李隆基亲征的计划。

他先召开了紧急的家庭会议集齐了韩国夫人、虢国夫人、秦国夫人等一大帮人，说明了事态的严重性，然后派出虢国夫人进宫找到杨贵妃，哀求皇帝收回成命。

没承想，杨贵妃这一次的哭不灵了，李隆基没有理她。于是杨贵妃也豁出去了，当即跪倒在地，吃了满满一嘴的土，表示既然陛下不听劝，那就请先赐我一死。

杨贵妃不顾形象以死相逼，这让李隆基万万没有想到，说到底皇帝也是人，老婆要寻死，不管是不行的，更何况这个女人是他这些年来唯一的心中慰藉。于是李隆基心软了，他答应杨贵妃对亲征一事从长计议。

皇帝不走了，太子没权管事了，杨国忠就此安全着陆，不过，这只是暂时的。就在杨贵妃寻死觅活的时候，前线却出现了真正的生死危机。这个危机的启动者，是时任高仙芝监军的太监边令诚。

边令诚早先在高仙芝远征小勃律那会儿就曾同高、封二人共事过，还一度替高仙芝说过好话，帮助高仙芝获取了皇帝的信任，因此这一次再度合作无论是高仙芝还是封常清对待边令诚都特别客气，生怕怠慢了这位老相识。

可是这位老相识不太识相，他见高仙芝、封常清屡战屡败，就觉得两个人水平下降了，于是军事发烧友的精神大爆发，开始尝试着以自己的想法主导战局。这一做法自然遭到了高仙芝和封常清的联合抗议。

几次三番争吵下来，边太监觉得自己的自尊心受到了伤害，所以借着入京汇报前线情况之机，在李隆基面前告了高仙芝与封常清的黑状。在他的描述下，封常清成了一个贪生怕死之辈，不但虚伪，而且下作，总是妖魔化宣传叛军，致使士兵们畏敌如虎，不敢同叛军交战。至于高仙芝则是年老昏聩，被封常清拿捏在股掌之中，完全没有主见，所以才会仅凭封常清的一面之词便不战而逃，使得陕郡等处迅速沦陷。

除此之外，边令诚还诬告高仙芝和封常清联手克扣前线军粮物资和朝廷给予的赏赐，有意挑动士兵们对朝廷的不满情绪。

边令诚的确堪称毒辣，他知道高仙芝确实有过私吞战利品的前科，而且李隆基对此事一直耿耿于怀，便借机编造了这样的故事，直击高仙芝的软肋和李隆基的疑心。

不出所料，李隆基被成功激怒了，他当即下令给边令诚，让边太监去潼关军中就地处决高仙芝、封常清。

十二月十八日，边令诚携带诏书抵达潼关，先找到了此时已经被朝廷贬为普通士兵的封常清，然后把诏书递给他看。

封常清看完诏书，表情很平静，似乎早就料到了这样的结果。只见他从容地取出一份奏表交给边令诚，请求边太监务必将这份奏表交给皇帝。

边令诚本以为这份奏表是封常清为他自己解释鸣冤的，但只看了一眼，他就意识到自己想错了，因为他看到了这样的一句话："臣死之后，望陛下不轻此贼（安禄山），无忘臣言，则冀社稷复安，逆胡败覆，臣之所愿毕矣！"

边令诚不禁有些动容，他从没有料到这个世界上会有这种人！早预料到了必死的结局竟然如此从容不迫，临死之前想的仍是助力平叛，重现太平。

然而事情发展到了这个地步，就算边令诚想停手也不可能了。毕竟要是留下封常清的命，死的就是自己了。边令诚最终还是命人处死了封常清，然后他开始等着视察前线的高仙芝回来。

高仙芝得到封常清被处刑的消息后，第一时间就往回赶，可他还是来晚了，封常清已然陈尸在粗布席上。而且此时此刻，他并不知道下一个要被处刑的人就是自己。

在从高仙芝那里要来了一百余名陌刀手将自己保护好后，边令诚突然冷冷地看向高仙芝，提高了嗓门道："皇帝陛下对大夫亦有恩命。请接旨吧！"

高仙芝闻言脸色一变，瞬间就意识到不会有什么好事，但作为一个以服从命令为天职的武将，他还是顺从地走下台阶，跪地听宣。

当边令诚念完了诏书，在场将士们无不露出了惊讶及愤怒的表情。高仙芝更是深感不忿，当即表示自己对于不战而退的罪名完全认同，甘愿为此受死，但对私扣将士们的军粮和赏赐的这种诬陷，宁死也不会承认。

面对愤怒的高仙芝，边令诚一语不发，只是在那里冷笑着。

高仙芝看着冷笑着的边令诚不禁责问道："上是天，下是地，士兵们也全部在这里，足下身为监军难道也不清楚真实的情况吗？！"

边太监还是不吭声，保持着冷笑的状态。

高仙芝见状，转向周围的士兵大声说道："我在京师把你们招到军中，那时虽然得到的赏赐并不多，装备军服也不能保证充足，但大家都一心在破贼平叛，事后获得高官重赏。然而没想到叛贼声势浩大，兵锋正锐，我们才引军至此，打算固守潼关。我高仙芝如果真的有贪污军粮赏赐的罪过，诸位可当场揭发；我如果确实没有贪污的话，诸位请替我大呼冤枉。”

高仙芝话一说完，现在的士兵们就立即齐呼冤枉，声震天地。

高仙芝此时看向边令诚，惊讶地发现边令诚的冷笑依旧挂在嘴边。这一刻高仙芝完全明白了，无论自己怎么证明清白，结局都是一样的，边令诚此来就是要杀自己的。

再看向身旁老搭档的遗体，高仙芝很快恢复了平静。

“封二，你从默默无闻时开始跟着我，直到名扬天下，我提拔你做我的判官，之后你又代我为节度使，今日又和你一起死在这里，这大概就是命运的安排吧！”

说罢，高仙芝不再多言，坦然受刑。

相信很多人看到这里，都会气得大骂边令诚，并叹息李隆基自毁长城的愚蠢。但其实高仙芝、封常清的死很可能难以避免，因为他们手中的兵与安禄山相比差距太大了。安禄山带来的军队是“蕃汉精兵”，封常清的人马则是“佣保市井之流”。至于高仙芝带来的天武军质量也高不到哪里去，基本上“皆市井子弟也”。而造成这一切的原因，从某种程度上讲都是由于募兵制。

平心而论，募兵制不是很差的制度，但就像所有的制度一样，如果不与时俱进地进行完善，必然会出现致命的问题。具体到募兵制本身，问题主要是两个（边防部队情况特殊不完全适用，故不在讨论范围内），一个叫作当兵职业化，另一个叫作军队流氓化。

首先有必要说明的是，所谓当兵职业化并不是指士兵这一职业专业化了，而是说人们把当兵作为一种谋生的职业来做。进入军队不再是为了建功立业、保家卫国，反倒把当兵视作升官发财的一种途径，或者是生存的一种方式。久而久之，军队就变成了一群老兵油子的天下，打仗越来越不行，溜须拍马、趋利避害什么的倒是一流。

这种当兵职业化的现象在国家长期无战事的时候会更容易蔓延开来，而一旦天下太平的局面被打破，紧接着出现的就是军队流氓化的问题。

由于和平时期募兵制下的士兵多半不着调且社会地位低下，因此社会上很容易形成“好男不当兵”的理念。等到军情紧急时，国家能招募来的不是游手好闲的街头地痞无赖，就是奔着粮饷和赏赐来的市井之徒。这样的兵源，其组织性和纪律性可想而知，战斗力自然更指望不上了。

这也是封常清和高仙芝都称得上是当世名将，却被叛军接连轻易击败的主要原因。如此看来，高仙芝和封常清应该属于募兵制这一制度缺陷的第一批牺牲品，而接下来登场的人也会跟着受到拖累，陷入有兵却没用的困境中。

高仙芝、封常清被杀后，朝廷派出了将军李承光接任前线总指挥。然而这个人只是起到一个缓冲的作用，李隆基心目中的唯一适合人选却是另一个人——哥舒翰。

年初的时候，哥舒翰因为在入朝述职的路上感染了风寒，直接晕倒在了浴室里，后来经过抢救才捡回一条命。自此之后，哥舒翰就进入了半退休状态，留在了长安城的家中养病。朝廷也知道哥舒翰身体情况不佳，因而即便安禄山叛乱了，都不曾派人去打扰他。

可现在情势不一样了，朝中有威望、能打仗、水平高的大将也就只剩下哥舒翰了，李隆基相信只有他能够阻挡安禄山，带领唐军走向胜利。

在得到李隆基兵马副元帅的任命时，哥舒翰表示了拒绝。原因很简单，他深知以自己的身体状况，是带不了兵的。

但李隆基非常坚持，哥舒翰没有办法，只得勉强上阵。

哥舒翰好不容易才坚持到了潼关，以他的身体状态也就只能做到把李隆基交给他的八万人带过去而已。到了潼关后，哥舒翰便倒下了。这回病得更厉害，据军医会诊得出的结论是中风，此后哥舒翰就一直卧病不起，根本没法处理前线军务。

得到了这一消息，安禄山马上来了精神，当即带兵赶到潼关前，准备夺取这一长安的门户。

打头阵的，是安禄山的儿子安庆绪。但安禄山没有想到的是，在床上养病的哥舒翰一听说安庆绪来了，突然有了精神，不但能起床了，还亲自参与了指挥工作，叛军的首次大规模进攻就此被唐军轻松粉碎。

对于守军的胜利，李隆基深感欣慰。为了嘉奖哥舒翰的劳苦功高，皇帝陛下特意加封他为尚书左仆射、同中书门下平章事。这样一来，哥舒翰相当于一跃成为大唐名义上的首席宰相，地位超过了时任尚书右仆射、同中书门下平章事的杨国忠。

对于这一状况，杨国忠自然很不满意，加上他听说潼关那边有人劝说哥舒翰带兵回长安除掉自己，以便让安禄山师出无名，更是整日提心吊胆。最终，杨国忠想出了一个自以为绝妙的计划：逼迫哥舒翰拖着病体四处征战，让他病死在疆场上。

说来也是巧了，恰好当时朝廷收到了一份情报，说是安禄山的部将崔乾佑所驻守的陕郡只有不足四千人，且是以老弱残兵为主，懈怠无备，如果派兵去打，收复失地的可能性极大。

于是杨国忠开始不断怂恿李隆基逼哥舒翰出战，最后李隆基架不住杨国忠的猛劝，就同意了。

所以后来发生的一切，过错主要被算到了杨国忠的头上。客观地讲，杨国忠有些冤枉。因为根据史料加以分析，不难得出另一个结论：李隆基之所以要强迫哥舒翰出战，不仅有杨国忠唠叨的原因，更根本的还是因为朝廷钱粮快见底了。

拜安禄山所赐，各地向关中地区输送物资的线路很多都被掐断了。而关中本身就是人比物资多的状态，仗打了这么久，物资又迟迟得不到补给，李隆基那边缺钱少粮的局面日益严峻，再不主动出击，估计长安就会先自己乱了。

所以，没办法，哥舒翰，就有劳你拼一把吧。

六月四日，哥舒翰被迫统领大军出关东进。据说，他是哭着上路的。果然，刚从潼关出来，走到灵宝就被叛军打了埋伏，二十万大军就此完全崩溃。叛军乘胜占领了潼关，而哥舒翰则被部将火拔归仁造了反，绑去送给了安禄山，最后跟着投降了。

至此，李隆基再无可用之将，亦无可战之兵。一手好牌终于被打得稀烂。

第十九章

马嵬驿之变，一曲长恨悲歌

李隆基是在六月十日获知哥舒翰兵败、潼关沦陷的确切消息的。

事态发展到了这个地步，即便是御驾亲征也没用，而且缺少粮食和军队的长安也不具备固守的条件，唯一可行的对策就只有进行战略转移了。

但问题是转移到哪里去呢？李隆基紧急召开了宰相会议，想要听取大家的意见。

对于这个问题，杨国忠心里早就有答案了，他当场提议巡幸蜀地。这不仅是因为蜀地易守难攻，更因为杨国忠本人身兼剑南节度使的职务，还曾在那里长年生活，了解情况，比较方便他控制皇帝和朝政。

当然，公开的理由是杨宰相料事如神，早有先见之明，在安禄山谋反之初他就派人筹备物资粮草，如今刚好可以满足朝廷日常运作的需求。

经杨国忠一介绍，幸蜀提案得到了包括李隆基在内的绝大多数人的认可。十二日凌晨，在龙武大将军陈玄礼统领的禁军护卫下，李隆基偕太子、杨贵妃及其姐妹、宰相杨国忠、韦见素等人出延秋门，向西秘密撤离。

必须承认的是，李隆基这次出逃做得很不地道。当时朝廷对外声称皇帝陛下准备御驾亲征，还特地要求百官在皇帝出征期间务必坚守岗位，做好本职工作。但事实证明这只是个幌子，皇帝直接就跑了。而且李隆基这次秘密跑路，不但没跟文武百官通气，竟连一些皇亲国戚都没打招呼，无数王妃、公主、皇孙就这么被丢在了宫里自生自灭。后来要不是伺候皇帝的轮班宫女发现寝宫人去宫空，开始自发逃出皇宫求生，整个长安城里的人还会继续被蒙在鼓里。

虽说李隆基的不辞而别有失皇帝的身份，但好在他还没有完全丢掉自己的良心。比如当时杨国忠建议一把火烧掉左藏（相当于今天的国库），不要留给叛军。李隆基知道了赶忙阻止，他表示如果叛军打进来后找不到钱，就会更凶狠地劫掠百姓，不如留给他们，少让老百姓受点苦。又如在通过渭河上的便桥后，杨国忠马上命人烧桥。李隆基闻讯后，说不久一定会有许多人要通过此桥逃难，我们不能断了他们的生路。于是他特别吩咐高力士留下来，把大火扑灭后再跟上队伍。

逃命的时候还能想着老百姓，应该说，李隆基虽然已经不再是个好皇帝，可依然还算是个好人。

不过李隆基没有料到的是，自己的秘密出逃加剧了关中地区的混乱状况，而这种群龙无首的乱局很快也将直接影响到他本人。

六月十三日太阳升起的时候，经过一夜的奔波，李隆基一行人已经跑到距长安四十里的咸阳望贤宫。他们本打算在这里歇息一下，补充点水和食物，可进到宫里才发现人早就跑光了。这就没办法了，李隆基等人只能继续前进，然后他们很快发现沿途的各级官员也都跑了。在这种大难临头的生死关头，根本没有人把皇帝一行当回事。直到中午时分，李隆基的早饭还没有吃上。

见到皇帝陛下饿着肚子，杨国忠便亲自出马去找饭了，在跑了好几个地方后，杨国忠最终买回了胡饼献上，这才让李隆基不至于继续饿着肚子前进。

不过觉得饿的并不只有李隆基，随行跑了一夜的众人都是饥肠辘辘的状态。可是当地百姓所能提供的食物却只能保证皇子皇孙们吃个半饱，普通士兵在这样的情况下只能继续饿着了。当然此时此刻没有人料到，饥饿将会成为一条导火线，在不久的将来引发改变整个国家前途命运的事件。

得知长安以西的各州县都已经陆续出现了官员弃职逃走的现象后，李隆基等人决定加速赶路，至少要在人都跑光前赶到一个大点的地方，先解决吃饭问题。为此西进团一路紧赶慢赶，终于在六月十三日的深夜跑进了金城（治今陕西兴平市）。

然而他们终究还是慢了一步，李隆基进城的时候，城里几乎没人了，士兵们搜遍了全城才勉强凑够每人一碗的粮食量。简单休息了一段时间后，所有人便再次被催着起来赶路。六月十四日的中午，李隆基一行来到了马嵬驿。

关中六月中旬的太阳比较毒，人走在烈日下很容易心生烦躁，特别是在被饥饿、疲劳折磨了一路的状态下，情绪更是不太稳定。

没有人知道因为什么事情，从哪个人开始，禁军士兵中那股积压已久的愤怒和不满在不知不觉中被释放了出来。

最先察觉到情况不太对劲的，是身为禁军主帅的陈玄礼。不过他并没有第一时间向李隆基汇报这一问题，而是先去找了另一个人——李静忠。李静忠是个看上去普通其实并不一般的太监。因为他同时是两个大人物的亲信，这两个人一个是高力士，另一个则是李亨。

经过同李静忠的秘密商议，陈玄礼终于下定了决心，他准备出手除掉自己本就不喜欢的杨国忠。而李静忠则代表太子表示将予以全力的支持，并且马上派人将陈玄礼的打算告知了太子。

据说李亨得知此事后没有当即同意，他认为即便现在带兵砍死了杨国忠，这事也不算完成了，毕竟杨贵妃还在皇帝身边，而自己的老爹又对杨贵妃百依百顺。所以，在他看来需要先详细讨论清楚善后的事情，之后才能谈要不要拿杨国忠开刀。

不过就在李亨犹豫不决的时候，杨国忠已经被一伙人团团围住了，围他的人倒不是想要他性命的禁军士兵，而是二十来个想要找杨国忠讨些食物的吐蕃使臣。

说来这些吐蕃使臣也是挺惨的，因为他们被要求自行想办法解决吃饭问题，这伙人本来就汉语不大纯正，再加上穿得很吐蕃风格，所以找吃的难度很大。他们大概是实在饿得不行了，这才直接堵住了杨国忠，希望这位大唐宰相能帮个忙。

正当杨国忠用心思索着如何把“闪到一边去，别烦老子”这个意思以合适的外交辞令表达出来时，不知有谁喊了这么一嗓子：

“大家快看！杨国忠正和吐蕃人密谋造反呢！”

只一瞬间，所有的目光都聚集在了杨国忠的身上，下一秒钟就群情激愤了。

不等杨国忠开口解释，现场就有人弯弓搭箭向杨国忠射去。只听破风声响，箭矢就钉在了杨国忠的马鞍上。紧接着，杨国忠便看到了让他无比战栗的情景，成百上千个胆大包天的人挥舞着兵刃或是拳头，像潮水一般从四面八方向自己涌来。

值得称道的是，杨国忠虽说过惯了锦衣玉食的生活，但反应依旧敏捷，见状况不妙，他当即催动胯下宝马，夺路而逃。杨国忠的马不愧是数一数二的良驹，只一会儿的工夫便驮着他逃进了驿站的西门。

不过这并没有什么用，杨国忠身后的士兵始终紧追不放。因为不久之前主帅陈玄礼已经暗中和大伙儿通了气，今天就是要铲除杨国忠及其党羽，为国除害。

于是参与护驾的几百名大兵都豁出去，纷纷加入围堵杨国忠的行动中来。

虽说众士兵渐渐把杨国忠的道路彻底堵死了，可杨国忠骑在骏马之上左冲右突，大伙儿一时间也不能接近他。

说时迟，那时快，突然又是一道凌厉的风声，这支箭不偏不倚地正中杨国忠的鼻梁，并且直接把人射落到了马下。

那名放箭的禁军士兵似乎对自己的技术很有把握，不等其他人反应过来，他已然冲到了近前，上去就补了一刀。

为了保证杨国忠死得透彻一点，士兵们蜂拥而上，乱刀齐下，将杨国忠砍为数段。至于他的首级早被射箭的那位仁兄砍了下来，挂到驿站门口示众。

顺便一提，那个立下了除杨国忠首功的禁军士兵，他的名字叫张小敬（此处来源为时人姚汝能撰写的《开元天宝遗事·安禄山事迹》的相关记载）。

杨国忠死了，不过对于士兵们来说，一切才刚刚开始。众人赶忙四散出去，寻找杨国忠的亲戚与亲信。

在愤怒的士兵们的通力合作下，杨国忠的长子杨暄当场被射成刺猬，老婆裴柔被追进林子里自杀，姐妹韩国夫人则死于乱军之中。至于剩下三个跑掉的儿子，不是最终被人抓到杀掉，就是死在了狱里。总之，不论男女老幼都没逃过这一劫。相信这一幕是他们无论如何都没能预见到的。

在这场突发的兵变中，一些朝廷高官也跟着倒了霉，御史大夫魏方进因指责士兵们擅杀宰相被当场砍死，跟杨国忠搭班的宰相韦见素出面控场，被一顿乱拳打得头破血流，差点也没了命。

事实上，这群士兵并没有完全杀红眼，失去理智，比如当时有人喊了声“不要伤害韦相公”，大家就立马停手了。接下来，他们要面对的人就是皇帝了，他们要逼迫皇帝完成一件前所未有的事情——下令杀死自己最爱的女人。

李隆基意识到外面出了事情的时候，士兵们已经把马嵬驿重重包围了起来。而李隆基不愧是老油条，他第一时间便猜到有人发动了兵变。只不过他不能确定是谁牵头的，因为在李隆基那里有两个人可以做到这件事，一个是太子李亨，另一个则是杨国忠。

不过当身边的人说是杨国忠造反了的时候，李隆基还是显得十分吃惊。因为他很清楚，目前的状态对杨国忠来说是十分有利的，即便是杨国忠有心谋反，最好的机会也是等到了蜀地再说。

然而只过了一会儿，李隆基就立即反应了过来，并不是杨国忠造了反，而是杨国忠被人诬陷造了反，发动这场兵变的其实另有其人。

可事实究竟是怎样的，李隆基已经无从得知，也无法做出判断，毕竟杨国忠被砍死了，连那几位吐蕃使臣也已经是死无对证的状态。素来脑子快的皇帝陛下马上装了回傻，先给这次兵变定了性，肯定了大家为国讨贼的能动性和行动力，紧接着致以诚挚的慰问和衷心的感谢。

虚的场面话扯完了，李隆基当即话锋一转，要求将士们就此收队回营，好好休息。

结果比较尴尬，没有一个人动。这些士兵不但充耳不闻，反倒是紧盯着李隆基和他身后的住处，好像随时都要冲过去接着砍人一样。

李隆基知道士兵们在打什么主意，但是他不能直说，只得找来了平时人缘很好的高力士去同士兵们交涉。

代表士兵们回复的，是陈玄礼。

由于君臣二人都是有数十年交情的老相识了。这个时候陈玄礼也不绕圈子，直接提出了大兵们的诉求：“杨国忠谋反，贵妃不宜继续留在陛下身边侍奉，希望陛下能忍痛割爱，将贵妃一并正法。”

最为担心的一幕终究还是发生了。

“朕当然自有处置。”

说完，李隆基不再顾及士兵们的反应，转身进到了房间里。

进门之后，李隆基就拄着拐杖低头不动了，好像在用心思考着什么。过了好一会儿，京兆录事韦谔意识到再拖下去难免会有危险，爹着胆子打断了李隆基的沉思：

“如今众怒难犯，安危只在顷刻之间，还请陛下速做决断！”

见到韦谔在那里不停地叩头，直到血流满面，李隆基终于发话了：“贵妃常居深宫，怎么可能会知道杨国忠造反的阴谋！”

眼见外面的士兵们摆出了一副杨贵妃不死，这事儿就不算完的架势，侍立一侧的高力士不能再继续保持沉默了。

“贵妃诚然无罪，可是将士们已经杀了杨国忠，贵妃还留在陛下身边，这样他们岂能心安？希望陛下再慎重考虑一下，只有将士们觉得安全了，陛下才能真正安全啊。”

李隆基知道高力士说得没有错。如果不杀杨贵妃，接下来的局势大概率会失控，到那个时候自己这个皇帝不但救不了心爱的人，很可能连自己的性命都搭上。但要是杀了贵妃，李隆基也的确于心不忍。虽说当年两个人并不是因为纯粹的爱情走到一起的，但这么多年分分合合之后，彼此的感情变得越来越纯粹了，李隆基感受得到，杨贵妃已然变成了生活中不可或缺的一部分，如果就此失去了杨贵妃，李隆基也会丢失一部分自我。

不过时间已经容不得皇帝陛下继续纠结下去了，外面士兵们已经从最初的安静等待变得有些躁动，他们渐渐没了耐心，危险也开始离房间里的人越来越近。

在所有人的瞩目下，李隆基不禁发出了一声长叹：

“就按他们的意思去办吧！”

高力士当即领命带杨贵妃进到了驿馆内的佛堂，并很快缢死了她。随后用小车载着杨贵妃的尸体来到了驿馆的中庭，示意陈玄礼和几位士兵的代表来确认。

在确定这个女人完全没有了呼吸后，陈玄礼立刻带头摘掉头盔，卸下铠甲，向李隆基磕头请罪。

“杨国忠败坏国家大政，引发了这次祸乱，使得天下生灵涂炭，陛下乘舆播越，有着如此大罪若不诛杀掉，祸患是不会终了的。臣等为社稷大计，出此下策，还请陛下惩罚我们的矫诏之罪。”

“杨国忠是朕识人不明，用错了他。朕近来其实也有所觉悟，发现了此人的奸诈。原本朕是想着等到蜀地安顿好后再收拾他，谁知神明启发了爱卿，代朕出手，实现了朕的夙愿，朕高兴还来不及呢，接下来肯定是要给大家封爵奖赏的！”

话音刚落，陈玄礼马上带领士兵们三呼万岁，感谢皇帝陛下恕罪。待李隆基令其替自己晓谕军士，陈玄礼这才统领在场将士叩头退下，回营去了。

至此，马嵬驿的这场突如其来的兵变终于以还算平和的方式落下了帷幕。

不过事情还没有完全了结。第二天一早，李隆基下令继续前进时就又出事儿了。士兵们公然拒绝执行皇帝陛下的命令，他们表示蜀地是杨国忠的地盘，那奸贼虽死，可他的亲信属下都在那边，所以不能过去。

可若是不去蜀地，那去哪里呢？有的人建议去河西、陇右，有人提议去灵武，有人主张去太原，更有人提议趁早返回长安，别瞎折腾了。

对于以上种种建议，李隆基全都不认可，他还是想要按照既定计划前往蜀地。但考虑到士兵们的情绪，皇帝陛下也不敢直接下命令强制执行。

眼看事态再度陷入僵局，韦谔提出了一个建议，考虑到目前的兵力情况，回长安肯定是不行的，为今之计不如暂且前往扶风郡（今陕西宝鸡市），再慢慢商议去向。

韦谔的这一意见得到了李隆基和广大禁军将士的认同，于是队伍终于继续西行，可没走多远，突然被一拨人拦住了去路。

拦路的是一群老百姓，为首的是一个老头，身手相当利落，一个俯身就跪倒在李隆基的马前：“皇宫，是陛下的家；陵寝，是陛下百年后的安息处。如今陛下舍弃了这里，是打算到哪里去呢？”

这句话十分直击心灵，当时就把李隆基给问住了，让皇帝陛下手握马缰走也不是，留也不是。

好在李隆基瞥见了身旁的太子，他很快就有了主意，留下了太子给老百姓做详细解释。于是太子李亨很快被不知道从哪里来的上千名百姓围在了垓心，李隆基则趁机驱马前行，先到下一站等候。

然而李隆基最终等来的不是太子，而是太子的长子广平王李俶，他被派来向祖父告知太子的决定，简单来说就是三个字：不走了。

根据李俶的说法，太子在被众多百姓哭劝挽留的过程中，意识到了在此国家危难之时，自己身为太子所必须做出的牺牲。于是太子决意就此与皇帝陛下分开，带领东宫的原班人马收拢西北驻防守边的各部队，伺机讨贼平叛，收复失地。

事态的发展完全超出了李隆基的预料，听完李俶的话，他沉默了一会儿，随即表示这或许就是天意，命令从后续部队中分出两千人划归太子统领，并把平日里只有自己可以骑乘的飞龙厩马送给太子。

在接连下达了这两个命令后，李隆基似乎依旧不大放心，他召集了被派出的士兵嘱咐道："太子仁孝，足以奉持宗庙，你们务必好好辅佐他。"

同时他还特地让人给太子带了话："你要好好努力，不要挂念我。西北诸族的部落，我素来待他们很好，你一定能够得到他们的帮助。"

据说，太子听了这句嘱咐后泪流满面，向着南边父亲的方向号泣痛哭。

不得不说，当时的场面应该是非常煽情感人的，这充分展现出一个父亲所能给予儿子独自走上战场、面对未知凶险的那份深沉的父爱。可是，如果联系到后面发生的一系列事情，我们同样不得不承认，这看似和谐有爱的场面似乎有些问题。

首先值得注意的是，在与李亨确定兵分两路后不久，李隆基就又派人把随同自己前行的东宫部分家眷和亲信送去给李亨，同时宣布了一个重大消息：自己有意传位给太子。

当初都知道要分开行动，好马也给了，兵也给了，为什么就没有想到把李亨的东宫人马一次性送过去呢？如果真的是想要全力支持太子，给他凝聚天下兵马的合法性和权力，为什么不直接下诏传位，却只是传递过去一个有意传位的意向？

这里冒昧地揣测一下，此时的李隆基大概率已然怀疑，他在马嵬驿所经历的都是太子精心设计好的，自己不知不觉陷入了一个巨大的阴谋，被迫同意太子势力脱离自己的掌控，独立发展。所以，带着东宫的人又走了将近一天的时间，是为了拿这些人当人质，谨防自己遭遇不测，遣使传达让位的意向则是为了试探，以确定接下来的凶险程度。

由此也直接关联到了一个争议了上千年的议题，那就是马嵬驿之变到底是自下而上突发的一次兵变，还是由太子势力设计谋划的一次军事政变。

不论史书上怎么包装，都不难看出，李隆基一直以来对李亨是有防备的。比如借李林甫之手除掉和太子关系密切的军方大将皇甫惟明、王忠嗣等人，利用太子妃嫔的父兄犯错误的机会敲打太子，迫使太子被迫两次离婚，等等。甚至于在安禄山叛乱之初，李隆基组织出征的平叛军队所任命的大元帅都不是理所应当的太子，而是自己另一位很优秀的儿子、第六子荣王李琬。

很明显，李隆基并不愿意太子同军队方面再有任何实质性的接触，更不希望太子能直接掌握兵权。

不过太子和他背后的智囊们轻易就化解了危机，比如李亨通过曾做过高力士仆人的李静忠和高力士深化了友谊，让高力士选择帮助自己抗衡杨国忠；荣王李琬受命出征仅仅数日，竟然莫名其妙地死掉了，死因不明。可见李亨也并不像表面上那么逆来顺受、毫无手段。

但是这并不意味着李亨就是马嵬驿之变的幕后黑手。虽说如果在杨国忠活着的情况下进入到蜀地将万分凶险，而且他们二人早已经失去了化干戈为玉帛的可能性。而兵变发生的前夕，太子的心腹太监李静忠也的确同马嵬驿兵变的实际指挥者陈玄礼有频繁的秘密接触。可以说是动机和行迹都很明显，然而这种断言的背后其实存在着一个极大的漏洞。它忽略了李亨这个人的性格特点。

由于前半辈子先后处于李林甫、杨国忠的算计中，又很清楚皇帝聪明又敏感，因而李亨被打磨出了偏优柔寡断的性格，这就使得他在没有百分之百把握的情况下不会冒险出手。所以相信李亨应该确实像史书中讲到的那样，事前知道有人要搞兵变除掉杨国忠，却犹豫不定没能下定决心深度参与。只是在兵变结束后借机设了一个被迫留下的局，帮助自己摆脱了被老爹和杨国忠残余势力控制的命运。

之所以这么断言，也是因为在马嵬驿之变全过程中有一个太子李亨完全没法搞定的人，这个人就是陈玄礼。

自李隆基起兵诛杀韦后及安乐公主开始，陈玄礼就一直不离不弃。直到后来李隆基入蜀成为太上皇，再到回长安后被软禁，他都始终守候在李隆基的身旁。这样一个跟了李隆基四十多年的铁杆亲信，太子是无法更不敢尝试去收买的。因此所谓的太子联合陈玄礼一起策划兵变的说法根本站不住脚。

种种迹象表明，马嵬驿之变应该就是因为饥肠辘辘的禁军士兵对身处的境遇不满意，然后被身为禁军长官的陈玄礼发现，随即在他的有意引导下把怨气撒在了杨国忠的头上所引发的一次兵变。陈玄礼的用意并不在帮助太子或逼迫皇帝，只是为了替天行道，除掉祸国殃民的杨国忠。至于杨贵妃的死，很可能只是一场意外。当然，前提是杨贵妃在那一夜真的死了的话。

从事后的发展来看，李隆基并没有找当夜迫使他做出赐死杨贵妃决定的任何人的麻烦，即便是对于陈玄礼，李隆基也是一如既往地信任，后来俩人还搬到同一个宫中去住，成了同一个屋檐下的室友。对此，我们可以理解为李隆基想要招揽人心，维护政局的稳定与自己的安全，所以法不责众、既往不咎了。但这并不符合李隆基先生有仇必报的性格。

如果从陈玄礼的角度来看，只要他精神正常的话，绝对不会敢在逼迫皇帝下令赐死爱人的情况下，还日日夜夜在他的眼前晃来晃去，反倒是应该主动申请带兵跟着太子李亨留在北方。毕竟夺妻之恨和杀父之仇一样，自古就是不共戴天的梁子，有仇不报的话，基本上就没脸出来混了，对于皇帝来讲，更是如此。

可陈玄礼似乎丝毫没有心理负担，他不仅实现了陪李隆基走到生命最后一刻的诺言，回长安时还被封为食邑三百户的蔡国公，这充分说明他和李隆基之间没有出现隔阂，也就是说或许逼迫皇帝杀妻的情况并没有出现。

虽说无论是《旧唐书》《新唐书》还是《资治通鉴》都无一例外地称杨贵妃在当夜是被下令缢杀，而且以陈玄礼为首的一群将领士兵还特地跑来验明了正身，当场宣布确认死亡的。但是在事后相当多的笔记杂谈、私家野史里，人们却普遍认为杨贵妃其实没有死，而是活到很大年纪才老病去世的。比如《长恨歌》以及相关的小说《长恨歌传》就持这种意见（一般《长恨歌传》都会以前言的形式载于白居易的《长恨歌》前面）。据考证，白居易和《长恨歌传》的作者陈鸿创作的时间是唐宪宗元和元年（806）的冬天，距离马嵬驿兵变刚刚过去了五十年的时间。由于当时在位的唐宪宗已经是李隆基孙子的孙子，当年亲身经历过马嵬驿兵变的绝大部分人都早已不在人世，所以那会儿公开谈论马嵬之变并不会惹来什么麻烦。再加上陈鸿本人很有历史学家挖掘真相、秉笔直书的责任感，他毫不避讳地把李隆基耍手段从自己的儿子府中强取杨贵妃的事情写了出来，所以陈鸿和白居易这对好朋友对这段历史的记述应该是比较接近真相的。

而且在某些情况下，人是可能出现假死状况的。也就是说，即便当时没呼吸和脉搏，看起来像是死去了一般，但只要稍微过上一段时间或是稍后立即进行抢救，这个人是可以活过来的。

当然，在当时如果要做到这一点，瞒过所有士兵的眼睛，就必须同时具备专业的技术和高超的演技。不过这也是可以办到的，因为奉命对杨贵妃执行死刑的，是高力士。

高力士是李隆基心腹中的心腹，深知李隆基的心思和需求，他和杨贵妃平日里关系也很不错，再加上史料中透露出他很有可能早就知道了兵变会何时发生，所以有充足的动机和时间在帮助杨贵妃逃过一死的事情上进行某些操作。比如使用特殊药物或勒脖子的特殊技术让杨贵妃进入假死的状态，又如找个宫女来代替杨贵妃，等等。要知道，那会儿已经是深夜，不论是在强迫皇帝逼死爱妃的精神压力下，还是在男女尊卑之防的限制下，陈玄礼等检验尸首的人都不会看得特别清楚。更何况，陈玄礼本人还有配合做戏，带头放水的可能。

至于官修正史上对于杨贵妃的死亡与否，其实也留下了一丝转圜的余地。

在两唐书的《杨贵妃传》中都写到李隆基从蜀地回到长安后，曾秘密派出亲信宦官前往马嵬驿改葬杨贵妃的遗骸到别的地方。但这件事最终没办成，因为当这位宦官打开坟茔后发现里面根本没有尸体，有的只是当初充当棺椁包裹杨贵妃遗体的那一席紫色的褥子，以及贵妃生前携带的香囊（启瘗，故香囊犹在）。

那杨贵妃到底在哪里呢?

对于这个问题的答案有很多，其中比较靠谱，能够自圆其说的说法大致就有修道说、隐居说、赴日说、留美说这四种。在这四种说法中，又以修道说的知名度最高，影响力最大。

这种说法主要是依据现存史料加《长恨歌》《长恨歌传》进行推理的。出身北大的古典文学研究家、红学家俞平伯就是这一说法的主要支持者。他在《〈长恨歌〉及〈长恨歌传〉的传疑》中指出《长恨歌》里“忽闻海上有仙山，山在虚无缥缈间。楼阁玲珑五云起，其中绰约多仙子。中有一人字太真，雪肤花貌参差是”，以及“闻道汉家天子使，九华帐里梦魂惊。揽衣推枕起徘徊，珠箔银屏迤逦开。云鬓半偏新睡觉，花冠不整下堂来”这几句诗是白居易在向世人暗示杨贵妃其实没有死在马嵬坡。据俞先生的考证，当时六军哗变，贵妃是被人劫走了，虽然她未死于乱军之中，可从此流落民间，后来辗转成了女道士，最终孤独地离开了这个世界。

有必要说明的是，俞老先生说的这个女道士并不是我们想的女道士，而是对某种古老的特殊职业人群的讳称，因为诗文中对杨贵妃所居住的海外仙山中住所的诸多细节描写很像是当时的青楼，所以俞老先生得出了“太真以贵妃之尊，乃不得免风尘之劫，贻宫闱之玷，可恨孰甚焉”“明皇知太真之在人间，而不能收覆水”“其事殆丑恶……乐天为有唐之诗史……按而不断，其意自明。陈鸿作传，唯恐后人不明，故点破之”的一系列结论，而白居易等人的作品之所以称作“长恨”，是由于杨贵妃因杨氏一门在马嵬之变中遭受惨祸而耿耿于怀，随之下定决心要将李隆基彻底忘记。也就是说，杨贵妃主动抛弃了李隆基和二人之间多年的感情与誓言，因此造成了李隆基的“长恨”。

如果事实真的是这样，不能不说确实有些虐心。相较于修道说，其余的几个说法就相对好一些。比方说在隐居说中，杨贵妃在被勒死后“既解帛而气复来”，随后在处理后事的太监、宫女的帮助下逃回了老家，就此隐居到去世。她在隐居期间对李隆基依旧十分想念，但考虑到杨家的名声太差不敢同宫内取得联系，于是只能靠刺血抄写佛经的方式来为皇帝祈福。在我看来，这一结局谈不上美好，却让人感到十分温暖。至于赴日说和留美说大致路数相似，说是杨贵妃没死，之后传奇地漂洋过海到了日本或美洲，最终在当地无疾而终。据当地人介绍，到现在还保留着杨贵妃当年的居所、墓碑等遗迹。是真是假，今天是很难断定了，反正是给当地带来了不少的旅游收入，也算是杨贵妃身后的一点功德吧。

不管是哪一种说法都有一个相同点，那就是自六月十四日后，李隆基同杨玉环再也没有见面，只留下了一个老人手拿香囊独坐在深宫之中，望着月亮，唏嘘哭泣，直到自己生命的最后一天。

“问世间，情为何物，直教生死相许？”

第二十章
李隆基的最后岁月

大唐西去的路似乎从不会一帆风顺，不论主角是和尚还是皇帝都是如此。李隆基一行走到扶风郡就又出事了。由于李隆基误信了叛军先头部队即将杀来的情报，狂奔了一整天，禁军的那些兵大爷再次不满了。他们本来就不愿意到蜀地去，现在可算又找到了一个契机，当即闹起来。

一时间军中流言四起，喊打喊杀的声音开始此起彼伏，就连执掌禁军多年的陈玄礼都有点镇不住了。眼看着局势有突然崩溃的可能，没承想来自成都的一批货却帮助李隆基解决了这次危机。

成都派出的迎宾团带来的十余万匹上好的彩绸，现在它们成了李隆基做关键一搏的终极武器。因为在“钱帛兼行”的时代，丝织品是可以作为通用货币使用的，特别是蜀地的丝织品素来以精致、绚丽闻名遐迩，一般情况下比铜钱更管用。

果然，当李隆基命人将成都进贡来的这十余万匹春彩全部拿出来展示给随行的禁军将士们，并宣布要将这些无保留地赏赐给大家时，在场的各位眼睛中都闪烁出了金色的光芒。

“这几年来，朕确实有些年老昏聩，以致所托非人，令逆贼得以乘机叛乱，朕还得远远地避开他的兵锋，跑到此地来。朕知道你们都是跟着仓促出行，有很多人都来不及与父母妻子告别，便跟朕跋山涉水来到这里，一路上劳累到了极点，朕对此感到十分愧疚！”

此时，皇帝陛下稍微停顿了片刻，眼睛似乎是湿润的。

“此去蜀地道阻且长，那边的郡县又偏远狭小，我们人马众多，地方上的各种供应很可能无法满足需求，因此现在朕听凭你们各自还家，朕独与朕的儿孙、宦官们继续前行入蜀，相信也能走到。那么今天朕就此与卿等诀别，诸位可以把这些彩绸分了，作为回家的路费。如果你们安全地回到了家里，见到了父母以及长安的父老，就替朕向他们问声好！最后，希望大家都能保护好自己，好好地活下去！”

说完，老皇帝竟然当场流下了眼泪，开始当着大兵们的面大哭起来。这一下，在场所有的人都忍不住失声痛哭。对家乡亲人的思念、沿途的愤懑与憋屈都在这一刻随着哭声爆发了出来。

众人一起哭了一会儿后，士兵们开始陆续擦干泪水，在彼此确认过眼神后，禁军将士们发出了统一的回答：

“臣等愿生死追随陛下，不敢怀有二心！”

听到士兵们这么说，李隆基并没有当即表示欣慰，而是站在原地用眼睛扫视着下面的将士，过了很久之后，才淡淡地回了一句：

“是去是留，全凭你们自己决定。”

讲完就直接吩咐人分赏赐，自己不再言语地默默离开了现场。

李隆基实在是老狐狸，这招以退为进运用得真的是恰到好处，自这次演说结束后，军中再也没有出现过任何流言蜚语，这意味着李隆基成功获得了禁军将士们的衷心拥戴，掌握了行动的主动权。

于是接下来的行程逐渐变得顺利起来。六月十九日，李隆基亲自统领禁军从扶风出发，当晚即抵达陈仓（今陕西宝鸡市东）。次日便赶到了散关（今陕西宝鸡市西），来到了进入蜀地的大门。

入蜀之前，李隆基先对随行的禁军进行了整编，他将队伍分成了六个批次，命颖王李璬统率一部作为开路部队先行，其余各部由寿王李瑁等人分别带领按照顺序依次进发。这一举动再次说明了李隆基完全掌握了对随行禁军的统领权，那个足智多谋、行事果断的李隆基又上线了。

因为按照这样的部署，如果前方有人和安禄山勾结企图袭击自己，抑或是杨国忠的旧部为了报仇在入蜀的必经之路上设下了什么埋伏，李隆基便可以立即根据开路部队的情况做出反应。对于殿后部队的安排同理，但凡叛军追上来了，后队必定能起到预警的作用，帮助李隆基争取到宝贵的反应时间。虽说此举有拿儿子来垫背的嫌疑，但的确不失为在李隆基所处的状况下最不坏的选择。

对于李隆基而言，现在最重要的也是时间，只有赶在太子搞出全天下瞩目的大动静前抵达蜀地，控制住当地的局面，才能向各地宣告老皇帝安泰的消息，并重新组织力量，追回失分，重返权力与威望的巅峰。

李隆基就这样开始了与时间的赛跑，而在经过四天的快马加鞭后，终于看到了希望的苗头。因为在抵达河池郡（治今陕西凤县）的那天，李隆基一行人破天荒地遇到了恭候者。带头的那位级别还不低，正是时任剑南节度副大使的崔圆，也就是蜀地的军政二把手。

更让李隆基感到高兴的是，在快速翻阅了崔圆递送上来的文件后，李隆基发现蜀地的情况比自己预想中还要好，不仅物资丰富、军械齐备，士卒的数量和质量也很可以，这也就意味着一旦叛军方面出现了可乘之机，李隆基便可挥师北上，夺回他所失去的一切。

当务之急是整合蜀地的资源，让人力物力全部为我所用。

因此，李隆基当场授予崔圆中书侍郎、同平章事的职务，把这个地方大员提升到中央高层的级别，同时还安排崔圆继续兼任蜀郡长史等职务不变，这是要传达给蜀地各级官员：皇帝亲临蜀地机会千载难逢，想要加官晋爵、名留青史，就好好表现。

当然了，别的官位都可以给出去，但像汉中这样的入蜀战略要地还是掌控在自己家人手里才安心。不久后李隆基任命长兄李宪的儿子陇西公李瑀为汉中王、梁州都督、山南西道采访防御使，坐镇汉中。之所以选侄儿而不选儿子也是有考虑的，毕竟兵荒马乱的年代，与皇帝关系更近的皇子更容易产生一些想法，可能会被人蛊惑，至于李瑀跟李宪一样实在可靠，现在给他封一个郡王，又是汉中王，他必然尽心尽力地守住自己的这份新家业，同时替自己看好蜀地的大门。

事情的发展证明李隆基没有看错人，李瑀守门的工作干得相当出色，李隆基则趁机完成了对蜀地资源的整合，接下来就只看安禄山的动作了。

安禄山暂时不打算有大动作，在几乎不费一兵一卒拿下了长安后，他很是疯狂了一把，先把追随李隆基的大臣们的滞留家属全部处死了，紧接着派人屠杀了以霍国长公主（李隆基的妹妹）为首的一大批王子皇孙，最后连杨国忠和高力士留在城中的党羽也全干掉了。

安禄山之所以能做到这样的地步，主要还是因为他没有心理负担，毕竟当时叛军已然控制了西至陇西、南到长江汉水流域、北至河东区域的大片土地，还有长安和洛阳这两座有着重大政治意义的城市。至于陈希烈、张垍等曾得到李隆基看重和重用的官员则投入了安禄山的怀抱，成为安禄山所建立的大燕的宰相。

可能是一切看起来都太顺利了，大唐方面显得毫无还手的能力，各地坚守的唐军势力甚至不知道李隆基的下落，乃至自己的皇帝是死是活，这种局势让叛军上下觉得大局已定，所以便提前进入到了日夜狂欢的庆祝状态。

这对于李隆基绝对是个利好消息。七月十五日，李隆基在蜀中以公开诏书的方式提出了一个反攻安禄山的计划，这一计划对太子与诸王的工作进行了明确的分工。其中太子李亨被任命为天下兵马元帅，领朔方、河东、河北、平卢节度使，负责收复长安、洛阳；其他皇子则被分别任命为各道的战区军事主官，主持区内抗击叛军的事务。而为了调动起各道的积极性和主动性，李隆基还破天荒地下放了人事任免权给太子与诸王，让他们可以在自己所管辖的范围内自行挑选任免下属官员以及辖区郡县官员，事后再上报到朝廷加以确认。

从这一未能实行的安排上，我们看得出李隆基对太子确实仍旧十分防范，李亨在计划中只不过是名誉性质的天下兵马元帅，由于李隆基在各战区都安排了一个亲王级别的统筹军务，李亨也就能管辖今天华北、西北的这部分地方，手中的权力无疑被限制了。

只不过李隆基没有料到的是，他到底还是慢了一步。

就在李隆基要将自己的最新状况告知天下，并重新凝聚四海民心的三天前，李亨已经完成了相似的动作——以在灵武单方面对外宣布即皇帝位的方式。

李隆基得到这一消息是在八月十二日，太子李亨的继位已经获得了江南地区以及安西地区官员的支持和认可。这就比较麻烦了，如果李隆基宣布太子是“擅立”，李亨确实有背上骂名，被从皇帝位子上赶下来的可能，但这势必会造成大唐势力的分裂，等于灭了自己的士气，涨了敌人的威风。不过如果就这样吃了哑巴亏，默认了李亨称帝的既成事实，这也着实很让人气愤。

经过认真思索，李隆基决定以大局为重，他先对外承认了李亨的继位合法性，表示太子此举顺应上天民意，自己此后应该没有什么可担心的了，紧接着就向新皇帝派来的使臣许诺自己在近日就会正式宣布退位。最后，李隆基告诉大家，自己会全力支持皇帝，并在蜀地等候皇帝平叛胜利的消息。

为了让新皇帝工作有动力，李隆基以太上皇的身份给他设立了一个小目标——收复两京（西京长安和东都洛阳）。

在新皇帝完成小目标前，太上皇表示出于国家利益的考虑，自己将保留对国家大事一定程度上的干预权。特别是对新皇帝直接指挥有些距离的广大南方地区，太上皇会暂时持有最高的处置权。而一旦两京被收复，自己就会主动放弃所有权力，完全进入退休状态。

对于父亲开出的这一条件，李亨毫不犹豫地同意了，因为他没有拒绝的理由。想要坐稳皇帝这个位置，必须得到来自父亲合法性的认可，现在这个条件可以说是很优惠的了。于是经过父子二人的磋商，大唐的最高权力最终以和平的方式实现了过渡。

至德元年（756）八月十六日，李隆基最后一次以皇帝的身份发布了诏书：即日起，他的制书改称为诰，朝廷及各地官员上书时须一律改称他为太上皇。

两天后，李隆基正式对外宣布退位，同时正式册封太子为皇帝。在他的命令下，左相韦见素、文部尚书房琯及门下侍郎崔涣等人从成都出发，携带册命前往灵武，以便完成皇位交接的剩余手续。

然而几个月后，李隆基等到的不是唐军的捷报，而是奉皇帝之命收复长安的宰相房琯大败于陈涛斜（今陕西咸阳市东），所领的五万军队几乎全军覆没的消息。

这还不算完，只过了一个月，又有一份坏消息送到了李隆基那里：江南也出乱子了。

至于惹出乱子的这个人就是李隆基此前在七月任命为山南东道、岭南、黔中、江南西道节度都使的第十六子永王李璘。

按理说，李隆基本人都主动卸任皇帝，表示坚决拥护新皇帝李亨了，大唐的各地力量应该能实现团结，全力反击叛军，但永王李璘似乎并不愿承认李亨这个皇帝。其实李璘跟新皇帝李亨平日里关系并不差，相反，还非常之好。因为李璘的母亲去世得比较早，李隆基就把当时还是小孩子的李璘交给了李亨来抚养。李亨待这个小弟弟据说也十分认真负责，经常在晚上自己抱着弟弟睡觉，所以两个人虽说是兄弟关系，但可以称得上情同父子。

可现在这个李亨一手带大的弟弟有了别的想法，他不顾李亨让他返回成都的命令，怀揣着还是皇帝的李隆基下发的任命状一路向东，连夜跑到了当时江淮地区的租赋集散地江陵，在宣布就任后马上征用暂留在江陵的各地赋税开始招兵买马，并很快聚集了几万人。

手里有了兵，同时也有钱的李璘似乎并没有北上和叛军拼命，收复失地的打算，反倒是在不断向江南一带渗透势力。

等到了十二月二十五日，永王李璘更是直接突然率领江陵水军顺流东下，向着金陵的方向进发，揭开了叛乱的序幕。

永王父子的本意是拿下金陵作为大本营，再逐步控制整个江南，与北方划江而治，建立一个像东晋那样的偏安政权。但是不得不说李璘手下的这帮人中除了他儿子襄城王李偒勇猛善战外，谋士、士兵都不大行，因此还没等李亨布置人马平叛，永王的叛军就被镇守江南的淮南采访使李成式等人击败，李璘败逃到大庾岭，随即被闻讯派兵来追击的江西采访使皇甫侁抓获，最终因拒捕时中箭伤重，不治而亡，其子李偒也死于乱军之中。

根据史书的记载，李隆基在永王叛乱期间表现得很有意思，一开始李璘表现出不肯服从灵武方面的命令，只听老爹的话时，李隆基并没有收回成命，严令永王李璘返回成都，而是默许永王在江陵一带坐镇。等到李璘叛乱的消息传来，李隆基却很快下令宣布废永王为庶人，旗帜鲜明地显示了对新皇帝的支持。

因此很多说法都认为永王的叛乱很可能是李隆基暗中授意鼓动的，这老头儿想借此机会敲打李亨，传达出对李亨擅自称帝的不满。李隆基的试探虽说是有的，但授意李璘作乱却未必，因为李隆基当时应该很忙，忙着粉碎剑南地区内部的谋叛事件。

当时趁着安禄山反叛，吐蕃、南诏都在跃跃欲试地搞各种动作。吐蕃是一边在安西、北庭军队被调走，西域守备空虚的情况下，大肆鲸吞唐朝的西部领土，接连攻陷了威戎、神威、定戎、宣威、制胜、金天、天成等军以及石堡城、百谷城、雕窠城三处战略要地，一边联合小弟南诏实施针对蜀地的军事入侵及渗透破坏。于是从至德二年（757）正月开始，意识到问题的李隆基就带着文武官员忙着见招拆招起来，当月就打掉了以剑南健儿贾秀为首的反叛团伙，其后更是一直在做相关的反间工作。同年七月，接连粉碎了行营健儿李季和剑南健儿郭千仞的谋叛案件后，这才得以喘一口气。

让自己忙碌起来是一件好事，因为人忙了就不会乱找事，不会乱找事的话就不至于被人砍，不被人砍就不至于死得那么快、那么惨。

没错，这指的正是李隆基的老熟人安禄山。

结合现存的史料分析来看，安禄山很可能很早就有病了，不是肥胖症，而是糖尿病。到了至德二年（757）年初的时候，安禄山的糖尿病应该是到了晚期，开始引发出多种并发症来，导致他当时基本处于双目失明的状态，而且身上跟着长出了恶疮。

在病痛的折磨下，安禄山的脾气越来越差，经常因为一点小事就痛殴身边的近臣以及文官，最后总是被打的几个忍不了了，联手安禄山准备废掉的安庆绪，在他熟睡之时杀死了这个大燕雄武皇帝。

安禄山死后，安庆绪成功接班，但这位仁兄对安禄山的那些将领明显缺乏掌控力，也对彻底消灭唐朝缺乏追求，称帝后只顾着在洛阳的后宫里花天酒地，因此叛军的进攻势头日渐衰减，李亨方面则因为凑齐了足智多谋的李泌、忠诚善战的郭子仪以及智勇双全的李光弼三位猛人，终于实现了触底反弹，打到了长安城的附近。

至德二年（757）九月二十七日，十五万唐军同十万叛军在长安城西的香积寺经过一番激战，取得了胜利。次日，唐军进驻叛军丢弃了的长安城，收复了失去了一年零三个月的大唐国都。

十月十六日，安庆绪在得知新店之役中自己派出的十万大军被郭子仪击溃后，心理也跟着崩溃了，当天深夜在下令将哥舒翰、程千里等被俘唐将一起杀害后，带着亲信财宝跑路了。

两天后，皇帝长子广平王李俶率军进入东京洛阳，至此两京终于相继光复了。

为了这一刻，李亨等待太久了。他其实一直比李隆基还要着急，因为只有尽快收复两京、迎回太上皇，才能彻底打消像李璘这些人的自立念头，同时让自己真正实现大权独揽、唯我独尊，成为名副其实的皇帝。于是接下来就只有一个棘手的问题了，那就是如何顺利地从蜀地接回太上皇。

李亨一开始是这样打算的，他会先向太上皇表示自己在迎请太上皇回来后，将返回东宫，恢复原有臣子的身份，然后……

李亨还没来得及说完，就被听他说明计划的李泌果断打断了。在李泌看来，这样的话太上皇肯定不会回来了。原因很简单，当今皇帝年富力强还立下了重新平复天下的大功，却表示不肯继续做皇帝，要让年事已高的太上皇来处理全天下的事务。于情于理，都说不过去，太上皇必然会觉得其中有诈，不敢放心回京。

听完李泌的解释，李亨的冷汗就下来了，他已经自作主张，先依据自己的意思派人去了。如果太上皇不回来，自己是无论如何也无法强迫老爹回来的。而且太上皇的年纪也大了，要是过上几年去世了，有个弟弟突然拿了份所谓的遗诏从蜀地出来，宣称当年自己是逼宫篡位，皇位来路不正，以此奉先皇遗命号召天下人讨伐自己，那就麻烦大了。

为了避免不可控的局面出现，李亨赶紧向李泌问计，最后按照李泌的建议，令群臣联名上了一道奏表，来侧面表达皇帝对太上皇的日夜思念以及尽孝的决心，并派人立即追赶已经奔赴蜀地的上一位使者，呈送给太上皇这份新的奏表。

果不其然，第一位从蜀地返回的使者带来的李隆基的口谕听起来就非常不满，据记载，李隆基是这样说的："回京就不必了！你如果真有孝心，把剑南一道划给我奉养用，这就可以了。"

好在李泌补救及时，过了一段时间，第二个使者回来时带回的是好消息："本来太上皇接到陛下请求返回东宫的奏表后，就变得彷徨不安，连饭都吃不下了，但是，等到看过了群臣的奏表，太上皇忽然高兴了起来，当场下令进膳奏乐，还亲自下诏定下了启程的日期。"

听到使者这样回答，同样寝食难安多日的李亨才终于长舒了一口气。

使者没有忽悠李亨，李隆基确实定下了启程日期，并在十月二十二日这天按照计划踏上了从成都回长安的路。

这一路上，李隆基的内心深处应该是非常矛盾的。因为他实在是太了解权力以及权力带来的影响了。他深知一旦自己回到长安，他就会彻底失去主动性，虽然这位七十多岁的老人已经没有从前那么在乎手中的权力了，但他还是难免要担心的。毕竟此前他对待现任皇帝并不是那么好，如今形势逆转，自己即将被置于李亨的全面监控下，李亨会像奏表中说到的那样恭谨尽孝吗？还是说那只不过是皇帝骗自己回来的说辞。自己终究会逐渐失去自由，尝到当年自己施加到李亨身上的那种种压力和痛苦。

李隆基并不能确定他回到长安城后的生活会不会美好。事实上，他应该可以猜测到回归宫中难免会触景伤情，但李隆基仍旧选择了回来。

这不只因为李隆基不肯再失信于天下，更重要的是，他意识到只有自己回来了，才能避免国家日后可能会出现的各种内耗，好让皇帝能把心思和精力完全投入到讨平叛军的残余势力，以及后续恢复百姓生产生活的工作上去。

早日还老百姓一个太平天下，这是李隆基能想到的自己还能做出的最伟大的事情。也只有如此，相信他这些年来的悔恨才可以稍微得到平复吧。

至德二年（757）十一月二十二日，在六百多名亲兵的扈从下，李隆基踏入了阔别多时的关中土地，来到了第一站凤翔。一望见远方的城墙，李隆基便传令侍从和士兵将随身携带的所有兵器都交出来，交由当地官员存放到仓库里去。

随后，李隆基一行缓缓入城，开始等待，等待皇帝派来迎接的队伍。

皇帝没有让太上皇等上太久，三千名精锐骑兵只一会儿工夫就出现在了李隆基一行人的面前。

看着这些全副武装、高度警备的骑兵，李隆基身边的一些近臣不由得嘀咕起来，因为他们一眼望上去，总觉得这支骑兵像是来押解重要犯人的，一点儿也没有接驾该有的样子。不过李隆基似乎并不在意这些细节，直接就指示继续前进了。

等到了十二月三日，一行人抵达了咸阳，李隆基这边大臣们的脸色才逐渐好转起来，因为皇帝李亨带上了仪仗队赶到望贤宫接驾来了。身着朴素紫衣的李亨遥遥看见了望贤宫南门楼上的太上皇，果断跳下马来，一路小跑着跑到了楼前，“扑通”一声跪倒在地。

看到在楼下恭敬地跪地叩头的皇帝，李隆基赶忙快步从楼上下来，一上来就一把抱住了他许久不见的儿子。

应该说，这一幕也是传统的标准动作了，接下来的桥段一般是父子相拥哭泣，互道辛苦，场面温情十足，最好再有些诸如父子互相搀扶着登上门楼，向在场士兵及群众挥手致意的场面。

可是这一次还没营造出催人泪下的气氛，李隆基就先痛哭起来。

相信李隆基的心情应该非常复杂吧，毕竟他经历了比寻常人，甚至是绝大多数皇帝都要精彩丰富的一生。这一刻估计只能用百感交集来形容，不过想必其中会有悔恨，有委屈，有自责，有痛心，还有欣慰。

从马嵬坡以来压抑了一年多的所有感情，估计只有李亨能够体会到，并且接收到。看着慈爱地轻抚着自己背的老父亲抑制不住地哽咽着，已经成为皇帝的李亨也痛哭了起来，并且还紧紧地抱住了太上皇的双脚。

父子二人哭了一会儿，见皇帝穿的是朴素的紫袍子，李隆基当即挥挥手命人拿来一件黄袍，亲自帮助李亨穿在了身上。这是一个有着非常重要政治意义的举动，它意味着李隆基再次承认并确认了新皇帝的合法地位，而且在场的所有人都是见证者。这可是比手里拿着传国玉玺或传位诏书都更有说服力的证据，更重要的是还很具有传播性。

当然了，在被穿上黄袍的时候，李亨程序性地跪倒在地叩头且坚决拒绝了几次。但太上皇还是以天意、人心都已有所归属的理由帮皇帝把黄袍穿在了身上。

可能是因为太过于激动了，所以李亨似乎只记得推辞黄袍和穿上黄袍这一连串的动作，而把李隆基当时说的一句话抛在了脑后：“你只要能让朕安享晚年，就是你的一片孝心。”

不过李亨一开始的表现还是可圈可点的。十二月四日一早，太上皇要从行宫出发，继续前往长安，皇帝早早就亲自替太上皇调好了马缰，待到太上皇上马后，皇帝又亲自给太上皇牵马带路，直到走出了好几步的距离后才被太上皇申令阻止，骑上了自己的御马。上马之后，皇帝当即在前替太上皇开路，而且还不敢走在正路上，行动一如做太子时恭敬小心。

见到皇帝如此照顾自己，李隆基感到十分欣慰，他不禁对身边的人说道：“我当天子五十年了，从没有感到有什么尊贵的；如今，我当上了天子的父亲，才显得更加尊贵啊！”

就这样，在皇帝的一路引领下，身为太上皇的李隆基从开远门进入了大明宫，随即驾临含元殿，安抚百官。紧接着，父子俩又一同前往长乐殿向九庙的祖先牌位谢罪，再次痛哭了一场。当天，李隆基宣布将移到兴庆宫居住，把宫廷正殿正式交付给皇帝。按照传统，皇帝依旧没有一次就接受，他多次派人送来奏表，要求退位，表示希望返回东宫继续做自己的太子，然而毫无意外地都被太上皇拒绝了。

在今天看来，这一系列的举动诚然难逃做作虚假的嫌疑，不过这也没有办法，千百年来大家都是这么走过来的，必须做到位，习惯就好。更何况这些并非全无意义，如果李隆基没有认真走完程序，相信他对自己退休后的养老生活肯定也不会放心；如果李亨不表现出恭敬礼让的态度，估计回去之后那张龙椅也坐不踏实。所以该走的流程还得走完。

于是，在老爹李隆基的配合下，至德二年（757）十二月二十一日，李亨正式接受了传国玉玺，次年正月初五，太上皇驾临宣政殿以“符册”的方式认证李亨的皇帝地位，并提议给皇帝加尊号。

至此，任何人也无法在礼制程序上质疑李亨继承皇位的合法性了。为了纪念这历史性的时刻，二月五日，李亨宣布大赦天下，改元为乾元元年，同时免除天下百姓全年的税赋。李隆基在政治上的最终使命也在这一刻宣告全部完成。

李亨本来以为老爹完成传位流程之后就算是发挥完最后的政治功能，可以退居幕后了，可是没过多久他渐渐意识到，虽然老爹不再是皇帝，还犯过很多错误，但他仍旧是一些人心目中的那个圣人。

比如李亨听说老爹在回到他自己当年做太子时所住的兴庆宫后，常会有百姓遥望到毗邻街市的长庆楼上的李隆基的身影。然后他们便习惯性地或是现场垂首肃立，以示恭敬，或是干脆就当街跪倒叩拜，山呼万岁，每每一跪起来就是一趟街，非常影响城市交通。对此，已经当了太上皇的李隆基似乎也不介意，相反，他还十分愿意同自己见到的长安百姓互动，甚至还派人在楼下准备了酒肉，用来赏赐那些来遥拜自己的路人。

又如李亨听说太上皇最近同各类官员交往密切，像是羽林大将军郭英乂就经常去参加太上皇举办的酒宴。甚至有次一个剑南道来的奏事官还特地来到长庆楼叩拜太上皇，不久太上皇就命玉真公主和自己的贴身宫女如仙媛一起设宴招待了这名奏事官。

以上种种迹象让皇帝感受到了自己父亲无处不在的影响力，并开始怀疑太上皇有心复辟。因此李亨决意不再放任太上皇随意同敏感人员接触，他要采取有效行动，让所有人明确认识到，坐在宝座上的李亨才是大唐唯一的皇帝。

察觉到皇帝有这样的意思，李亨身边的贴身太监李辅国主动请缨，接手了敲打太上皇的任务。这位李辅国不是别人，正是当年在马嵬之变中参与李亨同陈玄礼沟通及谋划的那个李静忠。只不过现在他已经今非昔比，成了皇帝面前的头号红人，风头堪比当年李隆基身边的高力士，就连高门大户出身的中书侍郎李揆等人见到了他也得乖乖地行子弟之礼，叫声“五爹”。于是这位曾是高力士家奴的太监将成为李隆基最后的敌人。

李辅国之所以愿意出头得罪太上皇，主要是因为他和李亨有着相似的不痛快。虽然他此时在朝中已经是个足以呼风唤雨的大人物，可是在太上皇和他身边的那些人眼中，他依然是那个丑奴儿李静忠，他们在言语中对李辅国根本谈不上尊敬，而这种看似不重要的举动让本就敏感的李辅国几乎要发疯，让他立下了恶整太上皇那拨人的决心。

上元元年（760）七月十九日，李辅国伸出了自己的黑手。

他先假借皇帝的名义把太上皇骗出了兴庆宫，等到李隆基一行人至睿武门时，李辅国埋伏下的五百名骑兵突然杀出，将李隆基和他的卫兵们团团围住，并纷纷挺枪舞刀做出了缩小包围圈的行动。

就在李隆基和卫兵们高度紧张，以为就要经历一场血战时，逼近他们的骑兵们突然停了下来，恭敬地立在了原地。

原来是李辅国现身了，带着阴恻恻的笑容，启奏道：“皇帝认为兴庆宫过于狭小，特地差臣等在此迎接太上皇迁居大内。”

而伴随着李辅国的发言，骑兵们开始继续逼近太上皇一行。

方才突然被围，致使李隆基受惊险些坠马，现在太上皇已经不太能说出话了。因此在这关键时刻，一向忠诚护主的高力士挺身而出，喊住了李辅国和他手下的骑兵：“李辅国何得无礼！此乃五十年的太平天子，你李辅国想要做什么？还不即刻下马跪安！”

李辅国到底是高力士多年的仆人，即便现在显贵了，但听到高力士突然厉声训斥，他还是条件反射般地立即滚下了马鞍。

见李辅国下马了，高力士继续大声说道：“太上皇让我问各位将士你们都还好吗？！”

太上皇主动向大家问好了，你一个大兵还继续舞刀弄枪的就太不合适了。于是在场将士们只好老老实实丢下兵刃，跪倒在地，向李隆基行叩拜大礼，齐声高呼万岁。

“李辅国！还不速来为上皇牵马，护送回西内！”

高力士又是一嗓子呼喊了起来，李辅国不好拒绝，只得硬着头皮和高力士一起为李隆基牵马开路，将太上皇送进了甘露殿这才率领手下告退。

李辅国刚走，李隆基就激动地走向了高力士，表达了感谢：“如果今日没有你，朕可能就要成为兵下之鬼了啊！”

高力士没有立刻回答太上皇，因为他这个时候已经泣不成声，哽咽地说不出完整的句子了。因为他已经意识到，经过今天这件事，自己恐怕很快就要同太上皇说永别了。

果不其然，阴险的李辅国十天后就以“潜通逆党”的罪名，要置高力士于死地，后来经过一堆人求情，被改判流放巫州。同时李辅国还把太上皇的贴身太监王承恩流放到了播州（治今贵州遵义市），另一个贴身太监魏悦流放到了溱州（治今重庆市綦江区）。

不久，郭英乂被外调为陕西节度、潼关防御使，李隆基的另一位左膀右臂陈玄礼被勒令致仕。李隆基的贴身宫女如仙媛被强行安排到了归州（治今湖北秭归县）工作，玉真公主也被赶回到她的玉真观，并被告知不得召见不可随意入宫。

至此，李辅国将太上皇的亲信羽翼一一剪除，随后精心挑选了一百多名对太上皇没有任何好感的宫女负责太上皇的饮食起居，同时进行监视。

李隆基知道，他现在已经回到了最初的生活，沦为了高级别的囚犯。

所亲近的人再也无法相见，和外界的联系也被彻底断绝，后来就连皇帝也由于病情加重不能再来问安。这对于素来喜欢热闹的李隆基而言，无异于一种折磨。于是李隆基越来越觉得人生再无乐趣。终于有一天，太上皇突然对外宣布他将“辟谷”，不再吃肉。

自从辟谷后，李隆基的身体每况愈下，但他丝毫不在意，表示要继续坚持。上元三年（762）的那个夏天，死亡降临到了他的头上。

他并不知道他的儿子李亨早就后悔听信李辅国的谗言，欺辱自己的父亲，但苦于自己患病，李辅国手握重兵，又一次陷入了犹豫不决的境地，最终还是不敢出手诛杀权监。

他也不会知道他的心腹高力士在被贬后仍旧时时刻刻挂念着自己，最后竟然因为在当年听闻到自己驾崩的消息，北望长安，号啕痛哭，吐血而死。

他更不会知道他的爱人在被他抛弃后，归宿如何，去往何方。

他只知道他来过这个世界，他留下过辉煌的过往，他爱过，恨过，原谅过，卑微过，尊贵过，无奈过，狠心过，悲哀过。

但一切都会过去，过去的一切也不一定没有价值。

现在，该离开了。就像一个人到来时一个样。

就这样吧。

四月五日，太上皇李隆基驾崩于西内，终年七十八岁。

四月十七日，皇帝李亨病重驾崩，时年五十二岁。

四月二十日，奉命监国的太子李豫（当年的广平王李俶）登基即位，是为唐代宗。

又一个时代结束了，又一个时代开启了。